SOPHIA
CHASE

HIDDEN SHADOWS

EINE VERHÄNGNISVOLLE LIEBE

ROMAN

Montlake

Deutsche Erstveröffentlichung bei
Montlake, Amazon Media EU S.à r.l.
38, avenue John F. Kennedy, L-1855 Luxembourg
Juli 2025

Umschlaggestaltung: bürosüd° München, www.buerosued.de
Umschlagmotiv: © Regina Wamba; © Leigh Prather / Shutterstock;
© amhax / Shutterstock
1. Lektorat: Ute Köhler
2. Lektorat und Korrektorat: Media-Agentur Gaby Hoffmann,
www.profi-lektorat.com
Gedruckt durch:
Amazon Distribution GmbH, Amazonstraße 1, 04347 Leipzig /
CPI Druckdienstleistungen GmbH, Ferdinand-Jühlke-Straße 7,
99095 Erfurt /
CPI books GmbH, Birkstraße 10, 25917 Leck /
Libri Plureos GmbH, Friedensallee 273, 22763 Hamburg

Verantwortliche Person für Produktsicherheit in der EU:
Amazon Publishing, Amazon Media EU S.à r.l.
38, avenue John F. Kennedy, L-1855 Luxembourg
amazonpublishing-gpsr@amazon.com

ISBN 978-2-49671-741-9
e-ISBN 978-2-49671-740-2

www.montlake.de

Prolog

London 1973

Die Luft war rein. Kühl.

Ein neuer Tag begann und die Stadt erwachte zum Leben.

Wie jeden Donnerstag luden Mitarbeiter der Firma Warbury ihre in bauchige Glasflaschen abgefüllte Milch vor den herrschaftlichen Häusern Mayfairs ab. Die Flaschen wurden in runde Bastkörbe gestellt, die tags zuvor von den vielen Bediensteten der reichen Unternehmer, Aristokraten und Politiker vor den Türen platziert worden waren.

Es war früh am Morgen, als Lucy Kline ihren Dienst im Haus der Familie Ramsay-James antrat. Vor einem halben Jahrhundert hätte man sie noch als Kammerzofe bezeichnet. Heute bevorzugte man den Begriff der persönlichen Assistenz. Für ihre Chefin Alice Ramsay-James war Lucy mehr als das. Sie war Freundin, Vertraute und Ratgeberin.

An diesem Morgen ging Lucy wie an jedem anderen Arbeitstag vorbei an den Steintrögen, in die man Blumen gepflanzt hatte, und stieg die drei Stufen zum prächtigen, in dunkelblauer Farbe gestrichenen Eingangsportal hoch. Dort griff sie nach dem Korb mit den Milchflaschen, ging die drei

Stufen wieder nach unten und schloss das Tor seitlich des Hauses auf, hinter dem sich der Dienstboteneingang befand. Dieser führte über einen schmalen Flur direkt in die Küche. Der Duft nach gebratenem Speck, frischem Brot und Kaffee lag in der Luft.

Lucy war fünfundzwanzig Jahre alt und arbeitete seit drei Jahren für Alice Ramsay. In dieser Zeit hatte sie die Gesellschaft ihrer Chefin immer mehr zu schätzen gelernt. Lucy würde sogar so weit gehen zu behaupten, zwischen ihr und Alice wäre eine Art Freundschaft entstanden. Mitverantwortlich dafür war bestimmt auch, dass beide Frauen gleich alt waren. So konnte Lucy die Sorgen und Sehnsüchte von Alice besser nachvollziehen.

Alice liebte Literatur, darüber unterhielt sie sich mit Lucy die meiste Zeit. Trotz ihrer eher konservativen Erziehung war sie weltoffen, neugierig und mochte Diskussionen.

Dieser Donnerstag sollte ein Tag wie viele zuvor werden. Nichts Besonderes stand auf dem Tagesplan. Alltag. Alice war vor wenigen Wochen Mutter geworden und Lucy unterstützte sie in Zusammenarbeit mit der Nanny, die hauptsächlich für Luisa verantwortlich war. Nachmittags würden sie, wie häufig, einen Spaziergang mit dem Baby unternehmen. Vielleicht würden sie einkaufen gehen. Alice hatte gemeint, sie würde für Luisa Kleidung benötigen. Aus der ersten Garnitur war sie mittlerweile rausgewachsen.

Lucys Arbeitsschritte waren perfekt einstudiert. Sie hatte eine Ausbildung an einer Schule für Hauspersonal absolviert. Ihr Traumberuf, dem sie bereits als Kind eifrig entgegengestrebt hatte. Sie stammte aus einer gutbürgerlichen Familie. Das Geld war nicht in großen Mengen vorhanden, auf Luxus legte man keinen Wert. Doch man hielt zusammen. Auch jetzt noch, wo Lucy mittlerweile eine eigene kleine Wohnung gemietet hatte und ihre Eltern nur noch einmal pro Woche sah. Sie waren es aber gewesen, die sie bei ihrer Ausbildung unterstützt hatten, und das rechnete sie ihnen hoch an. Sie hatten an sie geglaubt und ihr damit die Chance auf eine bessere Zukunft ermöglicht.

Routiniert griff sie nach dem Essenstablett, das der hauseigene Koch für sie bereitgestellt hatte, und schlich damit so leise wie möglich die geschwungene Steintreppe nach oben. Oben angekommen mied sie jene Diele, die verlässlich knarzte. Lucys ständige Verfügbarkeit und gleichzeitige Unsichtbarkeit hatte höchste Priorität.

Auf ihr Klopfen an die Schlafzimmertür antwortete niemand, was ungewöhnlich war. Möglicherweise gab es einen guten Grund dafür. Sie betrat das Zimmer trotzdem oder vielleicht gerade wegen dieser Ungewöhnlichkeit in dem sonst so gewöhnlichen Tagesablauf. Obwohl sie zugeben musste, dass besagter Tagesablauf momentan aufgrund persönlicher Gründe seitens Alice, die mit ihrer in Trümmern liegenden Ehe zu tun hatten, erheblich durcheinandergewirbelt worden war. Darum machte sie sich Sorgen.

Könnte am Abend zuvor etwas zwischen Alice und ihrem baldigen Ex-Mann passiert sein?

Hatte es Streit gegeben und Alice war gar nicht im Haus? Wo könnte sie sich aufhalten?

Seltsam an der Situation war vor allem, dass die schweren Samtvorhänge nicht zugezogen waren. Licht strömte in das leere Zimmer und lenkte Lucys Aufmerksamkeit auf das unbenutzte Bett. Doch das Baby lag friedlich schlafend in seiner Wiege.

Alice hätte Luisa niemals allein zurückgelassen.

Eine Schwere hing in der Luft. Lucy fühlte sich benommen und überfordert.

Sie spürte sofort, dass irgendetwas nicht stimmte. Ihr Herz begann wild zu pochen. Die Tasse klirrte, als sie das Tablett achtlos auf dem runden Eichentisch abstellte. Ihrer Intuition folgend, näherte sie sich der Tür neben dem Bett, die ins

Badezimmer führte. Diese war bloß angelehnt. Ihr schlug der vertraut-süßliche Geruch nach Rosen und Lavendel entgegen – Alices Badeöl.

Beim Anblick der Kupferwanne in der Mitte des Raumes stieß Lucy einen grellen Schrei aus. Es dauerte einige Augenblicke, bis sich ihre Beine in Bewegung setzten und sie zu der Gestalt in der Wanne eilte, bei der es sich ohne Zweifel um Alice handelte. Ihr Kopf war unter Wasser und ihre Füße baumelten über den Rand der Wanne. Alices blonde Haare trieben wie ein abstraktes Gebilde im Wasser. Lucy beugte sich über die Wanne und war versucht, die Hand prüfend nach Alice auszustrecken, aber irgendetwas hielt sie davon ab. Ihr Verstand setzte die Bruchstücke nur langsam zusammen, bis sie ein ganzes Bild ergaben. Vermutlich war jeder Rettungsversuch längst vergebens, sollte Alice tatsächlich bereits länger unter Wasser treiben, dennoch schrie Lucy lautstark um Hilfe.

Zitternd wartete Lucy auf Unterstützung, doch ganz allein mit Alice spürte sie, wie irgendetwas in ihr zerbrach.

Niemals würde Lucy den Gesichtsausdruck der Frau vergessen, die sie lange Zeit verehrt hatte und die nun tot war. Dieser Mund, der zu einem stummen Schrei unter Wasser verzogen war. Die Augen waren offen, trotzdem blickten sie ins Nichts.

Lucys Träume von einem besseren Leben waren gemeinsam mit der Frau ertrunken, die sie die längste Zeit als über allem erhaben empfunden hatte. Vielleicht war dieser Anblick noch grausamer für Lucy, weil ihr mit einem Schlag bewusst wurde, dass der Tod nicht einmal vor Menschen wie Alice haltmachte.

Kapitel 1

Jodie

London 2024

Augenblicke.
Sie verändern unser Leben. Oftmals sogar, ohne dass man sich dieser Veränderung bewusst ist.
Die tiefgreifende, alles verändernde Bedeutung von Augenblicken ist manchmal trügerisch. Denn wie lange dauert so ein Augenblick schon an? Sekunden? Minuten?
Wir halten einen Augenblick lang die Luft an.
Wir lachen herzhaft.
Wir denken nach.
Wir genießen.
Unser Leben ist gespickt mit Augenblicken. Eine Aneinanderreihung davon, die am Ende eine Geschichte erzählt.
Es gibt erste und letzte Augenblicke.
Doch was, wenn wir aus irgendeinem Grund im falschen Moment die falsche Entscheidung

treffen? Was passiert, wenn sich das Leben plötzlich in eine Horrorshow verwandelt und nur einen Augenblick später zu Ende ist?
Mein Name ist Jodie Andersson und ihr seht »Moments of Crime«. Ich darf euch heute eine weitere dieser tragischen Geschichten vorstellen, die euch unter die Haut gehen wird. Gänsehaut ist vorprogrammiert. Ich hoffe, ihr sitzt nicht alleine in eurer dunklen Wohnung. Keine seltsamen Geräusche? Gut. Dann legen wir los.

Zufrieden mit meinem Text legte ich den silbernen Kugelschreiber zur Seite und fuhr mir mit der Hand übers Gesicht. Ich war müde und mein Nacken verspannt. Allerdings konnte ich so einige körperliche Wehwehchen ausblenden, wenn es darum ging, an meinem neuesten Video zu arbeiten. Gleich würde ich vor dem Wohnhaus des ehemaligen Opfers stehen, um mich dort mit deren Tochter zu unterhalten.

Bei meiner Arbeit legte ich Wert auf Respekt und Ästhetik. Mir ging es nicht darum, die grausamsten oder brutalsten Details ans Tageslicht zu zerren, ich wollte die Tragödie dieser Menschen oder vielmehr die Menschen selbst beleuchten. Sie waren es, die ihre Geschichte erzählen sollten.

Auf dem Schreibtisch, den ich in eine winzige Ecke des Wohnzimmers meiner vierundfünfzig Quadratmeter großen Wohnung gepfercht hatte, lagen sämtliche Unterlagen zu jenem Fall, den ich gerade bearbeitete. Meine Recherchen in Bibliotheken und im Internet hatten nur wenig Hilfreiches zutage fördern können. Es kam mir so vor, als würden sich stetig mehr Fragen auftun, je tiefer ich in die Materie eintauchte.

Anfangs hatte ich gedacht, der Fall Alice Ramsay, der sich vor mehr als fünfzig Jahren zugetragen hatte, wäre einer dieser ungeklärten Tode, die sich gut beleuchten ließen. Wie viele Male zuvor gab es auch hier eine Verstorbene und einen Verdächtigen. So weit, so gewöhnlich.

Alice Ramsay war verheiratet gewesen – und das unglücklich, wie aufgrund ihres Wunsches nach Scheidung anzunehmen war. Das rückte natürlich ihren Ehemann, George James, in den Fokus.

Ich stellte mir vor, welche Umstände Alice zu einer Trennung verleitet hatten. Möglicherweise hatte George sich im Laufe der Zeit ordentlich gehen lassen. Oder er war zum Trinker geworden. Vielleicht war er, um es mit den Worten jener Zeit auszudrücken, ein echter Lebemann gewesen.

Das dürfte Alice nicht unbedingt rosige Zukunftsaussichten mit ihm beschert haben. Noch dazu war Alice zu der Zeit bereits Mutter geworden. George hätte also durchaus ein Playboy sein können, der irgendwann herausgefunden hatte, dass eine Familie einfach nichts für ihn war, weil er lieber nachts um die Häuser zog.

Auf den ersten Blick war man insofern verleitet, alle Schuld auf den guten George abzuwälzen. Der hatte zu der Zeit allerdings gar nicht mehr mit Alice unter einem Dach gelebt, sondern war in einem Hotel untergekommen. Man konnte sich demnach relativ gut vorstellen, wie angespannt die Situation gewesen sein musste.

Und jetzt wurde es ziemlich spooky. Gefunden wurde Alices Leiche von einer Angestellten in der Badewanne.

Weil die Ursache für Alices Tod nicht eindeutig war, rief man einen Rechtsmediziner auf den Plan. Der stellte keine äußere Gewalteinwirkung fest. Alle waren erstaunt, wenn nicht sogar verzweifelt. Keine Spur davon, dass jemand Alice getötet haben könnte. Somit wurde Alices Tod der Einfachheit halber als Selbstmord deklariert. In einem Zeitungsbericht jener Zeit stand, dass sie aufgrund ihrer Scheidung und aller damit einhergehenden Komplikationen die Nerven verloren und sich deshalb das Leben genommen hätte.

Klang unglaubwürdig? Absolut.

Ich meine, da befreite sich diese Frau endlich aus einer offenbar unglücklichen Ehe, nur um sich dann das Leben zu nehmen? Eine Scheidung war zu jener Zeit sicher kein Spaziergang. Man musste also ziemlich überzeugt sein, diesen Schritt zu wagen.

Doch was könnten Gründe für einen Selbstmord gewesen sein? Liebeskummer wegen George? Hatte er in Wahrheit Alice verlassen, weil ihm die Aufgaben als Daddy und Ehemann doch zu haarig geworden waren? Alice war deswegen womöglich verzweifelt gewesen. Grund genug, sich selbst in der Badewanne zu ertränken?

Bei den Ramsays handelte es sich um eine angesehene Familie. Die Sorte, deren Stammbaum Jahrhunderte zurückreichte und mit Leuten bestückt war, die Länder erobert oder Generationen geprägt hatten. Popstars der Vergangenheit. Da steckte jede Menge Geld dahinter und sehr viel Druck. Eine Ehe oder ein Mensch konnte unter diesen Umständen leiden und irgendwann sogar daran zerbrechen.

Schon klar, die Gründe für Suizid durfte man nicht nur an der Oberfläche suchen. Ich hatte schließlich keine Ahnung, wie es um Alices psychische Gesundheit gestanden hatte.

Seltsam war der Fall allemal.

Bei meinen Überlegungen hatte ich aber auch einen gesundheitlichen Zwischenfall in Betracht gezogen. Eine unbekannte Erkrankung, die zu einem Herzstillstand geführt hatte. Optionen gab es folglich jede Menge. Meine Aufgabe war es, diese zu sortieren und Wahrscheinlichkeiten zu definieren.

Um Informationen zu bekommen, hatte ich einen handgeschriebenen Brief an Alice Ramsays Familie geschickt. Darin hatte ich mich selbst, meinen Kanal und meine Arbeit vorgestellt. Erstaunlicherweise war die Wartezeit diesmal besonders kurz gewesen. Denn nach nur zwei Wochen hatte ich nicht nur eine Antwort, sondern sogar eine Einladung von Luisa Ramsay erhalten.

Das war wirklich überraschend.

Aus diesem Grund stieg ich an einem Nachmittag bei herrlichem Sonnenschein aus einem Taxi und richtete den Blick ehrfürchtig auf das dreistöckige, weiß verputzte Haus im Regency-Stil. Vereinzelt lugten hinter den weißen Rahmenfenstern Pflanzen und Lampen hervor. Die Sonne brannte auf mich herab, trotzdem durchfuhr mich ein eiskalter Schauder, als ich meinen Fuß auf die unterste der drei Stufen aus Sandstein setzte. Meine beste Freundin hatte mir erst kürzlich via TikTok-Video den Unterschied zwischen neureichen Leuten und dem sogenannten Geldadel erklärt. Ich würde nicht behaupten, durch diese Schulung eine Expertin in Sachen Geldschnüffeln geworden zu sein, aber das Haus der Familie Ramsay wirkte nicht unbedingt so, als hätte Luisa vor zwei Wochen im Lotto gewonnen, wäre daraufhin in einen Kaufrausch verfallen und hätte sich dabei allerhand unnötiges, geschmackloses und übertrieben teures Zeug gekauft und es als Protzgeste außen als Dekoration angebracht. Hinter diesen Mauern steckten alte Geschichten – schöne, aber auch hässliche Geschichten. Eine davon, nämlich die der Mutter der Frau, mit der ich eine Verabredung hatte, interessierte mich dabei besonders.

Neben der dunklen, beinahe schwarzen Eingangstür befand sich ein goldener Klingelknopf, allerdings stand kein Name darauf. Doch ich kannte das Haus aus alten Zeitungsberichten und wusste, dass ich mich nicht in der Adresse geirrt hatte. Hier hatte Alice Ramsay gelebt und war hier gestorben. Und vielleicht kam ich vor Ort ihrem Schicksal auf die Spur.

Luisa Ramsay öffnete auf mein Klingeln hin sogar persönlich die Tür. Ich hatte eigentlich mit Personal gerechnet, das mich durch unendlich lange Gänge zu einem prunkvollen Salon geleiten und mich dort Luisa vorstellen würde. Doch ich kannte Luisa von Bildern und wusste, dass es sich bei der Frau mit leicht ergrautem Haar um Alices Tochter handelte. Luisa war groß und schlank, trug Perlenohrringe zu einem hellgelben knielangen Kleid. Sie hatte etwas Herrschaftliches an sich und passte daher perfekt zu dem Haus, in dem sie wohnte.

In ihrem Gesicht meinte ich, einen Hauch Nervosität zu erkennen. Ihr Lächeln war verhalten, beinahe prüfend. Schließlich bat sie mich in den beeindruckenden Eingangsbereich. Zu Gemälden ihrer Vorfahren an den Wänden stellte sie sich mir vor. »Ich bin Luisa.«

Also keine Förmlichkeiten. »Jodie«, murmelte ich und versuchte mich in einem sympathischen Grinsen.

Für meine Arbeit war es wichtig, Luisas Vertrauen schnell zu gewinnen. Schneller als im echten Leben, wo Zeit war für ein bisschen Small Talk. Sie sollte sich in meiner Gegenwart wohlfühlen. Schließlich drückte niemand einer nervigen Reporterin alte Familiengeheimnisse in die Hände.

»Bisher haben ich und meine Familie mit keiner außenstehenden Person über meine Mutter gesprochen. Anfragen gab es genug, sie wurden allerdings allesamt abgewiesen«, erklärte Luisa, während sie mich durch einen langen Gang ins helle Wohnzimmer führte. Sie erhöhte damit den Druck auf mich gewaltig. Gleichzeitig fragte ich mich, was Luisa bewogen hatte, ausgerechnet mit mir zu reden. Lag es an meiner steigenden Bekanntheit? Oder passte meine Anfrage einfach gerade gut in Luisas Leben? So oder so wollte ich das Interview unter keinen Umständen vergeigen.

Vom Wohnzimmer aus hatte man einen herrlichen Blick in den Garten, in dessen Mitte ein Ahornbaum mit üppiger

Krone thronte. »Der Fall ist mysteriös und weckt bestimmt viel Interesse«, sagte ich. »Danke, dass Sie mir trotz Ihrer bisherigen Vorgehensweise Zugang zu Informationen gewähren.« Es war keinesfalls selbstverständlich, Antworten auf Fragen zu erhalten. Als ich den Kanal ins Leben gerufen und noch nicht mit großen Zuschauerzahlen hatte aufwarten können, waren die Leute deutlich skeptischer im Umgang mit mir gewesen. Sie hatten mich vermutlich für durchgeknallt gehalten, wie ich mit meinem Notizblock und tausend Fragen vor ihrer Tür gestanden hatte. Mittlerweile hatte ich nicht nur mein Auftreten, sondern auch meine gesamte Produktion verbessert.

Luisa lächelte und deutete mit ihrer rechten Hand pauschal auf die Sitzgelegenheiten, die der Raum bot. Eine Couch mit unzähligen Kissen, zwei Ohrensessel und ein antik wirkender Hocker standen zur Auswahl.

»Nehmen Sie Platz. Im Sitzen redet es sich viel einfacher.«

»Danke«, erwiderte ich und setzte mich auf einen der beiden hellgrauen Ohrensessel, weil das Ding einfach ultrabequem aussah. Ich räumte das Equipment, das ich mitgebracht hatte, aus meiner Tasche. Diktiergerät, Block und Stift. Mein Handy schaltete ich aus.

Luisa ließ sich mir gegenüber auf der farblich passenden Couch nieder. Sie deutete auf die Teekanne und die beiden Tassen zwischen uns. »Greifen Sie gerne zu.«

Erneut gab ich mich zurückhaltend, um ihre Nervosität zu mildern. »Danke.«

Ohne Erfolg.

»Vermutlich ahnen Sie noch nicht, welcher Herausforderung Sie sich stellen. In unserer Familie galt bisher die Order, sich auf keinen Fall mit Alices Schicksal zu beschäftigen. Mein Großvater war da immer sehr strikt und ich habe das Schweigen von ihm übernommen. Doch je länger dieses Schweigen andauert, desto bedeutsamer und mächtiger wird der Wunsch in mir, Antworten zu finden.«

Luisa war nach Alices Tod bei ihrem Großvater aufgewachsen. Für mich war es von Vorteil, dass sie ihn gleich zu Beginn unseres Gesprächs erwähnte. Offensichtlich war sie wirklich bereit, sich mir zu öffnen. Weswegen sonst hätte sie sofort in die Offensive gehen sollen? »Warum wollte er nicht über Alice reden? Können Sie sich das erklären?«

Sie nickte und faltete die Hände auf ihrem Schoß. »Mein Großvater war ein friedliebender Mensch, der auch streng sein konnte. Er hat seine Prinzipien und Moralvorstellungen verteidigt und keine Ausflüchte geduldet. Meine Mutter hat allerdings einige Regeln gebrochen und damit den Ruf der Familie in Gefahr gebracht. Ihre Scheidung war ihm ein Dorn im Auge. Ich vermute, dass sie heftig gegen ihn kämpfen musste, um sich von George befreien zu können. Als sie starb, sah mein Großvater den Skandal in atemberaubendem Tempo herannahen, woraufhin er sich in Schweigen gehüllt hat, bis sich die Situation wieder beruhigte. Dieses Schweigen hat er nie ablegen können.«

»Auch wegen des Schmerzes? Immerhin hat er seine Tochter verloren«, warf ich ein.

»Bestimmt. Er hat sie geliebt und war am Boden zerstört.« Luisa seufzte und strich mit einer Hand über die Tischplatte. »Meine Art ist es jedenfalls nicht, Dinge unter den Teppich zu kehren.«

»Ich werde mich Schritt für Schritt in den Fall einarbeiten. Aus Archiven habe ich mir Zeugenvernehmungen und Beweisauflistungen besorgt. Für sich betrachtet ergibt das alles nur wenig Sinn, aber ich hoffe, dass ich verstehe, was das alles zu bedeuten hat, sobald ich Einzelgespräche geführt habe. Es ist für Sie in Ordnung, wenn ich mich nach Zeitzeugen umsehe?«

»Ich werde Sie dabei natürlich unterstützen«, erklärte sie und legte ein in Samt gebundenes Buch zwischen uns auf den Glastisch. »Darin befindet sich eine Auflistung sämtlicher Personen, die ich meinerseits als wichtig empfinde. Ich habe Adressen und Nummern notiert. Hoffentlich können Sie damit etwas anfangen.«

Es kostete mich eine Menge Kraft, die Finger nicht augenblicklich danach auszustrecken. »Das wird mir sicher helfen. Hat Ihr Großvater Ihnen gegenüber jemals eine Vermutung geäußert?«

»Für ihn war klar, dass mein Vater, also George, verantwortlich sein musste. Diese Einsicht ist aber erst später gekommen. Unmittelbar nach ihrem Tod hat er sich Mühe gegeben, an der Selbstmordtheorie festzuhalten.«

Selten hatte ich erlebt, dass die Frage, ob es Mord oder ein Unfall war, derart häufig die Richtung änderte. »Könnte es auch eine gesundheitliche Ursache geben?«

»Dazu gibt es laut Polizei keine Hinweise.«

»Wie sehen Sie die Sache?«

»Ich kenne meine Mutter nur von Erzählungen und kann sie daher nicht besonders gut einschätzen.«

Traurigkeit legte sich über Luisas Gesicht. Speziell für sie musste der Fall besonders tragisch sein. In einer Nacht hatte sie beide Elternteile auf unterschiedliche Weise verloren und auch keine Erinnerung an sie. »Ein Mord erscheint mir plausibel.«

»Ein Mord durch George?«

»Ja.«

»Aus welchem Motiv heraus?«

»Mein Vater hatte wohl so einige Talente, Ehrlichkeit zählte nicht dazu. Außerdem hat er sich seine Vorteile durch Manipulation erschlichen. Dass meine Mutter sich von ihm trennen wollte, hat ihn in seinem Stolz gekränkt. Ich denke nicht, dass er an besagtem Abend mit dem Vorsatz herkam, sie zu töten. Vielleicht gab es ein Streitgespräch, das eskaliert ist und in der Tat mündete.«

Bei den meisten Fällen, über die ich bisher berichtet hatte, stand dieses Muster dahinter – es gab Spannungen, Streit und Unstimmigkeiten, was zu einer Auseinandersetzung führte, die wiederum in einer Kurzschlussreaktion endete. Menschen reagierten oftmals nicht vorausschauend. Explosionsartig brachen ihre Gefühle aus ihnen heraus. Eine Entladung, die Taten nach sich zog, deren Folgen verheerend waren.

»George ist nach Alices Tod untergetaucht. Er könnte das aus Angst vor Verdächtigungen oder aus Trauer getan haben«, meinte ich, ließ meine Aussage allerdings wie eine Frage klingen.

»Er wollte sich der Verantwortung nicht stellen, ganz egal in welchem Ausmaß.«

»Was erwarten Sie sich von der Berichterstattung über Ihre Mutter?«

Nickend lächelte sie. »Ich möchte die Erinnerung an sie bewahren und sie von dem Status des potenziellen Mordopfers befreien. Sie war mehr als das. Sie war ein Mensch mit Träumen, dem, egal aus welchem Grund, die Chance auf eine Zukunft verwehrt wurde.«

»Die Person zu beleuchten, die Alice war, ist mir ein Anliegen. Darum geht es auch hauptsächlich in meinen Berichten.«

Ich betrieb meinen Kanal seit drei Jahren und hatte damit kurz nach dem Beginn meines Studiums angefangen. Aus einem witzigen Versuch, bei dem es eigentlich um nicht wirklich viel ging, war beinahe ein Fulltime-Job geworden. Die Recherchen verlangten einiges an Zeitaufwand, ebenso die Befragungen, aber auch die Auswertung und das Schneiden meiner Videos hatten es in sich. Das alles waren Fähigkeiten, die ich mir mit meinen dreiundzwanzig Jahren selbst angeeignet hatte. Darauf war ich stolz.

»Ich weiß, ich habe mir alle angeschaut«, gestand Luisa sanft. »Ihre Videos sind spannend und frei von jeder Effekthascherei.«

»Es bedeutet mir wirklich viel, dass Sie den Kern meiner Arbeit erkannt haben.«

Offensichtlich bestand ein riesiges Interesse an ungeklärten oder besonderen Tragödien, wobei ich auf dramatisches Aufbauschen verzichtete und mich ganz auf die zwischenmenschlichen und persönlichen Konflikte spezialisierte.

Luisas Blick wurde ernst. Entschuldigend zuckte sie die Achseln. »Um ehrlich zu sein, handele ich mir eine Menge Ärger ein, indem ich Sie bei Ihrer Recherche unterstütze. Mein Sohn meinte, ich sollte die Sache rund um meine Mutter nicht erneut aufrollen. Na ja, lassen Sie sich von ihm nicht unterkriegen.«

»Ihr Sohn hätte also am liebsten, dass ich mich von Ihnen fernhalte?«, hakte ich nach.

»Er ist überhaupt nicht glücklich damit und hat mich gebeten, Ihnen mitzuteilen, dass er Einblick in Ihre Untersuchungen haben will.«

Das war ja mal etwas ganz Neues. Jemand wollte mich kontrollieren.

Zuerst fühlte ich mich etwas angegriffen, dann aber fragte ich mich, ob Luisas Sohn am Ende vielleicht sogar mehr Hilfe als Hindernis sein könnte. Er hatte vermutlich einen besseren Überblick über die in den Fall verwickelten Personen und kannte nebenbei auch noch die Örtlichkeiten.

»Das ist vollkommen in Ordnung für mich«, sagte ich daher.

Luisa wirkte erstaunt. »Ja? Zum Glück.«

»Sie können ihm gerne meine Nummer und meine Mailadresse weiterleiten.«

»Das mache ich«, versprach sie.

»Was mich noch interessiert«, bemühte ich mich, noch weitere Anhaltspunkte zu erhalten. »Haben Ihr Vater oder Sie jemals versucht, Kontakt zu George aufzubauen?«

»Mein Vater nie, das hat er zumindest behauptet. Ich hatte hin und wieder das Bedürfnis, nach ihm zu suchen, mir fehlte es aber an Mut. Jetzt sind Sie ja im Spiel.«

Ich lächelte und verstaute Luisas Notizheft in meiner Handtasche. »Würden Sie mir mehr über Alice erzählen? Wie ist sie aufgewachsen? Wer war sie, bevor sie George kennengelernt hat?«

Man sah Luisa an, dass sie eine tiefe Bewunderung für Alice hegte. Ihre Augen begannen zu funkeln und die Spannung in ihrem Körper ließ deutlich nach. Da war aber auch etwas Trauriges in ihrem Blick. Trauer darüber, ihre eigene Mutter lediglich aus Erzählungen zu kennen.

»Das mache ich liebend gerne«, erwiderte sie und schenkte uns beiden dabei eine Tasse Tee ein. »Machen Sie es sich gemütlich. Ich werde Ihnen von Alice erzählen.«

Kapitel 2

Alice

1960 – 12 Jahre

Dies soll mein Tagebuch sein.

Ein Ort für meine Gedanken, die ich niemandem anvertrauen kann oder möchte.

Ein Ort für meine Geschichte.

Mein Name ist Alice Ramsay, ich bin zwölf Jahre alt und möchte meine Geschichte erzählen. Um zu verstehen, wer ich bin, werde ich an dem Punkt meiner ersten Erinnerungen beginnen. Hör gut zu, liebes Tagebuch.

Ich war die Zweitgeborene.

Mein Vater sagte, ich sei an einem der heißesten Tage des Jahres zur Welt gekommen. Nur wer unbedingt vor die Tür gemusst hätte, sei draußen zu sehen gewesen.

Meine arme Mutter lag vierzehn Stunden in den Wehen. Dann wurde ich endlich geboren und hatte zur Überraschung aller Anwesenden, zu denen mein Vater nicht gehörte, da er es für notwendig hielt, einem Geschäftstermin nachzugehen, bereits einen winzigen Zahn im Mund. Jemand, vermutlich Mutters treueste Angestellte, Agatha, verkündete strahlend, dass Personen mit diesem Merkmal wahre »Glückskinder« seien. Meine Mutter hat mir oft erzählt, wie fest sie daran geglaubt habe, immerhin hatte sie kurz zuvor bereits eine Fehlgeburt erlitten. Meine Mutter war am Boden zerstört gewesen. Und ich sollte wohl so etwas wie ein Ersatz für sie sein. Ein Trost in der schwersten Zeit ihres Lebens.

Allerdings machte ich ihr dieses anfangs recht schwer. Ein schlimmer Husten folgte dem nächsten. Schließlich durfte ich bei »unpassendem Wetter« das Haus gar nicht mehr verlassen. Ich wurde behütet wie ein rohes Ei. Meine um zwei Jahre ältere Schwester Felicitas genoss sehr viel mehr Freiheiten. Gleichzeitig brachte ihr unsere Mutter nicht die gleiche Liebe wie mir entgegen.

Damit wurde ich zur Außenseiterin der Familie. Als Kind war ich überzeugt, alles falsch zu machen. Ich liebte meine Mutter, sehnte mich aber ebenfalls stark nach der Anerkennung meiner älteren Schwester Felicitas.

Eines Tages im Jahr 1955, ich war gerade einmal sieben, saß ich in der hauseigenen Bibliothek und hatte meine Nase in einen Roman gesteckt, den ich eigentlich nicht lesen durfte. Doch ich war fasziniert von Abenteuergeschichten und fühlte mich inmitten der Worte frei wie ein Vogel. Ich sog diese Bücher auf, weil sie ein Fenster zu einer Welt darstellten, die ich nie betreten würde. Sie war völlig jenseits meiner Realität und dem, was mir erlaubt war zu unternehmen.

Meine Schwester Felicitas kam an jenem grauen Novembernachmittag in die Bibliothek geschlendert. Schnell klappte ich das Buch zu, schob es hinter meinen Rücken und richtete den Blick konzentriert in den Bildband über die afrikanische Steppe, den ich mir als Alibi bereitgelegt hatte.

Für unseren Vater war Felicitas eine Enttäuschung – schließlich hatte er sich als ältestes Kind einen Sohn gewünscht. Für unsere Mutter war sie zu geistlos. Für mich war sie ein Störenfried und eine Unruhestifterin. Sie war stur, konnte fürchterlich gemein sein und hatte ihre Freude daran, Menschen zu manipulieren. Ich wusste zwar, dass auch meine Freundinnen mit ihren Geschwistern stritten, bei Felicitas und mir gingen die Auseinandersetzungen jedoch über reine Streitigkeiten hinaus. Dieses schlechte Verhältnis bedauerte ich natürlich, eine Verbesserung schien mir aber kaum möglich.

Ich hatte Ehrfurcht vor ihr, vielleicht sogar ein klein wenig Angst. Gleichzeitig bewunderte ich ihr wundervolles Haar, das in leichten Wellen über ihre Schultern fiel.

»Costa Rica«, sagte sie, während sie sich neben mich in einen der beiden Sessel vor dem Kaminfeuer setzte. »Interessant.«

»Ich … ich habe kaum etwas davon gelesen.«

Natürlich hatte sie bemerkt, welches Buch ich zuvor in der Hand gehalten hatte. Sie war aufmerksam, hatte ihre Augen und Ohren überall, als witterte sie in jeder Ecke den nächsten Skandal, den sie für ihre Zwecke benutzen konnte. Und im Augenblick drehte sich im Leben meiner Schwester alles um Musik. Sie liebte das Singen. Es war ihre Passion. Sie hatte auch wirklich Talent und war gesegnet mit einer hellen, sauberen Stimme.

Sie hatte so oft und viel geübt, bis sie jeden Ton traf.

Doch Felicitas wollte mehr mit ihrem Gesang erreichen, als das Unterhaltungsprogramm für unsere Eltern darzustellen. Sie sehnte sich nach der großen Bühne. Nach einer Karriere als Sängerin. Aber natürlich würde ihr das unser Vater niemals erlauben.

Sein Plan sah vor, Felicitas und mich mit einflussreichen sowie wohlhabenden Männern zu verheiraten. Die Ehen sollten im besten Fall von Vorteil für die gesamte Familie, allen voran meinen Vater, sein. Auf persönliche Empfindungen und Wünsche wurde da nicht Rücksicht genommen. Beschwerten wir uns, kassierten wir eine Strafe, die sich sehen lassen konnte.

Er betonte oft, unsere Familie sei nicht durch pures Glück, sondern wegen hervorragender heiratspolitischer Strategien zu Reichtum gekommen. Dieses Erbe wollte er ganz offensichtlich fortsetzen. Mit Felicitas und mir als Spielfiguren.

»Als Vater und Mutter gestern Abend außer Haus waren, ist dir da etwas aufgefallen, Alice?«

Ihr Blick war schneidend. Die Leute sagten, Felicitas hätte die Augen unseres Vaters geerbt – blau, durchdringend und etwas beängstigend.

Sie stellte mir eine Falle, doch ich war zu jung, um einen Ausweg zu finden. »Du bist weggegangen.«

Meine Beobachtung gefiel ihr offensichtlich nicht. Sie kniff ihre eiskalten Augen zusammen. Zuerst musterte sie mich prüfend, dann schnalzte sie mit der Zunge.

»Und du warst um die Uhrzeit noch hier unten, hast verbotenerweise in diesem blöden Buch gelesen. Weiß Mutter davon?«

»Nein«, beeilte ich mich zu sagen.

»Siehst du. Wir haben beide unsere Geheimnisse.«

»Ich werde deines niemandem verraten.« Das Letzte, das ich wollte, war, meine geliebten Bücher zu verlieren. Sollte Felicitas jedoch unserer Mutter erzählen, dass ich mich spätabends in die Bibliothek geschlichen hatte, würde das Konsequenzen nach sich ziehen.

Felicitas nickte zufrieden. »Möglicherweise bist du doch nicht so blöd, wie alle immer reden.«

»Wer sagt, dass ich blöd bin?« Es war meine kindliche Angst, die mich in die nächste Falle tappen ließ. Aber war es nicht auch verständlich, dass ich geliebt werden wollte? Bis auf meine Mutter tat dies schließlich niemand.

»Alle.«

»Das stimmt nicht«, widersprach ich trotzig.

Felicitas grinste. »Wie du meinst.«

Ich kämpfte so lange gegen die Tränen, bis meine Augen brannten. Doch auch diesmal schluckte ich sie erfolgreich hinunter. Im Vertuschen meiner Angst oder Verletzlichkeit war ich mittlerweile ein echter Profi.

»Vater sagt, du wärst teilnahmslos.«

»Was bedeutet das?«

»Dass du in deiner Fantasiewelt lebst. Merkst du eigentlich, was um dich herum passiert, Alice?«

Es war nicht einfach, die Jüngste zu sein. Denn ständig gab es jemanden, der klüger, stärker oder privilegierter war als ich. Und diese Personen, vor allem Felicitas, nutzten jede Gelegenheit, mir diesen Nachteil unter die Nase zu reiben. Ich hatte gelernt, vorsichtig zu sein. Meine Mutter beschützte mich zwar, wenn sie von den Schikanen erfuhr. Doch nicht immer erfuhr sie davon. Vieles blieb im Verborgenen und ich musste zusehen, wie ich alleine damit zurechtkam.

Als ich schwieg, fuhr meine Schwester fort. »Mutter wird schwächer. Sie ist häufiger bei Ärzten. Vater ist verzweifelt.«

Mir war nichts dergleichen bekannt. Ja, Mutter schlief viel. Sie war vielleicht sogar öfter unterwegs, als sie es früher getan hatte. Doch ich hatte mir deswegen noch keine Gedanken gemacht.

»Ich will nicht, dass du mir Angst machst«, murrte ich. Es sollte eine Warnung an meine Schwester sein. Eine klare Linie, hinter der sich meine heile Welt versteckte. Sie durfte diese nicht angreifen oder mit ihren Gemeinheiten ins Wanken bringen.

Felicitas ignorierte meine offensichtliche Furcht allerdings. »Mutter ist krank.«

»Das weißt du doch gar nicht!«

»Doch, tue ich.«

»Woher?« Ich weigerte mich, ihr zu glauben. Mutter war stark. Sie konnte nicht krank sein.

»Ich habe ein Gespräch mitangehört. Vater macht sich große Sorgen. Wahrscheinlich wird sie sterben, Alice.«

In diesem Moment fühlte ich weder Angst noch Sorge. Vielmehr war es so, als wäre Felicitas aufgekreuzt, um mir unsere Mutter zu entreißen. Das trieb mich zur Weißglut.

Ich bemerkte kaum, dass ich aufstand. Plötzlich trugen mich meine Beine über den gewebten Teppich auf meine Schwester zu. Dort streckte ich meine Hand nach ihr aus. Sie lächelte, doch ich bemerkte das Zittern ihrer Oberlippe. Blitzschnell glitten meine Finger in ihre blonden Locken, packten diese und zogen mit einem festen Ruck daran. Felicitas' Kopf flog von links nach rechts.

Ich zerrte so fest, bis Felicitas lautstark schrie.

Meine Schwester zu bestrafen bereitete mir einerseits Genugtuung, andererseits wusste ich, dass ich mir damit eine Menge Ärger einhandelte. Sie hatte es verdient, dessen war ich mir sicher. Nicht nur für diese Lüge, die sie mir gerade aufgetischt hatte. Seit ich denken konnte, war sie gemein und abfällig zu mir, doch ich hatte mich bisher nie gewehrt.

Damit war jetzt Schluss!

»Ich hasse dich!« Meine Stimme übertönte Felicitas' Geschrei.

Plötzlich flog die Tür zur Bibliothek auf und unser Vater kam gemeinsam mit unserem Kindermädchen Ms Gips ins Zimmer gestürmt. Felicitas und ich verstummten gleichzeitig. Vater sondierte die Lage, entdeckte meine Hand in Felicitas' Haaren und zögerte keine Sekunde. Er hastete zu mir und holte aus. Die Ohrfeige katapultierte mich förmlich zu Boden.

Während Felicitas ihre Haare richtete, hielt ich meine schmerzende Wange fest. Die Haut unter meinen Fingern war heiß und pochte spürbar.

»Was bildest du dir ein, Alice!«, brüllte Vater drohend über mich gebeugt. »Was bildest du dir ein, deine Schwester anzugehen?«

»Sie ist verrückt«, mischte sich Felicitas ein und versteckte sich schützend hinter unserem Vater.

Sie war nicht nur gemein, sondern obenauf auch noch ein Feigling.

»Ich …«, begann ich, wurde aber von Vater unterbrochen.

Er hatte sich nie sonderlich um die Meinung anderer gekümmert. In der Hinsicht behandelte er Felicitas, mich und seine Frau gleich.

»Ms Gips, bringen Sie diese Göre in ihr Zimmer und sehen Sie zu, dass sie dieses bis morgen Abend nicht verlässt.«

Unser Kindermädchen folgte den Anweisungen meines Vaters. Auch sie fürchtete seinen Zorn. Doch ich erkannte in ihrem Blick, dass sie Mitleid mit mir hatte. Erst vor wenigen Tagen hatte sie mir erklärt, dass ich Felicitas' Beleidigungen ignorieren solle, weil ich mir ansonsten bloß selbst das Leben schwer machen würde. Ich glaubte zu wissen, dass Ms Gips auf meiner Seite stand, aufgrund ihrer Anstellung jedoch gezwungen war, den Anweisungen meines Vaters nachzukommen.

Als wir vor der Eichentür standen, die in mein Zimmer führte, beugte sich Ms Gips nah an mein Ohr. »Ich bringe dir später etwas zu essen und frische Kleidung. Möglicherweise versteckt sich darunter ein Buch.«

»Das brauche ich nicht«, sagte ich hitzig.

Ms Gips lächelte milde. »Mal sehen.«

Sie schob mich in den Raum mit dem Bett in der Mitte. Zu meinem letzten Geburtstag hatte ich von Mutter eine wunderschöne zitronengelbe Tagesdecke geschenkt bekommen. Auf diese warf ich mich nun und biss mir abermals auf die Lippen, um ja nicht zu heulen. Mein Stolz ließ diese Art der Schwäche nicht einmal dann zu, wenn ich alleine war und mich ohnehin niemand sehen konnte.

Während ich das Gesicht in die Tagesdecke presste, kam ich nicht umhin, mich zu fragen, was aus mir werden würde, sollte meine Mutter tatsächlich krank sein. Ohne sie war ich verloren. Einsam. Hilflos.

Vater glaubte, mich hier einzusperren, wäre eine gerechte Strafe. Aber wahrscheinlich war es ohnehin viel besser, mein Schlafzimmer nie wieder zu verlassen. Hier drin war ich sicher vor der Wirklichkeit.

Kapitel 3

Jodie

2024

Während ich mit einer Hand den Kochlöffel ins Nudelwasser tauchte, versuchte ich mit der zweiten, mein lautstark und äußerst penetrant klingelndes Handy aus meiner Handtasche zu fischen. Diese lag geöffnet auf der schmalen Bar, die ich als Ablage für Dinge benutzte, die bei meiner nächsten Aufräumaktion zurück an ihren ursprünglichen Platz gebracht werden mussten.

Ich fluchte und verbrannte mir die Finger, aber trotzdem schien meine rechte Hand sich zu weigern, den Kochlöffel, den mir meine Oma zum Einzug in meine erste eigene Wohnung geschenkt hatte, loslassen zu wollen.

Ich war voller Freude gewesen, endlich Herrin über meine eigenen vier Wände sein zu dürfen. Wobei der Ausdruck »vier Wände« äußerst hochtrabend geklungen hatte für die Behausung, in der ich am Anfang meiner Studienzeit gelebt hatte. Plötzlich war da auch noch Schimmel in der Küche gewesen und aus einem Abflussrohr waren Kakerlaken gekrochen.

Ich war also zu meinem Freund Blake gezogen – zu früh, wie sich im Nachhinein herausgestellt und wie mir mindestens drei Leute prophezeit hatten. Aber ich hatte ihnen damals nicht glauben wollen. Weder meiner Mum, meiner besten Freundin Kiki noch Blake selbst, der mich bloß aufgenommen hatte, damit mich die Kakerlaken nicht verspeisten.

Nach nur einem Jahr hatte ich herausgefunden, dass Blake und ich tatsächlich überhaupt nicht zusammenpassten, und mit ihm Schluss gemacht. Ich hatte meine wenigen Habseligkeiten gepackt und mir eine neue Unterkunft gesucht. Fündig war ich in Ealing geworden, obwohl ich von hier aus viel länger mit der Tube zur Uni unterwegs war. Mittlerweile wohnte ich seit einem knappen halben Jahr dort. Die Wohnung war absolut perfekt für meine Ansprüche und meinen Geldbeutel. Sie war hell, das sagten Leute ständig über ihre Wohnungen. Und tatsächlich, bevor ich diese betreten hatte, war mir gar nicht klar gewesen, wie absolut wundervoll es sein konnte, wenn genügend Licht von außen nach innen drang. Es war grandios.

Dafür nahm ich sogar das winzige, fensterlose Bad in Kauf.

Jedenfalls war die Wohnung ein Glücksgriff. Ich hatte vor, länger zu bleiben. Deswegen benötigte ich mehr Zeit, um mich heimisch einzurichten. Denn ich wollte irgendwann Farben an den Wänden, eine individuelle Einrichtung und die absolute innenarchitektonische Harmonie – Wünsche, die einfacher umzusetzen wären, hätte ich genügend Geld.

Unterstützung bekam ich finanziell sowie tatkräftig, moralisch und arschtritttechnisch von meinen Eltern. Deshalb fühlte ich mich, nachdem ich das Handy endlich aus den Fängen meiner Handtasche befreien konnte, trotz knurrendem Bauch verpflichtet, den Anruf meiner Mum entgegenzunehmen.

Sie saß wie immer im Auto und telefonierte über ihre Freisprecheinrichtung. Ich glaube, meine Mutter erledigte all ihre Anrufe im Wagen. Perfektes Zeitmanagement, würde sie es nennen.

»Jodie, bist du unterwegs?«, fragte sie zur Begrüßung.

Sie wollte nicht stören, was mir sagte, dass sie irgendetwas Wichtiges mit mir zu bereden hatte. »Nein, ich bin gerade nach Hause gekommen.«

»Sehr gut. Hör mal, Liebling, dein Vater hat mir erzählt, du würdest an deinem nächsten Beitrag arbeiten und hättest Kontakt zur Familie Ramsay aufgenommen.«

Meine Mutter hatte mit Ende zwanzig ihr eigenes Unternehmen gegründet. Ich war damals noch ein Baby gewesen, doch sie hatte es trotzdem geschafft, megaerfolgreich zu werden. Vermutlich lag das weniger daran, dass ich ein echt braves Kind gewesen war. Vielmehr würde ich ihren Erfolg ihrer Durchsetzungskraft, ihrer Klugheit und ihrem Spürsinn zurechnen. Letzterer war mir schon häufig zum Verhängnis geworden.

»Das stimmt. Ich war heute bei Luisa Ramsay, sie ist die Tochter des vermeintlichen Mordopfers«, erklärte ich und rührte meditativ im Topf.

»Und … sie war deiner Mission gegenüber aufgeschlossen?«

»Ja, das war sie.«

Meine Mutter war skeptisch. Von Anfang an hatte sie Angst gehabt, ich würde mich zu sehr auf meine Videos und weniger auf mein Literaturstudium konzentrieren. Doch eigentlich hatte ich geglaubt, ihr bereits in der Vergangenheit bewiesen zu haben, dass ich beides perfekt unter einen Hut bekam. Doppelbelastung war voll mein Ding. Das schien ich von ihr geerbt zu haben.

»Ich weiß nicht, Jodie. Du gehst zu diesen Leuten, bombardierst sie mit Fragen über ihre toten Verwandten und stocherst in den dunklen Geheimnissen der Familie herum. Das alles macht mich … nervös.«

»Ich zwinge niemanden, mit mir zu kooperieren. Luisa war jedoch von Anfang an begeistert. Ich glaube, auch ihr liegt etwas daran, die Wahrheit über Alice herauszufinden.«

»Was aber ist, wenn die Wahrheit unvorteilhaft für die Ramsays ist?«, hakte sie nach.

Ich drehte den Herd ab und holte das Nudelsieb so leise wie möglich aus der Schublade. »Dann … keine Ahnung.«

Meine Mum schnaubte. »Entweder war all die Zeit, die du investiert hast, umsonst oder es erwarten dich unbequeme Konsequenzen. Hast du über die Familie recherchiert? Damit meine ich die jetzigen Ramsays.«

»Mich interessiert nur der Todesfall rund um Alice.« Beide wussten wir, dass diese Antwort kommen würde. Doch ich hätte sie durchaus diplomatischer formulieren können. Stattdessen aber konzentrierte ich mich darauf, die Nudeln mit einer Hand und ohne Zwischenfälle ins Sieb zu kippen.

Dampf umschloss mich, während meine Mum zur nächsten Lektion ansetzte. »Na ja, zumindest ich habe diese Hausaufgabe für dich erledigt. Ich kann dir einige Dinge über diese Art von Familie erzählen, die dich vorsichtiger stimmen sollten.«

»Mum, bitte.« Ich wollte ihren langwierigen Vortrag über all die Gefahren, die in der Welt auf mich lauerten, bereits im Keim ersticken.

Ich war hungrig, müde und hatte noch eine Zusammenfassung für die Uni zu schreiben. Abgabetermin war morgen und mir fehlte eine beträchtliche Menge an Text. Die Nacht würde also ohnehin kurz werden.

Doch ich hatte die Rechnung ohne meine durchsetzungskräftige Mutter gemacht, die mich so schnell nicht entkommen ließ.

»Die Ramsays sind angesehene Leute. Einflussreich. Erfolgreich. Sie haben demnach ein Image zu verlieren. Ich kann mir einfach nicht vorstellen, dass es für das Business sonderlich fördernd ist, wenn man alte Geschichten aufwärmt, die am Ende dazu führen, dass allen plötzlich klar ist, dass man von einem Mörder abstammt.«

Darin sah ich zugegebenermaßen auch das größte Problem.

Ich hatte Angst, Luisa würde aus Sorge um das Ansehen der Familie oder potenziell negative Schlagzeilen in allerletzter Sekunde abspringen. Oder vielleicht würde sie auch ihr Sohn zu einem Abbruch der Berichterstattung drängen. Laut Luisas Aussage wollte er ja ohnehin ein Auge auf meine Arbeit werfen. Arbeitstechnisch wäre eine Absage eine Katastrophe. Viel schlimmer fand ich aber, dass Alices Geschichte dann nicht erzählt bleiben würde.

»Das Risiko ist es mir wert«, sagte ich mehr zu mir selbst als zu meiner Mum.

»Jodie, es ist nur … ich mache mir Sorgen.«

Bei uns daheim war es so: Mein Dad war derjenige, der Gefühle zeigte. Ständig, überall und ungefiltert. Er heulte bei jedem meiner Geburtstage, mein Auszug hatte ihn völlig erschüttert und noch heute führte er mein Kinderzimmer als Museum. Gleichzeitig konnte er fürchterlich wütend werden und äußerte dann Dinge, die ihm am Ende leidtaten. Meine Mum hingegen war hart wie Granit. Sie war nicht gefühlskalt, aber auch keine Übermutter. Sie war stets für mich da, hatte jedoch auch früher niemals krampfhaft versucht, mich vor Fehlern zu bewahren, weil sie schlichtweg der Meinung war, dass ich nur dann daraus lernte, wenn ich meine Probleme eigenständig löste.

»Mum, du brauchst dir keine Sorgen zu machen«, versicherte ich ihr mit ruhiger Stimme. »Das ist nicht mein erster Fall, den ich bearbeite. Außerdem war Luisa Ramsay echt nett.«

»Du bist meine Tochter. Alles, was ich will, ist, dich zu beschützen. Ich möchte nicht zulassen, dass irgendjemand deine Zukunft zerstört. Egal auf welche Art und Weise.«

»Das weiß ich. Aber vertrau mir, okay?«

Sie schnaubte, dann verklangen die Fahrgeräusche. »Du lässt dir sowieso nichts sagen von mir, also muss ich dir wohl einfach vertrauen.«

»Ich habe alles unter Kontrolle.« Eine Aussage, die Leute ständig machten. Nämlich dann, wenn sie rein gar nichts unter Kontrolle hatten.

In meinem Fall ließ sich meine Herrschaft über die Situation bislang schwer beurteilen. Momentan hatte ich praktisch noch nicht angefangen, in den Abgründen der Familie Ramsay zu graben. Ich hatte auch noch keinen Kontakt zu Luisas Sohn gehabt. Von dessen Skepsis durfte ich meiner Mum erst recht nichts erzählen.

»Ich bin zu Hause, Jodie«, sagte sie. »Wollen wir uns kommende Woche mal treffen? Kaffee trinken? Quatschen?«

Meine Eltern wohnten in einem der Randviertel von London. Das Haus hatten sie gekauft, als ich noch ein Baby gewesen war. Sie hatten es im Laufe der Jahre renoviert und modernisiert. Es gab eine Zeit, vor allem während der Pubertät, da hatte ich es kaum erwarten können, von zu Hause auszuziehen. Als ich dann weg gewesen war, hatte ich anfangs fürchterliches Heimweh gehabt. Ich hatte mich nach den Gesprächen mit meinen Eltern gesehnt, nach dem Gefühl, einen Zufluchtsort zu besitzen. Mittlerweile genoss ich meine Freiheit und Eigenständigkeit und liebte es, meine Eltern zu besuchen.

Ich lachte. »Vermisst du mich so extrem, dass du bereit bist, den absolut klischeehaftesten Mutter-Tochter-Kram anzustellen? Als Nächstes schlägst du mir einen Tag mit Peeling und Gesichtsmasken vor.«

»Ach was, ich will bloß sichergehen, dass du dir kein Nasenpiercing hast stechen lassen.«

»Wer's glaubt! Aber ich vermisse dich auch, Mum.«

»Also sehen wir uns«, schloss sie, wobei ich das Lächeln in ihrer Stimme hören konnte.

Nachdem ich aufgelegt hatte, vermischte ich die Nudeln mit etwas Tomatenpesto. Danach kippte ich mein eher dürftiges Abendessen auf einen Teller und setzte mich damit an meinen Esstisch mit den zusammengewürfelten Stühlen. Für ein durchgängiges Design fehlte mir gerade das Geld.

Vor mir lagen die Unterlagen, die Luisa mir mitgegeben hatte. Ich blätterte das Adressbuch durch, googelte einige Namen und fertigte einen Schlachtplan an. Hoffentlich würde der von Luisas kontrollsüchtigem Sohn nicht über den Haufen geworfen werden.

Danach widmete ich mich meinen Uniaufgaben, die allerhöchste Dringlichkeitsstufe hatten. Ich saß bis spät in der Nacht an meinem Text, schickte ihn schließlich ab und fiel zufrieden ins Bett.

Kapitel 4

Alice

1960 – 12 Jahre

Liebes Tagebuch,

dann möchte ich fortfahren, dir zu berichten, wie mein Leben bisher verlaufen ist. Mittlerweile haben sich viele Dinge verändert, das wird mir beim Aufschreiben selbst erst so richtig bewusst. Dass es Zeiten gab, in denen meine Familie vollständig war. Zeiten, in denen ich zu Hause sein durfte. Hier in der Wycombe Abbey School werde ich zwar auf das Leben vorbereitet, leide aber gleichzeitig unter fürchterlichem Heimweh. In diesen Momenten wird mir schmerzlich bewusst, dass ich weder unser Haus noch meinen Vater vermisse, sondern meine Mutter. Und aus diesem Grund musste ich an jenen einschneidenden Tag denken, über den ich jetzt in aller Ausführlichkeit schreiben möchte.

Eines Morgens im Jahr 1955 wurde ich wach und wusste sofort, dass irgendetwas anders war. Im Haus war es vollkommen still. Was eigentlich nie der Fall war.

Es waberte eine Art dumpfe Stille um mich herum. Als wäre die Luft dicker. Als würde man schwerer atmen können, weil man den Kopf unter die Decke gesteckt hatte.

Die Vorhänge in meinem Schlafzimmer waren riesig. Der Raum verfügte über zwei Fenster, wobei eines davon auf einen winzigen Balkon führte, den ich ohne Begleitung nicht betreten durfte. Die Vorhänge waren grün und mit einem Muster bedruckt, beides fand ich nicht besonders schön. Ich mochte sie nicht wirklich. Vor allem passten sie kein bisschen zu der Tagesdecke, die Mutter mir geschenkt hatte.

Während ich das Muster auf den Vorhängen studierte, es waren Vögel, die Früchte von Zweigen stahlen, öffnete sich die Tür zu meinem Schlafzimmer und Ms Gips erschien. Wie immer schien sie genau zu spüren, wann ich aufwachte. Das war ihre magische Fähigkeit. Genauso wusste sie, wann ich eine Umarmung brauchte.

Ms Gips, die sonst jeden Morgen lächelte, sah diesmal betreten zu Boden, während sie zum linken Fenster ging und dieses öffnete, um frische Luft ins Zimmer zu lassen. Ich konnte sehen, dass es draußen schneite. Elektrisiert von dieser Überraschung sprang ich aus dem Bett, rannte zum Fenster und streckte meine Hand nach draußen, um eine Schneeflocke aufzufangen. Eine einzelne landete auf meiner Handfläche, ruhte dort nur wenige Augenblicke und zerschmolz dann.

Ms Gips schrie vor Entsetzen und griff panisch nach meinen Schultern. »Himmel, Kind. Du wirst dich erkälten und dann …« Ihre Lippen zitterten, während sich ihre Augen mit Tränen füllten.

Diese für mich in diesem Moment völlig übertriebene Reaktion ließ mich regelrecht erstarren. Plötzlich spürte ich die Kälte der Dielen unter meinen nackten Füßen. Sie kroch daran entlang nach oben – unter mein Nachthemd. Mich durchzuckte ein Frösteln und ich rieb meine Handflächen aneinander.

Der Schnee wirbelte draußen vor meinem Fenster, ausgesperrt durch Ms Gips, die mir mit einer überraschenden Bestimmtheit befahl, mich anzuziehen. Zur Abwechslung, vermutlich aufgrund irgendeiner tieferen Intuition heraus, wollte ich ein einziges Mal brav und gehorsam sein und zog mich an. Meine Kleidung lag bereit – auf Selbstständigkeit legten meine Eltern nur in einem gewissen Maße Wert.

Ich war also angezogen, trotzdem stand ich unter Ms Gips' Beobachtung. Irgendetwas lag ihr auf der Zunge. Außerdem fand ich es ungewöhnlich, dass diese Frau, die nicht nur für ihre Fantasie, sondern vor allem für ihr Pflichtbewusstsein bekannt war, vergessen zu haben schien, was ihre Aufgabe war. Sie starrte mich an und daher beschloss ich, sie ebenfalls anzustarren. Der Schnee konnte warten. Musste er ohnehin.

Einigermaßen treuherzig sah ich in Ms Gips' dunkelgrüne Augen. »Alice«, begann sie und ballte die Hände so stark, dass ihre Knöchel unnatürlich weiß hervortraten. »Deine Mutter … sie … ihr Zustand hat sich verschlechtert.«

Das war der Augenblick, als ich begriff, dass meine Mutter bald sterben würde.

Sehr bald sogar.

Plötzlich konnte ich dieses dumpfe Gefühl, das ich beim Aufwachen gehabt hatte, zuordnen. Diese Leere, die sich über mich zu legen anfing, war ein Vorbote dessen, was in weiterer Folge mein Leben sein würde. Wäre Mutter erst einmal weg, wäre ich völlig auf mich alleine gestellt. Mit ihr würde der letzte Rest Liebe aus diesem Haus verschwinden.

Was aber blieb dann zurück?

Ich war zwar alt genug, um zu verstehen, was Tod und Verlust bedeuteten, doch warum sollte es ausgerechnet Mutter treffen? Das konnte und durfte nicht sein. Ich stürmte los. Türen knallten hinter mir, ich rannte Angestellte des Hauses beinahe um und krachte wie eine Wilde ins Schlafzimmer meiner Mutter. Diese lag kümmerlich in ihrem Bett.

Ich hatte mich in den vergangenen Wochen langsam an ihren Verfall gewöhnt. Er war schließlich nicht plötzlich, sondern häppchenweise aufgetreten. Zuerst war sie nur müde gewesen, hatte viel geschlafen und noch viel mehr gehustet. Dann wurde sie immer dünner, ihre Haut fahler und ihr Atem rasselnder. Plötzlich hatte ich Angst vor ihr und den Geräuschen, die sie machte. Nichts mehr war übrig von meiner Mutter, die mich in den Arm genommen, für mich gesungen und mit mir gelacht hatte. Schmerz und Leid hatten Macht über sie gewonnen. Die gesamte Familie war wie gelähmt von der Sorge um sie. Vater war noch unzugänglicher. Er, der sonst die Verantwortung für so viele Menschen trug, war auf einmal machtlos. Er konnte meine Mutter nicht retten. Das schien ihn in ein persönliches Dilemma zu stürzen.

Ich hatte meine Mutter seit Tagen nicht gesehen, dementsprechend schockiert war ich bei ihrem Anblick. Sie wirkte verloren in diesem riesigen Bett. Hilflos.

Mir zog sich das Herz zusammen, doch mutig näherte ich mich ihr. An ihrem Bett standen ihr Arzt, ihre Schwester und zwei ihrer wichtigsten Angestellten. Allesamt starrten sie zuerst mich, dann Ms Gips an. Diese entschuldigte sich hastig und wollte mich bereits wieder aus dem Raum bringen, doch Tante Paula hielt sie davon ab. Stattdessen nahm sie meine kleine Hand, führte mich zu meiner Mutter und strich behutsam über meinen Rücken.

»Du kannst mit ihr reden, Alice. Du kannst einfach hier sitzen und ihre Hand halten wie ich deine jetzt.«

Irgendwie war mir das alles zu viel.

Ich hatte Angst. Riesengroße Angst. Meiner Mutter zuliebe wollte ich Mut beweisen. Sie sollte nicht alleine sein.

Also blieb ich wenigstens, wenn ich auch nicht Mutters Hand nahm und kein Wort sagte. Ich war gar nicht fähig dazu, mein Mund war ausgetrocknet und meine Stimmbänder wie einbetoniert.

Ich sah sie einfach bloß an und prägte mir ihre Gesichtszüge ein. Die rundliche Nase. Die vollen Lippen. Das Muttermal unter ihrem rechten Auge. Manchmal stöhnte sie, manchmal öffnete sie die Augen und blickte direkt zu mir, als gäbe es nur mich. Es schien ihr wahnsinnig gutzutun, dass ich bei ihr war.

Ich verlor jegliches Gefühl für Zeit, saß dort regungslos und war leise. Draußen fiel der Schnee, bis es dunkel und ich müde wurde. Aber ich weigerte mich zu gehen. Ms Gips versuchte, mich ins Bett zu bringen, doch ich weigerte mich erneut, meine Mutter im Stich zu lassen. Also blieb ich, schlief einige Stunden neben ihr im Bett, wachte auf und schmiegte mich an sie.

Je länger ich bei ihr war, desto vehementer wollte ich sie am Leben halten. Sie durfte mich nicht verlassen. Nicht sie.

Irgendjemand musste etwas tun.

Ich fühlte mich so unglaublich verzweifelt. Machtlos.

Schließlich aber kam der Moment, in dem sie mich verließ.

Sie starb friedlich. Schlief einfach ein.

Verschwunden war diese Stimme, die ich so liebte.

Verschwunden war ihr Humor.

Verschwunden war all die Wärme, die mein Leben bis zu diesem Zeitpunkt erfüllt hatte.

An dem Tag, als meine Mutter starb, tobte vor dem Fenster ein schlimmer Schneesturm. Sie machte ihren letzten Atemzug, während der Sturm gegen die Scheiben schlug und sie mit sich forttrug.

Kapitel 5

Jodie

2024

Kurz nach meinem Umzug war mir aufgefallen, dass der Park vor dem Haus den Start- und Zielpunkt einer gut fünf Kilometer langen Joggingstrecke darstellte. Ich hatte mir daraufhin sogar Laufschuhe gekauft und gehofft, dies wäre der letzte Schubs, den ich brauchte, um mich zum Joggen aufzuraffen. Bis dato war es mir allerdings noch nicht gelungen, den Park mit meinen jämmerlichen Joggingfähigkeiten zu beehren.

Vielmehr saß ich erneut mit einem Buch und einem Thermobecher Kaffee in der Hand auf einer Parkbank und warf den Sportlern verstohlene Blicke zu. Es war Samstag und ich hatte gerade meinen Wochenendeinkauf hinter mich gebracht. Als Belohnung hatte ich mir ein neues Buch gegönnt, das ich sofort zu lesen anfing. Die Sonne schien mir ins Gesicht und wärmte mich – was wollte man mehr?

Obwohl die Geschichte, die ich las, gut war, drifteten meine Gedanken zu Alice und ihrem Schicksal ab. Nach den ersten Infos, die ich von Luisa über sie bekommen hatte, interessierte mich ihr Leben mehr als bei anderen Fällen. Aus diesem Grund ertappte ich mich selbst dabei, wie ich auf einen losen Zettel Überlegungen kritzelte, anstatt meinem Verstand eine wohlverdiente Pause zu gönnen.

Gegen Mittag knurrte mir langsam der Magen. Ich verstaute meine Sachen in dem hellroten Rucksack und schlenderte gerade in Richtung Straße, als mein Handy klingelte. Mühsam kramte ich danach zwischen Büchern, einem Pullover und dem Rest einer bereits geöffneten Flasche Cola. Die Nummer auf dem Display kannte ich nicht.

Als ich ranging, wurde mein zögerliches »Hallo« von einer tiefen Männerstimme erwidert.

»Hallo. Spreche ich mit Jodie Andersson?«

»Ja, richtig.«

So etwas wie zufriedenes Ausatmen war zu hören. »Gut. Meine Mutter hat mir Ihre Nummer weitergeleitet. Ich hoffe, es ist in Ordnung, wenn ich Sie am Wochenende störe.«

Ich blieb im Schatten eines Baumes stehen und beobachtete die an mir vorüberziehenden Menschen, während ich augenblicklich kapierte, mit wem ich es zu tun hatte. »Sie sind also Luisas Sohn?«

»Der bin ich.«

Jemand hupte, woraufhin ich mir das linke Ohr zuhielt, um den berühmten Sohnemann besser verstehen zu können. Ich wollte seine ach so wertvolle Zeit schließlich nicht mit unnötigen Nachfragen verschwenden.

»Wie geht es Ihnen?«

Eine seltsame Einleitung von ihm, wie ich fand. Fast wie bei einem Blind Date und ein wenig unangebracht. Immerhin wusste ich dank Luisa ja, dass der Kerl am anderen Ende der Leitung ganz und gar nicht einverstanden mit meinen Untersuchungen war. Dementsprechend nervös wurde ich. Es schien, als wäre der kritische Moment plötzlich da. Ich musste mich dem Urteil eines wildfremden Mannes aussetzen.

Gott, wie wenig Lust ich darauf hatte, war rekordverdächtig.

»Ich denke … gut. Sollten Sie sich nicht lieber bei mir vorstellen? Sie wissen schon, so in der Art wie ›Das ist mein Name und darum rufe ich an‹.«

Er lachte daraufhin und das auch noch eine Sekunde zu lang für meinen Geschmack. »Harry. Ich bin Harry. Tut mir leid, das habe ich verschwitzt. Ich habe gedacht, meine Mutter hätte den Weg bereits geebnet.«

Hoffentlich war der gute Harry nicht frei von jeglichen Manieren oder ein Macho, der mich von oben herab behandelte.

»Bei meinem Treffen mit Ihrer Mutter ging es nicht wirklich um Sie, Harry. Da muss ich Sie enttäuschen.«

»Ja, vielmehr interessieren Sie sich für Alices Tod«, ergänzte er ein wenig schnippisch.

Ich fragte mich sofort, ob seine anfängliche Zurückhaltung bloß eine Masche und er es nicht vielmehr gewohnt war, klare Befehle zu erteilen.

»Viel mehr interessiere ich mich für Alices Leben«, hielt ich eisern dagegen. »Mit Ihrem Anruf wollen Sie mir jetzt allerdings zu verstehen geben, dass ich meine Zeit mit einer stinklangweiligen Geschichte verschwende, oder mich bedrängen, dass ich mich von Ihrer Familie fernhalten soll.«

Um mit dem Handy am Ohr nicht ungewollt von einem Auto überfahren zu werden, setzte ich mich auf eine Bank neben dem Zebrastreifen.

Harry fuhr indessen fort. Seine Stimme klang weich, gleichzeitig irgendwie aber auch unnachgiebig. »Um Ihren Abzug zu erreichen, muss ich Sie nicht bedrängen. Außerdem finde ich es unfair, dass Sie sofort vom Schlechten ausgehen. Sie kennen mich ja nicht einmal. Ich bin ein guter Kerl. Theoretisch.«

»Ich weiß genau, was Sie von mir und meiner Arbeit halten.« Mit der sich Harry vermutlich noch nicht einmal eine Sekunde beschäftigt hatte. Er interessierte sich wahrscheinlich nicht für mich oder meine Videos, sondern sah sich aus Gewohnheit gezwungen, den lupenreinen Ruf der Familie Ramsay zu beschützen. Wie eine Bulldogge, der man den Knochen wegnehmen wollte. In dieser Geschichte war ich ganz deutlich eine Gefahr für Harry.

»Sie verstehen hoffentlich, wie aufwühlend und bedeutungsvoll dieses Thema für meine Familie, vor allem für meine Mutter ist. Für Sie mag das bloß eine weitere spannende Story sein, aber in unserem Fall könnten eine Menge negativer Folgen auftreten.«

»Ich werde nichts hinter Ihrem Rücken machen, deshalb ist es auch okay für mich, dass Sie, wie Ihre Mutter bereits meinte, ein Auge auf meine Arbeit werfen werden.« Ich hoffte, ihn überzeugen zu können. Denn nach allem, was ich bereits über Alice erfahren hatte, wäre es wirklich tragisch, wenn der Fall durch ein Telefonat verloren ginge.

»Was halten Sie davon, dass wir uns einmal persönlich treffen und ich mich Ihnen vorstelle?«, schlug ich vor, um ihm meine Bereitschaft zur Zusammenarbeit zu demonstrieren.

Harry zögerte zunächst. Offensichtlich hatte er keine Lust auf eine Verabredung mit mir.

»Mit einer Tasse Kaffee können Sie mich nicht bestechen. Da müssen Sie sich schon mehr einfallen lassen.«

Gott, was für ein Grumpy-Typ. »Ich habe keinerlei Interesse daran, Sie zu bestechen. Das habe ich nicht nötig.«

»An was haben Sie dann gedacht?«

»An ein ehrliches Gespräch von Angesicht zu Angesicht. Ich nehme Sie und Ihre Anliegen wirklich ernst. Ich verstehe sogar ziemlich gut, dass Sie für Ordnung innerhalb der Familie sorgen wollen. Damit habe ich kein Problem.«

»Aber Sie haben ein Problem mit dem Widerstand, den ich Ihnen biete.«

Er wollte mich in eine verbale Sackgasse drängen. Einschüchtern. Zerquetschen.

Doch ich konterte, schließlich würde ich mich von keinem Kerl dieser Erde unterkriegen lassen. »Ihre Mutter würde wollen, dass Sie mir die Chance auf ein echtes Gespräch bieten. Aus diesem Grund hat sie Ihnen meine Nummer gegeben.«

Ich konnte ihn seufzen hören und wusste, dass ich exakt das Richtige gesagt hatte. In mir steckte die Bezwingerin stinkiger Kerle.

»Gut. Von mir aus.«

Es würde ganz sicher nicht einfach für mich werden. Aber da musste ich durch. »Perfekt. Sagen wir morgen?«

Er stimmte zu, verabschiedete sich distanziert und wenig später verstaute ich das Handy wieder in meiner Tasche. Mir graute ehrlicherweise ein wenig vor dem Treffen mit Harry. Gleichzeitig war es meine einzige Chance, dem Stinkstiefel klarzumachen, dass ich mich seiner Familie gegenüber respektvoll verhalten würde.

Kapitel 6

Alice

1960 – 12 Jahre

Tagebuch

Die erste Zeit nach dem Tod meiner Mutter war schwer. Nicht nur für mich, sondern für die gesamte Familie. Mein Vater war häufig betrunken und viel unterwegs – morgens, mittags, abends. Wahrscheinlich griff er zum Alkohol, um den Schmerz des Verlusts zu betäuben. Wenn er es dennoch daheim nicht mehr aushielt, flüchtete er, um, wie er behauptete, Geschäften nachzugehen. Was genau er dann tat, wusste ich nicht. Die Geschäfte jedenfalls florierten zu der Zeit nicht. Er traf sogar im Immobiliensektor einige Fehlinvestitionen, obwohl die Wirtschaft zu der Zeit einen Aufschwung erlebte.

Mit meinem Schmerz war ich ziemlich allein. Hätte es unsere Angestellten nicht gegeben, wäre ich wohl zugrunde gegangen. Meine Schwester wurde noch distanzierter, ich hingegen versuchte in der Zeit, aktiv ein besseres Verhältnis zu ihr aufzubauen. Ich lud sie ein, gemeinsam eislaufen zu gehen. Sie lehnte jedoch vehement ab.

Mein Vater gab trotz der Umstände und der Verfassung, in der er sich befunden hatte, sein Bestes, um unseren Alltag zu meistern. Er war nie ausfallend oder wütend. Wenn schon, dann wahrscheinlich ziemlich überfordert, war er doch plötzlich ganz alleine mit der Aufgabe der Kindererziehung, um die sich zuvor meine Mutter gekümmert hatte. Ihm fehlten ein Plan und vielleicht auch das Feingefühl, schließlich waren wir keine Projekte, die man umsetzte, sondern Menschen, die noch dazu die härteste Zeit ihres Lebens durchmachten.

Er verhielt sich ganz so, wie es ihm von klein auf als ältestem von vier Kindern beigebracht worden war. Meine Großeltern, ich hatte sie nicht mehr kennengelernt, hatten sehr viel Wert auf Disziplin und Gehorsam gelegt. Einen Teil dieser Einstellung hatte mein Vater übernommen und sie in die Erziehung seiner eigenen Kinder einfließen lassen. Ob meine Mutter mit dieser ständigen Strenge einverstanden gewesen war? Ich bezweifelte es.

Mein Vater, Theodore Ramsay, hatte sich bereits als Kind klaren Strukturen fügen müssen. So war er im Alter von acht Jahren in ein Internat geschickt worden, wo er sich, weit weg von seinem Zuhause, einem strikten Drill unterwerfen musste. Diese Zeit hatte ihn bestimmt härter und verbissener werden lassen. Mit mir wollte er nie über diese Zeit sprechen.

Lapidar hatte er mir irgendwann vom Tod seiner Eltern erzählt. Sie wären bei einem Schiffsunglück ums Leben gekommen. »Beide sind ertrunken. Damit gehörte mir das Haus«, hatte er gesagt und an seiner Zigarette gezogen. Mein Vater war starker Raucher, der auf knapp vierzig Zigaretten pro Tag kam. Ständig umhüllte ihn Tabakduft.

Meine Mutter hatte er bei einem rauschenden Ball getroffen. Anlass war das bevorstehende Kriegsende gewesen. Man hatte Mühe gehabt, einen passenden Ort für die Veranstaltung zu finden, geschweige denn, ausreichend Getränke und Speisen aufzutreiben. Weil jeder mitgeholfen hatte, mein Vater beispielsweise hatte zwei Fässer Wein gespendet, konnten zum ersten Mal seit Jahren die Freuden des Lebens gefeiert werden. Auf dieser Party lernte er meine Mutter kennen. Sie sei eine bezaubernde Erscheinung gewesen, hatte er nach ihrem Tod oft behauptet. Groß, blond und mit den blauesten Augen, die man sich vorstellen konnte. Mein Vater, zwanzig Jahre alt, hatte gerade angefangen, das Haus seiner Eltern, das er geerbt hatte, auf Vordermann zu bringen. Meine Mutter kannte besagtes Haus sogar, da sie auf dem Weg zu ihrer Schwester öfter daran vorbeikam. Sie unterhielten sich über Fassadenfarben, Dachziegel und Fenstersprossen.

»Sie war so anders, so erfrischend, so unkonventionell«, fasste er für mich zusammen.

Ihre Art hatte ihm gefallen und daher hatte er sie eingeladen, die Baustelle zu besichtigen.

Ich glaubte, meine Mutter war zu diesem Zeitpunkt längst in das Haus verliebt, erst später kam dann die Liebe zu meinem Vater hinzu. Doch beide verband von Anfang an der Wunsch, diesem Haus einen neuen Glanz zu verpassen. Dazu zählte aus der Sicht meiner Mutter auch, Geborgenheit und Liebe hineinzubringen. Ihr war das mit penibel ausgewählten Dekorationen und Mustern an den Wänden gelungen. Beide waren sich aber auch nicht zu schade gewesen, sich selbst die Hände schmutzig zu machen. So sollen sie gemeinsam neue Fliesen im Bad verlegt haben. Eine Aktion, die, laut meinem Vater, nur mittelmäßig funktioniert, allerdings großen Spaß gemacht hatte.

Die Küche befand sich im Rohbau – Möbel waren herausgerissen, der Boden und der Putz von den Wänden entfernt worden –, da hatten die beiden geheiratet. Irgendwann war die

Küche dann fertig und es wurde sich um den Rest des Hauses gekümmert.

Mit dem Tod meiner Mutter schwand auch der Lebensmut meines Vaters dahin. »Es waren kurze Jahre. Viel zu kurz. Wir hätten noch so viel mehr zu tun gehabt«, erklärte er oft in dieser schweren Zeit.

Es stimmte – denn auch ich hätte meine Mutter gern noch sehr viel länger bei mir gehabt. Ihre Liebe und Wärme fehlten mir manchmal so sehr, dass ich den Verlust nahezu körperlich spürte. In mir war eine Leere, die ich nicht zu füllen wusste.

Kapitel 7

Jodie

2024

Ich wartete in einem Café auf ihn.

Die Adresse hatte ich ihm per Handynachricht geschickt, allerdings keine Bestätigung von ihm erhalten. Ich wusste generell nicht, auf wen ich mich einstellen sollte: Lord Voldemort oder David Beckham – alles schien möglich.

Während ich also auf diesen ominösen Mann wartete, nippte ich an meinem veganen Kaffee und versuchte, nicht nervös zu sein. Das funktionierte ungefähr so gut, wie mir einfach einzureden, keinen Sonnenbrand zu bekommen, anstatt meine Haut mit Sonnencreme zu schützen.

Apropos Sonne – diese verdunkelte sich etwa eine Minute später, als eine große, männliche Gestalt neben meinem Tisch auftauchte. Ich schob meine Sonnenbrille gerade und spürte in meinem Inneren ein elektrisches Flirren, als hätte ich einen Stift in die Steckdose gerammt –nur ohne die lebensbedrohlichen Schäden an meinen Organen.

»Jodie«, sagte der Sonnenverdunkler und streckte mir seine Hand entgegen.

Harry Ramsay war so überhaupt nicht voldemortig, aber auch kein bisschen beckhamig. Er war die menschlich gewordene, hippe Version Mitte zwanzig des Gucci-Plakats, an dem ich auf meinem Weg hierher vorbeigekommen war. Mit dem Unterschied, dass er in seinem schlichten schwarzen T-Shirt und der schwarzen Hose viel cooler wirkte als das männliche Model in seinem ultrateuren Anzug. Nichts gegen die Marke, ich hätte alles dafür gegeben, mich kleidungstechnisch in einem ihrer Läden eindecken zu dürfen. Modeltechnisch hatten sie allerdings die falsche Wahl getroffen. Eindeutig.

Schnell griff ich nach seiner Hand, um das creepy Anstarren zu beenden. »Harry«, sagte ich, als wäre unser Treffen ein Namens-Erinnerungs-Spiel oder ein Date oder irgendetwas, das so gar nichts mit einem geschäftlichen Termin zu tun hatte. »Freut mich. Setz dich.« Ich redete nicht nur im Befehlston mit diesem Mann, ich tat auch noch so, als würde mir der Laden gehören. Oder das Land. Oder die gesamte Erde.

Doch er folgte meinem Befehl, ließ dafür meine Hand los und nahm mir gegenüber Platz. Während er Handy und Schlüsselbund auf den Tisch legte, musterte ich ihn. Seine Haare waren dunkel, leicht gelockt an den Spitzen und wirkten im Allgemeinen so, als wären sie einer Menge Wind ausgesetzt gewesen. Vielleicht fuhr er ein Cabrio oder ein Motorrad.

»Wir sind beim Du?«, wollte er wissen und unterbrach nicht nur meine optische Analyse, die nebenbei bemerkt noch nicht beendet war, sondern rief mir auch überdeutlich den Grund für unser Treffen in Erinnerung.

Nervös tasteten meine Finger nach der dünnen Goldkette um meinen Hals. Ein Geschenk meiner besten Freundin Kiki zu meinem letzten Geburtstag. »Ich … ja. Ist es okay?«

»Von mir aus.«

Zur Wahrung meiner Kompetenz und Würde hätte ich an dieser Stelle einfach den Mund halten sollen. Ich hätte Harry auch fragen können, wie sein bisheriger Tag oder sein bisheriges Leben so gelaufen war. Stattdessen aber grub ich mich tiefer in die Peinlichkeit, als wäre sie eine ultraleckere Soße, die Menschen zu der Aussage ›Ich könnte mich darin baden‹ verleitete. »Ich weiß auch nicht, aber ich habe mir dich … älter und spießiger und … anders vorgestellt. Nicht so …«

»Wie?«

»Menschlich.«

Er runzelte zu Recht die Stirn, betrachtete zuerst mich, dann die Unterlagen neben mir und griff schließlich nach der Getränkekarte. Vielleicht schnaubte er auch ein wenig, zumindest blähten sich seine Nasenflügel auf. »Meine Mutter hat dich als erfrischend und freundlich bezeichnet.«

»Okay«, sagte ich gedehnt, weil ich deutlich spürte, dass gleich ein fettes Arschloch-Aber kommen würde.

»Gleichzeitig ist sie letztens beinahe auf eine dieser Betrugsnachrichten reingefallen, bei denen einem vorgegaukelt wird, der eigene Sohn oder die eigene Tochter hätte eine neue Telefonnummer und würde dringend Geld benötigen.«

»Davon habe ich gehört.« Mein Vater hatte auch eine solche SMS erhalten. »Sie hat doch hoffentlich nichts bezahlt.«

»Ich war glücklicherweise mit ihr mittagessen, als diese Nachricht eingetrudelt ist.« Harry legte die Getränkekarte weg und lehnte sich in dem weißen Rattanstuhl zurück. »Wäre ich nicht anwesend gewesen, hätte sie sicher geantwortet und, wer weiß, am Ende Geld bezahlt. Sie ist zu gutgläubig. Aus diesem Grund sitze ich heute auch hier mit dir.«

Ich war gerade dabei, mich wie ein Pfau aufzuplustern, als die Kellnerin zu uns kam, um Harrys Bestellung entgegenzunehmen. Er entschied sich für einen Espresso, ohne Beiwerk, nur Kaffee. Offensichtlich sollte es schnell gehen mit uns.

»Ich bin keine Betrügerin oder Halsabschneiderin oder was auch immer du Negatives über mich denkst. Mir geht es wirklich ausschließlich um diesen Fall und vielleicht auch ein wenig um Gerechtigkeit.«

Harry lächelte bloß, anstatt auch nur ansatzweise Zugänglichkeit zu vermitteln. »Eine halbe Million Abonnenten auf YouTube, fast genauso viele auf Instagram. Inklusive der Ankündigung in einem deiner letzten Videos, dass du bald ein Buch mit den spannendsten Fällen herausbringen wirst. Mehrere Auftritte in True-Crime-Podcasts. Soll ich fortfahren?«

»Nein. Du solltest mir lieber erklären, was diese Faktenaufzählung mit meiner Integrität zu tun hat.«

»Dir geht es nicht um Gerechtigkeit, Jodie, sondern einzig um Klicks und darum, eine Menge Kohle mit deinen Videos zu verdienen. Dir geht es um Fame und darum, die Sensationslust deiner Zuschauer zu befriedigen. Deine Moral hast du dafür längst aufgegeben. Musstest du ja auch, sonst könntest du diese Scheiße nicht durchziehen.«

Als passende Untermalung wurde in diesem Moment die Espressotasse klirrend auf den Edelstahltisch gestellt.

Ich atmete durch und versuchte auf diese Weise, mein ziemlich durcheinandergebrachtes Herz zu beruhigen. Konnte man in meinem Alter schon Herzrhythmusstörungen kriegen? »Wow, du bist ja absolut unvoreingenommen und offen.«

»Komm schon, ich habe mir einige deiner Videos angeschaut. Du bedienst dich wirklich jedes stilistischen Mittels, um Zuschauer unter zwanzig Jahren einzufangen.«

»Und was ist an Menschen dieses Alters schlecht?«, hakte ich nach.

»Nichts. Aber hier geht es ja nicht um eine Marktanalyse meinerseits. Du willst die Geschichte meiner Großmutter in deinem Kanal abhandeln und dafür benötigst du unsere Zustimmung. In diesem Zusammenhang steht es mir zu, dich und dein Publikum kritisch unter die Lupe zu nehmen.«

»Deine Mum hat mir die Zustimmung längst gegeben.« Ja, Bursche, auch ich konnte einen auf unnachgiebige Bitch machen.

Meine Bissigkeit verursachte bei ihm ein tiefes Stirnrunzeln, dessen Tiefe mich an Krater aus dem Film »2012« erinnerte. »Meine Mutter hat mich gebeten, ihre Zustimmung noch einmal zu prüfen.«

Was zum Teufel sollte das! »Ich habe längst mit der Recherche angefangen. Mir sind Kosten entstanden, weil ich mich auf Luisas Zusage verlassen habe. Wer ersetzt mir diese Kosten?«

Harry kniff sein linkes Auge zusammen und taxierte mich erneut auf diese Weise, die ich bisher bloß in Filmen mit Henry Cavill gesehen hatte – schurkenhaft, irgendwie auch sexy, aber ziemlich durchdringend. Meine Knie wurden weich und das, obwohl ich saß.

»Das ist ein Problem, ich weiß.«

Gleich würde er eine Laserpistole zücken und mich eliminieren. Vielleicht würde er mich auch zwingen, meinen Channel hier und jetzt vor seinen Augen zu deaktivieren. Für ihn war meine Arbeit einfach ein riesiger Witz, der sein maßgeschneidertes, bis ins kleinste Detail strukturierte Leben aus dem Gleichgewicht brachte. Ich war eine Bedrohung für seine innere Balance. Es schien, als wären die Mittel, die ihm sonst zur Verfügung standen, bei mir nutzlos. Gut, irgendwann würde er mir Geld präsentieren. Einen Haufen Kohle, damit ich abzog und ihn in Ruhe ließ. Aber, Überraschung, Mr Ramsay, darauf würde ich nicht hereinfallen.

Ich kicherte, weil mich diese gesamte Situation plötzlich dermaßen an einen RomCom-Plot mit Zac Efron und Selena Gomez in den Hauptrollen erinnerte. Dieser attraktive, reiche Typ, der mich im Grunde einfach mit einem Bulldozer überfahren wollte. Und ich – die naive Studentin, die sich freiwillig vor seinen Bulldozer warf. »Du hörst dich wie ein Superschurke an.«

»Vielleicht bin ich das auch. In dem Fall würdest du dich mit der falschen Familie anlegen.«

Meinte er das ernst?

Ich kannte diesen Kerl überhaupt nicht. Ein hübsches Gesicht bewahrte einen Menschen nicht davor, zu einem Psychopathen zu mutieren. Da musste man nur Henry Cavill in »Mission Impossible« ansehen. Generell schien mir meine abwehrende Reaktion nicht sonderlich klug. Harry war hergekommen, um sich mit eigenen Augen zu überzeugen, dass ich ein verwöhntes, oberflächliches, unsympathisches Influencer-Miststück war. Und wie hatte ich mich bisher verhalten? Genau – wie ein oberflächliches, verwöhntes, unsympathisches Influencer-Miststück. Das spornte einen nicht an, alte Familiengeheimnisse zu teilen.

Vielleicht war es an der Zeit, durchzuatmen, mein inneres Yin und Yang zu suchen und Harry zu beschwichtigen. »Ich bin nicht euer Feind, Harry. Ich bin auch keine sensationssüchtige Reporterin oder eine Verrückte, die auf Blut und Tod steht. Außerdem verdiene ich erschreckend wenig mit meinem Kanal und gefährde dauernd mein Studium, weil ich zu viel Zeit in meine Videos investiere. Es geht mir also wirklich nicht um Geld. Mich treiben andere Dinge an.«

»Was zum Beispiel?«

»Geschichten.« Ich schluckte und atmete durch. So lächerlich banal diese Unterhaltung begonnen hatte, mittlerweile stand etwas sehr Wichtiges für mich auf dem Spiel – Alices

Geschichte. »Mord verkauft sich gut, das stimmt. So war es schon immer und wird es immer bleiben. Mein Vater zum Beispiel liest seit Ewigkeiten Psychothriller. Irgendwann habe ich mich mit dieser Materie beschäftigt, weil ich wissen wollte, was ihn motiviert, seine Freizeit mit derartigen Grausamkeiten zu füllen. By the way, mein Dad arbeitet an der Börse.«

»Ich weiß«, erwiderte Harry und zwinkerte, als hätte er mir ein atemberaubendes Kompliment gemacht.

»Wieso weißt du das?«

»Weil ich mich bis ins kleinste Detail über dich informiert habe.«

Plötzlich kam ich mir unnatürlich nackt vor. Wie ein Hund, den man für eine OP kahl geschoren hatte. »Ist das denn notwendig gewesen?«

»Ich wollte sichergehen, dass du dich genauso fühlst wie meine Familie.«

Okay, kapiert. Dieser Kerl konnte eiskalt sein, wenn er wollte. Ich würde es mir merken.

Er nahm einen Schluck Kaffee und wedelte dabei mit seiner Hand zwischen uns. »Weiter.«

Kurz überlegte ich, wie hoch meine Chancen waren, ungeschoren davonzukommen, sollte ich Harry mitten in diesem Café erwürgen. Leider befanden sich um uns herum eine Menge Zeugen, weshalb ich meinen Plan verwarf und mich stattdessen um Worte bemühte. »Jedenfalls bin ich zu dem Ergebnis gekommen, dass Menschen die psychologischen Komponenten bei Morden am reizvollsten finden. Sie wollen den Täter verstehen und das Opfer kennenlernen. Ich glaube, das ist der Unterschied, den es braucht, um Mitgefühl zu empfinden.«

»Anders ausgedrückt: um die Sensationslust zu befriedigen.«

Abermals schüttelte ich entschieden den Kopf, hatte diesmal aber fest vor, mich nicht unterkriegen zu lassen. »Falsch. Es geht nicht um die Sensationslust, sondern um menschliche Abgründe und den Blick darauf. Es dreht sich um die vielen Facetten des Lebens, das nun einmal zu einem Teil aus Harmonie, zu einem anderen Teil aber auch aus Hass besteht. Doch wo kommt dieser Hass her? Er hat doch eine Vorgeschichte. Die zu ergründen, das ist es, was mich reizt.«

Beide schwiegen wir. Während Harry mein Gesicht scannte, trommelte er mit seinen Fingern auf die Tischplatte. »Und du bist überzeugt, dass Opfer wie Alice zum Beispiel einverstanden damit wären, ihre Wünsche, aber auch ihren Hass öffentlich preiszugeben?«

»Wenn das bedeutet, dass die Ursache für ihren Tod geklärt werden kann, dann bestimmt.«

Auf meine Antwort hin schnaubte er. Vielleicht hatte er auch nur eine Pollenallergie.

»Die Ursache für ihren Tod ist laut dem Polizeibericht, den du bestimmt gelesen hast, Selbstmord.«

»An diesem Bericht lässt sich zweifeln.«

»Sagt wer?«

»Ein Beamter, mit dem ich gesprochen habe und der den Fall vor einigen Jahren erneut aufrollen wollte. Er hat allerdings keine Genehmigung dafür erhalten.«

»Alice ist tot, George vermutlich auch, viele andere Zeugen sind ebenfalls bereits lange tot. Du wirst nicht weit genug kommen, um irgendwelche neuen Anhaltspunkte zu sammeln. Was dann?«

Ich zuckte mit der Schulter, als wäre ich der allergrößte Profi in Sachen Ermittlungen. »Sollte ich nichts Neues finden, werde ich eine kurze Wiedergabe der Faktenlage abliefern, Alices Geschichte erzählen und damit den Fall schließen. So habe ich es bisher gemacht.«

Harry spähte zu einem Nachbartisch, verfolgte dort kurz das Gespräch und wandte sich danach wieder mir zu. »Wenn du am Leben und am Tod meiner Großmutter interessiert bist, dann brauchst du unsere Zustimmung dafür. Die bekommst du nur, wenn du dich damit zufriedengibst, mich in deine Untersuchungen einzubinden.«

Meine Hoffnung, dass ich Alices Fall weiter behandeln durfte, war im Laufe der vergangenen Minuten zu einem kümmerlichen Haufen zusammengefallen. Doch plötzlich schien sich das Blatt zu wenden, als hätte ich Harry eine Gehirnwäsche verpasst oder … ihn überzeugt.

Aufgrund meiner völligen Selbstunterschätzung war ich mehr als überrascht. Ich stammelte sogar und rang um Worte. »Also … ja. Ich kann dir … einen Bericht, eine Excel-Datei oder so etwas schicken.«

»Ein Bericht reicht mir nicht. Ich möchte fix eingebunden werden.«

»Das bedeutet was genau?«

»Dass du keine deiner Untersuchungen anstellst, wenn ich nicht anwesend oder zumindest genau darüber informiert bin.«

Er wartete meine Zustimmung erst gar nicht ab, sondern stand einfach auf. Okay, den Kaffee bezahlte er – beide sogar. Jesus, segne diesen selbstlosen Menschen!

»Und wie soll ich das machen? Ich meine, ich arbeite praktisch jede freie Minute an dem Fall«, sagte ich mehr zu mir selbst.

Harry, der seine Geldtasche nach dem Bezahlen verstaute, fühlte sich angesprochen und steuerte einen Optimierungsvorschlag bei. »Dann teil dir die Arbeit besser ein. Schon einmal was von Work-Life-Balance gehört?«

»Schon mal was von Arbeitsaufteilung gehört?« Oder Vertrauen.

»Ich schicke dir meine nächsten freien Termine.«

Als er ging und mir davor nicht einmal mehr die Hand gab, seufzte ich tief und innig.

Der anschließende Blick auf mein Handy zeigte mir einen Anruf von meiner Mutter, den ich ignorierte, und eine Nachricht von Kiki.

Kiki: Wie ist es gelaufen?

Jodie: Er hasst mich.

Kiki: Wein?

Jodie: Unbedingt.

Kapitel 8

Jodie

2024

»Harry Ramsay«, flüsterte Kiki, während sie tippte. Sie flüsterte auch, wenn sie las, was nur einer der Gründe war, weswegen ich niemals mit ihr unter einem Dach wohnen könnte. »Oder hat er irgendeinen zweiten Vornamen?«

»Äh … keine Ahnung. Was tust du da überhaupt?«

Eigentlich hätte Kiki die Recherche zu unserer Hausarbeit übernehmen sollen, während ich mich um das Schriftliche kümmerte. Doch offensichtlich missbrauchte sie meinen Internetbrowser für andere Zwecke.

»Ist er das?« Sie drehte den Laptop in meine Richtung.

Geöffnet war das Bild eines Ü50-Mannes mit ungepflegtem Bart, zurückgegelten Haaren und einem Kelch in der Hand, in dem sich irgendeine bräunliche Flüssigkeit befand. Urin vielleicht oder auch Scotch. »Wer soll das sein?«

»Harry Ramsay.«

Ich lachte. »Nein, das ist er nicht.«

»Puh«, machte sie und präsentierte mir einen Zeitungsartikel, der sich unter dem Bild befand. Sie scrollte viel zu schnell, sodass ich nichts von dem Geschriebenen lesen konnte. Das war wahrscheinlich ihre Absicht, da sie mir bereits eine Zusammenfassung lieferte. »Dieser Harry Ramsay lebt hauptsächlich in Sydney – der Kerl steht wahrscheinlich auf Sex, Drugs und Rock 'n' Roll. Na ja, jedenfalls hat er in Australien offenbar ein Problem mit der Finanzbehörde wegen ein paar unbeantworteter Fragen rund um seine Steuern. Ich würde dir daher raten, dass du dich von ihm fernhältst.«

»Das ist nicht mein Harry Ramsay.« Noch während ich dieses eine dumme Wort – *mein* – laut aussprach, bereute ich es. Leider verfügte ich nicht über das nötige Wissen, in der Zeit zurückzureisen, was übrigens wirklich nützlich wäre. Immerhin könnte ich dann die Fälle, an denen ich arbeitete, live miterleben und sie anschließend in der Zukunft lösen.

Kiki grinste wie ein verschlagenes, kleines Biest und öffnete einen zweiten Tab. Dort war jetzt wirklich der Harry Ramsay zu sehen, der mich bei unserem gestrigen Kaffeeklatsch in die Mangel genommen hatte. Verdammt, er sah natürlich richtig gut aus. Klar, dass dieser Kerl die Fotogenität gepachtet hatte.

»Er ist es, oder?« Kiki redete wie eine Ermittlerin, die mich mit potenziellen Verdächtigen konfrontierte.

Ich gab mir allergrößte Mühe, unbeeindruckt zu wirken. Was mir angesichts dieser nackten Unterarme – Harrys nackter Unterarme – auf dem Bildschirm vor mir mehr als schwerfiel. »Ja, das ist er.«

»Hm«, machte Kiki wieder. Mit Worten hatte sie es heute offenbar nicht. Sie beschränkte unsere Konversation auf Laute, vermutlich meiner Intelligenz entsprechend. »Und wann hättest du mir gesagt, wie attraktiv dieser Kerl ist?«

»Niemals, vermute ich.« Ich legte den Stift beiseite und ignorierte Harry Ramsay, wie er derart freundlich in die Kamera lächelte. »Erstens tut es nichts zur Sache. Zweitens ist dieser Kerl unfreundlich hoch zehn. Er behandelt mich wie eine Verrückte.«

»Wir machen uns nicht über psychisch Kranke lustig, Jodie.«

Jetzt seufzte ich noch mehr und schüttelte zusätzlich den Kopf. »Tue ich auch nicht. Sorry. Okay, er hat mich wie eine Gefahr für die Unversehrtheit seines guten Rufs behandelt. Als wäre ich gekommen, um Harry Ramsays Schmutzwäsche auszugraben. Wen interessiert dieser Kerl schon?«

»Die Sun, den Mirror, die Vanity Fair – okay, wow. Die Vanity Fair? Was schreiben die?« Kiki kniff die Augen zusammen und quetschte ihre Nase praktisch gegen meinen Bildschirm.

»Können wir endlich an unserer Zusammenfassung weiterarbeiten?« Ich war kurz davor, mir den Kugelschreiber ins Auge zu rammen, sollte ich noch eine einzige Sekunde meines Lebens an Harry Ramsays Äußerlichkeiten oder seine Berühmtheit verschwenden müssen.

»Er ist verlobt oder war es … das ist unklar.«

»Schön für ihn«, murmelte ich. »Also … Goethe und …«

»Da scheint es einen Bruder seiner Verlobten zu geben, dem er auf einer Gala eine reingehauen hat. Blabla … Anzeige … bla, bla, bla … Beleidigung. Ein Bad Boy«, meinte Kiki und zwinkerte, als würde mich irgendetwas davon beeindrucken.

»Eher ist er ein Arschloch.«

Kiki stand unglaublich auf zwischenmenschliche Konflikte, außerdem liebte sie Dramen.

Wir hatten uns während unserer ersten Vorlesung kennengelernt. Kiki war spät dran und der Hörsaal brechend voll gewesen. Darum hatte sie sich nicht wie jeder normale Mensch auf die Treppe gesetzt, sondern kurzerhand ihren Hintern auf den von meinem Hintern bereits belegten Stuhl gequetscht. Dann hatte sie sich außerdem noch einen Zettel und einen Kugelschreiber von mir geliehen. Als Entschädigung hatte ich einen Kaugummi von ihr bekommen, der derartig nach Jeans schmeckte, dass ich ihn nach nur wenigen Sekunden wieder ausgespuckt hatte.

Doch Kiki war nicht nur chaotisch, ich hatte bald bemerkt, dass sie treu, hilfsbereit und aufgeschlossen war. Nach besagtem Stuhl-Gate – der Name würde sich auch perfekt für ein fäkales Desaster eignen – hielten wir Kontakt. Was wir nach einem Fäkaldesaster vermutlich nicht getan hätten. Wir trafen uns in der Cafeteria oder auf dem Flur oder bei Vorlesungen. Wir tauschten Nummern aus und ganz langsam schlich sich Kiki in mein Herz. Seither war sie dort fest verankert. Sie war mein Fels in der Brandung und wusste wie kein anderer Mensch, wie stressig mein Leben manchmal sein konnte.

»Und du bist sicher, dass du weiterhin munter in den Abgründen seiner Familie herumstochern willst? Plastische Chirurgie ist verdammt teuer, sollte dein Gesicht wieder zusammengesetzt werden müssen. Der Typ ist schließlich der Enkel eines Mörders.«

»Sollte er in Georges Fußstapfen treten, ist es mit einer OP nicht getan«, verriet ich ihr. »Die Abgründe, in denen ich stochern darf, werden ohnehin von Harry Ramsay kontrolliert. Er hat mir erlaubt, nur mit ihm gemeinsam an dem Fall arbeiten zu dürfen. Das heißt, ich habe diesen Kerl in Zukunft wortwörtlich an der Backe.«

»Vielleicht werdet ihr Freunde«, frohlockte Kiki.

Ich verdrehte die Augen und trommelte mit dem Stift auf meinen Block. »Harry ist maximal genervt von mir. Es wird wohl eher so ablaufen, dass er mir meine Interviews blockiert oder Zeugen einschüchtert.«

»Er könnte dich aber auch super unterstützen. Diese Leute, die mit Alice zu tun hatten, sind mittlerweile megaalt, da traut man nicht mehr jeder dahergelaufenen Frau aus diesem gruseligen Internet. Aber Harry kennen sie. Er ist dein Türöffner, Jodie.«

Natürlich hatte sie recht. Das war, neben ihrem permanenten Murmeln, ihre zweite nervige Eigenschaft. Ich brauchte auch nichts zu sagen, sie wusste, dass sie mich in diesem Duell mit ihren unschlagbaren Argumenten besiegt hatte.

Ihr Grinsen fiel dementsprechend selbstgefällig und breit aus. »So, und jetzt verplempern wir unsere Zeit nicht damit, deinen superhotten Ermittlerkollegen zu stalken, sondern widmen uns endlich unserer Zusammenfassung.«

Kapitel 9

Alice

1960

Tagebuch

Was gab es über meine Mutter zu sagen?

Im Grunde kannte ich die meisten Geschichten ihre Person betreffend nur von Erzählungen. Und wie faktensicher diese waren, war wohl strittig, zumal sie sich selbst bei ein und demselben Ereignis widersprachen.

Fragte man meinen Vater, würde er meine Mutter als zauberhaftes Wesen mit sehr viel Eleganz und Anmut beschreiben. Sie war seinen Aussagen nach niemals launisch, stets geduldig und fleißig. Sie konnte wundervoll singen, liebte Bücher, vor allem Gedichte, und hatte ein Händchen fürs Backen. Ihre plötzliche Erkrankung und ihr darauffolgender Tod hatten der gesamten Familie den Boden unter den Füßen weggerissen.

Man hörte oft, dass Menschen innerhalb weniger Augenblicke, gezwungen durch einen schrecklichen Vorfall, erwachsen werden mussten. Genauso war es bei mir, nachdem meine Mutter gestorben war. Mein Vater war dermaßen traumatisiert, dass er Entscheidungen traf, die ich nicht nachvollziehen konnte. Er vergrub sich in seine Arbeit und ließ sich bei meiner Schwester und mir kaum sehen. Angestellte wurden überstürzt entlassen, sodass wir praktisch über Nacht auf uns alleine gestellt waren.

Wenn er sich mal wieder in sein Arbeitszimmer eingeschlossen hatte, schlich ich vor der Tür herum – auf der Suche nach Aufmerksamkeit und Liebe. Schlimmer als die Leere war meine Unfähigkeit, selbst mit diesen zerstörerischen Gefühlen zurechtzukommen. Immerhin war ich ein Kind. Winzig und alleine.

Einmal legte ich mich ins Bett meiner Mutter. Ich deckte mich mit ihrer Decke zu, konnte sogar noch ganz leicht ihren Duft wahrnehmen. Meine Brust zog sich vom vielen Weinen zusammen und ich fragte mich, ob ich jetzt auch sterben würde. Ob es sich so anfühlte?

Vater entdeckte mich und warf mich raus. Ich musste in mein Zimmer gehen und durfte es erst am nächsten Tag wieder verlassen. Das Schlafzimmer meiner Mutter war von da an verschlossen.

Erst Jahre später fing er an, mehr über meine Mutter zu sprechen. Er berichtete von ihrer unkonventionellen Art. Aber auch darüber, dass seine Eltern mit ihr wahrscheinlich nicht einverstanden gewesen wären.

An eine Geschichte kann ich mich besonders gut erinnern. So hatte meine Mutter irgendwann mit einem gefüllten Picknickkorb vor Vaters Haustür gestanden. Dieser sprach gerade mit einem Mann der Baufirma, als es klopfte und meine Mutter ihn zu einem Spaziergang einlud.

»Weil ich so verschossen in sie war, habe ich den Architekten tatsächlich um einen neuen Termin gebeten«, erzählte mein Vater. »Der hat nur so geschaut und ist gegangen. Er muss mich für völlig übergeschnappt gehalten haben. Und das war ich bis zu einem gewissen Punkt auch. Aber deine Mutter, Alice, sie war für mich wie ein Lichtstrahl in meinem tristen, einsamen Leben. Ich musste danach greifen. Ich musste alles nehmen, was ich von ihr kriegen konnte.«

Liebe hatte er eine Menge von ihr bekommen, mehr war allerdings nicht zu holen gewesen. Die Familie meiner Mutter war durch den Krieg völlig verarmt. Ihr Bruder war auf dem Schlachtfeld gefallen, ihre Mutter depressiv und ihr Vater aufgrund von Schulden untergetaucht. Den Picknickkorb hatte sie sich von einer Cousine geliehen.

Sie besaß gerade einmal drei Kleider, ein Paar Schuhe und keine Aussicht auf eine bessere Zukunft. Vor dem Krieg, als sie noch ein Kind gewesen war, hatte sie Ärztin werden wollen. Sie hatte dann auch tatsächlich in einem Krankenhaus als Krankenschwester gearbeitet – für Kost und Logis. An eine Ausbildung war nicht zu denken gewesen, es hatte schließlich an Geld gefehlt.

Ob sie meinen Vater als Ausweg aus ihrer Misere benutzt hatte?

Ich glaubte nicht.

Vielleicht war sie zu besagter Party mit dem Plan gegangen, einen reichen Mann zu treffen, der sie aus ihrer Not rettete. Zwischen meinen Eltern hatte ich aber immer Liebe gespürt. Echte und aufrichtige Liebe. Die Beziehung der beiden war mir stets ein Vorbild gewesen, sie war nicht nur von tiefen Gefühlen füreinander, sondern auch von gegenseitigem Respekt geprägt.

Beides ging selbst in den stürmischen Zeiten ihrer Ehe nicht verloren.

Kapitel 10

Harry

2024

Ich war spät dran.

Außerdem – sollte sie nicht in irgendeinem Wellnessresort in der Schweiz sein?

Mitten in der Bewegung hielt ich inne und kniff die Augen in Erwartung der bevorstehenden Diskussion zusammen. Überall lag mein Zeug verstreut, sie würde bestimmt durchdrehen, schließlich hasste sie Chaos. Klamotten, Dokumente und eine enorme Anzahl an Zeitschriften, die meisten davon hatte ich nicht einmal gelesen, türmten sich auf dem Boden oder waren bereits in Kartons verpackt. Fürs Lesen hatte ich schon lange keine Zeit mehr gehabt. Trotzdem bewahrte ich diese Magazine auf, zählte doch irgendwie auch der Vorsatz, sie irgendwann einmal lesen zu wollen.

Ich lauschte Barbaras Bewegungen – Schlüssel in die Schale legen, Schuhe ausziehen und neben die weiße Kommode im Flur stellen. Danach Schritte im Flur, dieser zweigte rechts vom Eingangsbereich ab und teilte sich am Ende in zwei Richtungen.

Eine Tür führte links ins Gästezimmer, die andere rechts ins Schlafzimmer. Dort befand ich mich, damit beschäftigt, den Rest meiner Habseligkeiten in Kartons zu verpacken, um sie in meine neue Wohnung zu verfrachten.

Nicht zuletzt, als Barbara im Türrahmen auftauchte, bereute ich die Entscheidung, kein Umzugsunternehmen angeheuert zu haben. Ich hatte außerdem gedacht, dass es mir helfen würde, über die Trennung hinwegzukommen, wenn ich Schublade für Schublade alleine leerte. Auch in diesem Punkt hatte ich mich getäuscht.

Barbaras Augen weiteten sich. Schuld daran war entweder das Chaos, das sich über das gesamte Schlafzimmer erstreckte, oder die Tatsache, dass ich meine Drohung wahr machte.

»Was tust du da?«, rief sie aufgebracht.

Warum stellten Leute immer die gleichen *blöden* Fragen? »Ich dachte, du bist im Urlaub?«, konterte ich mit einer Gegenfrage, die wahrscheinlich kaum geistreicher war.

In der Hand hielt ich einige Exemplare eines Motorradmagazins, während Barbara durchs Zimmer tigerte. Sie schaute in Kartons, zog prüfend Schubladen auf, die vor wenigen Stunden noch gefüllt gewesen und jetzt leer waren.

»Ich bin nicht gefahren. Wann bist du hier fertig?«

»Das dauert noch ein wenig. Weil ich vermutet habe, du wärst nicht hier, wollte ich die Sachen extra heute holen.«

Sie setzte sich aufs breite Boxspringbett und streckte ihre Beine von sich. »Ich gebe dir noch exakt eine Stunde, dann bist du verschwunden.«

»Barb, lass den Scheiß, okay? Ich bin nicht hergekommen, um zu streiten. Ein sauberer Cut, den wolltest du doch auch.«

Dieser saubere Cut hatte aber seine Tücken, zumal Barbara mir vorwarf, sie mit einer anderen Frau betrogen zu haben. Was nicht stimmte. Aber es brachte nichts, an diesem Punkt noch über diesen Vorwurf zu streiten. Barbara war, angestachelt von ihren Freundinnen, längst zu einem Entschluss gekommen. Dieser beinhaltete nicht nur eine Trennung, ich war zusätzlich zum Sündenbock abgestempelt worden. Anfangs hatte ich mich gewehrt, ich hatte sogar um Barbara gekämpft. Irgendwann aber hatte ich eingesehen, dass es sinnlos war, weitere Energie zu investieren. Die Verlobung war gelöst worden; ich war ausgezogen und hatte einen Schlussstrich unter die Beziehung gesetzt. Mittlerweile konnte ich sogar wieder nach vorne blicken. Ich war zu der Einsicht gelangt, dass Barbara und ich möglicherweise doch nicht füreinander bestimmt gewesen waren. Vielleicht war sie nicht die Richtige für mich. Zumindest fühlte es sich ganz danach an.

Barbara hingegen schien diese Trennung fertigzumachen. Je mehr Zeit verging, umso mehr suchte sie den Kontakt zu mir. Sie schrieb mir tatsächlich wieder auf WhatsApp. Ich reagierte kaum noch darauf. Außerdem wirkte sie müde und trug, anders als gewöhnlich, Jeans und ein simples T-Shirt. Ihr kurzes dunkelbraunes Haar war nicht gestylt und struppig. Es schien fast so, als würde sie Reue zeigen. Sie schien kapiert zu haben, dass sie vielleicht doch etwas voreilig gehandelt hatte.

Unsere Beziehung war von Anfang an kompliziert gewesen. Kennengelernt hatte ich sie während der Arbeit. Ich verdiente mein Geld als Investmentbanker im höheren Preissektor. Damals noch als Assistent kurz nach meinem Studium. Heute trug ich deutlich mehr Verantwortung. Das bedeutete aber schon zu jener Zeit, dass ich die richtig dicken Fische an der Angel hatte. Kam ich ins Spiel, drehte es sich um hohe Beträge und eine Menge Verantwortung. Ich liebte diesen Druck und das berauschende Gefühl, wenn alles gut über die Bühne gegangen war. Die hohen Provisionen waren natürlich ein weiterer Ansporn, mich besonders ins Zeug zu legen. Nur deshalb hatte ich es mit meinen siebenundzwanzig Jahren derart weit gebracht. Aufgrund meines Alters wurde ich von den Leuten häufig unterschätzt. Aber ich hatte ein Händchen für Zahlen und vor allem dafür, die Emotionen anderer perfekt deuten zu können.

Barbara, sie war drei Jahre älter als ich, betreute für eine Immobilienfirma Geschäftsübergaben und war auf diese Weise in mein Leben getreten. Nachdem besagter Kauf abgeschlossen war, hatte ich sie zum Essen eingeladen, vordergründig, um mich für mein rüpelhaftes und unnachgiebiges Verhalten während der Verhandlungen zu entschuldigen. Ich war auf keine Beziehung aus gewesen, wollte etwas Lockeres für zwischendurch. Geworden war daraus eine dreijährige Beziehung inklusive Verlobung.

Was blieb meistens übrig, wenn man sich trennte? Richtig – eine Menge Streit um materielle Dinge. Die Wohnung hatte ich Barbara überlassen, was sie aus heutiger Sicht wohl als Schuldeingeständnis sah.

Während ich packte, saß sie die ganze Zeit auf dem Bett und beobachtete mich. Sie hatte diese seltsame Angewohnheit, stundenlang nichts sagen zu können und sich dabei trotzdem nicht zu langweilen.

»Ich bekomme übrigens noch Geld von dir«, bemerkte ich.

Die Kartons waren im Auto verstaut und wir standen im Flur. Barbara barfuß, ich mit meinen polierten Anzugschuhen. Ich war bereit zu gehen, wollte nur noch den letzten Punkt auf meiner To-do-Liste abhandeln. So war ich – strukturiert und penibel. Oder, wie Barbara es nannte: berechnend und unflexibel. Außerdem hatte sie mir vorgeworfen, längst verheiratet zu sein, und zwar mit meiner Arbeit. Sie fände da kaum Platz. Und ich wäre ja auch zu vielen Verlockungen ausgesetzt, aka Frauen bei Geschäftsterminen. Vermutlich hatte sie die Wahnvorstellung, ich würde es mit all meinen Kundinnen treiben – wegen unserer Kennenlerngeschichte. Eine Angst, die völlig unbegründet war.

Okay, ich war wirklich nicht unbedingt der Typ Mensch, der auf Chaos stand oder stundenlang auf der Couch liegen konnte. Ich wollte produktiv sein. Nur auf diese Weise fühlte ich mich wohl. Dass ich aber herumvögelte, war eine völlig falsche Anschuldigung.

»Sobald ich die Rechnungen von dir habe, gebe ich dir das Geld, das ich dir schulde.«

Das wird ein Krieg werden, dachte ich, bemühte mich aber um Ruhe. »Es ist gerade viel los bei mir. Meine Mum … vergiss es.«

»Sie hat dieser Doku zugestimmt, ich weiß davon. Ich habe gestern mit ihr telefoniert«, ergänzte sie auf mein fragendes Gesicht hin.

Es passte mir so gar nicht, dass Barbara weiterhin Kontakt zu meiner Mutter hielt. Von Anfang an hatten sich die beiden Frauen einander verbunden gefühlt, meine Mum war froh gewesen, dass unsere Familie wuchs, und Barbara sah in ihr vermutlich die Mutter, die sie selbst nicht mehr hatte.

»Mir wäre es recht, wenn du sie nicht mehr anrufst. Unsere Trennung macht sie fertig.«

Barbara runzelte die Stirn – ihr Ich-denke-gar-nicht-daran-Ausdruck. »Sie ist erwachsen, Harry. Begreif das endlich. Sie kann selbst entscheiden, mit wem sie befreundet ist. Ist es nicht eher so, dass die Eifersucht aus dir spricht? Oder gefällt es dir nicht, dass deine Mum mich trotz Trennung noch immer mag?«

Die beiden mochten sich verstehen, ich hatte aber eher das Gefühl, Barbara würde meine Mutter hauptsächlich dazu benutzen, um weiterhin Kontakt mit mir zu halten. Um über mein Leben informiert zu sein. Ich wartete nur noch darauf, dass Barbara vorschlug, wir sollten es noch einmal miteinander versuchen. Meine Mutter hatte zumindest bereits etwas in diese Richtung anklingen lassen.

Langsam hatte ich wirklich das Gefühl, die Welt um mich herum drehte völlig durch.

»Spiel ja nicht mit ihr, Barbara«, sagte ich drohend.

»Karten oder Tennis?«

Wäre diese Situation nicht dermaßen anstrengend, hätte ich ihr eine gewisse Komik nicht absprechen können. »Du hast dich getrennt, weil du es so wolltest. Daher musst du auch mit den Konsequenzen leben.«

Sie schnaubte und musterte mich abfällig. »Ich bin mir dessen, was ich verloren habe, mehr als bewusst.«

Ihr Blick wurde plötzlich dermaßen traurig, dass ich mich zusammenreißen musste, sie nicht aus purer Gewohnheit in den Arm zu nehmen.

Stattdessen ließ ich mich nicht weiter auf ihre Traurigkeit ein, sondern ging.

Zwei Stunden später machte ich im betrunkenen Zustand etwas sehr Dummes: Ich schrieb Jodie.

Dabei saß ich in meinem Wohnzimmer – links von mir auf dem niedrigen Couchtisch mein drittes Glas Whisky, rechts mein Handy. Mit einem Finger tippte ich, ein Auge kniff ich dabei zusammen und diese eine verbliebene Gehirnzelle, die der Alkohol bisher verschont hatte, schüttelte ob meiner Nachgiebigkeit den Kopf.

Das Schlimme war, dass ich ihr nicht nur schrieb, sondern ihr obendrauf auch noch einen Vorschlag machte. Ich streckte ihr symbolisch die Hand entgegen und spendierte ihr damit eine ganze Menge Zuversicht. Ich fragte sie, ob sie Lust hätte, Lucy, die ehemalige Assistentin meiner Großmutter, zu besuchen.

Jodies Antwort kam prompt.

Kein Wunder, diese Frau schien ihr Telefon ja auch niemals wegzulegen. Sie war wenig überraschend mit von der Partie.

Regelrecht begeistert.

Nachdem ich ihre Nachricht gelesen hatte, betrachtete ich ihr Profilbild. Es zeigte sie auf einer Wiese sitzend, umringt von einer Horde Gänseblümchen. Breites Grinsen, glänzende Augen. Alles an ihr war irgendwie ein wenig übertrieben und unecht. Sie schien die Dinge zu sagen, die die Leute hören wollten, um maximal sympathisch rüberzukommen. Genauso sehr, wie sie mich aufregte, faszinierte sie mich auf eine ansteckende Art. Ich fühlte mich wahrhaftig zu ihr hingezogen, was mich tierisch aufregte. Denn ich wollte sie nicht attraktiv finden oder mich von ihrem Gelaber um den Finger wickeln lassen. Ich wollte das Beste für meine Familie und das war sicher nicht Jodie Andersson mit ihrer Fragerei.

Weil meine Mutter aber derart begeistert war von der Idee, Alices Leben festzuhalten, hatte ich kurzerhand beschlossen, dass es in diesem Fall am klügsten war, dem Feind näher zu sein als meiner Bequemlichkeit. Also hatte ich mich eingebracht, wie meine Mutter die Sache sich selbst gegenüber rechtfertigte. Dabei wusste sie genau, was für ein Arsch ich sein konnte.

Kapitel 11

Alice

1960

Mein Vater hatte nicht wieder geheiratet. Und das, obwohl er vermutlich fürchterlich einsam war. Das Haus war mit der Zeit leerer geworden, zuerst war meine Schwester fortgegangen. Ich war mit nun zwölf Jahren ebenfalls gerade ins Internat gekommen, während mein Vater alleine in London geblieben war.

Bei einem meiner Besuche daheim in den Ferien bemerkte ich, wie in sich gekehrt er war. Er hatte sich von seiner Umwelt völlig abgeschottet, war kälter und strenger geworden.

Es war ein unglaublich warmer Sommertag. Während ich bei geschlossenem Fenster und vorgezogenen Vorhängen in meinem Zimmer las, freute ich mich darauf, später mit meiner besten Freundin Mary ins Schwimmbad zu gehen. Mary besuchte eine andere Schule, was bedeutete, dass wir uns, seit ich die Wycombe Abbey School besuchte und dort ins Internat gewechselt war, kaum noch sehen konnten. Marys Eltern waren bei Weitem nicht so streng wie mein Vater. Bei ihr durften wir Übernachtungspartys veranstalten, Süßigkeiten essen und eine fixe Schlafenszeit gab es auch nicht. Obwohl in Marys Welt Regeln nicht wirklich existierten, testete sie in letzter Zeit die Geduld ihrer Eltern aus. Man konnte sagen, dass sie rebellierte – gegen Konventionen, gegen Ansprüche und gegen den Rest der Welt. Aus diesem Grund war mein Vater selbstverständlich nicht besonders erfreut, dass ich meine Freizeit mit Mary verbrachte.

»Alice, ich bin noch einmal in mich gegangen und habe meine Entscheidung überdacht.« Er stand in der geöffneten Tür zu meinem Schlafzimmer, wo es immer noch nach dem neuen blassgelben Teppichboden roch. Auch die Möbel hatte ich tauschen dürfen – verschwunden waren der kindisch verzierte Kleiderschrank und das schmale Bett. Jetzt war ich stolze Besitzerin eines großen Bettes mit Holzrahmen und doppelter Matratze. Mein dreitüriger Kleiderschrank aus Akazienholz bot eine Menge Platz für all meine Kleidung. Ich liebte meine neuen Möbel und die frische Farbe. Dank der Umgestaltung kam ich mir noch erwachsener vor.

Ich senkte mein Buch und runzelte die Stirn. »Inwiefern hast du deine Entscheidung überdacht?«

Als er die Augen zusammenkniff, wirkten die Falten auf seinem Gesicht erschreckend auf mich. Er war stark gealtert, auch seine Körperhaltung war krummer geworden. Doch in seinem Blick lag eine Strenge, die mich verlässlich vor Ehrfurcht zittern ließ.

»Ich möchte nicht, dass du dich mit dieser Mary triffst. Sie ist der falsche Umgang für ein junges Mädchen wie dich.«

Ich sprang aus dem Bett und spürte, wie mich die Verzweiflung packte. »Bitte. Vater. Bitte, darf ich.« Ich wollte nicht flehen, ihn nicht anbetteln und schämte mich für meine eigene Schwäche. Aber das Treffen mit Mary war der einzige Lichtblick in meinem von Vaters Düsternis überschatteten Aufenthalt in London. »Mary fährt übermorgen mit ihren

Eltern in Urlaub und dann sehe ich sie bis zu den Herbstferien gar nicht mehr.«

»Das ist auch besser so«, erklärte er.

Mein Wunsch, Zeit mit Mary verbringen zu wollen, schien ihm völlig egal zu sein.

»Ich möchte, dass aus dir eine anständige Frau wird, Alice. Doch dieses Mädchen, diese Mary, ist kein guter Umgang für dich. Du wirst sie heute nicht sehen. Das ist mein letztes Wort.«

Ohne auf eine Antwort meinerseits zu warten, machte er auf dem Absatz kehrt.

Die Wut traf mich wie ein Blitz. Ich schleuderte mein Buch gegen die geschlossene Tür. Krachend landete es auf dem dunklen Holz und fiel plump zu Boden.

Ich schrie, warf mich aufs Bett und ergab mich dem überwältigenden Druck der Tränen. All meinen Frust weinte ich in mein Kopfkissen und strampelte dabei wie verrückt mit den Beinen. Polternd trafen meine Füße den hölzernen Bettrahmen. Ich wartete darauf, dass mein Vater, angelockt von dem Lärm, den ich verursachte, zurückkehrte. Ein Teil von mir wünschte sich, ihm einmal ordentlich die Meinung geigen zu können – ohne Rücksicht auf etwaige Konsequenzen für mich. Ich wollte mich behaupten und meinem Vater beweisen, dass ich nicht länger das kleine, verletzliche Mädchen war. Ich war fast erwachsen, zumindest fühlte es sich in diesem Moment der Tobsucht so für mich an.

In Wahrheit war es besser, dass Vater nicht zurück ins Zimmer kam. So blieb mir Zeit, Pläne für einen Racheakt zu schmieden.

Ich könnte kein Wort mehr mit Vater reden. Die ganzen Ferien über. Das erschien mir durchaus machbar. Aber Vater würde sich mit meinem Schweigen abfinden, vielleicht würde es ihm sogar gefallen – wir beide in absoluter Stille beim Abendessen.

Aber was, wenn ich mich weigerte, meine Pflichten zu erfüllen, und beispielsweise den Klavierunterricht schwänzte oder mich beim Tennis kein bisschen bemühte. Das würde ihm gar nicht gefallen.

Doch dann, als ich mich aufsetzte, um zu Atem zu kommen und mir die Nase zu putzen, hatte ich einen sehr viel genialeren Einfall, der, wenn alles funktionierte, keine negativen Konsequenzen für mich nach sich ziehen würde. Ich wäre die Siegerin. Die einzig wahre Gewinnerin.

Kapitel 12

Jodie

2024

Ich wartete vor meiner Wohnung auf ihn.

Da es nieselte, hatte ich mich praktisch mit dem Rücken an die Wand gequetscht. Den einzigen Schirm, der sich in meinem Besitz befand, hatte ich nicht gefunden.

Harry ließ sich Zeit, vermutlich mit Absicht. Wahrscheinlich hatte er auch noch extra am Morgen dem Wettergott ein Babykätzchen geopfert, damit es regnete und ich klatschnass zu unserem ersten gemeinsamen Recherchetermin aufkreuzen durfte.

Dazu hatte er sich auch noch eingebildet, dass wir miteinander fuhren. Damit ich ihm noch ausgelieferter war. Knurrend zerrte ich an den langen Ärmeln meines beigen Blazers, als tatsächlich ein Wagen, es war ein schwarzer Sportwagen, in der Zufahrt zu meinem Wohnhaus anhielt. Gleich unter der Tafel, die einen darauf hinwies, dass es sich hier um eine Feuerwehreinfahrt handelte und diese unter allem Umständen freigehalten werden musste.

Regelbruch, selbst ein angedeuteter, stresste mich. Ich würde niemals, ich wiederhole – NIEMALS – dort parken.

Im Inneren des Autos roch es intensiv nach einem erdig-rauchigen Parfum. Ich fragte mich, über welches geheime Wissen die Kosmetikindustrie verfügte, da Harrys Geruch haargenau meine weiblichen Triggerpunkte à la »Ich will ein Baby machen« bediente.

Zum Glück war er verbal nicht derart charmant ausgestattet wie geruchstechnisch.

»Wir nutzen die Fahrt am besten dafür, um über eine gemeinsame Strategie zu reden. Wie arbeitest du üblicherweise?«

Wie ernst würde er meine Arbeit schon nehmen? »Je nach Gesprächspartner gehe ich anders an die Interviews heran. Mal offensiver, mal zurückhaltender. Die Leute zeigen mir schnell, wie redebereit sie sind.«

»Du bedrängst sie also, um Informationen aus ihnen herauszuquetschen? Oder wie genau soll ich mir dein Vorgehen vorstellen?«

Er fuhr aus der Feuerwehreinfahrt heraus, ziemlich selbstbewusst, indem er einem herannahenden Fahrzeug einfach die Vorfahrt nahm. Zum Dank streckte er seinen Arm zwischen uns hoch.

Okay, heute war also der Tag, an dem ich sterben würde.

Probehalber zerrte ich an meinem Gurt. »Ich gebe ihnen Sicherheit und das Gefühl, sich mir öffnen zu können. Was wird dein Part sein? Der grimmige Bodyguard?«

»Tatsächlich habe ich vor, für Recht und Ordnung zu sorgen. Ich kenne Lucy schon lange und würde mir eher eine glühende Nadel unter die Fingernägel schieben, als sie deiner verbalen Ausbeutung auszusetzen.«

Der Typ war boshaft, gleichzeitig brachte er mich mit seinem irrwitzigen Vergleich fast zum Lachen. Aber nur fast. »Was muss ich über Lucy wissen?«

Während er den Blinker betätigte, runzelte er die Stirn. Er fühlte offensichtlich die Macht und spielte mit ihr.

»Sie hat nach Alices Tod gekündigt und im Anschluss für andere Familien gearbeitet. Dann hat sie geheiratet und sich hauptsächlich der Kindererziehung gewidmet. Ihr Mann ist vor einigen Jahren gestorben, seither lebt sie alleine.«

»Wie fit ist sie, also geistig?«

»Ziemlich fit.« Grinsend sah er zu mir. »Sie wird es dir nicht einfach machen.«

»Ich bin ein Profi.« Ich zwinkerte frech zurück, und zum ersten Mal hatte ich das Gefühl, Harry würde mich sehen. Mich. Jodie. Unser gegenseitiges Aufziehen hatte sich zu einem Ritual entwickelt. Wir feuerten mit Kanonen aufeinander, genossen dieses Spiel aber offensichtlich beide gleichermaßen.

Harry ruinierte den Moment allerdings, als er wie ein Pitbull knurrte. »Manchmal frage ich mich wirklich, was mich dazu bewegt hat, dir diese Untersuchung nicht nur zu erlauben, sondern dich dabei auch noch zu begleiten. Ich sollte dich eigentlich allein arbeiten lassen und dir danach den Arsch wegklagen.«

»Vielleicht genießt du die Abwechslung zu deinem eintönigen Bankerleben. Es geht einmal nicht darum, mehrere Millionen von einer Tasche in die andere zu schieben, sondern um das wahre Leben.«

Erneutes Knurren.

Von da an ignorierte er mich, bis wir an besagter Zieladresse eintrafen, einem nicht minder noblen Haus am Stadtrand von London.

Im Angesicht des üppigen Vorgartens, der in sämtlichen Farben blühte, wirkten selbst der Regen und Harry nicht mehr ganz so abturnend.

Letzterer übernahm die Aufgabe, uns anzukündigen, indem er die Glocke betätigte. Es dauerte gefühlt zehn Jahre, bis die

Tür geöffnet wurde. Vor uns stand dann nicht etwa ein livrierter Diener, sondern eine alte, bucklige Frau mit Rollator. Um uns ansehen zu können, musste die Arme ihren Hals seltsam nach hinten recken.

Was zum Teufel taten wir hier nur?

Nichtsdestotrotz bat sie uns hinein. Wir folgten ihr durch eine Eingangshalle mit hoher Decke und gelangten von dort in einen Salon, dessen Wände mit hellgelber Tapete im Blümchenlook verziert waren. Auf einem runden Tisch in der Mitte des Raumes warteten Tee und Gebäck. Ich positionierte mein Audiogerät und meine Kamera. Lucy verfolgte meine Handgriffe im Sitzen, während Harry mit verschränkten Armen und zusammengekniffenen Augen dastand, nichts sagte und auch keine Hilfe anbot. Nicht einmal, als mir das Stromkabel aus der Hand fiel und ich mich streckte und reckte, um es zu erreichen. Er machte es mir wirklich nicht leicht, dahingehend hatte er sein Wort gehalten.

Als ich fertig war, setzten wir uns. Harry zeigte dann kurz doch so etwas wie Herzlichkeit, als er Fragen zu seiner Mutter beantwortete.

Der Kerl war vielleicht nicht ganz so eiskalt, dachte ich und beobachtete ihn, wie er beim Reden mit seinen Händen gestikulierte oder sich ab und an durchs Haar fuhr.

»Wir sind hier, um mit dir über meine Großmutter zu sprechen. Jodie«, er deutete mit dem Kinn in meine Richtung, »plant einen Beitrag zu Alices Tod.«

»Mich interessiert vor allem Alices Leben«, wiederholte ich jenes Detail, das ich auch Harry gegenüber bereits verteidigt hatte. »Ich möchte mehr über Alice als Mensch herausfinden und so möglicherweise die Hintergründe, die zu ihrem frühen Tod geführt haben, verstehen.«

Lucy musterte mich daraufhin streng. Ihre Sympathie war mir noch nicht sicher, so viel stand fest.

»Sie wollen Alice und ihre Entscheidungen verstehen? Ha, das ist mir in all den Jahren nicht gelungen, und dabei habe ich nicht nur für sie gearbeitet, ich würde unsere Beziehung sogar als Freundschaft bezeichnen.«

Harry lehnte sich zurück und nahm einen Schluck Tee, als würde es ihm absolutes Entzücken bereiten, mich in eine Sackgasse rennen zu sehen.

»Wie war die Arbeit für sie? Wie sah Alices Alltag aus?«, fragte ich.

Lucy rührte stoisch in ihrem Tee. Ich stellte sie mir unterdessen vor, wie sie als Alices persönliche Assistentin den Haushalt gemanagt hatte.

»Alice war ... wie eine Freundin für mich, wie gesagt. Wir standen uns sehr nahe. Zu nahe vermutlich für unsere Positionen«, murmelte sie. »Zusammen haben wir ihren Tag geplant, Termine vereinbart und viel geredet. Vor allem in der Zeit nach Luisas Geburt, als es Alice psychisch nicht besonders gut ging, hat sie oft das Gespräch mit mir gesucht.«

»Wie haben Sie die Beziehung zu George wahrgenommen? War er präsent oder eher abwesend?«

Sie schnaubte traurig. »Er war oft unterwegs, und wenn er zu Hause war, hat er sich nicht wirklich mit Alice befasst.«

»Dafür Sie umso mehr?«

»Unter anderem.«

»War die Ehe glücklich?«

»Nein«, kam eine schnelle Antwort. »Sonst hätte sie sich ja kaum scheiden lassen wollen.«

»Aber warum gerade zu diesem Zeitpunkt? Nach der Geburt ihres Kindes?«

Lucy runzelte die Stirn und grübelte eine Weile. »Alice war selbstbewusster geworden. Sie hat sich nicht mehr alles gefallen lassen. Sie hat an ihre Zukunft gedacht und auch an Luisas

Leben unter Georges Einflussbereich. Sie hatte definitiv ihre Gründe, die jede der involvierten Personen verstehen konnte.«

Eine seltsame Formulierung, fand ich. Doch generell drückte sich Lucy sehr distanziert aus. Einerseits strahlte sie, wenn sie von ihrer Beziehung zu Alice sprach. Auf der anderen Seite wirkte es, als hätte sie Angst, ein Geheimnis auszuplaudern. Und genau das war die Stelle, die mich am meisten lockte.

»Wie hat George die Trennung aufgefasst?«, hakte ich nach. Harry verkrampfte sich neben mir.

»Die drohende Scheidung kam für ihn nicht plötzlich. Sie hatte sich monatelang angedeutet. Er hat Alice vermutlich nicht ernst genommen und gedacht, sie würde diese Anstrengung nicht auf sich nehmen. Aber die Ehe war längst kaputt und die Scheidung eine reine Formsache.«

»Haben Sie mitbekommen, ob es Auseinandersetzungen zwischen George und Alice gab, nachdem diese ihn vor vollendete Tatsachen gestellt hatte?«

»Die Diskussionen der beiden gingen mich nichts an. Es handelte sich dabei außerdem um sehr heikle und höchst persönliche Themen. Alice wäre nicht erfreut, wenn ich diese in aller Öffentlichkeit ausplaudere.«

Harry nickte. »Meine Rede. Danke, Lucy.«

Diese atmete durch und irgendetwas in ihren gräulichen Augen verdunkelte sich, während sie mich anschaute. »Alice war launisch – vor allem in ihren letzten Monaten. Das Baby, es war bei ihrem Tod ungefähr vier Monate alt, die Trennung und die Beziehung zu ihrem Vater haben sie ausgelaugt. Am Ende bin ich nicht mehr wirklich zu ihr durchgedrungen.«

Lucy war offensichtlich nicht glücklich darüber, dass ich im Leben ihrer alten Arbeitgeberin herumwühlte und damit unweigerlich auch in ihr längst vergessene Erinnerungen wachrief. »Denken Sie, George hat sie … ich weiß auch nicht … bedroht?«

»George hatte keinen Zutritt mehr zum Haus der Ramsays. Sie hat ihn gemieden und ihm verboten, das Baby zu sehen.«

»Ein Grund für George, um durchzudrehen«, warf ich in den Raum und beobachtete die unterschiedlichen Reaktionen. Harry wirkte wie ein grantiger Pressesprecher, der den Schaden durch unüberlegte Infos so klein wie möglich zu halten versuchte. Lucy hingegen grübelte einige Sekunden.

»Das Baby, also deine Mutter, war George egal. Zu der Zeit hatte er mit Alice längst abgeschlossen. Ich denke, George hatte ein Problem damit, wenn ihm Dinge weggenommen wurden. Dann konnte er schon einmal ausfallend werden.«

»Sie haben George also als aufbrausend erlebt?«, hakte ich nach und notierte einige Stichworte auf meinem Block.

»Nein, das war er nicht. Eher war er sehr bedacht darauf, wie er mit anderen Menschen umging. Eine Anekdote fällt mir dazu ein. Es war ziemlich am Anfang, also als öffentlich wurde, dass Alice und George heiraten würden. Er war sonntags zu Besuch bei den Ramsays, hatte Blumen für Alice mitgebracht und eine Flasche Brandy für Mr Ramsay. Ich habe mich in der Nähe aufgehalten und das Gespräch mitangehört. Ich habe das Strahlen in Alices Augen gesehen und wie George auch bei Mr Ramsay nach und nach an Respekt gewann. Wenn er davon erzählte, was er bereits alles erlebt hatte, dann war man schon gefesselt von seinen Geschichten. Aber dabei sollte es nicht bleiben.«

Lucy wirkte klar, ich vertraute daher auf ihre Erzählungen. Gleichzeitig merkte man ihr an, wie viel Anstrengung es sie es kostete, aus dieser Epoche ihres Lebens zu berichten.

»Was soll das bedeuten?« Meine Worte wählte ich unter den Argusaugen des Mannes, der sich bisher gar nicht an diesem Thema beteiligt hatte. Seine Blicke machten mich nervös. Ich hatte das Gefühl, ständig das Falsche zu sagen. Aber ich versuchte, unerschütterlich zu bleiben.

»Es bedeutet, dass sich sowohl Alice als auch George verändert haben. Dieses Feuer am Beginn ihrer Beziehung …« Lucy schüttelte milde den Kopf und strich mit der flachen Hand über die weiße Tischdecke. »An einem Feuer kann man sich wärmen. Ein Feuer hat aber auch die Kraft, Häuser, ja sogar ganze Städte niederzubrennen.«

Ich schluckte, spürte eine gewisse Bedrohung in Lucys Stimme. »Sie waren es, die Alice gefunden hat. Was ist Ihre Theorie zur Todesursache?«

Lucy lachte leicht, rümpfte dann aber die Nase. »Wenn es nicht George war, dann muss es der Teufel persönlich gewesen sein.« Mühsam beugte sie sich vor und sah mir bestimmt in die Augen. »Alice hätte sich selbst niemals etwas angetan. Niemals.«

»Sie war traurig und überfordert, das haben Sie zumindest vorhin selbst erwähnt. Vielleicht ist sie zu dem Schluss gekommen, dass eine Scheidung die falsche Entscheidung war und ihr der gesellschaftliche Druck zu viel wurde. Vielleicht hat sie keinen anderen Ausweg gesehen«, spann ich eine weitere Perspektive fort.

Lucy reagierte darauf mit einem vehementen Kopfschütteln. »Glauben Sie mir, Alice hatte eine Zukunftsaussicht. Auf diese kann ich nicht weiter eingehen, bei allem, was mir heilig ist. Ich habe Theodore Ramsay mein Wort gegeben und werde diesen Schwur bis zu meinem Tod halten.«

Tausend weitere Fragen drängten sich mir auf. Leider blieb mir keine Zeit. Denn Lucy fing zu husten an und beruhigte sich erst wieder, als wie aus dem Nichts eine junge Dame auftauchte und ihr ein Glas Wasser reichte.

»Das sollte für heute genügen«, formulierte diese unseren höflichen Rausschmiss.

Ich versuchte, das Halteseil noch nicht aufzugeben. »Dürfen wir zu einem späteren Zeitpunkt vielleicht noch einmal vorbeikommen? Es gibt da noch viele Fragen, die ich Ihnen stellen möchte. Vor allem im Hinblick darauf, dass ich …«

»Lucy, du hast uns bereits sehr viel geholfen«, mischte Harry sich ein, nachdem er mich mit seinem tadelnden Blick zum Schweigen gebracht hatte.

Lucy wirkte verunsichert, weshalb ich beschwichtigend die Hand hob. »Ich will Sie wirklich nicht drängen, Lucy, aber Sie sind mein einziger direkter Draht in die Vergangenheit.«

Lucy räusperte sich und hielt sich dabei ein Stofftaschentuch an den Mund. »Gewissermaßen sehe ich ihn in dir.« Erneutes Husten ihrerseits. »Möglicherweise ist die Zeit gekommen, dass ich mehr von Alice erzähle. Aber nicht heute. Ich bin müde und mein Husten … ich brauche eine Pause.«

Kapitel 13

Alice

1960

Von außen verschloss ich meine Zimmertür. Ich klebte einen Zettel daran, der besagte, mich in Ruhe zu lassen. Mein Herz schlug laut, viel zu laut. Ich hörte nur mein dummes Herz und kaum etwas von meiner Umgebung.

Um mich etwas zu beruhigen, presste ich mich mit dem Rücken gegen die Wand im Flur. Ich atmete durch und schloss die Augen. Dann blendete ich meinen Herzschlag aus und bemühte mich, die Geräusche im Haus einzuordnen. Schritte aus dem Untergeschoss – jemand ging von der Küche im hinteren Teil des Gebäudes quer durch die Eingangshalle in Richtung Wohnzimmer. Schwer zu sagen, wer das sein könnte. Vater war es nicht, er hielt sich nachmittags meistens nicht daheim auf.

Vorbei an Landschaftsgemälden, die die vier Jahreszeiten repräsentierten, schlich ich durch den Flur zur breiten Holztreppe. Diese war alt, so alt, dass sie unter jedem Schritt knarrte. Als ich kleiner war, hatte ich mir aber einen Spaß daraus gemacht, jene Stufen zu finden, die am leisesten waren.

Vielleicht hatte ich die Wichtigkeit dieses Wissens damals schon vorausgeahnt. Es gelang mir jedenfalls, halbwegs leise ins Erdgeschoss zu kommen. Am Treppenaufgang stoppte ich, spähte um die vertäfelte Ecke in Richtung Küche. Die Luft war rein. Alles, was mich von meiner Freiheit trennte, waren vier, maximal fünf Schritte, dann wäre ich bei der Hintertür.

Ich hastete los, griff nach der Türklinke und gerade, als ich sie hinunterdrückte, hörte ich Ms Fane, unsere Köchin. Sie führte wie so häufig Selbstgespräche. Diesmal überlegte sie laut, wie viele Eier sie für das Abendessen brauche und ob sie wieder neue kaufen solle.

Die Klinke unter meinen Fingern ächzte. Ich war kurz davor, es aus dem Haus zu schaffen. Ich konnte nicht scheitern. Nicht jetzt auf dem allerletzten Meter. Wie viel Mut es mich gekostet hatte, meine Sachen zu packen und die ersten Schritte im Flur zu machen. Das alles durfte nicht umsonst gewesen sein. Mein Mut musste sich lohnen.

Deshalb ging ich volles Risiko ein. Ich öffnete in dem Moment die Tür, als Ms Fane den Flur betrat. Glücklicherweise hielt sie den Kopf gesenkt. Sie bemerkte mich nicht. Erst das Klacken, als ich die Tür schloss, riss sie aus ihren Gedanken. Durch einen Spalt zwischen Glasrahmen und Vorhang beobachtete ich, wie sie den Blick hob, die Stirn runzelte und weiterging.

Es war früher Nachmittag und ich war fast pünktlich, als ich über den Hinterhof lief, mir mein Fahrrad schnappte und zu meinem Treffen mit Mary radelte. Mein Herz beruhigte sich auch nicht während der Fahrt. Und als ich im Schwimmbad ankam und Mary auf einer bunt gestreiften Decke sitzend bereits auf mich wartete, bemerkte ich, dass ich meinen Badeanzug vergessen hatte.

Kapitel 14

Jodie

2024

»Bist du schon einmal verhaftet worden?«

Ich lachte. »Wieso sollte ich?«

»Weil du aufdringlich und nervig bist. Ich sollte dich anzeigen.«

»Denk daran, du bist mein Partner und damit mitschuldig.«

Die Bar, in der wir saßen, war Harrys Vorschlag gewesen. Und irgendwie passte dieser Laden mit seiner zurückhaltenden Noblesse zu ihm. Ich meine, dieser Kerl trug ein T-Shirt und Jeans und sah damit eleganter aus als so mancher Typ im Anzug.

Mit was war er gefüttert worden? Purem Gold?

»Sie hat gesagt, du würdest wie *er* aussehen. Vermutlich meint sie George«, präzisierte ich zwischen zwei Schlucken Aperol. »Hat dich zuvor schon einmal jemand darauf angesprochen?«

»Ja.«

»Und stimmt es, dass du ihm ähnlich siehst?«

»Kann sein.«

»Hast du ein Foto von ihm gesehen?«

»Ja.«

»Kannst du etwas anderes als ›Ja‹ sagen?«

»Ja.«

Wir lachten beide, wenn Harrys Lachen auch etwas Zynisches an sich hatte.

Im nächsten Moment öffnete er sich mir und ich war ein wenig ratlos über den Grund, weshalb er es tat. Aber ich wollte mich nicht beklagen. Wirklich nicht.

»Es gibt ein Hochzeitsfoto der beiden. Ich kann es dir bei unserem nächsten Termin, bei dem wir eine weitere Person bedrängen, die meiner Familie nahesteht, gerne mitbringen.«

»Ja zu dem Foto«, sagte ich und quetschte den schwarzen Strohhalm mit Daumen und Zeigefinger zu einer platten Röhre zusammen. »Nein zu deinen Anschuldigungen. Wir bedrängen niemanden.«

»Lucy ist fast erstickt und du hast weiter auf sie eingeredet. Das ist nicht charmant, Jodie, sondern irgendwie bitchig.«

Er verunsicherte mich schon wieder. Gedanklich ließ ich das Gespräch mit Lucy Revue passieren. »Ich finde, ich habe Fingerspitzengefühl gezeigt. Lucy wird nicht ewig leben und wie sie zum Schluss auch sagte, möchte sie diese Gelegenheit nutzen, ihre Vergangenheit zu verarbeiten.«

Wie er schmunzelte, wann immer ich mich um Kopf und Kragen redete, beruhigte mich kein bisschen. Dabei war er nicht einmal herablassend, sondern … beobachtend. Er studierte mich und ich zappelte wie ein Fisch an Land.

»Youtuberin, Reporterin, verdeckte Ermittlerin und Studentin. Was alles machst du noch so den ganzen Tag lang?«

Er zog mich bloß auf. Bleib standhaft! »Wir wissen beide bereits eine Menge über mich. Aber was ist mit dir?«

»Mit mir?«

Jetzt spielte er das Unschuldslamm. Süß irgendwie. Ich kniff die Augen zusammen. »Ja, mit dir. Wer bist du?«

»Komm schon, Jodie. Als hätte sich ein schlaues Mädchen wie du nicht längst über mich im Internet erkundigt. Das ist doch ein Kinderspiel für dich.«

»Ich hab dich tatsächlich gegoogelt, das stimmt. Aber während man bei mir hauptsächlich Infos meine Arbeit betreffend vorfindet, beschränken sich die Berichte über dich auf Gossip.«

»Darauf stehst du doch am allermeisten.«

Etwas an der Art, wie er diesen Satz aussprach, verursachte bei mir das intensivste Bauchkribbeln der Welt. Schnell trank ich einen Schluck. Ich drehte wirklich noch durch. »Wie du mittlerweile vermutlich erkannt hast, stehe ich vor allem auf die Hintergründe zu Gerüchten. Mich interessiert, wer du abseits all dieser Schlagzeilen bist.«

»Beschränkt sich deine Aufdringlichkeit nicht eigentlich auf Tote?« Er grinste und ließ dabei sein halb leeres Bierglas mit der rechten Hand kreisen. »Möglicherweise gibt es bei mir nichts Interessantes zu entdecken. Vielleicht bin ich einfach dieser Kerl aus den Medien.«

»Das glaube ich nicht.« Unbeabsichtigt hörte ich mich an, als würde ich Harry Komplimente machen oder mit ihm flirten. Beides erschien mir höchst unpassend.

»Wenn du auf meine vergangene Beziehung abzielst, muss ich dich leider enttäuschen. Sie hat mich verlassen, weil ich ein Problem damit habe, meine Emotionen zu kontrollieren. Wie hast du das heute bei Lucy genannt? Aufbrausend. Das trifft es am besten.«

»Ihr habt Differenzen, das ist normal«, erklärte ich. »Liebst du sie noch?«

Meine Direktheit schreckte ihn nicht ab. Vielmehr hatte ich das Gefühl, als würde er immer mehr Gefallen daran finden.

»Nein, tue ich nicht. Unsere Beziehung war verrückt. Schnell. Ungesund.«

Während ich einen Schluck nahm, linste ich über den Rand meines Glases hinweg zu ihm. »Es gibt einen Harry Ramsay in Australien mit einer Menge Steuerschulden. Und dann gibt es den Harry Ramsay in London, der seinem Fast-Schwager auf einer Party einen Kinnhaken verpasst hat?«

»Genau genommen war es eine Ohrfeige und ich habe nicht einmal sonderlich gut getroffen.« Seine Mimik war ernst. Seine Augen fixierten mich.

»Was genau heißt das?«

»Dass ich ausgerastet bin und das zu einer Kurzschlussreaktion geführt hat.«

»Könnte auch bei George der Fall gewesen sein«, warf ich scheinheilig ein.

Als er die Falle erkannte, schnaubte er. »Du bist gut, ja. Aber ich bin nicht so leicht zu überzeugen.«

»Wen wolltest du mit dieser Ohrfeige verteidigen?«

»Barbara. Meine Ex.« Er gab sich stoisch Mühe, keine Emotionen preiszugeben.

Aber da lag etwas Schmerzliches hinter seiner Coolness, das mich mehr faszinierte, als mir lieb sein konnte. »Aus welchem Grund?«

»Ihr Bruder hat sie jahrelang ausgenutzt und ist dann bei ihrer Geburtstagsfeier aufgekreuzt. Er hat sie beleidigt und fertiggemacht. Ich habe ihn vor die Tür gesetzt und schlussendlich bin ich ausgeflippt.«

Rührend. Zwar etwas brachial in der Vorgehensweise, aber man konnte Harry durchaus als starken Mann betrachten, der die Frau, die ihm etwas bedeutete, mit allen Mitteln beschützte. »Trotzdem hat sie sich von dir getrennt«, blieb ich hartnäckig. »Wegen der Sache mit ihrem Bruder?«

»Nein, nicht deswegen. Es gab da andere Gerüchte.«

»Spannend«, murmelte ich und stützte meinen Kopf in meine Handfläche.

Harry grinste leicht. »Es ist schon faszinierend, wie du den Menschen auf charmante Art ihre Geheimnisse aus den Taschen ziehst.«

»Oh, du findest mich charmant?«

Harry schüttelte schmunzelnd den Kopf. »Bedauerlicherweise überwiegen andere Dinge.«

»Bedauerlich für wen?«

Er sah mich an, tief und eindringlich. Ich spürte seinen Blick wie eine Berührung. Er glitt von meinen Augen zu meinen Lippen und schließlich hinab zu meinem nackten Hals. Spannung lag in der Luft. Ebenso ein Kribbeln, das ich derart aufregend fand, dass ich den rollenden Zug nicht stoppen, sondern ihn befeuern wollte.

»Warum habe ich das Gefühl, als würdest du bei jedem unserer Gespräche mit mir flirten?«

»Du überschätzt dich. Ich stehe nicht wirklich auf dich«, antwortete ich.

»Vielleicht ist das deine Art, mich weichzukochen, um freie Fahrt bei deiner Untersuchung zu bekommen.«

»Deine Anschuldigungen sind ethisch ziemlich fragwürdig.«

»Genauso wie deine Interviewmethoden«, konterte er zynisch.

Dieser Blick. Obwohl ich ihn genoss, musste ich ihn abstellen. Ich musste einen kühlen Kopf bewahren, was ich nicht konnte, wenn Harry mit derart schweren Geschützen auffuhr.

Also atmete ich durch und zog ähnlich wie bei einem Fallschirm die Reißleine. In dem Fall wechselte ich das Thema.

»Macht es die Sache für dich leichter, wenn du dir vorstellst, deine Familie wurde von einem tragischen Selbstmord erschüttert, als den Verdacht zu hegen, dass dein Großvater deine Großmutter umgebracht hat?«

Harry runzelte aufgrund dieser gänzlich unerwarteten Frage die Stirn. »Das ist kein wirklich schöner Gedanke, stimmt. Aber er ist unbegründet. Es war kein Mord.«

Wenn ich so über Harrys Sturheit nachdachte, war ich zuerst einmal genervt davon. Ebenso von seinem Einmischen und der schlechten Laune, die er verbreitete. Aber möglicherweise schadete es in diesem aktuellen Fall nicht, jemanden an meiner Seite zu haben, der die Dinge anders sah. So konnten wir sicherstellen, dass die Hinweise aus jeder erdenklichen Blickrichtung beleuchtet wurden.

»Deine Mutter ist da unentschlossener«, bemerkte ich leichthin.

Harry seufzte. »Meine Mutter lässt sich leicht von anderen Leuten beeinflussen. Sie hat sich, nachdem du dich bei ihr gemeldet hast, einige deiner Videos angeschaut und seither ist sie ein True-Crime-Junkie. Natürlich will sie als solcher Teil dieses Genres werden.«

»Was ist mit deinem Dad?«

»Ja, was soll mit ihm sein?«, stellte er eine Gegenfrage.

»Wo ist er?«

»Im Moment liegt er vermutlich auf einer Liege am Strand von Nizza.« Harry neigte den Kopf und zuckte mit der Schulter. »Aber du willst eigentlich fragen, ob ich Kontakt zu ihm habe, richtig? Meine Eltern sind getrennt und ich sehe den Kerl nur sehr selten.«

»Okay«, erwiderte ich. »Tut mir leid.«

Er schmunzelte. »Du bekommst keine Verlassener-Junge-Geschichte von mir zu hören. Da kannst du dich noch so sehr bemühen. Sag mir lieber, wie du als Nächstes vorgehen willst.«

Kapitel 15

Alice

1960

Eine Flucht schien auf den ersten Blick einfacher zu sein als ein Einbruch.

Die Hintertür stellte eine enorme Herausforderung für mich dar. Sie war verschlossen, als ich um kurz vor sieben zurückkam. Die Sonne brannte mir auf den Rücken, während ich die Türklinke ein weiteres Mal nach unten drückte. Erfolglos.

Das war nicht gut.

Warum war die Tür zugesperrt? Wie sollte ich jetzt reinkommen? Und das auch noch unentdeckt.

Panik machte sich in mir breit, als ich die Stufen nach unten schlich. Über den gepflasterten Weg, vorbei an der Garage mit den beiden Toren. Ich inspizierte die weißen Sprossenfenster. Hinter den meisten waren die schweren Vorhänge zugezogen, um die Hitze nicht ins Haus zu lassen. Die Vordertür war immer zu, es blieb also nur der Keller. Vielleicht war dort die Tür nicht verschlossen. Vielleicht aber traf ich dort jemanden. Das Risiko musste ich allerdings eingehen, eine andere Wahl hatte ich nicht.

Mein Herz schlug mir buchstäblich bis zum Hals, als ich mich an dem warmen Metallgeländer nach unten hangelte. Der Rucksack schnürte meine Haut ein, ich hatte Durst und war schrecklich müde. In düsterer Erwartung, dass mir auch dieser Zugang verwehrt bleiben würde, streckte ich die Hand aus. Doch noch bevor meine Finger den dunklen Knauf in Form eines Löwenkopfes erreichten, wurde die Tür von der anderen Seite aufgezogen. Vor mir stand mein Vater, die Augen zu winzigen Schlitzen zusammengepresst, das Haar zerzaust.

Sein eisiger Blick traf mich wie eine kalte Dusche.

Ich zuckte zusammen, ließ meine Hand wie in Zeitlupe sinken und machte mich körperlich kleiner. Schnell kramte ich gedanklich nach einer plausiblen Ausrede, die mein Verschwinden erklären würde.

Mein Vater kam mir allerdings zuvor. »Sieh einer an«, grummelte er mit zusammengebissenen Zähnen. »Das Vögelchen ist nach Hause zurückgekehrt. Hat es Hunger oder Durst?«

Ich schluckte und merkte da, wie mein ganzer Körper zitterte. »Ich … ich war nur spazieren.«

Dass ich die Unwahrheit gesagt hatte und nicht zu meiner Tat stand, war jener berühmte Tropfen, der das Fass zum Überlaufen brachte. Denn plötzlich holte mein Vater aus und verpasste mir eine schallende Ohrfeige. Der Schlag war dermaßen heftig und erwischte mich noch dazu völlig unvorbereitet, sodass ich gegen den gemauerten Treppenschacht geschleudert wurde.

Zuerst war ich perplex, dann blinzelte ich einige Male, um nicht loszuheulen. Doch mein Vater war noch nicht fertig mit mir.

Er kam näher, betrat die ergraute Betonplattform vor der Tür und packte mich an der Schulter. »Glaubst du wirklich, du kannst mich täuschen? Dass du dich zurück ins Haus schleichst und mich wie einen Idioten an der Nase herumführst?«

Er schrie, was er sonst nie tat. Üblicherweise war er stets um einen ruhigen Tonfall bemüht. Höflichkeit hatte oberste Priorität für ihn, wollte er doch keinen schlechten Eindruck machen.

Eine unartige Tochter schien seine gesellschaftlichen Verhaltensregeln aber zu sprengen. An meinem Standpunkt war er außerdem nicht interessiert. Grob zerrte er mich quer durchs Haus und verfrachtete mich in mein Zimmer. Er setzte mich aufs Bett, packte meinen Rucksack und donnerte ihn gegen den Kleiderschrank.

»Du solltest dich besser an diesen Ort gewöhnen, denn du wirst das Zimmer für den Rest des Sommers nicht mehr verlassen.«

Es war für mich schwer einzuschätzen, wie ernst ihm diese Drohung war. Riskieren wollte ich auf jeden Fall nichts, weshalb ich vorsichtshalber schwieg.

Was folgte, war ein weiterer vernichtender Blick, dann verließ Vater mein Zimmer.

Erst am nächsten Morgen kehrte er zurück. Seine Stimmung war gefasster, sein Ton dennoch schneidend. Er trug eine schwarze Stoffhose und ein weißes Hemd. Ich hatte schlecht geschlafen und mich die halbe Nacht von einer Seite des Bettes auf die andere gewälzt.

Um ein Stückchen Freiheit zu spüren, hatte ich das Fenster geöffnet und auf dem Bett sitzend gelesen. Morgens war die Luft noch kühl und es duftete nach frisch gebackenem Gebäck. Vater ließ sich neben mir auf die Matratze sinken. Zuvor stellte er noch eine Tasse mit Kakao auf den Nachttisch.

»Du bist trotz Verbot ins Schwimmbad gegangen. Wieso?«

Verunsichert nestelte ich an den Schlaufen meines weißen Pyjamaoberteils herum. »Ich wollte Mary sehen. Mehr nicht.«

»Hat sie dich dazu angestachelt, das Haus ohne Erlaubnis zu verlassen?«

»Nein«, antwortete ich wahrheitsgetreu. Mary hatte sogar befürchtet, dass ich entdeckt und bestraft werden könnte.

»Dann hast du diesen Entschluss selbst gefasst?«

Ich zuckte mit der Schulter. »Vermutlich. Ja.«

Er kniff ein Auge zusammen und musterte mich. »Weißt du, Alice, alle Regeln, die ich aufstelle, sind dazu da, aus dir einen guten Menschen zu machen. Eine Frau, deiner Herkunft entsprechend, mit einem herausragenden Benehmen und einem sanften Gemüt. Das mag sich für dich nicht immer fair anfühlen, ist aber der Preis der Welt, in die du geboren worden bist. Der Preis aller Vorzüge, die in dieser Welt auf dich warten.«

Ich schwieg und hoffte, dass ich eine logische Erklärung für die Ohrfeige präsentiert kriegen würde. Denn der ganze bisherige Teil des Vortrags meines Vaters war nicht neu für mich. Ich kannte meinen Platz, war ich doch ab dem Tag meiner Geburt auf meine künftige Rolle vorbereitet worden. Auf ein Leben, das keinen Platz lassen würde für eigene Wünsche. Aber ich war mit dieser Aussicht einverstanden. Risiken waren eigentlich ja auch nicht mein Ding.

»Sich gegen Konventionen aufzulehnen ist nicht nur unartig, sondern auch gefährlich«, fuhr Vater fort und neigte den Kopf, um mir in die Augen sehen zu können. »Du gefährdest damit deinen und den Ruf deiner Familie. Heute ist es bloß ein verbotener Besuch in einem Schwimmbad mit einem Mädchen, das sich nicht zu benehmen weiß. Da wären wir außerdem wieder bei dem bereits erwähnten Argument, welch schlechten Einfluss diese Mary auf dich ausübt. Die Frage ist doch die, was als Nächstes kommen soll?«

»Ich habe es verstanden«, versicherte ich kleinlaut. Gleichzeitig war ich genervt, mir die eintausendste Moralpredigt anhören zu müssen.

Ich hatte während meiner schlaflosen Nacht tatsächlich begriffen, dass es fürchterlich naiv von mir gewesen war, das Haus am helllichten Tag heimlich zu verlassen. Vater musste sich immense Sorgen gemacht haben. Das wurde mir erst nach und nach bewusst.

»Die Frage ist, wohin dich diese Rebellionen bringen werden. Von einem Mädchen deines Standes erwartet man so etwas nicht, Alice. Ich habe hart gearbeitet, um unsere Position zu halten. Das verstehst du doch?«

Erneut nickte ich. Ich spürte aber bereits wieder diese Last, die mir mein Vater ständig auferlegte. Diesen Erwartungsdruck, der in meiner Familie üblich war und der keine Kompromisse zuließ. Ich hatte mir angewöhnt, mich in diese Last einzubetten, mich darin sicher zu fühlen und mich von ihr treiben zu lassen.

Vater aber schien überzeugt, dass es ein wenig Nachjustierung seinerseits bedurfte. Der Druck musste klar präzisiert und verstärkt werden, nur so würde ich seinen Regeln folgen. »Deine Aufgabe ist es, irgendwann zu heiraten und eine gute Mutter zu werden, die diese Werte ihren Söhnen und Töchtern weitergibt. Anders als an einen Mann stellt das Leben an dich keine allzu großen Herausforderungen. Es ist also nicht schwierig, Alice, artig zu sein, damit ein gut situierter Mann später einmal um deine Hand anhält. Das willst du doch, richtig?«

Ich dachte an die Ehe meiner Eltern und den Zauber, den ich bei den Geschichten über ihr Kennenlernen verspürte. Dass ein Mann daherkam und meinen Vater fragte, ob er mich heiraten dürfe, klang für mich gar nicht zauberhaft, sondern hörte sich an, als würde man Geschäfte machen. Als wäre ich eine Ware, ein Stück Land, das an den Meistbietenden verkauft werden sollte.

Doch da schwang etwas Beschützendes in Vaters Stimme mit, dem ich vertraute. Er musste es schließlich wissen. Er wollte das Beste für mich. Das betonte er doch dauernd.

Als ich sanft lächelte und damit eine nonverbale Entschuldigung aussprach, fühlte ich mich sicher. Ich wusste, dass alles gut werden würde. Und ich wusste, dass mein Vater die Wahrheit sagte. Ich hatte keine andere Wahl, als mich der durch meine Geburt mir auferlegten Aufgabe hinzugeben.

Kapitel 16

Harry

2024

Bewaffnet mit Jodies Zusammenfassung fuhr ich direkt zu meiner Mutter nach Hause. Sie saß gerade beim Abendessen und lud mich daher spontan ein, ihr Gesellschaft zu leisten. Sie hatte ein Curry gekocht, dazu servierte sie mir ein Glas Weißwein. Garniert wurde das Ganze von ihrem verkrampft-angespannten Versuch, ihre depressive Stimmung vor mir zu verbergen.

»Willst du weiter so tun, als wärst du an dem beschissenen Wetter draußen interessiert, oder erzählst du mir nicht lieber, was heute bei dir los war?«

Als Antwort presste sie ihre dünnen Lippen aufeinander. Auf ihrer Oberlippe bildeten sich Falten, die sich allerdings glätteten, als sie eine Erwiderung von sich gab.

»Ich mag deinen Ton nicht, Harry.«

Okay, eigentlich war es keine Erwiderung, sondern eine Rüge. Es war ihre Verteidigungsstrategie, um nicht über ihre Traurigkeit sprechen zu müssen. Ich blieb allerdings standhaft.

»Tut mir leid. Ich war mit Jodie unterwegs. Offensichtlich ist ihr Einfluss auf mich nicht der beste.«

Beide schmunzelten wir.

»Dann ist Jodie also auch schuld, dass ich, als du in der siebten Klasse warst, vom Direktor höchstpersönlich zu einem Gespräch eingeladen wurde?«

»Möglich ist es.« Ich lächelte und legte mein Besteck beiseite. »Aber ich glaube, damals hat mich die Sache mit Paul in den Wahnsinn getrieben.«

»Ja, eure ewigen Streitereien, um herauszufinden, wer stärker oder mutiger ist.«

Vor allem war es mir damals um den Ruf meiner Familie gegangen, aber das erwähnte ich meiner Mutter gegenüber nicht. Besagter Paul hatte behauptet, mein Vater hätte eine Affäre, was sich am Ende auch als Tatsache entpuppen sollte. Allerdings erst Jahre später. Ich hatte aber das Gefühl gehabt, dass an den Gerüchten etwas Wahres dran sein könnte, und wollte meine Mutter schützen.

Genauso wie heute.

Ihr trauriger Blick. Ihre Nervosität. Ich griff schnell nach ihrer Hand. »Was ist los?«, fragte ich nochmals.

»Ich bin … einsam«, gestand sie und zuckte mit der Schulter. Eine Träne lief langsam über ihre Wange und fiel von ihrem Kinn zu Boden. »Heute ist es schlimmer. Mächtiger.«

Nachdem mein Vater verschwunden war, waren meine Mutter und ich zu einem unschlagbaren Team geworden. Ich rechnete es ihr verdammt hoch an, dass sie immer für mich da gewesen war und mir die allerschönste Kindheit geboten hatte. Und das trotz der Sorgen, die sie gehabt und von denen ich damals nichts mitbekommen hatte.

Ich nickte verständnisvoll. »Er ist es nicht wert, Mum. Wirklich nicht.«

»All das hier – das Haus, die Verpflichtung meiner Familie gegenüber und die Last meiner Vergangenheit –, es erdrückt mich.«

»Daran ist jetzt aber wirklich Jodie schuld.«

»Du meinst, weil ich ihr gestattet habe, das Leben meiner Mutter aufzuarbeiten?«

»Ja, aber vor allem, weil du wegen ihr anfängst, diese verletzenden Dinge aus deiner Vergangenheit durchzukauen. Immer und immer wieder. Obwohl es keine Antworten mehr darauf gibt.«

Antworten könnte ich ihr auch liefern, aber davon hielt mich meine Pflicht ab. Bisher hatte ich mich inhaltlich allerdings nicht mit diesem Thema befasst. Ich war auch nicht motiviert dazu, daran in Zukunft etwas zu ändern.

Ich hatte bereits als Kind die Aufgabe von meinem Urgroßvater auferlegt bekommen, auf die Familie aufzupassen, allen voran auf meine Mutter. Schließlich war ich, nachdem uns mein Vater verlassen hatte, der Mann im Haus. Ich trug die Verantwortung. Deshalb bedurfte es strikter Maßnahmen, die mir normalerweise nichts ausmachten. Manchmal musste man, um andere zu schützen, zu unfairen Maßnahmen greifen. Das hatte er mir immer und immer wieder eingetrichtert. Ich hatte diese Vorgehensweise pflichtbewusst übernommen. Doch zum ersten Mal spürte ich den Anflug eines schlechten Gewissens. Ich hatte auf einmal Angst, dass meine Pflichterfüllung, die mich zu einem riesigen Betrug gedrängt hatte, großen Schaden anrichten könnte. Zum ersten Mal seit sehr langer Zeit musste ich an jene Tagebücher denken, die wie ein Schatten über meinem Leben schwebten. Mir kam der Gedanke, dass es besser … einfacher gewesen wäre, wenn ich sie längst vernichtet hätte.

Meine Mutter sah mich stumm an, als würde sie merken, welcher Sturm in mir tobte.

Gedankenverloren strich sie dabei mit dem Finger über den Rand ihres Weinglases. »Es gibt Antworten, das weiß ich. Und Jodie wird es schaffen, diese zu finden.«

Ich seufzte gequält, weil ich geglaubt hatte, meine Mutter an diesem Punkt der absoluten Verletzlichkeit von der Sinnlosigkeit dieser psychischen Folter, der sie sich dank Jodie aussetzte, längst überzeugt zu haben. Doch in Wirklichkeit war es sogar so, dass ich mich selbst auch immer häufiger dabei erwischte, wie ich dasaß und mir Gedanken über den Tod meiner Großmutter machte. Bisher war dieser tragische Teil in der Geschichte meiner Familie niemals derart schwerwiegend für mich gewesen. Ich kannte die Eckpunkte der Story, hatte mir aber nie aktiv die Frage gestellt, wie viel Wahrheit dahintersteckte.

»Dann interessiert es dich vielleicht, dass wir heute bei Lucy waren.«

Sie runzelte die Stirn, als würde ein Name ausreichen, um alte Erinnerungen wachzurufen. »Sie hat mit euch gesprochen?«

»Ja. Sie war zuerst etwas zurückhaltend, hat dann aber gemeint, dass George zum Zeitpunkt des Todes nicht mehr ins Haus durfte. Weißt du, wieso?«

Meine Mutter atmete durch, nickte dann aber. »Das hat mein Großvater veranlasst. Er hat immer behauptet, mein Vater sei ein schlechter Mensch und ein Unruhestifter. Dass er sich nicht um mich kümmern wolle und sich aus Angst aus dem Staub gemacht habe. Als sich meine Mutter damals von ihm getrennt hat, gab es im Anschluss einige Streitereien zwischen den dreien.«

»Inwiefern?«

»Na ja, es ging um mich, aber vor allem um Geld. Meine Mutter wollte die Scheidung, mein Vater deswegen eine saftige Abfindung.«

»Und was war mit dir?«

»Was soll mit mir gewesen sein?«

»Ging es ihm nicht auch darum, dich sehen zu dürfen?«

»Ich glaube nicht. Das war nicht seine Art.«

An meinen Urgroßvater hatte ich deutliche Erinnerungen. Er war ein strenger, gradliniger Mann mit buschigem Bart, der mit einundneunzig gestorben war. Ich war damals ein Teenager gewesen. George hingegen war ein Schatten, von dem ich erst spät erfahren hatte. »Was ist aus deinem Vater geworden?«

»Man merkt Jodies Einfluss wirklich«, kommentierte meine Mutter die Frage schmunzelnd. »Dich hat der Entdeckergeist gepackt.«

Entschieden schüttelte ich den Kopf. »Ich finde nur, dass gewisse Fragen mir eher zustehen.«

»Natürlich.« Sie kniff die Augen zusammen und lehnte sich in ihrem dunkelgrün gepolsterten Stuhl zurück. »Ich habe ihn nie wiedergesehen. Vermutlich hat er einen neuen Namen angenommen.«

»Wie kommst du darauf?«

»Oh, er hat seine Identität nicht zum ersten Mal verändert. George James – auch so hieß er in Wirklichkeit nicht. Diese Info ist meinem Großvater einmal herausgerutscht, als es einen Streit zwischen uns gab, bei dem ich mich beschwert habe, warum ich nur Ramsay und nicht Ramsay-James heiße.«

»Wie hieß er dann?«

»Keine Ahnung. Ist das denn wichtig?«

»Das weiß ich noch nicht«, überlegte ich.

Kapitel 17

Alice

1967

Obwohl Vater Mary einen schlechten Einfluss auf mich attestierte, blieb unsere Freundschaft bestehen. Auch dann noch, als wir beide zu studieren angefangen hatten. Ich hatte mich für Geschichte eingeschrieben, Mary für Philosophie.

Unser Studium führte uns nach Cambridge. Wir teilten uns sogar eine kleine Wohnung, die unsere Eltern finanzierten. Jede hatte ihr eigenes Schlafzimmer, die Küche war allerdings winzig. Um nahe am Campus zu leben, durfte man nicht zimperlich sein. Für meinen Vater und mich war die Auswahl der Unterkunft ein Streitthema gewesen. Schließlich hatte mich Mary dazu überredet, ihm weiszumachen, wir würden in einen schicken Neubau einziehen. Glücklicherweise war Vater zu beschäftigt, um sich persönlich unsere Bleibe anzusehen, und deshalb hatte er mir geglaubt.

Doch neu war an der Wohnung rein gar nichts.

Während ich mein Studium mit Ehrgeiz verfolgte, gab Mary deutlich zu verstehen, dass sie nur aus Pflichtbewusstsein anwesend war. Viel lieber wollte sie ins Ausland, am besten eine Weltreise machen. Meine Wünsche waren bescheidener. Zuletzt hatte sich der Gedanke in mir verfestigt, als Lehrerin zu arbeiten. Natürlich wusste ich, dass Vater diesem Traum nicht wohlgesonnen begegnen würde. Ganz im Gegenteil, auf mich würde wieder eine seiner berühmten Reden meine Rolle in der Gesellschaft betreffend warten. Und darauf hatte ich wirklich keine Lust.

»Du solltest mitkommen«, sinnierte Mary, als wir an einem Nachmittag im Oktober an unserem winzigen Esstisch saßen und mittelmäßigen Apfelkuchen aßen.

»Partys sind nicht mein Ding, das weißt du.« Nicht zum ersten Mal versuchte sie, mich zu überreden, sie auf eine der Veranstaltungen zu begleiten, die entweder auf dem Campus oder in einem der Pubs außerhalb stattfanden. Doch ich wusste, dass ich mich inmitten von Betrunkenen erstens nicht wohlfühlen und mir zweitens wie eine Schwerverbrecherin vorkommen würde. Denn auch Partys waren für meinen Vater nicht der passende Ort. Eine junge, ehrbare Dame hatte dort nichts verloren.

Mary legte nach. Sie griff nach meiner Hand, pustete sich, als sie sich vorbeugte, eine dunkelbraune Strähne aus dem Gesicht und sah mich dabei wie jemand an, der überzeugt war, exakt zu wissen, was gut für mich wäre. »Du brauchst Ablenkung. Deine Nase ist schon ganz platt gedrückt, weil du sie dauernd in deine Bücher steckst.«

Ich kicherte, während Mary mir die Zunge zeigte. »Das ist keine gute Idee.«

»Wieso? Weil du vorhast, dich völlig zügellos zu betrinken?«

Das war eher Marys Art. Sie hatte, seit wir in Cambridge waren, so manche wilde Aktion durchgezogen. Sie sammelte wechselnde Bekanntschaften wie andere Trophäen. Ich beneidete Mary um ihr Selbstvertrauen und für die Leichtigkeit, mit der sie durchs Leben ging. Sie hielt nicht viel von den berühmten Regeln meines Vaters. Noch weniger wollte sie sich irgendwelchen Vorschriften beugen. Damit ging bestimmt eine gewisse Freiheit einher, eine Unabhängigkeit, die zunehmend verlockender für mich wurde. Gleichzeitig hatte ich Angst vor dem Ärger, den mir meine Rebellion einbringen würde.

Irgendwie gelang es Mary aber an diesem Abend, mich zum Mitgehen zu bewegen. Möglicherweise lag es an ihrem Versprechen, nicht lange bleiben zu wollen – was sich als Lüge entpuppte. Oder ich war beflügelt von der Aussicht auf Ablenkung. Die vergangenen Monate waren extrem anstrengend für mich gewesen.

Jedenfalls begleitete ich sie zu der Party. Bereits vor dem zweistöckigen Backsteingebäude erwarteten uns einige Menschen, die in Grüppchen standen, rauchten oder an ihren Getränken nippten. Musik schwappte vom Inneren nach draußen. Ich zog meinen hellbraunen Wollmantel fester zusammen und gab mir Mühe, mir meine Nervosität nicht anmerken zu lassen. Ich war schließlich erwachsen und das hier war bloß eine Party. Junge Leute taten so etwas. Auch dann, wenn ihre Eltern nicht einverstanden waren.

»Ich besorge uns Getränke«, verkündete Mary, als wir drinnen angekommen waren.

Der Boden unter meinen Füßen klebte und ich fühlte mich mit meiner züchtigen Langarmbluse und meinem wadenlangen Rock fehl am Platz. Die anderen waren deutlich offenherziger gekleidet.

Mary kannte einige Leute und dirigierte mich zu einem der Tische. Glücklicherweise brachte sie mir keinen Alkohol, sondern eine Cola mit. Zuerst war mir inmitten der Gruppe, die aus fünf Leuten bestand, alles irgendwie zu laut. Alle redeten oder lachten durcheinander. Ich hielt mich im Hintergrund, nippte an meinem Getränk und lauschte den Gesprächen, die allerdings nur in Fetzen zu mir drangen. Interessanter wurde es, als zwei junge Männer zu uns stießen. Einer blond, der andere dunkelhaarig. Beide waren sie groß gewachsen und schlank. Zu beschreiben, was in mir in diesem Moment vorging, war wirklich schwer. Der Größere der beiden, er erhielt zur Begrüßung mehrere gezielte Fausthiebe gegen die Schulter, einer der Sitzenden verwuschelte ihm die Haare und ein anderer beglückwünschte ihn überschwänglich, sah irgendwann in diesem Zeitraum zu mir. Und dann … machte mein Herz einen schnellen, holprigen Satz. Mir wurde warm und kalt zugleich. Ich spürte ein Kribbeln auf meiner Kopfhaut, das mich zu einem vorsichtigen Lächeln in seine Richtung verleitete.

Während er sich auf die andere Seite des Tisches setzte, erwiderte er mein Lächeln. In der folgenden Stunde erwiderte er außerdem Blicke und weitere Lächeln.

Später, als wir uns gemeinschaftlich auf den Weg nach Hause machten, ließ er sich zurückfallen, um neben mir zu gehen. Seine Schritte passten sich meinen an, was bei seinen langen Beinen eine Herausforderung für ihn sein musste.

»Wie heißt du?«, fragte er, ganz leise und nur für mich bestimmt.

»Alice.« In meiner Stimme war ein nervöses Vibrieren, das irgendwo ganz tief aus meiner Kehle kam. Es erinnerte mich daran, wenn ich als Kind das Weinen hatte unterdrücken wollen, es dann aber explosionsartig aus mir herausgebrochen war. Diesmal war es aber kein Weinen, das sich seinen Weg an die Oberfläche bahnen wollte, sondern Aufregung. Ausgelöst durch diese irrwitzigen Schmetterlinge, die sich urplötzlich bei mir eingenistet hatten.

»Ich bin Michael.«

Michael, wiederholte ich immer wieder. Die Schmetterlinge tanzten wie verrückt.

»Hallo«, murmelte ich verlegen. Vom Pub bis zu unserer Unterkunft würde es zehn Minuten zu Fuß dauern. Ich wollte allerdings, dass wir niemals ankamen.

Als er einer Pfütze auswich, kam er mir lächelnd näher. Sein schwarzer Pullover strich dabei über meine Bluse – unsere erste tatsächliche Berührung. Tagsüber war es auf dem Gelände der Universität laut und geschäftig wie in einem Bienenstock. Zu dieser Uhrzeit hüllte uns die Stille wie eine Decke ein, unterbrochen durch den kühlen Wind, der sich an den ersten herabgefallenen Blättern zu schaffen machte. Michael erzählte mir mit ruhiger Stimme von sich. Dass er ebenfalls aus London stammte, ein Jahr älter war als ich und Politikwissenschaften studierte.

Er war locker, sicher in seiner Sprache und Ausdrucksweise und ich hörte ihm unglaublich gerne zu. Wir ließen uns weit zurückfallen. Mary drehte sich einmal zu mir um, bat mich, mich zu beeilen, und lachte, als ich sie ignorierte. Schließlich bog sie um eine Ecke und war weg.

»Warum habe ich dich noch nie im *Horse* gesehen?«, wollte Michael von mir wissen. Wir hatten die breite Treppe vor dem Hauptgebäude erreicht. Rechts ging es zu den Unterkünften, links in Richtung Bibliothek.

»Partys sind nicht mein Ding.« Das schien mein Standardspruch zu sein.

Michael gab sich damit nicht zufrieden. »Wieso?«

»Weil … es dort laut ist.« Ich kicherte, während Michael amüsiert die Stirn runzelte. »Und weil es für mich bisher noch keinen Anreiz zum Hingehen gegeben hat.«

»Dabei lässt es sich in Gesellschaft doch herrlich diskutieren und die tägliche Anstrengung vergessen.«

»Du diskutierst gerne?«, hakte ich nach.

Schotter knirschte unter unseren Füßen. »Das tue ich, ja. Du nicht?«

»Keine Ahnung«, gestand ich. »Eher nicht. Ich … mag keinen Ärger.«

Er warf mir daraufhin einen Seitenblick zu, den ich nicht klar deuten konnte. »Was magst du dann?«

»Meine Ruhe und Harmonie.« Ich hielt an, sah Michael in die Augen und holte ein bisschen weiter aus. Aus heiterem Himmel erzählte ich ihm von meiner Mutter, von den Auseinandersetzungen mit meinem Vater und meiner Schwester. Sogar von meinem Wunsch, Lehrerin zu werden, berichtete ich ganz mutig. Schnell schob ich hinterher, dass ich natürlich verstand, dass ich eine andere Rolle im Leben einnehmen müsste.

»Wie verhältst du dich den Ansprüchen gegenüber, die dein Vater an dich stellt?«

»Wie genau meinst du das?«

»Hast du nie rebelliert, sondern immer Folge geleistet?«

Ich wusste nicht, was Michael von mir zu hören erwartete. Aber vielleicht ging es hier auch nicht darum, ihm zu gefallen, sondern einzig um mich. »Früher habe ich Grenzen überschritten. Aber das war, als meine Mutter noch am Leben war. Nachdem sie gestorben ist, wollte ich meinen Vater nicht noch zusätzlich belasten. Das Leben ist gemütlicher, wenn man mit dem Strom schwimmt.«

»Du folgst also den jahrhundertealten Traditionen«, schloss er.

Ich schaute hoch zum sternenlosen Himmel und dachte über seine Worte nach. »Vermutlich tue ich das. Auf meine Art.«

Er nickte. »In diesem Punkt sind wir uns sehr ähnlich, Alice«, sagte er sanft. »Gewisse Dinge, Wege oder Privilegien geben mir Sicherheit. Sie schaffen Rahmenbedingungen, doch du solltest unbedingt deinen eigenen Weg gehen können.«

Dieses Argument, das mich eigentlich bestärken sollte, führte dazu, dass das Kribbeln kurz verschwand. Für den Bruchteil einer Sekunde schwiegen die Schmetterlinge und ich spürte eine Leere, die mich ganz benommen machte. Doch dann zwinkerte Michael und bot an, mich nach Hause zu bringen.

Kapitel 18

Jodie

2024

»Genau genommen habe ich immer noch keinen Plan, für was ich diese Arbeit schreiben soll. Sie passt gar nicht ins Thema und ist richtig mühsam zu recherchieren.« Kiki lamentierte mit zwei Studienkolleginnen über die Hausarbeit, die wir verfassen mussten.

Zwischen den beiden größten Gebäuden der Universität befand sich ein quadratischer Park mit Sitzbänken, üppig angelegten Blumenbeeten und hohen Bäumen, die im Sommer wunderbar Schatten spendeten. Ich verbrachte gerne Zeit dort, nicht zuletzt deshalb, weil ich bei mir daheim einen Balkon vermisste.

Kiki schlürfte im Gehen einen großen Becher Eiskaffee, während ich krampfhaft versuchte, mein Handy mit einer Hand aus meiner Tasche zu angeln.

»Kommst du auch mit zum Pub?«, wandte sich Laura an mich.

»Leider geht es nicht bei mir. Kiki hält mich auf dem Laufenden.« Noch während wir den Kiesweg entlanggingen, entdeckte ich ihn. Ich winkte und lenkte damit die Aufmerksamkeit meiner Kolleginnen auf Harry Ramsay.

Kiki bemerkte und erkannte ihn. Sie stieß mich mit ihrem Ellenbogen sanft in die Seite. »Harry Ramsay«, flüsterte sie.

Gott, hoffentlich konnte der Kerl nicht Lippen lesen.

»Ich weiß. Ich treffe ihn hier«, flüsterte ich zurück. Er hatte mir geschrieben und um ein Treffen gebeten. Wie sich herausstellte, befand er sich wegen eines geschäftlichen Termins in der Nähe. Ich hätte aber nie gedacht, dass er tatsächlich aufkreuzte. Als wäre er mein Freund – auf jede Art, wie er mein Freund sein könnte.

Plötzlich stand Harry vor uns. Er trug einen Dreiteiler mit Hose, Weste und darüber einem Sakko, und ja, Kiki hatte recht, der Typ sah wirklich gut aus. Ich bemühte mich, nicht auf seine breiten Schultern oder seine strammen Oberschenkel zu schauen. Diesmal wirkte er wie ein waschechter Bad Boy aus einem von Kikis Büchern, der sich abends vor einem riesigen Wandspiegel das Hemd in Zeitlupe aufknöpfte und dabei seine Muckis verführerisch anspannte.

Kiki wäre vermutlich liebend gerne bei dem Gespräch mit Harry dabei gewesen. Ich scheuchte sie jedoch sanft weg. Schließlich schrie alles an dem Kerl danach, dass er tausend andere Dinge zu erledigen hatte und ich bloß ein weiteres nerviges Übel auf seiner To-do-Liste war.

Wir setzten uns auf eine der Bänke. Ich holte meinen Notizblock aus der Tasche. Es war warm und der Duft von Lavendel stieg mir in die Nase, während sich Harry neben mir zurücklehnte. »Meine Mutter glaubt, George hieß gar nicht George.«

Diese Feststellung war wirklich seltsam. Aber auch spannend. »Wie kommt sie darauf?«

»Sie hat keine Beweise dafür, es ist eine Vermutung, die ihr Großvater aufgestellt hat.«

»Aber was hätte George davon gehabt, unter falschem Namen aufzutreten?« Ich spürte ein elektrisches Kribbeln in den Fingern, das mich jedes Mal dann packte, wenn sich neue Fakten auftaten.

Harry zuckte mit der Schulter. »Das müssen wir erst herausfinden.«

Es gab in diesem Moment ziemlich viel für mich zu verarbeiten. Zum einen war da dieser extrem interessante Hinweis, zum anderen verunsicherte mich Harrys Auftauchen. »Da du hier bist und mich zusätzlich auch noch mit Neuigkeiten fütterst, gehe ich davon aus, dass du deine Meinung geändert hast und ein Fan meiner Arbeit geworden bist?«

Für meine Frage kassierte ich Harrys berühmtes Du-nervst-Mädchen-Stirnrunzeln. »Ich bin bestimmt kein Fan deiner Arbeit. Schon gar nicht davon, wie du zum Beispiel Leute wie Lucy in die Mangel nimmst.«

»Ich habe sie nicht in die Mangel genommen. Es war eine Befragung.«

»Als wäre sie eine Mordverdächtige und du die eiskalte Polizistin.«

»Du übertreibst«, widersprach ich lapidar.

Eine Weile schwiegen wir.

Harry meldete sich als Erstes zu Wort. »Hast du schon einmal darüber nachgedacht, dass die Sache rund um Alice nur deshalb so geheimnisvoll ist, weil niemand von den Direktbeteiligten mehr am Leben ist? Aus Ungewissheit und etwas Tragischem entstehen Mythen.«

»Ich möchte herausfinden, was in ihrem Leben passiert ist, damit sie das ideale Opfer für Menschen wie George wurde, der es offensichtlich nötig hatte, seinen echten Namen zu verschleiern.«

Er musterte mich kritisch. Unter dem Druck seiner dunklen Augen drohte ich einzuknicken und in nervöses Gestammel auszubrechen. Ich zwang mich aber, ruhig zu bleiben und abzuwarten. Ich durfte Harry nicht mit meiner Offenheit in die Flucht schlagen. Verlor ich seine Unterstützung, verlor ich auch das Projekt.

»Überschätzt du dich mit diesem Fall nicht gewaltig?«

Ich blinzelte und fühlte mich … verletzt. »Wie meinst du das?«

»Deine bisherigen Berichte waren im Grunde eine Wiedergabe von gelösten Verbrechen. Das hier ist anders – mächtiger und bedeutsamer.«

»Das mag sein. Aber warum bist du dann hier, Harry?« Ich lächelte und zog ein Bein auf die Sitzfläche. »Wenn du diese ganze Materie derart schräg findest und mich nervig noch dazu, solltest du doch einen Bogen um die Sache machen. Okay, du hast gesagt, du wirfst ein Auge auf mich. Danke, Onkel Harry. Aber statt die ungeschickte Jodie lediglich daran zu hindern, giftige Pillen zu schlucken oder in einen Bottich voll mit heißem Öl zu springen, bringst du dich so richtig ein. Als würde es dir ungeheuren Spaß machen, an dem Fall mitzuarbeiten.«

Seine Augen verengten sich zu Schlitzen und ich fürchtete, dass er bald die Geduld mit mir verlöre. »Ich betreibe Schadensbegrenzung. Nicht mehr und nicht weniger.«

»Warum hast du dann mit deiner Mum über George gesprochen?«

»Weil es ihr im Moment nicht besonders gut geht.« Er schluckte kräftig. »Sie ist einsam, das scheint in der Familie zu liegen.«

Seine Offenheit holte mich schlagartig von meinem hohen Ross runter. Vielleicht war er gar nicht so bestimmend, wie ich gedacht hatte. Er machte sich offensichtlich bloß Sorgen um seine Mutter.

Das war doch … süß.

Ich verstaute gerade meinen Einkauf und kaute dabei auf einem Müsliriegel herum, als Kiki anrief. So viel zum Thema, ich würde Leute bedrängen.

»Hey«, nuschelte ich zur Begrüßung.

Kiki übersprang diesen Part der Unterhaltung. »Warum zum Teufel taucht Harry-sexy-Anzugtyp-Ramsay bei uns auf dem Campus auf?«

»Er wollte mit mir sprechen.«

»Ist das so eine Armes-Mädchen-reicher-Junge-Ding?«

Während ich die Milch zurück in den Kühlschrank bugsierte, lachte ich. »Wir arbeiten zusammen.«

»Du stehst auf ihn. Ein Blick und ich wusste es.«

»Ich stehe nicht auf ihn, Kiki.«

»Du solltest aber auf ihn stehen, weil er superhot ist.«

»Er ist vermutlich der Enkel eines Mörders«, rief ich ihr nochmals in Erinnerung.

»Er strahlt rein gar nichts Mördermäßiges aus. Viel eher finde ich, dass er einen Flirt wert ist.«

Offensichtlich hatte sie gerade erst angefangen, mir ihre unendliche Liste vorzutragen. »Wann hattest du das letzte Mal Spaß?«

»Gestern«, antwortete ich eiskalt.

»Mit wem?«

»Oh, ich habe gedacht, ich hätte keine Schokolade mehr im Haus. Also habe ich die Hoffnung praktisch aufgegeben. Dann aber, wie durch einen Zufall, bin ich auf eine ungeöffnete Packung gestoßen, als ich nach einem Plastikbehälter gesucht habe.«

»Du musst deine Küche dringend besser strukturieren«, riet mir Kiki nüchtern. »Außerdem widerspricht deine Definition von Spaß meiner Definition von Spaß.«

»Mag sein, ich war aber verdammt glücklich.«

»Wir sollten mal wieder ausgehen«, überlegte sie laut.

Ich öffnete derweil ein Fenster, um frische Luft in die Wohnung zu lassen. »Wir haben keine Zeit.«

Sie würde mich ganz sicher überreden, sie auf irgendeine Party zu begleiten.

O Gott.

Kapitel 19

Alice

1967

Eine Woche später klopfte Mary an meine Schlafzimmertür. Ich saß, wie so häufig, auf meinem Bett, um zu lernen. Doch diesmal hatte ich ihr Kommen bereits ersehnt.

»Hey, du«, sagte sie. Ihre Haare waren frisch geföhnt und blähten sich voluminös auf. Sie war bereits geschminkt und trug eine weite Jeans sowie ein senfgelbes Oberteil. »Möchtest du mitkommen zu Keiths Geburtstagsparty?«

»Du gehst nicht ins *Horse*?«, fragte ich enttäuscht.

In den vergangenen Tagen, also seit ich mich von Michael in unserem Hausflur verabschiedet hatte, war etwas mit mir geschehen. Ich hatte sehr viel Gedankenkapazität an Michael verschwendet. Na ja, verschwendet war übertrieben, da war ja schließlich dieses warme Kribbeln, das mich befiel, sobald ich unser Gespräch im Geiste noch einmal durchging. Wenn ich mir seine Stimme ins Gedächtnis rief, wurde mir warm. Wenn ich an seine Augen dachte, an diesen allwissend-schelmischen Blick, dann zog sich mein Herz sehnsüchtig zusammen.

War ich verliebt? Vermutlich. Doch ich weigerte mich, diesen Umstand zu akzeptieren. Schließlich hatte Michael offensichtlich eine andere Vorstellung vom Leben. Er hatte mich zur Individualisierung angespornt, war also bereit, mich in Schwierigkeiten zu bringen. Aber sollte ein Mann nicht bemüht sein, eine Frau zu schützen? Sollte er nicht motiviert sein, ihr das bestmögliche Leben zu bieten?

Michael schien ein Freigeist zu sein. Zu modern, zu aufgeschlossen und zu sprunghaft. Meinem Vater würde das nicht gefallen, auch wenn Michael einer altehrwürdigen Familie entstammte.

Und wie gefiel Michaels Denkweise mir? Das wusste ich noch nicht.

Wissend lächelnd kam Mary näher und setzte sich auf das hölzerne Fußende meines Bettes. »Michael wird auch dort sein. Für den Fall, dass dieser Umstand in irgendeiner Weise zu deiner Entscheidungsfindung beiträgt.«

Ich gab mich ungerührt, weil ich nicht sofort die verknallte Dumme mimen wollte. »Okay, er ist … ganz nett. Glaube ich.«

»Nur nett? Du hast noch nie so lange und vor allem allein mit einem Mann geredet, Alice. Du bist über beide Ohren verliebt in ihn.«

Zu meinem Entsetzen lief ich im Gesicht knallrot an, was ich mit einem unbekümmerten Gesichtsausdruck zu überspielen versuchte. »Er ist aber zu aufmüpfig für meinen Geschmack. Das passt einfach nicht zu mir.«

»Doch, genau das tut es.« Sie holte tief Luft, was eine brennende Erklärung versprach. »Alice, du bist gefangen in diesem Kokon, den dein Vater um dich gesponnen hat. Teils hat er das aus Sorge, teils aber aus Angst vor dem Verlust von Macht und Geld getan. Ich kenne dich lange genug, um zu wissen, dass es dir in diesem Gefängnis nicht gut geht. Du brauchst jemanden, der dich da rausholt. Jemanden, der dir zeigt, was du als Frau und als Mensch schaffen kannst.«

»Mein Vater fördert meine Ausbildung und zahlt auch dafür«, warf ich ein.

Mary schnaubte bloß. »Diese Ausbildung ist in seinen Augen nur dazu da, um Zeit zu überbrücken, bis du alt genug bist, um zu heiraten und einen Haufen Kinder in die Welt zu setzen. Das, was du hier während deines Studiums lernst, wirst du doch niemals wirklich brauchen. Außerdem ist der Campus der beste Heiratsmarkt der Welt.«

Auch meine Schwester war mittlerweile verheiratet. Und zwar mit dem Mann, den mein Vater für sie als passend empfunden hatte. Felicitas hatte damit ihre Pflicht erfüllt und wurde von unserem Vater seither weitestgehend in Frieden gelassen.

»Ich wachse aber auch in meiner Persönlichkeit und werde selbstständiger.« Mit diesen Worten hatte mir mein Vater damals den Wechsel ins Internat verkauft. Geglaubt hatte ich ihm nicht. Vielmehr hatte ich Angst vor dem Unbekannten und in der ersten Zeit fürchterliches Heimweh gehabt. Aber dann, als ich mich an den neuen Rhythmus gewöhnt hatte, da war tatsächlich ein Gefühl von Freiheit aufgekommen.

»Du solltest dir einen Ruck geben«, meinte Mary, ging zu meinem Kleiderschrank und holte das freizügigste Kleidungsstück heraus, das ich besaß.

Ich zog außerdem eine Hose an, was so gut wie nie vorkam. Der Ausschnitt der Bluse, die Mary für mich ausgesucht hatte, war tief. So tief, dass ich bisher nicht gewagt hatte, sie zu tragen. An diesem Abend, nachdem ich mich von Mary hatte überreden lassen, sie zur Geburtstagsparty zu begleiten, fand ich diesen Nervenkitzel, der mit dem Tragen der Bluse einherging, zum ersten Mal spannend.

Ich fühlte mich wohl in meiner Haut. Erwachsener irgendwie.

Die Party fand in einer Wohnung statt. Sie war deutlich größer als unsere. Eng war es wegen der vielen Menschen, die sich darin befanden, aber trotzdem. Das Geburtstagskind war leicht zu finden: Er trug einen bunten Hut mit langen Bändern daran, die fast bis zum Boden reichten. Keith wurde an diesem Abend zwanzig Jahre alt. Ich kannte ihn kaum, nur vom Sehen, dennoch umarmte er mich bei der Begrüßung, als wären wir bereits gemeinsam in die Grundschule gegangen.

In Windeseile hatte er Getränke für uns organisiert. Diesmal hatte ich nicht die freie Wahl und bekam ein Bier in die Hand gedrückt. Aus Höflichkeit oder weil ich ein einziges Mal locker sein wollte, nahm ich einen großen Schluck. Mein erster Kontakt mit Alkohol verlief relativ unspektakulär. Kein peinliches Husten oder Würgen.

Ich wurde langsam tatsächlich richtig erwachsen. Und vor allem ließ meine Steifheit nach.

Als ich wenig später auf Michael traf, hatte ich mein erstes Bier getrunken. Der Alkohol zeigte allmählich seine Wirkung. Mein Lachen fiel beschwingter aus, meine Umarmung, die ich Michael verpasste, überschwänglicher. Michael nahm es gelassen. Ich glaubte, er freute sich sogar, dass ich etwas von meiner Korrektheit abgelegt hatte.

Etwas abseits von unseren Freunden tranken wir noch ein Bier, diesmal gemeinsam. »Hast du eine Jacke dabei?«, erkundigte sich Michael.

Ich runzelte die Stirn. »Ja. Aber wieso?«

»Weil ich dir etwas zeigen möchte.«

Danach folgte ich ihm nach draußen. Er führte mich die Straßen hinunter, dann eine kleine Anhöhe hinauf in einen Park mit einem großen, runden Springbrunnen in der Mitte. Links und rechts daneben befanden sich meterhohe, blattlose

Bäume. Wir setzten uns auf eine Parkbank unter einem der beiden Bäume.

»Merkst du, wie ruhig es hier ist?«

»Verglichen mit der Party oder generell?« Ich war frecher, was nicht nur am Alkohol lag, den ich getrunken hatte, sondern an Michael. Er machte es mir leicht, die Erwartungen, die üblicherweise an mich gestellt wurden, abzulegen. In seiner Nähe fühlte ich mich befreit von der jahrhundertealten Pflicht. Ich konnte ganz ich selbst sein.

Lachend lehnte er sich zurück, streckte seine langen Beine von sich und sah mir tief in die Augen. »Vermutlich generell. Aber die Party war wirklich bescheuert.«

Ich musterte seine Gesichtszüge mit der geraden Nase und der winzigen Narbe auf seiner rechten Wange. Seine Oberlippe war voller als seine Unterlippe. Seine Haut war glatt. Am liebsten hätte ich ihn ja mit meinen Fingerspitzen berührt. Aber ich traute mich nicht. »Hier ist es tatsächlich viel stiller als anderswo in der Stadt. Als wäre man ganz alleine.«

»Ja, manchmal tut es gut, zur Ruhe zu kommen. Und manchmal möchte man selbst laut schreien.«

Michael schluckte und rieb seine Handflächen aneinander. »Es tut mir leid, sollte ich dich irgendwie bedrängt haben, Alice. Ich wollte dir nicht das Gefühl geben, dass du schwach bist, weil du versuchst, den Vorstellungen deines Vaters gerecht zu werden.«

»Das hast du nicht«, beruhigte ich ihn. »Wirklich nicht. Im Grunde verstehe ich die Botschaft hinter deinen Worten. Du meinst es bloß gut.«

»Vor allem sehe ich dich und das Potenzial, das in dir steckt. Dass du irgendwann einmal daheim sitzt und Däumchen drehst, scheint mir eine Verschwendung zu sein.«

»Aber was, wenn es mich glücklich macht, zu Hause zu sitzen und Däumchen zu drehen? Was, wenn dieses Däumchendrehen schöne Dinge beinhaltet? Das Großziehen meiner Kinder beispielsweise oder mich selbst auf andere Weise zu verwirklichen? Ich möchte dieser ruhige Hafen für meine künftige Familie sein. Das stelle ich mir unglaublich schön vor.«

Sein Schmunzeln war ehrlich und ging mir tief unter die Haut. »In den vergangenen Tagen habe ich geglaubt, ich wäre verrückt geworden, weil ich ständig an dich denken musste. Im Grunde war ich überzeugt, dass ich mir diese Wirkung, die du auf mich hast, bloß eingebildet habe.« Plötzlich griff er nach meiner Hand und verschränkte unsere Finger ineinander. »Aber jetzt, wo ich hier mit dir sitze, dich sehe und rieche und spüre, da begreife ich sofort, warum ich dich nicht aus dem Kopf bekommen habe.«

Das war die allererste Liebeserklärung, die ich in meinem Leben erhielt. Und sie traf mich mitten ins Herz. Vermutlich deshalb, weil ich merkte, wie ernst es Michael war. Dass ich für ihn nicht irgendeine kurzfristige Eroberung sein sollte, sondern es ihn schlagartig und unvorbereitet erwischt hatte.

Ich selbst war noch unsicher, wie ich meine Gefühle einordnen sollte. Aber natürlich war ich unglaublich gerührt und vielleicht reagierte ich deshalb auch offener, als es sich gehörte. »Mir geht es genauso. Es ist, als würdest du verstehen, wer ich tief in mir bin.«

»Ich gebe mir zumindest Mühe«, erwiderte Michael.

Zufrieden lächelnd sah ich zu unseren Händen hinab. »Ich will alles über dich wissen, Michael. Ich will … dich verstehen, dich kennenlernen … noch viel mehr als jetzt bereits.«

»Das bekommen wir hin, weil ich es auch möchte.«

Und dann, nachdem die Stille uns einander noch nähergebracht hatte, beugte sich Michael vor. Er senkte den Kopf und legte seine Lippen zuerst auf mein Kinn, ließ sie dann aber höher gleiten. So hoch, dass sein Mund den meinen berührte.

Ich hielt die Luft an, sog dann seinen Geruch tief ein. Ich wollte ihn konservieren und diesen Moment in meiner Erinnerung für immer damit garnieren.

Michaels Lippen waren genauso weich, wie sie aussahen. Sein Kuss war vorsichtig. Vermutlich wusste er, dass ich einem Mann noch nie so nahe gewesen war. Langsam öffnete ich mich ihm – körperlich und emotional. Die Aufregung fiel von mir ab, und als ich ihn schmeckte, gehörte mein Herz ihm.

Kapitel 20

Jodie

2024

Aus einem bestimmten Grund, vermutlich um die perfekte Superdetektivin darzustellen, beschloss ich, von meinem mickrigen Vermögen eine Magnettafel zu kaufen. Das Ding war riesig und wurde leider genau an dem Tag geliefert, als mein neuer Nachbar einzog und das Treppenhaus mit unzähligen Kisten und Möbeln blockierte.

Mühsam quetschte ich mich die Treppe hoch, passend dazu sank meine Laune in den Keller. Auf halber Strecke kam mir ein junger blonder Mann mit Bartschatten in einem weißen T-Shirt und Jeans entgegen. Als er mich entdeckte, beschleunigte er seine Schritte und griff ungefragt nach dem Paket, das ich nach oben zerrte.

»Es tut mir so leid, dass ich hier alles zustelle. Aber dummerweise habe ich mich ausgesperrt und die Möbelpacker hatten einen Anschlusstermin. Wir mussten deshalb meinen gesamten Krempel ausladen und notgedrungen im gesamten Haus verteilen.«

»Schon okay«, presste ich hervor. Ich war wirklich schlecht darin, meine Stimmung für mich zu behalten. »Kann passieren.«

»Lass mich dir wenigstens helfen.« Er wartete nicht ab, ob ich sein Angebot annahm, sondern hievte meine Magnettafel gekonnt über die ungleichmäßig verteilten Hürden hinweg. »Keira aus der 2 b?«, fragte er dabei.

»Nein, Jodie aus der 3 c.«

»Okay, dann hoch mit uns.« Ein wenig außer Puste war er dann doch, als wir bei meiner Wohnung ankamen. Ich kramte nach meinem Schlüssel. Sperrte auf und dirigierte einen mir völlig unbekannten Mann in mein Wohnzimmer.

Ich sah ihm dabei zu, wie er die Tafel abstellte und sie mit zusammengekniffenen Augen betrachtete. »Eine neue Tischplatte?«

»Nein, eine Magnettafel«, erwiderte ich und überlegte, ob ich ihm etwas zu trinken anbieten sollte. Immerhin hatte er meine Lieferung nach oben gebracht. »Willst du ein Bier oder Saft? Ich hab auch Tee da.« Natürlich hatte ich Tee da. Warum zum Teufel verhielt ich mich so … so nervös?

»Also, ein Bier …«, begann er.

»Wie heißt du überhaupt?«, unterbrach ich ihn.

Er schnappte nach Luft. »Lucas.« Dann reichte er mir die Hand. »Ich dachte, das wüsstest du wegen des neuen Klingelschilds.«

»Ich hab noch nicht nachgeschaut«, erklärte ich hölzern. »Ein Bier, hast du gesagt?«

»Ja, ein Bier wäre toll, habe ich gesagt. Ich möchte dich aber nicht aufhalten, wenn du zu tun hast.«

»Nein, kein Problem.« Ich ging in die Küche und holte zwei Bierflaschen aus dem Kühlschrank. Eine davon reichte ich Lucas. Wir stießen an und nahmen beide einen Schluck.

»Für was brauchst du die Magnettafel? Arbeitest du als Lehrerin?«

Lachend zupfte ich am Flaschenetikett. »Hauptberuflich bin ich Studentin, nebenberuflich oder besser gesagt als Hobby betreibe ich einen Kanal, der sich mit alten Mordfällen befasst. Ich versuche, die Ereignisse aufzuzeigen und im besten Fall neue Erkenntnisse zu erlangen. Der Fall, an dem ich gerade arbeite, ist äußerst komplex und als ich vor einigen Tagen eine Folge von ›Only Murders in the Building‹ gesehen habe, fiel mir die Magnettafel ins Auge, auf der Bilder, Notizen und die obligatorischen Fäden, die alles verbinden, befestigt waren.«

»Somit warst du überzeugt, dass du auch so etwas brauchst«, schlussfolgerte Lucas schmunzelnd.

»Einen Versuch ist es wert.«

»Die Sache mit dem Kanal klingt wirklich spannend. Da werde ich auf jeden Fall mal reinschauen, wenn ich schon eine derart berühmte Nachbarin habe.«

Ich wusste nicht, ob er flirtete, generell ein offener Typ war oder ich einfach nur durchdrehte und, wie Kiki dauernd behauptete, mal wieder ein Date benötigte, um mich wie ein Teil der Gesellschaft zu fühlen.

Lucas und ich quatschten noch eine Weile, schließlich bekam er einen Anruf vom Schlüsseldienst. Er trank das restliche Bier aus, bot aber an, bevor er ging, die Tafel für mich später noch zu befestigen.

»Danke, das ist lieb. Aber ich glaube, das schaffe ich alleine.« Überall auf der Welt stellten Menschen diese Behauptung aus Höflichkeit auf, obwohl sie wussten, dass sie mit der Aufgabe heillos überfordert waren und die Umsetzung in einer Katastrophe enden würde. Ich hatte nicht die leiseste Ahnung, wie ich das Ding befestigen sollte, und hatte den Plan geschmiedet, die Magnettafel einfach gegen eine freie Wand zu lehnen. Optional könnte ich das Ding auch festkleben. Das würde doch bestimmt halten.

»Solltest du Hilfe brauchen, weißt du ja, wo du mich findest.«

Ich begleitete ihn zur Tür. Von unten waren Schritte zu hören. Offenbar war der Schlüsseldienst bereits eingetroffen.

»Außerdem möchte ich mich gerne bei dir für die Umstände entschuldigen und mich für das Bier revanchieren. Sobald der gröbste Umzug über die Bühne gegangen ist, würde ich, wenn du erlaubst, gerne mal bei dir klingeln und dich in ein Café oder einen Pub einladen.«

Okay, er flirtete definitiv. Aber ich fand ihn süß. Er war etwas unbeholfen und wirkte leicht chaotisch. Ganz sicher fiel er nicht in die Kategorie »unkomplizierte Nummer«. Die Nachbarschaft machte die Sache schwieriger, andererseits würde ein Flirt oder was auch immer keine lebenslängliche Verbindung bedeuten.

Sein Lächeln hatte jedenfalls etwas Anziehendes, weshalb ich zurücklächelte und mich dem Abenteuer ein Stück auslieferte. »Du kannst dich jederzeit bei mir melden.«

»Gut«, erwiderte er zufrieden und kehrte zurück zu seinem Umzugschaos zwei Stockwerke tiefer.

Mein Telefon klingelte. Meine Mum war dran. Wie üblich hörte ich im Hintergrund Fahrgeräusche.

»Wie geht es meiner Lieblingstochter?«

Ich war ihr einziges Kind, den Titel machte mir also so leicht niemand streitig.

»Ganz okay.«

»Wie sieht es mit der Hausarbeit aus?«

»Oh, das Bad gehört wieder einmal dringend geputzt, ansonsten ist es ganz ordentlich«, antwortete ich und bewaffnete mich mit einer Schere, um das Paket zu öffnen.

»Sehr witzig. Aber keine Chance, du kannst mich nicht abschütteln.«

Das war mir ohnehin klar. »Wir haben heute abgegeben. Danke übrigens fürs Korrekturlesen.«

»Gern geschehen.«

Ein Piepen war vonseiten meiner Mum zu hören. Vermutlich parkte sie gerade rückwärts in unsere superenge Zufahrt ein.

»Wie läuft die Ermittlung?«

»Es ist sehr spannend. Ich hab eine Menge neuer Hinweise erhalten und mir zur Krönung sogar gerade eine Magnettafel gekauft. Harry wird durchdrehen, wenn er sie zu Gesicht bekommt.«

»Wer ist Harry?«

Mist. »Der … Sohn.«

»Der Sohn von wem?«

»Der Sohn der Tochter.« Gott, klang das kompliziert.

Meine Mutter verstand den verschachtelten Satz glücklicherweise. »Also arbeitest du bereits mit ihm zusammen?«

»Wir hatten unser erstes Interview. Er hat eigentlich nur danebengesessen und die Unterhaltung überwacht. Ein Kontrollfreak.«

Ein Kontrollfreak, der meine Gefühle durcheinanderbrachte. Und das nur, weil er ein Mann war. Ein attraktiver Mann. Ich hätte nicht gedacht, dass ich derart hormongesteuert reagieren würde.

»Also ist er nicht freundlich zu dir?«, hakte meine Mutter skeptisch nach.

Wie eine völlig selbstlose Idiotin warf ich mich vor Harry, um die Kugel für ihn aufzufangen. »Er ist nett … also, nett. Etwas brummig, aber nett. Grundsätzlich.« Ich stotterte und rieb aufgeregt mit meinen Fingern über einen Wachsfleck auf dem Fensterbrett.

Warum zum Teufel benahm ich mich wie eine Gestörte? Warum konnte ich Harry nicht reflektierter beschreiben? Oder nüchterner? Oder einfach nicht wie eine Teenagerin, die über ihren Celebrity Crush sprach?

»Das klingt ja spannend«, fand sie.

Ich wusste genau, dass sie den Braten roch.

»Vielleicht solltest du ihn als Dank einmal zum Essen einladen.«

»Mal sehen. Er ist viel beschäftigt.«

»Ich werde ihn googeln«, versprach sie.

»Bitte nicht«, flehte ich.

Sie lachte nur. »Warum nicht?«

»Weil … einfach so.«

Ich hörte sie klicken und drücken und wusste, dass sie bereits nach ihm in den unendlichen Tiefen des Internets forschte. Hoffentlich hatte jemand alle Einträge über ihn gelöscht.

Leider nicht.

»Sieh an, sieh an.«

»Ich weiß, dass er überdurchschnittlich hübsch ist.« Vielleicht half es, wenn ich ihr gleich den Wind aus den Segeln nahm.

»Oh, ich wollte eigentlich über seine beruflichen Erfolge sprechen. Aber es ist ja schön, wenn du ihn attraktiv findest. Wer weiß, was sich daraus entwickelt.«

Es sollte sich nicht irgendetwas daraus entwickeln, weil Harry, ganz rational betrachtet, einen Haufen Probleme in mein Leben bringen würde. Er war nicht mal geeignet für eine kurze Affäre, zu aufwühlend war seine Wirkung auf mich. Gleichzeitig war ich auch nur ein Mensch mit Emotionen. Ein Mensch, der seit Monaten kein Date gehabt hatte und dementsprechend unter Liebesentzug litt.

Ich war das ideale Opfer für Harrys Charme.

Ich war das ideale Opfer eines True-Crime-Podcasts.

Kapitel 21

Alice

1967

Wir trafen uns ab dem ersten Kuss beinahe täglich.

Mal zufällig, mal geplant.

Mal kürzer und mal länger.

Doch jedes Mal war es magisch. Jedes Mal brachte Michael mich zum Lachen, zum Staunen und mein Herz dazu, im schnellsten Rhythmus aller Zeiten zu schlagen.

Mit jeder Berührung wurde ich lockerer. Mit jedem Kuss erlangte ich mehr Selbstsicherheit. Es ging wirklich ganz rasch, dass Michael die Welt für mich bedeutete.

Dann kamen die Weihnachtsferien und wir reisten beide zurück nach London. Ich haderte mit mir, weil ich unsicher war, ob ich meinem Vater von Michael erzählen sollte. Doch Vater war, wie die meiste Zeit, in Eile. Kurz vor dem Jahreswechsel gab es viel zu tun. Unsere Gespräche beschränkten sich auf knappe Unterhaltungen während des Abendessens. Es bot sich einfach nie die passende Gelegenheit, um mit ihm über meine monumentalen Gefühle zu sprechen. Meist erkundigte er sich nach meinen akademischen Leistungen oder nach meiner Freizeitbeschäftigung in den Ferien. Vor allem, dass ich während der Ferien Abstand zu Mary hielt und mich ganz auf das Familienleben konzentrierte, schien ihm wichtig zu sein. Daraus machte er kein Geheimnis.

Auch Michael sah ich während der Feiertage nicht. Es war irgendwie ein Paradoxon – weit weg von zu Hause konnten wir uns treffen und hier, praktisch Tür an Tür in unserer gewohnten Umgebung, schien die Option auf ein Wiedersehen in weite Ferne zu rücken. Als würden wir in Cambridge wie in einer Art Paralleluniversum leben.

Zwei Tage nach Weihnachten, Vater und ich waren bei einem Freund der Familie eingeladen, begegnete ich ihm dort zufällig. Wie sich herausstellte, war Michael ebenfalls zur Party eingeladen worden. Wir hatten beide nichts davon gewusst.

Das Fest war rauschend. Alle Gäste trugen elegante Anzüge und edle Roben. Schmuck funkelte, wohin man auch sah. Es roch nach Geld, Macht und Intrigen. Gleichzeitig war dies meine Welt und offensichtlich auch Michaels Welt. Er bewegte sich gänzlich natürlich in diesem Umfeld. Während er sich in dem Ballsaal mit den vielen Porträts an den Wänden einen Weg zu mir bahnte, grüßte und plauderte er mal hier und mal dort.

Bei mir angekommen lächelte er charmant, ich bemerkte aber, wie er mich genüsslich von oben bis unten musterte.

»Ist deine Familie auch hier?«, fragte ich und war sehr darauf bedacht, dass niemand der Umstehenden Verdacht schöpfte. Deshalb ließ ich mehr Abstand zu ihm als gewöhnlich.

»Nein, ich bin alleine gekommen. Ich bin so unglaublich froh, dich zu sehen, Alice.«

Mein Bauch kribbelte. »Ich freue mich auch.«

Michael war es, der näher kam.

Die Augen meines Vaters konnten überall sein. Ihm entging normalerweise nie, mit wem ich mich unterhielt.

»Wie war Weihnachten bei dir? Hast du viele Geschenke gekriegt?«

»Ein paar waren es. Und bei dir?«

Zerknirscht verzog er das Gesicht. »Ich habe viel geschenkt bekommen, nur nicht das, was ich mir am allermeisten gewünscht habe.«

»Und was war das?«

»Dich«, erwiderte er lächelnd und verschaffte mir das Gefühl, vor Glück zu fliegen.

»Jetzt bin ich ja hier.«

»Ich kann trotzdem nicht das mit dir machen, was ich am liebsten möchte.«

Während ich schluckte und überlegte, was genau er sich vorstellte, mit mir zu tun, griff er heimlich nach meiner Hand. Die Falten meines moosgrünen Kleides verbargen die Berührung zum Glück, weshalb es mir leichter fiel, sie zuzulassen.

»Vertraust du mir?«, fragte er leise und wartete geduldig auf meine Reaktion. Ich nickte mutig. Michael sah sich daraufhin kurz um und geleitete mich dann aus dem Saal.

Wir durchquerten die dunkel getäfelte Eingangshalle mit der geschwungenen Treppe. Nicht die große Haupttür war unser Ziel, sondern ein Seitenausgang. Von dort gelangte man direkt in den Garten des Grundstücks. Es war kalt, schneite aber zum Glück nicht. Auch der vorausgesagte Regen war ausgeblieben, sodass uns eine sternenklare Nacht empfing.

Vorbei an Blumenbeeten, in denen zu dieser Jahreszeit nichts wuchs, führte mich Michael zu einem kleinen Gebäude, dessen Fassade aus unverputztem, grobem Stein bestand. Die Tür war tatsächlich nicht abgeschlossen. Im Inneren war es stickig und dunkel. Michael tastete nach einer Lichtquelle und knipste schließlich eine kleine Stehlampe an. Erst dann konnte ich mich umsehen. Dieses kleine Häuschen war offensichtlich ein Gartenhaus und dazu gedacht, den Sommer draußen bequemer zu gestalten. Ich entdeckte eine kleine Küche, einen Tisch mit zwei Stühlen und ein Sofa, auf dem eine blau-rosa gepunktete Decke ausgebreitet worden war.

»In den Sommerferien haben wir hier früher öfter übernachtet«, erklärte Michael, während er meine Fingerknöchel küsste. »Ich bin mit dem Sohn der Familie befreundet. Paul.«

Ich kannte Paul flüchtig, er war allerdings einige Jahre älter und lebte nicht mehr in London. »Michael, ich … ich sollte nicht hier ganz alleine mit dir sein.«

»Wieso nicht? Niemand hat uns gesehen.«

»Aber meinem Vater wird es auffallen, dass ich verschwunden bin.«

Meine Korrektheit und Michaels Lockerheit waren unsere einzigen, dennoch aber enormen Reibungspunkte.

»Du bist kein kleines Kind mehr, Alice. Du, aber vor allem dein Vater, solltest lernen, die Dinge lockerer zu nehmen. Spaß zu haben.«

Mein Magen zog sich zusammen und ich entriss Michael meine Hand. »So funktioniert es für mich aber nicht. Du begreifst nicht, dass die Dinge bei mir anders laufen, weil ich eine Frau bin.«

Entrüstet stieß er einen Schwall Luft aus. »Die Dinge laufen anders, weil du es dir einredest. Weil du dich in diese Rolle drängen lässt. Ich will dir doch bloß helfen.«

»Ich brauche keinen Befreier«, wetterte ich zurück. »Ich brauche jemanden, der mich so nimmt, wie ich bin. Ich … brauche einfach nur Liebe.« Tränen verschleierten meine Sicht und brachten mich zum Schweigen.

Bei Michael bewirkten sie ein Zurückrudern. Er atmete durch und fuhr sich mit der Hand durchs Haar. »In Ordnung«, murmelte er. Und dann wieder: »In Ordnung. Ich liebe dich wirklich von ganzem Herzen. Ich liebe dich so, wie ich noch niemals zuvor einen Menschen geliebt habe, Alice. Aber nüchtern betrachtet, glaube ich nicht, dass du glücklich mit mir werden kannst, weil unser Denken in wichtigen Angelegenheiten im Widerspruch steht. Ich möchte kein höriges Frauchen, das seine gesamten Wünsche, Ziele und Träume für mich opfert, sondern ich möchte eine Partnerin auf Augenhöhe. Du willst das offensichtlich nicht.«

Meine Knie zitterten. Zu viel prasselte auf mich ein und zu schwerwiegend schien Michaels Wunsch. Ich konnte diesem Anspruch nicht gerecht werden. Mit fatalen Folgen. »Du sagst, dass du dir wünschst, mir zu ermöglichen, so sein zu dürfen, wie ich möchte. Denn das dürfen in deinen Augen die meisten Frauen ja nicht. Aber gleichzeitig bist du mit der Variante von mir, die mir am besten gefällt, unzufrieden. Du möchtest mich verbiegen, mich zu einem besseren, bedeutsameren und mutigeren Menschen formen. Aber so bin ich nicht, Michael. Ich fühle mich wohl.«

»Du fühlst dich wohl, wenn du nicht existierst? Wenn du bloß funktionierst?«

»Es reicht, wenn ich für dich existiere und dir genüge.«

Sein Blick verriet mir, dass ich ihm alles bedeutete. Da war so viel Wärme und Verständnis darin. Ich war aber sicher, dass Michael Angst hatte. Angst, mich zu verlieren, Angst, mich wegen falscher Versprechungen nicht freizugeben, Angst vor meinem Vater. Michael war ein Mensch, der erst handelte und dann nachdachte. Und das brachte ihn in Situationen wie diese – wenn er zu viel wollte, zu viel hineininterpretierte, anstatt den Dingen Raum und Zeit zum Wachsen zu geben. Wir standen ja noch ganz am Anfang. Was konnten wir beide schon darüber wissen, was wir vom Leben wirklich zu erwarten hatten? War es nicht viel wichtiger, dass wir zusammenhielten und uns liebten?

All das wollte ich ihm sagen. Doch da wurden wir jäh unterbrochen, als es an der Tür klopfte und mein Vater von draußen meinen Namen rief.

Kapitel 22

Harry

2024

»Solltest du das Ding nicht an einer Wand befestigen?«, fragte ich nüchtern.

Stolz präsentierte Jodie mir die Magnettafel, als würde alleine damit der Fall meiner Großmutter eine völlig neue Wendung nehmen.

»Anfangs dachte ich, ich könnte es alleine, bis ich festgestellt habe, dass ich nicht einmal einen Hammer besitze. Mein neuer Nachbar hat mir allerdings bereits seine Hilfe angeboten. Er hat das Teil auch nach oben geschleppt.« Auf dem Tisch vor uns stand Take-away-Essen vom Chinesen, das ich mitgebracht hatte.

Alles an dieser Szene war seltsam. Ich hatte mich zuerst gewehrt, weil ich unter keinen Umständen zu Jodie nach Hause hatte kommen wollen. Sie allerdings hatte darauf bestanden und mich mit ihrer gewohnt penetranten Art … überzeugt.

All meine diesem Besuch vorangegangenen theatralischen Gedanken … Und jetzt starrte ich eine bescheuerte Magnettafel an.

Als wäre Jodie fünf und wollte mir ihr Eiskönigin-Glitzerkleid präsentieren, das sie zu der Party zu ihrem sechsten Geburtstag anziehen wollte.

»Ein Hammer wird nicht ausreichen«, wandte ich ein und kaute andächtig. »Du brauchst einen Bohrer.«

»Hat er bestimmt. Er bohrt quasi rund um die Uhr.«

»Wer?«

»Na, der neue Nachbar.«

»Klingt nervig und irgendwie auch sehr doppeldeutig.«

»Er ist nett.«

»Hast du mich herzitiert, damit ich mir die Schwärmereien rund um deinen Nachbarn anhören kann?«

Kichernd wischte sie sich ihre Hände an der Serviette ab. In ihre Wohnung zu kommen hatte mich ein wenig überfordert, obwohl ich das natürlich ungern zugab. Bisher hatten unsere Treffen an einem neutralen Ort stattgefunden. Nun plötzlich war ich gezwungenermaßen von Gegenständen umgeben, die für Jodie eine Bedeutung hatten – und es waren verdammt viele. Hochgerechnet auf die Kapazität dieser Wohnung regierten hier ihre Erinnerungsstücke. Ich würde durchdrehen, schließlich brauchte ich Ordnung und Gradlinigkeit. Der Gipfel der Intimität, von der ich nie gedacht hätte, dass es sie zwischen uns geben würde, betraf die Kinderbilder von ihr, die ich an der Wand hängen oder auf Regalen stehen gesehen hatte. Dabei schoss mir der Gedanke durch den Kopf, dass sie süß ausgesehen hatte.

»Wie hast du die Bilder aufgehängt, wenn du keinen Hammer hast?« Ich deutete mit dem Kinn vage in Richtung Sofa.

»Mit einem Schuh«, erwiderte sie trocken, lächelte dann aber. »Überfordert dich das in all deiner Perfektionswut?«

»Natürlich. Aber es ist ja nicht meine Wohnung.«

»Weil selbst dein Bad größer ist.«

»Vermutlich.«

Sie kicherte. »Schämst du dich ein bisschen für deine Abhängigkeit vom Luxus?«

Ihre Frage war höchstwahrscheinlich nicht ernst gemeint. »Nicht wirklich.«

»Wenigstens bist du ehrlich.«

»Ich gebe mir Mühe, obwohl ich in derart beengten Räumen und in Gegenwart von Massenware nur sehr schwer denken kann.«

Bei ihr traute ich mich in Wahrheit viel öfter, ich selbst zu sein. Natürlich war diese Offenheit verdammt gefährlich. Zum einen wollte ich nicht Jodies bester Kumpel werden, zum anderen durfte ich mich nicht von meinem Weg bezüglich ihrer Recherchen abbringen lassen. Mit ihrer einnehmenden, herzlichen und zugänglichen Art schaffte sie es, meinen Panzer zu knacken.

Ihre Seitenblicke trugen ebenfalls dazu bei, mich weichzukochen. Und dann war da immer noch dieses blöde Grübchen an ihrer rechten Wange, das bei jedem Lächeln aufblitzte.

Ich sollte mich also beeilen, schnell zurück auf sichere Pfade zu gelangen. »Hat dir die Tafel schon irgendeine Erleuchtung gebracht?«, fragte ich daher.

Tatsächlich nickte sie. War ja klar, dass sie an die übersinnliche Kraft dieser Metallplatte glaubte.

»Nachdem ich diese Übersicht gestaltet habe, ist mir eine weitere wichtige Person ins Auge gefallen«, erklärte sie und zupfte an den Ärmeln ihres rosafarbenen Pullovers.

Ihr Haar war zu einem Pferdeschwanz zusammengebunden und sie trug eine Brille. Offensichtlich sah so ihr Zuhause-Look aus und offensichtlich fand ich sie darin … weniger nervig. Okay, ich fand, sie sah sogar süß aus. Kuschelig. Gott, ich brauchte dringend einen Drink. »Bevor du mit deinem Vortrag anfängst, hättest du einen Drink für mich?«, unterbrach ich sie.

Jodie runzelte kauend die Stirn, schien dann aber gedanklich ihre Vorräte durchzugehen.

»Einen Drink in der hochprozentigen Form?«

»Definitiv.«

»Bist du nicht mit deinem bescheidenen Sportwagen hier? Oder pfeifst du auf deinen Führerschein?«

Ich seufzte. »Ein Drink wird mich nicht umbringen. Überrasch mich einfach.« Vermutlich würde ich diesen Vertrauensvorsprung bald bereuen, wenn sie mit einer Piña colada, oder was auch immer Frauen wie Jodie tranken, aufkreuzte. Erstaunlicherweise entstanden als Folge des Krachs in ihrer Küche wenig später zwei Gin Tonic. Das war zwar nicht mein Lieblingsdrink, aber durchaus passabel.

»Cheers«, sagte ich und hob mein Glas. »Auf deinen Nachbarn.«

Kichernd stieß sie mit mir an. »Bist du jetzt aufnahmefähig genug?«

»Bin ich.« Auch wenn ich dazu neigte, ihre Gesellschaft immer mehr schätzen zu wissen. Sie war nicht die naive Influencerin, wie ich sie mir zu Beginn ausgemalt hatte, sondern scharfsinnig und witzig. Mir gefielen unsere Wortgefechte und wie sie dabei konterte. Um meinen übertriebenen Gedanken Einhalt zu gebieten, räusperte ich mich und deutete mit dem Kinn in Richtung Magnettafel, die uns glücklicherweise bisher noch nicht erschlagen hatte.

»Deine Mutter hat mir ein Adressbuch mit Namen und Telefonnummern gegeben.«

»Ein handelsübliches Adressbuch also.«

Jodie verdrehte die Augen. »Ich würde gerne Kontakt zu Mary aufnehmen. Sie war eine der wichtigsten Personen in Alices Leben und kann uns bestimmt weiterhelfen. Weißt du, ob sie noch am Leben ist?«

»Das ist sie. Sie hat am Theater gearbeitet«, fiel mir ein. Meine Erinnerungen an Mary waren eher dürftig. Ich kannte sie lediglich aus Erzählungen meiner Mutter.

»Wir sollten ihr unbedingt einen Besuch abstatten. Vielleicht weiß sie mehr über George.«

»Wenn du mir ihre Telefonnummer gibst, kann ich sie gerne anrufen.«

Jodie schien über mein Engagement überrascht. »Wow, das ist sehr zuvorkommend.«

War es das? Oder ging es mir nur darum, die Kontrolle zu behalten?

Ich wusste es nicht.

Nachdem wir den Tisch abgeräumt und gesäubert hatten, förderte Jodie eine Kiste mit Stiften, Post-its und allerlei Bastelkram zutage. Sie hatte sogar Wolle besorgt, mit der sie, wie sie erklärte, Verbindungen besser darstellen wollte.

»Du siehst eindeutig zu viel fern«, zog ich sie auf und kritzelte ein Flugzeug auf einen Zettel.

»Während dir diese frühkindliche kreative Phase fehlt. Schließlich musstest du mit fünf ja bereits jagen gehen und mit den Geschäftsfreunden der Familie Golf spielen.«

Nur mit Mühe konnte ich ein Lachen unterdrücken. Stattdessen warf ich ihr einen Seitenblick zu und war wie gefesselt von der Art, wie sie ihre Zungenspitze zwischen ihre Lippen schob und konzentriert einen Namen auf ein Post-it schrieb.

»Mit fünf war ich bereits im Internat in Frankreich.«

Ihre Bewegung stockte, dann sah sie mit aufgerissenen Augen zu mir. »Ernsthaft?«

»Klar, ich war der Stammhalter und Drill war da an der Tagesordnung. Ein behütetes Elternhaus ist doch etwas für Weicheier.«

»Das klingt … schrecklich.«

Nun grinste ich doch. »Das war ein Scherz. Meine Mutter hätte mich nie ins Internat gegeben. Sie hat diesbezüglich ihre eigenen Erfahrungen machen müssen.«

»Hat sie davon erzählt, wie ihre Kindheit mit ihrem Großvater verlaufen ist?«

»Er war streng und konservativ. Als sie älter wurde, hatte er panische Angst, sie könnte an die falschen Leute geraten. Daher hat er sie ins Internat gesteckt und dafür gesorgt, dass sie lernte, sich an klare Regeln zu halten.«

Jodie klebte einen Zettel an die Wand. Darauf stand der Name meiner Mutter. »Hat sie jemals versucht, Kontakt zu ihrem Vater aufzunehmen?«

»Nie. Auch daran war ihr Großvater schuld. Über die Eltern meiner Mutter zu sprechen, war verboten. Deshalb hat eine Aufarbeitung bisher nicht stattgefunden. Doch je älter meine Mutter wird, umso wichtiger ist die Frage nach ihrer eigenen Geschichte für sie.«

»Gerade deshalb finde ich es wirklich rührend, dass du deine Mutter bei dieser Nachforschung unterstützt.«

Im ersten Augenblick war ich ebenfalls gerührt, wollte mir meine Emotionen aber nicht anmerken lassen. »Meine Mitarbeit dient einzig und allein der Kontrolle. Ich habe tausend andere Sachen zu tun.«

»Zum Beispiel?«, fragte sie und rechnete offenbar mit einer längeren Antwort, da sie die Kappe auf ihren Stift steckte.

»Mein Job ist sehr zeitintensiv, manchmal arbeite ich auch an den Wochenenden. Außerdem bin ich erst vor einigen Wochen umgezogen und muss deswegen noch einige ungemütliche Sachen klären.«

»Schäden der Vormieter?«

Ihr Grinsen war schwer zu deuten. Forderte sie mich heraus oder hatte sie wirklich keine Ahnung? »Schäden aus meinem früheren Leben.«

»Die deine Ex-Verlobte betreffen?«

»In meinem Leben herumzustochern ist noch einmal wie wichtig für deine Ermittlungen?«

»Was wir hier machen, nennt man Konversation«, korrigierte sie mich. »Ich möchte dich besser kennenlernen. Dich verstehen.«

»Hört sich an, als wäre ich ein Forschungsobjekt.«

»Vielleicht bist du das auch. Mein Versuch, der Männerwelt ein neues Gesicht zu verpassen und sie zu verstehen.«

Oh, jetzt kramte also Jodie ihren Ballast hervor. Diese heile Welt, in der sie vorgab, zu leben, war also ebenfalls von Schatten durchzogen. »Lass mich raten: ein Scheißvater?«

Sie schüttelte den Kopf und irgendwie war ich erleichtert darüber. »Nein.«

»Ein Ex-Freund?«

»Einer von der miesen Sorte, ja. Einer mit Vorliebe für Alkohol und den dazugehörigen verbalen Entgleisungen.«

Während ich meinem Gin Tonic einen verächtlichen Blick zuwarf, spürte ich die Wut auf diesen mir völlig unbekannten Typen hochkochen. »Männer sind auf ihre Art grauenvoll. Ich fürchte, mir wird nicht gelingen, die Reputation meiner Geschlechtsgenossen zu heben.«

»Weil du selbst nicht besser bist?«, meinte sie leise und klang ein wenig enttäuscht.

»Meine Ex-Verlobte wirft mir vor, sie über einen längeren Zeitraum mit einer meiner Kundinnen betrogen zu haben. Das und die Tatsache, dass sich meine Arbeit bei mir an allererster Stelle befindet, haben erheblich zu unserer Trennung beigetragen.«

»Stimmt der Vorwurf?«

Ich wollte sie nicht enttäuschen. Aber vermutlich war ich genau das: eine Enttäuschung. Ein Feigling, der sämtlichen Klischees über Erfolgstypen oder Menschen aus meiner Gesellschaftsschicht entsprach. Ich hatte außerdem nicht gewusst, wie ich eine unglückliche Beziehung beenden sollte, von der alle geglaubt hatten, sie wäre perfekt und würde aus diesem Grund für immer halten. Mit dieser Meinung war ich sicher nicht alleine gewesen, denn auch Barbara hatte sich ab dem Zeitpunkt, als wir anfingen, diese verdammte Hochzeit zu planen, emotional merklich von mir distanziert. Es war, als wäre die Leichtigkeit flöten gegangen und einer Schwere und Verantwortung gewichen, die alles Gute in Barbara und mir zerdrückt hatte.

Aufgrund meines Zögerns manifestierte sich in Jodies Gesicht langsam die widerliche Erkenntnis.

»Der Vorwurf stimmt also?«

Seufzend griff ich nach meinem Glas und trank es trotz der Abneigung, die ich bei Jodies Geschichte rund um ihren Ex noch empfunden hatte, in einem Zug leer. »Ich sagte doch, dass ich eine Enttäuschung für dich sein werde.«

Sie rang sichtlich um Worte, fand aber wohl nicht die richtigen und schwieg daher. Ihre Stille in Kombination mit ihrem prüfenden Blick war an diesem Tag irgendwie zu viel für mich. Ich hatte das Gefühl, sie wäre enttäuscht von mir. So ging es mir selbst auch die meiste Zeit, wenn ich über meine Taten nachdachte. Warum ich mich dann nicht anders verhielt? Ich wusste es nicht. Schuld gab ich, wie so häufig in meinem Leben, den anderen, vordergründig meinem Vater, der nicht wirklich ein gutes Vorbild für mich gewesen war.

»Was mir diese ganzen Fälle, die ich bisher bearbeitet habe, gezeigt haben, ist, dass Menschen niemals ohne triftigen Grund handeln. Ich bin sicher, auch du hattest deinen ganz persönlichen Antrieb, der dich dazu gebracht hat, eine andere Frau interessanter als deine Verlobte zu finden.«

»Das sind Ausreden, Jodie«, entgegnete ich. »Ausreden von Leuten, die zu feige sind, um zuzugeben, dass sie Arschlöcher sind.«

»Ich glaube nicht, dass du ein Arschloch bist.«

Ihre Aussage kam einer sanften Berührung gleich. Als wäre sie aufgestanden, zu mir gekommen und hätte ihre Arme um mich gelegt. Erstaunlicherweise glaubte ich ihr. Ich badete mich sogar eine Weile in ihren Nettigkeiten, ehe ich ein unverbindliches Lachen losließ, das über meine Rührung hinwegtäuschen sollte. »Ich muss los.«

Wir standen auf, gingen gemeinsam zur Wohnungstür und ich glaubte einen winzigen Moment lang, nun auch in der Realität von Jodie umarmt zu werden.

Warum zum Teufel verachtete sie mich nicht, sondern tat so, als lägen hinter der Tatsache, dass ich meine Verlobte betrogen hatte, höhere Gründe?

Gut, ich hatte mit keiner anderen Frau geschlafen. Es war bloß ein Kuss gewesen. Ein dummer, unüberlegter Kuss, entstanden aus dem Affekt heraus, nachdem Barbara mich erneut für eine Woche hatte sitzen lassen. Ich war verzweifelt und überfordert gewesen. Dann war Alkohol ins Spiel gekommen und plötzlich hatte ich diese andere Frau an mich gedrückt und sie geküsst.

Diese Erinnerung schien aus einem völlig anderen Leben zu stammen, als ich noch überzeugt gewesen war, mich auf geregelten Bahnen zu befinden. Die Hochzeit hatte sich abgezeichnet, ich hatte mir bereits eine Zukunft mit Kindern und einem eigenen Haus ausgemalt. All den ganzen Idylle-Kram. Dabei war ich gar nicht einmal überzeugt gewesen, dass Barbara meine Seelenverwandte oder was auch immer wäre, vielmehr hatte ich gedacht, sie wäre mein idealer Gegenpol. Wir hatten eine schöne Zeit gehabt, ja, aber perfekt war unsere Beziehung sicher nicht. Deshalb bedauerte ich wohl auch nicht Barbaras Verlust, sondern den meiner geheimen Träume.

Kapitel 23

Alice

1967

Ich öffnete die Tür mit dem Vorsatz, meinen Vater erst gar nicht ins Innere der Hütte zu lassen. Mein Plan löste sich allerdings in Rauch auf, als mein Vater sich an mir vorbeiquetschte und plötzlich zwischen mir und Michael stand. Ich verharrte und war überzeugt, dass mein sorgenfreies Leben hiermit zu Ende war.

Vaters Blick schnellte zu Michael, dann zurück zu mir. Ich war sprachlos, weshalb Michael die Initiative ergriff. »Freut mich, Sie kennenzulernen, Mr Ramsay. Wenn die Umstände auch nicht die günstigsten sind. Michael Hastings.«

Vater betrachtete Michaels ihm entgegengestreckte Hand, schließlich griff er danach. »Was tun Sie hier mit meiner Tochter?«

Der schneidende Tonfall meines Vaters brachte mich dazu, dass ich Michael zu Hilfe eilte. Ich stolperte dabei fast über einen Teppich, kam dann aber neben Michael zum Stehen. »Wir haben uns unterhalten. Wir kennen uns aus Cambridge. Wir sind Freunde.«

Vater ignorierte mich, stattdessen fokussierte er weiterhin Michael. »Ich habe Sie gefragt, Mr Hastings, was Sie hier mit meiner Tochter machen?«

»Ich habe einen ruhigen Ort für ein Gespräch gesucht, deshalb sind wir hier nach draußen gegangen.«

»Ein Gespräch worüber?«

Vater blieb hart, aber Michael war ein fähiger Gegner. Einzig und allein ich drohte, in Ohnmacht zu fallen. Im Prinzip war das eingetreten, wovor ich die meiste Angst gehabt hatte. Dabei war gar nichts passiert. Vater hatte uns in keiner kompromittierenden Lage erwischt, wir hatten nur geredet. Aber ich kannte meinen Vater zu gut und wusste, wie wichtig es ihm war, dass ich keines dieser Mädchen war, die sich heimlich und in dunklen Gartenhäusern mit jungen Männern herumtrieben.

»Ihre Tochter und ich treffen uns seit einiger Zeit auch abseits der Universität. Wir lieben uns«, erklärte Michael unverblümt. »Wir hatten Sehnsucht nacheinander und wollten uns über die vergangenen Tage austauschen.«

Mein Vater kniff seine Augen zusammen. Ich konnte sehen, dass er die Hände zu Fäusten geballt hatte.

»Du triffst dich mit ihm? Mit einem Hastings?«

Was genau das zu bedeuten hatte, wusste ich nicht. Offenbar schien mein Vater mit Michaels Familie aber auf Kriegsfuß zu stehen, was meistens etwas mit seinen Geschäften zu tun hatte. Der Ton jedenfalls versprach nichts Gutes. »Ja, das tue ich.« Michaels Offenheit hatte auch mich angesteckt.

Vater war nicht glücklich darüber. »Wann wolltest du mir davon erzählen?«

»Ich … es hat sich keine Gelegenheit dazu geboten«, stammelte ich.

»Außerdem ist Alice erwachsen und nicht zur Meldung sämtlicher Entscheidungen verpflichtet.«

Michael überrumpelte mich mit seinem Selbstvertrauen. Gleichzeitig war da zum ersten Mal jemand, der sich an meiner Seite gegen meinen Vater stellte.

Ich sah zuerst zu Boden, dann zu meinem Vater. Dieser reckte entschieden das Kinn. Natürlich ließ er sich nicht unterkriegen oder gar erschüttern.

»Solange ich für ihre Ausbildung bezahle, kann ich sehr wohl Meldung von ihr verlangen.«

»Sie irren sich, Mr Ramsay. Es steht Ihnen nicht zu, Alice zu erpressen. Wir haben nichts Verbotenes getan. Wir mögen uns und wir haben einen kurzen Moment der Zweisamkeit gesucht.«

»Das ist es also, was du möchtest, Alice?«

Vater musterte mich von oben bis unten, als suchte er nach einem offenen Knopf oder einem verrutschten Ausschnitt an mir.

»Du hintergehst mich, machst mich zum Gespött dieser Menschen dort drinnen, damit du dich mit einem Mann treffen kannst? Das ist aus dir geworden?«

»Hören Sie auf mit dieser psychischen Manipulation«, mischte Michael sich ein.

Ich schwieg, war wie betäubt von meiner Rolle als Zankapfel dieser beiden Männer.

Vater kam einen Schritt näher. »Denkst du, deine Mutter wäre stolz auf dich? Sie würde sich in Grund und Boden schämen. Denn das hier, Alice, das hast du nicht verdient. Du hast einen Mann verdient, der den ehrbaren Weg beschreitet. Der sich dem Vater der Frau, die er offensichtlich liebt, höflich vorstellt. Zuerst attackiert er mich und irgendwann einmal dich.«

Verzweifelt suchte ich Michaels Blick. Dieser schüttelte sanft den Kopf, hielt sich aber zurück, um nicht den nächsten verbalen Schlag gegen meinen Vater zu platzieren.

Ich musste daran denken, wie oft Michael betont hatte, dass er sich von mir mehr Selbstvertrauen wünsche. Er war jemand, der nicht lockerließ, und vielleicht hatte mein Vater recht und

Michael würde mich manipulieren, anstatt mich ich selbst sein zu lassen.

»Du weißt, dass ich dich niemals respektlos oder grob behandeln würde«, verteidigte sich Michael nun doch.

»Aber vorhin, da bist du sofort laut geworden, als ich meinte, ich möchte nicht stärker oder selbstbewusster werden. Offensichtlich bin ich ... schwach und das macht dich wütend.« Meine Stimme zitterte und ich wusste wirklich nicht mehr, was richtig und was falsch war.

Mein Vater nutzte den Moment für sich. »Alice, geh, hol deinen Mantel und warte im Wagen auf mich.«

Ich war es gewohnt, den Befehlen meines Vaters zu gehorchen. Als ich mich bereits in Bewegung setzen wollte, griff Michael nach meinem Arm und hielt mich auf.

»Nein, du gehst nicht.«

Wir sahen einander tief in die Augen.

»Sein Verhalten ist nicht normal, Alice.«

Ich wusste nicht, was es war – Gewohnheit oder meine Angst –, aber ich entriss Michael meinen Arm, stieß ein Wimmern aus und verließ das Gartenhaus.

Ich hatte meine Entscheidung getroffen. Ich hatte mich für meinen Vater und gegen Michael entschieden.

Michael hatte ich daraufhin nicht mehr gesehen.

In Cambridge mieden wir uns gegenseitig. Vermutlich war es besser so. Ich hatte meine Lektion gelernt und verstanden, was wichtig war – meine Familie. Dazu hätte es die Ohrfeige meines Vaters, die ich kassiert hatte, nachdem wir an jenem Abend zu Hause angekommen waren, gar nicht gebraucht.

Kapitel 24

Jodie

2024

Wir trafen Mary im Theater, wo sie an einem Stück mitwirkte.

Vollständig kostümiert als griechische Göttermutter saß sie eine Reihe vor uns im großen Theatersaal des Arts Theatre. Sie trug einen Hauch von nichts, genau genommen schien es, als wäre ein riesiges weißes Tuch notdürftig um ihren Körper gewickelt worden. Auf ihrem Kopf befand sich eine knallrote Perücke und ihr Make-up war jenseits von dezent. Sie konnte sich allerdings definitiv sehen lassen. Ich selbst, Jahrzehnte jünger, war nicht ansatzweise so gut in Form wie sie.

Sie berichtete, sie sei nach ihrem Abschluss durch ihren damaligen Freund zur Theaterschauspielerei gekommen. Der Mann war längst Geschichte, Kinder hatte sie auch nie bekommen, dafür war sie dreimal verheiratet gewesen. Einzig ihre Liebe für die Bühne sei in all den Jahren beständig geblieben.

»Und du bist Alices Enkelsohn?«, wandte sie sich an Harry, der in seinen obligatorischen Dreiteiler gekleidet neben mir auf einem weich gepolsterten roten Sessel saß. »Das letzte Mal, als ich dich gesehen habe, hast du noch mit Autos gespielt.«

»Mittlerweile spielt er mit echten Autos, er bevorzugt Sportwagen«, sagte ich schmunzelnd.

Mary lachte herzhaft und Harry war mir zum Glück nicht böse.

Er hatte mich direkt nach meinem Kurs abgeholt. Selbst war er direkt aus dem Büro gekommen und überhaupt nicht gesprächig gewesen. Eher war er mir nachdenklich und angespannt erschienen. Ich hatte einige Male versucht, ihn aufzumuntern, meine Scherze und Fragen waren allerdings an ihm abgeprallt.

»Der bin ich«, erwiderte er und bedachte Mary mit seinem Sonnyboy-Lächeln.

»Du bist hübsch. Einen attraktiven Partner hast du dir gesucht.«

»Wir …«, begann ich, verhaspelte mich aber.

»Da scheinst du etwas zu verwechseln«, führte Harry weiter aus.

Ich nickte und deutete mit dem Finger von mir zu Harry und wieder zurück. »Wir sind kein Paar, sondern Geschäftspartner.«

»Gezwungenermaßen«, präzisierte Harry auf seine miesmuschelige Art.

»Der Beginn jeder Romanze. Glaubt mir, ich hatte einige davon.«

Eine Behauptung, die man Mary sofort abkaufte.

»Also arbeitet ihr gezwungenermaßen an Alices Fall. Du betreibst einen Podcast? Das finde ich ja sehr spannend und unterhaltsam.«

»Ja, genau. Harry wollte mich unterstützen, weil er offensichtlich Angst hat, ich könne das Ansehen seiner Familie in Gefahr bringen.«

Neben mir beugte sich Harry vor, damit ich ja etwas von seinem bösen Gesichtsausdruck mitbekam.

Zu Wort kam er allerdings nicht, da Mary verkündete: »Das liegt in der Familie, Schätzchen. Sein Urgroßvater hatte auch dauernd Angst, Alice könnte zu wild, zu frei oder zu was auch immer sein und so seine verstaubten Ansichten in Gefahr bringen. Aus dem Grund hat er Alice eifrig auf die Rolle der braven Hausfrau vorbereitet. Es soll angemerkt werden, dass ich nicht glaube, dass du, Harry, ebenfalls so tickst.«

»Ich ticke wirklich nicht so.«

»Harry ist eher der grummelige Typ, trägt sein Herz aber am rechten Fleck.«

Als Mary sich bewegte, klimperten ihre zahlreichen Armreifen. Diese Frau erschien mir höchst konfus und gnadenlos ehrlich, was sie zu der perfekten Recherchequelle für mich machte.

»Genau wie Alice. Ich hab sie wirklich gemocht. Sie war bescheiden und unaufgeregt, man spürte aber, dass da unter ihrer zurückhaltenden Fassade eine starke Energie verborgen lag, die mit dem Alter reifen und irgendwann in Erscheinung treten würde. Leider ist es dazu bekanntermaßen nicht gekommen.«

»Luisa hat mir erzählt, Alice und du wärt zusammen nach Cambridge gegangen. Wie war die erste Zeit dort für euch und wann kam George in Alices Leben?«

»Die erste Zeit war befreiend. Von Alice fiel dieser väterliche Druck ab und sie entwickelte eigenständige Zukunftspläne.«

Mary sprach mit einem Lächeln von diesem Kapitel ihres Lebens. Ich stellte mir die beiden als witziges Duo vor – Mary, die Draufgängerin, und Alice, die Vernünftige.

»Sie wollte Lehrerin werden. Das war ihr Traum.«

»Was hat sie an der Verwirklichung gehindert?«

»Zum einen ihr Vater, zum anderen, allerdings erst später, George.«

Offensichtlich erwähnte Mary George ungern, denn ihr Blick verdüsterte sich und ihre Stimme wurde leiser.

»Wie hat sie George kennengelernt?«

»In einem Café. Alice war zu diesem Zeitpunkt, wie man heute sagt, ziemlich down. Sie war oft alleine, weil ich verknallt in diesen Sportstudenten war und wir uns häufig in seiner Wohnung aufgehalten haben. Alice litt da selbst gerade unter Herzschmerz. Nach Michael ging es ihr wirklich nicht gut und ich hätte eine bessere Freundin sein sollen. Die Erkenntnis hat mich allerdings erst Jahre später ereilt.«

In meinem mitgebrachten Block notierte ich mir Eckpunkte von Marys Schilderungen, die ich im Anschluss an unser Treffen zu einem vollständigen Bericht ausarbeiten wollte. Diese Zusammenfassungen halfen prima, um Verknüpfungen zu den Erzählungen anderer Zeugen herzustellen, außerdem wollte ich kein Detail vergessen, das später wichtig werden könnte.

»Sie hatte vorher einen Freund?« Ich formulierte die Frage verbal und hielt sie gleichzeitig schriftlich fest. Harry begutachtete mein Geschreibsel mit einem Blick, als würde er den Block am liebsten in Brand stecken.

»Sie waren noch nicht offiziell ein Paar. Ihre Beziehung war gerade am Aufblühen, aber wie so häufig kam ihr der ausgeprägte Kontrollzwang ihres Vaters in die Quere.«

Jemand auf der Bühne lachte. Auch dort machten einige Schauspieler Pause. Sie saßen auf dem Boden und spielten Karten.

»Michael war nett und modern. Ich glaube, dass er früh erkannt hat, wie eingeengt sich Alice in London unter dem Einfluss ihres Vaters gefühlt hat. Er hat ihr Potenzial gesehen und sie von Anfang an zur Selbstverwirklichung animiert.«

»Das dürfte ihrem Vater nicht gefallen haben«, warf Harry ein.

Mary schüttelte den Kopf. »Sie hatte Angst vor der Reaktion ihres Vaters, sollte die Sache zwischen Michael und ihr ernster werden. Unzählige Male habe ich ihr dazu geraten, ihrem Vater gegenüber mit offenen Karten zu spielen und ihm von Michael zu erzählen. Sie hat sich nicht getraut oder vielleicht auch befürchtet, ihren Vater zu verletzen. Jedenfalls hat er sie beide miteinander auf einer Party erwischt und damit war die Sache auf die denkbar peinlichste Weise aufgeflogen.«

Ich wusste nicht, ob Harry es unangenehm fand, über das Liebesleben seiner Großmutter zu sprechen, ich aber liebte bittersüße Geschichten über unerfüllte oder zum Scheitern verurteilte Beziehungen. »Dann war Schluss?«

»Richtig. Alice hat den Kontakt zu Michael abgebrochen und fiel daraufhin in besagtes tiefes Loch. Unter anderen Umständen hätte sie sich nie auf George eingelassen, davon bin ich bis heute überzeugt.«

»Er hat sein Opfer haargenau ausgewählt«, ergänzte ich.

Harry bremste mich. »Eine gute Ermittlerin legt den Zeugen nichts in den Mund und beeinflusst auf diese Weise deren Aussagen.«

»Das tue ich doch gar nicht. Es war eine Feststellung.«

»Es ist deine Meinung. George ist in deinen Augen der Mörder, du bist deshalb nicht neutral.«

Nun schaltete sich Mary ein, die unserem Wortgefecht bisher stumm gelauscht hatte. »Ich denke auch, dass George der Mörder ist. Wer hätte es sonst gewesen sein können?«

Harry seufzte resigniert, während ich meine gesamte Aufmerksamkeit erneut auf Mary richtete. »Es hätte auch ein natürlicher Tod sein können.«

»Die Theorie der damaligen Ermittler, dass es sich um einen Selbstmord handelt, finde ich mindestens genauso unwahrscheinlich wie das Resultat der Rechtsmedizin, wonach Alice an einem Herzversagen gestorben sein soll. George ist für mich der Hauptverdächtige in dieser Geschichte.«

Beinahe hätte ich in die Hände geklatscht. Endlich war da jemand, der Tacheles redete und sich nicht hinter jahrelangem Schweigen verschanzte. Mary schien bisher die wichtigste Quelle für mich zu sein. »Weißt du, was aus George geworden ist?«

»Mein Kontakt zu Alice ist zu der Zeit, als sie George geheiratet hat, bedauerlicherweise abgebrochen. Wir haben ab und zu telefoniert, mir war also klar, dass es ihr nicht gut ging. So richtig geöffnet hat sie sich mir allerdings auch nicht. Ich habe nach ihrem Tod nur erfahren, dass George praktisch von der Bildfläche verschwunden ist. Alices Vater hat behauptet, er wäre zurück nach Frankreich gegangen. Ich hingegen denke, dass er sich mit dem Geld, das er erwirtschaftet hat, irgendwo in England eine neue Existenz aufgebaut hat.«

»Die Polizei hat nach ihm gesucht, ihn nie gefunden und daher auch nie befragt«, sagte Harry, während nun Umbauarbeiten auf der Bühne stattfanden. Ein Bett wurde mittels einer Sackkarre weggefahren und gegen eine Brunnenattrappe ausgetauscht.

»Das ist die wirkliche Tragik darin. George hätte den Mord bestimmt nicht gestanden, aber vielleicht hätte er sich in Widersprüche verstrickt.« Mary beugte sich vor und kniff ihre Augen zu winzigen Schlitzen zusammen. »Wisst ihr, Alice war wirklich unglücklich mit George, er hat sie wie Abschaum behandelt. Als ihr klar wurde, dass Georges Freundlichkeit zu Beginn nur gespielt war und die Angaben, die seine Familie betrafen, falsch waren, hat sie Nachforschungen angestellt, ähnlich wie ihr jetzt. Sie hat ihn sogar mit ihrem Verdacht, er könne sie aus finanziellen Gründen ausnützen und betrügen, konfrontiert – das war ihr Todesurteil.«

»Und das weißt du woher genau?«, hakte Harry nach. »Laut deinen Angaben hattet ihr keinen Kontakt mehr.«

Marys selbstsichere Haltung geriet kurzzeitig ins Wanken. »Ich weiß, dass sie wegen George skeptisch wurde. Sie hat mich bei einem Telefonat gefragt, ob ich mich in Cambridge nach seinem Onkel umhören könnte. Ich lebte zu der Zeit in der Nähe, hatte aber leider keine Zeit, ihr zu helfen. Sie hat gemeint, sie würde sich selbst auf die Suche begeben.«

»Woher kamen diese Zweifel bei Alice?«, fragte ich.

»Vielleicht gab es finanzielle Unstimmigkeiten oder einen anderen Verdachtsmoment. Wenn ich an dieses eine Telefonat zurückdenke, fällt mir ein, dass sie mir von Ungereimtheiten bezüglich Georges Namen berichtet hat.«

»Das hat auch Luisa erwähnt.« Dann war an der Namenssache also wirklich etwas dran.

»Sie hat aber Tagebuch geführt, das weiß ich ganz bestimmt«, fuhr Mary fort. »Damit ist sie mir in unserer Zeit in Cambridge immer auf den Geist gegangen. Wenn ich schon schlafen wollte, hat sie oft noch ewig geschrieben und das Licht dabei angelassen.«

»Es gibt Tagebücher?« Dieser Hinweis war völlig neu für mich.

Mary nickte allerdings wissend. »Ganz sicher. Ja, ganz sicher. Vielleicht befinden sie sich noch im Haus.«

»Weißt du etwas darüber?«, wandte ich mich an Harry.

Dieser versteifte sich und schüttelte stoisch den Kopf. »Ich habe noch nie etwas von irgendwelchen Tagebüchern gehört. Vielleicht hat mein Urgroßvater sie weggeworfen.«

»Das wäre wirklich schade. Darin würden sich viele Antworten finden.« Mary wirkte betroffen.

Und auch ich verspürte plötzlich das unbändige Verlangen, Luisas Haus auf der Suche nach den ominösen Tagebüchern auf den Kopf zu stellen.

»Mit wem könnten wir noch über Alice reden?« Es war gut, sofort den nächsten Schritt zu planen, um nicht ins Stocken zu geraten.

Mary überlegte kurz. »Vermutlich wäre Michael der ideale Kandidat, aber er wird kein Wort zu der Sache sagen, das kann ich euch prophezeien. Ihr könnt es ja versuchen, müsst mir aber versprechen, dass ihr ihm nicht verratet, dass ich euch geschickt habe.«

»Darauf kannst du dich verlassen«, versicherte ich ihr.

Mary lud uns am Ende noch zur Premiere des Theaterstücks ein, in dem sie die Hauptrolle spielte. Ich war total dankbar und motiviert, Harry eher nicht. Trotzdem sagte ich Mary zu, dass wir kommen würden.

Ebenso königlich, wie sie erschienen war, verschwand Mary daraufhin zurück auf die Bühne, um die finale Probe des Stücks weiterzuführen. Harry brachte mich nach Hause und ich stürzte mich sofort in die Suche nach Michael.

Kapitel 25

Alice

1968

Zum ersten Mal in meinem Leben litt ich unter einem gebrochenen Herzen.

Es war genauso schrecklich, wie ich es mir vorgestellt hatte. Ich wollte mich vor der Welt verstecken, wollte mich einhüllen und nichts weiter tun als weinen. Mary hatte nur begrenzt Verständnis für mich, war sie doch überzeugt, dass ich einen Fehler gemacht hatte. Ich hätte mich für Michael entscheiden sollen. »Michael hätte dich gut behandelt, Alice«, hatte sie mir deutlich gesagt.

Ich hatte nicht widersprochen, sondern geschwiegen. Stille war ohnehin meine Taktik in den Wochen nach der Trennung. Ich zog mich zurück und war am liebsten alleine.

Durch Zufall stieß ich in der Innenstadt auf ein Café, das mir die Geborgenheit vermittelte, die ich in dieser Zeit am dringendsten brauchte. Das Lokal in einer schmalen Seitengasse war nicht groß, verfügte aber über eine breite Fensterfront, vor die man runde Tische und gemütliche Ledersessel gestellt hatte.

Es roch köstlich nach Tee und Gebäck, außerdem trieb sich ein grau-weiß getigerter Kater herum, der ab und zu auf meinen Schoß sprang. Dann rollte er sich dort zusammen und schlief gemütlich ein.

Ich kam in *Liliane's Bakery*, wie der Laden hieß, um zu lesen, aber auch zum Lernen ging ich immer häufiger hin. Stundenlang saß ich dort, trank Tee und ließ mich von den Stimmen um mich herum berieseln.

Auch an jenem verregneten Dienstagnachmittag war ich dort. Es war bereits Februar und von Michael hatte ich seit mehr als eineinhalb Monaten nichts mehr gehört. Der Schmerz war nach wie vor da, ebenso die Enttäuschung über den Verlauf dieser Liebe, in der ich solch großes Potenzial gesehen hatte. Aber vielleicht war es im Leben einfach so, dass die Dinge nicht glatt liefen, auch wenn es sich anfühlte, als würde alles gut laufen. Den berühmten Haken gab es überall, nichts war perfekt. Und ja, möglicherweise hätte ich mit Michael eine tolle Zeit gehabt, ein grandioses Leben, aber aus irgendeinem Grund hatte unser gemeinsamer Weg enden sollen. Besagter Grund hatte dafür gesorgt, dass ich im *Lilianes's* saß und die junge Bedienung eine Zimtschnecke vor mir auf den Tisch stellte.

Ich sah von meinem Buch auf. »Die hab ich nicht bestellt«, erklärte ich. Normalerweise aß ich zum Tee immer eine Zimtschnecke, doch an diesem Tag hatte ich die Bestellung vergessen, zu versunken war ich in meinen Roman gewesen.

Die junge Frau, sie war etwa in meinem Alter, lächelte wissend. »Es ist ein Geschenk von dem Herrn dort drüben.« Mit ihrem langen, schlanken Finger deutete sie in Richtung Eingangsbereich. Und tatsächlich saß dort neben der Tür an einem Zweiertisch ein braunhaariger Mann, der höflich lächelte.

»Ich … also.« Was sagte man darauf? Vor allem zu der Frau, die bloß die Überbringerin der netten Geste war.

Tatsächlich war ich sehr gerührt, aber auch ein wenig nervös. Ich hatte den Mann, so glaubte ich mich zumindest zu erinnern, bereits einige Male gesehen. Auch er schien den Laden also toll zu finden. Und er war aufmerksam genug, um sich gemerkt zu haben, was ich gerne aß. Oder hatte er die Angestellte gefragt?

Entschlossen, mich von meiner besten Seite zu zeigen, atmete ich tief durch, lächelte freundlich zurück und formulierte mit meinen Lippen einen stummen Dank. Durch das ganze Lokal wollte ich ja auch nicht brüllen. Das gehörte sich wirklich nicht.

Die Zimtschnecke schmeckte an diesem Tag noch viel besser. Ich genoss jeden Bissen. Dieses simple Gebäck war so etwas wie ein Lichtblick für mich. Es zeigte mir, dass das Leben auch nach einem Niederschlag oder nach einer Trennung weiterging. Dass da draußen neue Abenteuer auf mich warteten.

Dass es Männer gab, die ebenfalls höflich waren. Oder vielleicht sogar noch höflicher als Michael.

Fortan zog es mich natürlich aus purer Neugierde, ob denn dieser Unbekannte wieder im *Liliane's* sein würde, noch häufiger dorthin. Bereits am Tag darauf marschierte ich gleich nach meinem letzten Kurs los. Mary war ohnehin verabredet und ich gewissermaßen ja auch. Und tatsächlich, dieser Mann war wieder da. Diesmal bemerkte ich ihn bereits beim Eintreffen. Er saß an seinem üblichen Platz, las ein Buch und trank, wie ein heimlicher Blick verriet, ebenfalls Tee.

Er sah gepflegt aus – mit seiner grauen Hose und dem schwarzen Pullover dazu. Er war deutlich älter als ich, vielleicht zehn Jahre, doch mir war das egal.

Nachdem ich Platz genommen hatte, glitt sein Blick kurz zu mir. Er kniff sein linkes Auge zusammen, lächelte dann ein wenig und widmete sich wieder seinem Buch.

Mein Bauch zog sich vor Nervosität zusammen.

Was tat ich hier eigentlich? War ich gekommen, um mich mit einem anderen Mann zu trösten? Aber da war etwas Fesselndes an ihm. Etwas Zurückhaltendes. Das gefiel mir.

Ich packte meine Sachen aus und beobachtete, wie er sich an die Bedienung wandte. Kurz darauf bekam ich meinen gewohnten Tee und eine Zimtschnecke serviert. Auch beim zweiten Mal spürte ich, wie Hitze in meine Wangen stieg. Doch ich versuchte, erwachsen mit dieser Situation umzugehen. Dieser Mann wollte schließlich nichts Böses von mir. Er versuchte offenbar bloß, Kontakt mit mir aufzunehmen. Dazu auch noch auf eine zugegeben sehr charmante Weise.

Eine Woche lang spielten wir dieses Spielchen, sprachen dabei aber nie ein Wort miteinander. Erst als ich das nächste Mal ins *Liliane's* kam, erschien er anstelle des Mädchens mit einer Tasse Tee und der Zimtschnecke in der Hand an meinem Tisch.

»Ich denke, jetzt ist der Zeitpunkt gekommen, um mich Ihnen persönlich vorzustellen«, sagte er vor mir stehend. Seine Stimme war tief, charismatisch und er wickelte mich damit vom ersten Moment um den Finger. »Ich bin George. George James.«

»Alice Ramsay«, gab ich zurück. Wie vor wenigen Monaten bei Michael zitterte meine Stimme auch diesmal. Michael aber wollte ich ausblenden, er war immerhin Geschichte. Ein Teil meiner Vergangenheit. »Möchten Sie sich setzen?«

George stellte Tasse und Teller ab und nahm mir gegenüber Platz. »Sie sind mir bereits bei Ihrem ersten Besuch aufgefallen«, gestand er, schüttelte dann aber schnell den Kopf. »Verzeihen Sie, sollte ich mich zu aufdringlich verhalten.«

»Nein, das tun Sie nicht«, beeilte ich mich, ihm zu versichern. »Ganz und gar nicht.«

Er lächelte und präsentierte mir eine Zahnlücke, die mir bisher aus der Ferne noch nicht ins Auge gestochen war. »Sie wirkten irgendwie einsam, da konnte ich nicht mehr wegsehen, weil ich herausfinden wollte, wie ich Sie aufmuntern kann.«

»Offensichtlich ist es Ihnen gelungen. Ihrem Scharfsinn sei Dank.«

»Richtig, ja. Das freut mich sehr.«

»Mich auch.«

George kam mir wie jemand vor, der offen war, aber die Grenzen einer anderen Person unter allem Umständen zu schützen versuchte. Wie er mir gegenübersaß und seinen Tee trank, wirkte er außerdem weltmännisch und erfahren. Das faszinierte mich ungemein.

»Mord im Orientexpress?« Nach seiner Frage griff er nach dem Buch, das ich eigentlich vor ihm verstecken wollte. Er betrachtete es und runzelte belustigt die Stirn. »So etwas lesen Sie in der Öffentlichkeit?«

Ich wusste nicht, ob er neckisch, streng oder vielleicht sogar anklagend erscheinen wollte. Ja, er hatte recht, dieses Buch in meiner Hand war sicher nicht schick. Ich fühlte mich ertappt, fragte mich aber gleichzeitig, wie Michael reagiert hätte, und tippte auf wohlwollender.

»Es ist … gruselig, aber gleichzeitig lässt es tief in die menschliche Psyche blicken. Das finde ich spannend.«

»Das bedeutet, dass Sie das Böse spannend finden?«

»Nicht das Böse, sondern Menschen. Ich beobachte sie, höre mir gerne Geschichten an und manchmal finde ich es auch unterhaltsam, mich ein wenig zu gruseln.«

Er nickte jovial, legte das Buch aber wieder zurück. »Was treibt Sie nach Cambridge, Miss Ramsay?«

»Mein Studium. Und Sie?«

»Eine bürokratische und verwaltungstechnische Angelegenheit. Cambridge ist nur ein Zwischenstopp für mich. Stört es Sie, wenn ich rauche?«

»Nein, gar nicht.«

Er zündete sich eine Zigarette an und lehnte sich in dem bordeauxroten Sessel zurück.

»Das heißt, Sie arbeiten hier?«

»Gezwungenermaßen, ja. Ich bin erst seit wenigen Wochen zurück in England. Zuvor habe ich fünf Jahre in Frankreich verbracht. Einer Erbschaft wegen musste ich meiner neuen Heimat allerdings den Rücken kehren.« Er zog an seiner Zigarette und blies dichte Kringel aus. »Offensichtlich mögen wir es beide gleichermaßen, uns mit menschlichen Abgründen zu beschäftigen.«

Ich kicherte vorsichtig und war erleichtert, als er einstimmte. »Das tut mir leid für Sie. Wer ist gestorben, wenn mir die Frage erlaubt ist?«

»Ein Onkel. Ich kannte ihn kaum, doch da er keine Kinder hatte, wurde ich von ihm testamentarisch zum Alleinerben bestimmt. Und nun gilt es, die Liegenschaften und Firmen zu lenken.«

»Das bedeutet, dass Sie in England bleiben werden?«

Er nickte. »Vorerst auf jeden Fall.«

»Und was ist mit Ihrem Leben in Frankreich?«

»Manchmal ist es eben nötig, der Vergangenheit den Rücken zu kehren. Die Segel neu zu setzen und sich auf ein Abenteuer einzulassen.« Er beugte sich vor und schaute mir tief in die Augen. Als wäre es ihm möglich, in meine Seele zu blicken. »Ich habe mich entschieden, mein Leben dem Schicksal in die Hand zu legen. Und immerhin hat es mich in diese Bäckerei zu Ihnen geführt. Sie sind der erste wahre Lichtblick, seit ich englischen Boden unter den Füßen habe. Das Schicksal hat mich in die Arme einer Frau geführt, die schaurige Geschichten anziehend findet. Wer weiß, ob ich hier lebend rauskomme.«

Kapitel 26

Jodie

2024

Ich traf Lucas im Flur, als er zusammengefaltete Kartons nach unten trug. »Hi, Nachbarin.«

Lächelnd hielt ich ihm die Tür auf. »Hallo. Der Umzug ist wohl fast erledigt.«

»Ja, zum Glück.« Er ließ einen Karton fallen, ich hob ihn auf und folgte Lucas zu den Müllcontainern. »Ich hätte also kiloweise Zeit, um mit dir einen Kaffee trinken zu gehen.«

»Wie wär's mit morgen?«, ging ich in die Offensive.

»Perfekt. Zwanzig Uhr?«

»Dann sehen wir uns morgen.« Ich verabschiedete mich mit einem breiten Grinsen und einem Flattern im Bauch.

Als ich etwa drei Meter von ihm weg war, rief er mir hinterher. »Übrigens siehst du heute sehr hübsch aus. Wer ist der Glückliche?«

Ich spürte, dass ich rot wurde, überspielte meine Verlegenheit aber mit einer sachlichen Erklärung. »Die Familie des Mordopfers hat mich zum Essen eingeladen.«

»Klingt gruselig.«

»Sie sind nett«, beruhigte ich ihn.

»Dann … viel Spaß. Hoffentlich.«

»Danke.«

Zur Begrüßung überreichte ich Luisa eine Flasche Rotwein, von dem ich dachte, dass er ihren Ansprüchen gerecht werden könnte. Außerdem hatte mich das Backfieber gepackt und ich hatte mich am Nachmittag an einer Schokoladentarte versucht.

Luisa, die ein hellblaues Wickelkleid trug und mich zur Begrüßung umarmte, schien begeistert. »Die Tarte werde ich später als Dessert servieren.«

»Ich hoffe, sie schmeckt«, gab ich mich unsicher und folgte ihr durch den Eingangsbereich ins Esszimmer, das sich zu unserer Rechten befand. Der Tisch in der Mitte des Raumes war feierlich gedeckt, mit weißer Tischdecke, Blumenschmuck und Kerzen. Im Kamin brannte ein heimeliges Feuer und im Hintergrund lief leise Klaviermusik.

»Harry ist in der Küche. Ich habe ihm vorgeschlagen, dass er dich durchs Haus führt, bis das Essen fertig ist, damit du dir ein Bild von den Räumlichkeiten machen kannst.«

In diesem Moment stieß Harry zu uns. Er begrüßte mich mit einem Handschlag, musterte mich dabei knapp von oben bis unten und lehnte sich danach gegen den Türrahmen. Ich wusste nicht, ob er mein Aufkreuzen und das gemeinsame Abendessen guthieß oder sich lediglich den Wünschen seiner Mutter beugte. Seine Anwesenheit machte mich allerdings auf eine kribbelige Weise nervös. Als würde mein Körper unter Strom stehen und durch jeden seiner Blicke von Neuem angefeuert werden.

Er führte mich dennoch in das obere Stockwerk, das wir über eine geschwungene Treppe erreichten. An der Wand hingen Gemälde, die, wie ich vermutete, Mitglieder der Familie darstellten. Es handelte sich dabei um Kunstporträts, die mit allerlei machtdemonstrierender Symbolik versehen waren – ein Zepter, Siegel und Wappen der Familie. Auf der einzigen Fotografie war Alice festgehalten. Sie lächelte, trug ihr Haar zu einem Zopf gebunden und stand vor einem größeren Backsteingebäude.

»Weißt du, wann dieses Bild von Alice aufgenommen wurde?«, wandte ich mich an Harry und verharrte auf der letzten Treppenstufe.

Er drehte sich zu mir um und warf dem gerahmten Foto einen nachdenklichen Blick zu. »Das müsste an ihrem ersten Tag in Cambridge gewesen sein.«

»Als sie zusammen mit Mary dort ankam.«

»Vermutlich.«

»Sie war wunderschön«, überlegte ich laut. »Es ist traurig, sie so voller Hoffnung zu sehen und zu wissen, was auf sie zukommt.«

»In der Retrospektive ist man immer schlauer.«

Harry marschierte weiter, vorbei an einigen geschlossenen Türen. Am Ende des Flures, der mit einem langen Teppich ausgelegt worden war, öffnete er schließlich eine Tür. Dahinter befand sich ein Schlafzimmer, das völlig aus der Zeit gefallen zu sein schien. Dicke Vorhänge versperrten die Sicht nach draußen, ein wuchtiges Holzbett befand sich an der gegenüberliegenden Wand. Der Kleiderschrank war ebenfalls aus dunklem Holz. Es roch ein wenig muffig, als würde man einen alten Schrank öffnen.

»Das war Alices Schlafzimmer. Mein Urgroßvater hat den Raum in seinem ursprünglichen Zustand belassen und meine Mutter folgt dieser Tradition. Unter anderem.«

Damit hätte ich nicht gerechnet. Das hier war wie ein Alice-Museum. Näher war ich ihr noch nie gewesen.

Als ich eintrat und mich vorsichtig umsah, kribbelten meine Finger vor Aufregung. Das Bett wirkte, als hätte erst heute Nacht jemand darin geschlafen. Auf dem Schminktisch vor dem Fenster lagen allerlei Kosmetikartikel, Kämme und Haarbänder. Ein Morgenmantel hing über dem Stuhl. »Angrenzend war das Bad, in dem sie gefunden wurde, richtig?«

»Ja, das stimmt. Mittlerweile befindet sich dort aber der begehbare Kleiderschrank meiner Mutter. Im Unterschied zum Schlafzimmer hat mein Urgroßvater das Bad bereits kurz nach Alices Tod verändert. Er hatte seine Probleme damit.«

»Das kann ich verstehen«, murmelte ich gedankenverloren und tigerte weiter durchs Zimmer auf der Suche nach einem Hinweis, der mich bei der Lösung des Falls weiterbringen würde. Dabei nahm ich an, dass die früheren Ermittler und auch die Familie Ramsay den Raum bereits gründlich durchforstet hatten. »Wurde hier nach den Tagebüchern gesucht?«

»Im gesamten Haus«, erklärte Harry und deutete vage durchs Zimmer.

»Denkst du, dass sich die Bücher noch im Haus befinden?«

»Wenn es sie überhaupt gibt.«

»Könnte Alices Vater sie vernichtet haben? Oder vielleicht sogar George? Um Spuren und Hinweise auf sich selbst zu vernichten?« Das erschien mir äußerst glaubhaft.

Harry folgte mir zum Schreibtisch und zog demonstrativ einige Schubladen auf. »Mein Urgroßvater hätte die Tagebücher wahrscheinlich aufbewahrt, genau wie er dieses Zimmer unangetastet gelassen hat.«

Ich legte den Kopf schief und musterte ihn. »Und George?«

»Vermutlich kommt es auf den Inhalt der Tagebücher an. War der für ihn gefährlich, hätte er sicher Interesse daran gehabt, dass niemand von der Existenz dieser Bücher erfährt.«

»Das hört sich sehr verdächtig an«, zog ich ihn auf und griff vorsichtig nach dem Metallfüller, der in der dazugehörigen

Schatulle lag. Damit hatte Alice möglicherweise ihre Tagebücher verfasst. »Ich würde am liebsten danach suchen.«

Lachend schüttelte er den Kopf. »Das kann ich mir vorstellen. Aber – nein.«

»Zuerst versetze ich mich in Alice hinein und dann sehe ich gezielt an plausiblen Orten nach. Ich wette, ich würde fündig werden.«

»Erinnerst du dich an unsere Abmachung, Sherlock? Du berichtest über den Fall und befragst Zeugen. Es war nie die Rede davon, dass du das Haus auf den Kopf stellst und Wandverkleidungen rausreißt.«

»So weit würde ich nie gehen.«

»O doch. Das würdest du, wenn man dich lässt. Stell dir mal vor, wie viele Klicks dir dieses Video einbringen würde.«

Ich verdrehte die Augen. »Wie würdest du vorgehen, wenn du in meiner Position bist?«

»Ich würde mich eher auf Zeugenaussagen beschränken. Michael, meine Mutter und vielleicht findet sich noch jemand anderes. Dieses Haus wurde so oft umgebaut und renoviert, da ist nicht mehr viel an Hinweisen vorhanden.«

»Das klingt logisch, aber weißt du, dass ich mir überlegt habe, nach Cambridge zu fahren? Nicht weil ich dort erwarte, Antworten zu finden, sondern um ein Gefühl für Alices Leben zu bekommen. Immerhin hat sie dort studiert und George kennengelernt.«

Harry nickte und verschränkte die Arme vor der Brust. »Michael wohnt dort. Ich wollte es dir heute sagen.«

»Michael wohnt in Cambridge?«, rief ich aufgedreht.

»Meine Mutter hat ihre Kontakte spielen lassen und seine Adresse herausgefunden.«

»Wow. Würdest du mich begleiten?«

»Natürlich begleite ich dich. Denkst du, ich lasse zu, dass du diesen alten Mann mit aufdringlichen Fragen bombardierst?«

Logisch, dass Harry seine Zusage wie einen Kontrollakt erscheinen ließ, instinktiv spürte ich aber, dass er ebenso daran interessiert war wie ich, mit Michael zu sprechen.

Wir wurden immer mehr zu einem Team, das sich unterstützte und vertraute.

Gleichzeitig hatte ich das Gefühl, dass Harry sich mir nicht öffnete. Warum er das nicht tat, konnte ich nicht sagen.

Kapitel 27

Alice

1968

George James traf mich nicht einfach und eroberte mein Herz, er warb um mich auf jene altmodische Art, wie sie mir erstaunlicherweise gefiel. Er platzierte kleine Geschenke, liebevolle Worte oder schickte mir Briefe. Seine Avancen fanden allerdings im öffentlichen Raum statt, um, wie George betonte, meinem ehrbaren Ruf gerecht zu werden.

George war ein aufrichtiger, zuvorkommender Mann, wenn auch ein wenig unterkühlt. Aus diesem Grund handelte er jedoch wohlüberlegt und nicht dermaßen intuitiv, wie ich es von anderen Vertretern seines Geschlechts gewohnt war. Der Altersunterschied spielte natürlich eine Rolle, doch da ich mich im Geiste reifer fühlte als so manch eine meiner Altersgenossinnen, glaubte ich fest daran, dass ich George gewachsen wäre.

Seine Ansichten waren geradlinig, auch für meine Meinung zu politischen oder gesellschaftlichen Themen interessierte er sich. Auf Diskussionen ließ er sich allerdings nicht ein. Ich tat meine Ansicht kund, er quittierte diese mit einem Nicken oder einem Brummen und dann ging die Unterhaltung weiter. Mary bezeichnete dieses Verhalten als oberflächlich, ich fühlte mich damit wohl, war ich einen solchen Umgang schließlich von meinem Vater gewohnt. Ja, es war durchaus, als würde ich einen bekannten Hafen ansteuern, als würde ich die Geschichte wiederholen und damit meiner familiären Verpflichtung nachkommen.

»Wir haben uns nun bereits mehrere Male getroffen, Alice, weshalb es mir an diesem Punkt wichtig erscheint, mich deinem Vater vorzustellen«, meinte er während eines Spaziergangs.

Objektiv betrachtet war es natürlich folgerichtig, vor meinem Vater mit offenen Karten zu spielen. Gleichzeitig fühlte es sich mit George jedoch noch zu förmlich an, um ihn bereits derart tief in mein Leben zu lassen. Es hatte noch nicht einmal einen Kuss oder irgendeine andere Art einer intimen Berührung zwischen uns gegeben. Für George schien die Sache mit uns aber ernst und er sich seines Weges sicher zu sein.

Mein Zögern bemerkte er und justierte sofort nach. »Du bist eine wunderbare Frau, mit der ich den Kontakt gerne vertiefen möchte. Aber aufgrund deines Alters und auch aus Rücksicht auf deine Herkunft gibt es gewisse Regeln, welche einzuhalten mir ein Anliegen ist. So zu agieren habe ich von klein auf gelernt. Ich werde dich aber nicht überrumpeln oder Dinge von dir verlangen, zu denen du dich noch nicht bereit fühlst. Das verspreche ich hoch und heilig.«

Er überzeugte mich, indem er an meine Vernunft, meine Erziehung und die daran gekoppelten Verpflichtungen appellierte.

Eine Woche später, nachdem ich meinem Vater von George erzählt und dieser eine Einladung nach London ausgesprochen hatte, betrat George James zum ersten Mal unser Haus in Mayfair.

Es sollte nicht das letzte Mal sein.

George überzeugte meinen verhalten gestimmten Vater sehr bald. Dazu trugen bestimmt seine erhabene Erscheinung, sein guter Kleidungsstil und seine charmant-kluge Art bei. George beherrschte die Kunst des Small Talks, gleichzeitig brillierte er mit einem breit gefächerten Wissen zu Gebieten wie Theologie, Philosophie, aber auch Geografie und Wirtschaft, Vaters Lieblingsthema. Als Unternehmer und Investor sammelte er bei meinem Vater weitere Pluspunkte. Bald tauschten sie sich eifrig über Gewinnrenditen sowie das perfekte Investment aus. Vater taute während des Gesprächs merklich auf und präsentierte sich von einer zugänglichen und zuversichtlichen Seite. Offenbar hatte ich mit George seiner Meinung nach einen guten Treffer gelandet, womit Michael, in den Augen meines Vaters ein leidiges Thema, endgültig vom Tisch war.

»Vieles wird sich noch zeigen, aber auf den ersten Blick erscheint mir George eine gute Partie zu sein. Sein Stammbaum ist bemerkenswert, ebenso sein unternehmerischer Spürsinn. Ich denke, dass ich mit ihm einverstanden bin«, führte mein Vater nach dem Treffen mit George aus.

Er saß dabei Zigarre rauchend in der hauseigenen Bibliothek und wirkte selbstzufrieden, als hätte er irgendetwas zum Kennenlernen von George und mir beigetragen.

Stehend betrachtete ich die unzähligen Buchrücken. »Willst du mich nicht fragen, ob ich ihn mag?«

Vater schnaubte belustigt. »Alice, das sieht man doch mit verbundenen Augen.«

Ich war allerdings nicht sicher, ob diese Beobachtung der Wahrheit entsprach. Ja, ich fand George nett, ich plauderte gerne mit ihm, aber verglichen mit Michael fehlte mir eben jene Diskussionsbereitschaft sowie der Hang, das Leben kritisch zu hinterfragen. Mir kam der bohrende Gedanke, dass ich George im allerersten Moment derart positiv betrachtet hatte, weil ich dank ihm eine Reputation erhielt. Sein Einfluss verwandelte mich zurück in die brave Alice, die Regeln befolgte und der man nichts weiter als Bewunderung entgegenbrachte. Vor allem erhielt diese Alice eine Menge Lob und Wohlwollen von ihrem Vater. Und diese Rolle hatte mir schon immer am besten gefallen. Mein kurzer Ausbruch aus dem Korsett der Pflicht hatte mir allerdings bewiesen, dass ich auch eine rebellische, selbstbestimmte und weniger bescheidene Seite an mir hatte. Ich wusste jedoch haargenau, dass mir der Mut fehlte, besagte Rebellin in mir am Leben zu halten. Aus diesem Grund widersprach ich Vater nicht und gab mich der Vorstellung hin, mit George in eine wunderbare gemeinsame Zukunft zu steuern.

Kapitel 28

Harry

2024

»Sie ist sehr nett«, flüsterte meine Mutter, während wir beide in der Küche standen und sie mich mit Tellern belud, als wäre ich ihr ganz persönlicher Servierwagen.

»Von wem redest du?« Natürlich wusste ich, dass sie von Jodie sprach, ich stellte mich nur deshalb dumm, um mein eigentliches Gefühl mit Desinteresse zu übertünchen. Denn es war so, dass Jodie mir zunehmend besser gefiel und ich anfing, mich nach ihrer Nähe zu sehnen. Sie hatte Schwung in mein Leben gebracht. Ich stand richtig auf sie, auf ihre Art und auf die verbalen Gefechte, die wir uns lieferten. Aber auch die ernsten Momente mochte ich. Oder wie sie haargenau die Themen erschnüffelte, die mich beschäftigten. Auf eine unerklärliche und völlig unpassende Weise war ich ihrer Anziehungskraft erlegen. In den vergangenen Tagen, als wir kaum bis gar keinen Kontakt gehabt hatten, mal abgesehen von den wenigen Nachrichten, hatte ich mein Interesse an ihr zu verstehen versucht.

Lag es an der Trennung von Barbara? Turnte mich ihre unkonventionelle Art an? Dieses forsche Wesen? Fakt war, dass ich zu keiner Lösung gekommen war und deshalb beschlossen hatte, mich auf unsere Zusammenarbeit und nicht auf Jodies Äußeres zu konzentrieren. Das war sicher besser für uns beide.

»Ich rede von Jodie. Sie ist sehr zugänglich und hübsch.«

Ich brummte nur.

Mutters Braten stand auf dem Speiseplan. Er war köstlich, vermutlich auch deshalb, weil er so ziemlich das Einzige war, was sie kochen konnte. »Worauf willst du eigentlich hinaus?«

»Du solltest dich ihr mehr öffnen. Deinen Charme spielen lassen«, sagte sie, stand neben mir und sah mich von unten an. »Du brauchst einen Neuanfang, und was eignet sich dafür besser als ein kleiner Flirt?«

»Zum Beispiel ein Flirt mit jemandem, der nicht in den Abgründen unserer Familie herumstochert«, schlug ich vor. »Eine Frau, die ich auf normalem Weg kennenlerne.«

»Ach, bitte. Normal. Was ist schon normal?«

Gott, gleich würde die Ich-habe-deinen-Vater-bei-Gericht-kennengelernt-Geschichte kommen.

»Ich habe deinen Vater bei Gericht kennengelernt. Du kennst die Geschichte ja.«

»In- und auswendig.« Obgleich mein Vater, der die gegnerische Partei in einem Rechtsstreit wegen eines Parkunfalls vertreten hatte, offensichtlich charismatisch gewesen war, hatte seine frühere Nettigkeit nicht über seine spätere Arschlochhaftigkeit hinwegtäuschen können.

»Jedenfalls war ich sicher nicht motiviert, mit dem Kerl auszugehen, der dafür sorgen sollte, dass ich eine saftige Geldstrafe erhalte. Doch er hat nicht lockergelassen und mich immer und immer wieder gefragt, ob ich mit ihm essen gehen würde.«

»So viele Bemühungen, nur damit er Jahre später abdampft. Erscheint mir ziemlich sprunghaft«, meinte ich nüchtern. »Er war und ist ein Ignorant und du möchtest doch bestimmt nicht, dass ich mich genauso verhalte wie er.«

»Das sicher nicht. Aber ich möchte, dass du nach vorne schaust.«

»Vielleicht solltest du mir als gutes Vorbild vorangehen und aufhören, dich mit Barbara zu treffen.«

Meine Mutter zuckte merklich zusammen. Hatte sie gedacht, ich wüsste nichts von ihrem Kontakt zu meiner Ex?

»Es tut mir leid, aber ich habe mich von ihr erweichen lassen. Sie war so verzweifelt und traurig. Ich gelobe Besserung. Ja, Harry?«

Ich nickte und kehrte mit zwei Beilagenschalen zurück ins Esszimmer, wo Jodie auf einem der Stühle saß und zaghaft lächelte. Meine Mutter folgte mir mit dem Braten. Gemeinsam aßen wir, quatschten über Banalitäten, wobei meine Mutter natürlich die eine oder andere Frage bezüglich Jodies Privatleben stellte. Ob sie Single sei? Wo ihre Eltern lebten? Ob sie Geschwister habe? Die Verhörliste wurde stetig länger. Doch Jodie antwortete höflich, streute hie und da eine Prise Witz ein und würzte das Ganze mit einer großen Portion Freundlichkeit.

Meine Mutter sank metaphorisch vor ihr auf die Knie. Die Blicke, die sie mir zuwarf, sprachen Bände. Würden wir zweihundert Jahre früher leben, hätte sie längst eine Ehe zwischen Jodie und mir arrangiert.

Glücklicherweise hatte ich dabei ein Wörtchen mitzureden.

»Als Nächstes werden wir nach Cambridge fahren«, sagte ich, um das Thema zu wechseln.

»Ihr wollt diesen Michael treffen?«

Jodie nickte. »Ich denke, dass er uns einen besseren Einblick in die Zeit, in der Alice George kennengelernt hat, geben kann.«

»Also ist George weiterhin dein Hauptverdächtiger?«

Daran, wie meine Mutter ihre Hände auf der Tischplatte vor sich gefaltet hatte, merkte ich, dass sie diese Alice-Sache sehr aufwühlte. Gleichzeitig schien sie Gefallen daran gefunden zu haben, dass Jodie das Leben ihrer verstorbenen Mutter beleuchtete. Sie hoffte wohl, sich Alice auf diese Weise näher fühlen zu können.

»Ich glaube nicht an einen Selbstmord, im Grunde bleiben daher nur zwei Verdächtige – George oder ein Unbekannter. Auf Letzteren gibt es keine Hinweise.«

Traurig seufzend meinte meine Mutter: »Ich bereue es, dass ich, als mein Großvater noch lebte, nicht hartnäckiger nach Antworten gesucht habe. Ich hatte das Gefühl, dass er den Tod meiner Mutter, oder besser gesagt den Skandal, der daraus entstanden ist, unter den Teppich kehren wollte. Nie hat er über sie gesprochen. Im Grunde kenne ich sie gar nicht.«

Ich warf Jodie einen tadelnden Blick zu, um ihr klarzumachen, wie fragil die Gefühle meiner Mutter bei diesem Thema waren. Am liebsten wäre mir ja auch, wir würden die Sache verdrängen und Alice in Frieden ruhen lassen. Ich wollte nicht, dass alte Wunden aufgerissen wurden. Vielleicht musste ich mir an dem Punkt eingestehen, dass mir die Kontrolle über Jodies Entdeckergeist langsam entglitten war.

»Für ihn muss es ein Schock gewesen sein«, fuhr Jodie fort.

Meine Mutter stieg darauf ein. »Das war es. Zuerst hat er selbst seine Frau verloren und allein für zwei Kinder sorgen müssen, dann hat er seine eine Tochter verloren und sich um mich gekümmert. Er war streng, aber er hat mir auch das Gefühl gegeben, mit jedem Problem zu ihm kommen zu können. Und das habe ich getan. Der Rest der Familie, meine Tante Felicitas zum Beispiel, hatte bis zu ihrem Tod kaum Interesse daran, an Feiern oder Ähnlichem teilzunehmen. Sie hat sich niemals erwünscht gefühlt. Auch das hat meinen Großvater verletzt.«

»Ihr beide habt aber ein sehr gutes Verhältnis.« Jodie spähte zwischen mir und meiner Mutter hin und her.

»Darüber bin ich mehr als dankbar. Ich habe mir Mühe gegeben, immer für Harry da zu sein, mit Rat und Tat, aber vor allem mit viel Liebe. Ich bin unglaublich stolz auf Harry.«

Jodies Augen funkelten nicht minder wie die meiner Mutter. Sie wirkte so unendlich dankbar, dass ich nicht anders konnte, als ihr ein winziges Lächeln zu schenken. Damit machte ich meinen Vorsatz, nämlich sie und ihren Charme schlichtweg zu ignorieren, zunichte.

Jodie hatte mehr Durchsetzungsvermögen, mehr Spürsinn und das war ein Problem. Denn wenn sie aussagekräftiges Material produzierte, würde sie auch dieses beschissene Video über meine Großmutter produzieren.

Später, als ich Jodie nach Hause brachte, was ich auf Wunsch meiner Mutter tat, fragte sie: »Was sollte dieser strenge Blick vorhin eigentlich?«

Sie war nicht betrunken, aber der Wein hatte seine Spuren hinterlassen. Ein winziges Lallen war zu hören. Was ich in diesem Moment unglaublich witzig fand.

»Ein Lachen? Das ist deine Antwort?«

»Nein, ist es nicht. Ich wollte mit dem Blick nur sicherstellen, dass du auf meine Mutter Rücksicht nimmst.«

»Wenn ich so schrecklich nervtötend bin, warum hat deine Mutter mich dann zum Abendessen eingeladen?«, konterte sie und stemmte ihren Ellenbogen gegen die hochklappbare Armlehne zwischen unseren beiden Sitzen.

»Weil sie dich mag und weil sie vermutlich denkt, uns beide miteinander verkuppeln zu können.«

Jodie riss die Augen auf und lachte kurz. »Was?«

Ich bog in die Straße ein, in der sie wohnte, und parkte vor dem Gebäude. »Sie meint es gut, weil sie denkt, dass ich nach meiner Trennung einen Neuanfang brauche, und du vermutlich die einzige Frau in meinem Alter bist, die sie kennt.«

»Autsch«, sagte sie und verzog das Gesicht.

»Du weißt, wie ich es meine.«

»Diese Wendung der Geschichte würde bei meinen Followern bestimmt sehr gut ankommen. Die Ermittlerin und der Enkel des Mordopfers werden ein Paar.«

»Wir würden kein Paar werden, weil ich von Beziehungen eine Weile genug habe.«

»Okay, dann würden wir eben eine Affäre anfangen und die dann an die große Glocke hängen, um sie ideal zu vermarkten.«

Ich wusste, dass sie mich bloß neckte, gleichzeitig zog sich etwas, vermutlich meine Eier, bei dem Gedanken zusammen, mit Jodie eine Affäre zu beginnen.

»Ich glaube, so schlimm wäre eine Affäre mit dir gar nicht«, gestand sie, gurtete sich ab und rückte ein Stück näher. »Mal abgesehen von deiner rauen Schale bin ich sicher, dass darunter ein liebenswerter Kerl schlummert. Es gibt ja den Spruch, dass man, um herauszufinden, wie ein Mann charakterlich ist, ihn im Umgang mit seiner Mutter beobachten soll. Und du bist ultralieb zu ihr.«

»Das musst du jetzt sagen, weil du dafür Geld von meiner Mutter bekommen hast«, warnte ich mit einem Lächeln auf den Lippen.

Jodie hörte natürlich nicht auf, sondern setzte sogar noch einen drauf. »Du bist unglaublich entzückend mit ihr, obwohl es deiner gesamten Ideologie widerspricht, die du dir im Umgang mit mir zurechtgelegt hast. Aber ich bin zu dem Schluss gekommen, dass du ein anständiger Mann bist. Außerdem siehst du wirklich heiß aus.«

Sie lachte, war völlig überdreht.

»Bei unserem ersten Treffen dachte ich, dass du aussiehst wie ein Model für Männermode. Ich fand dich echt heiß.«

Seufzend fuhr ich mir übers Gesicht. War ich verlegen oder peinlich berührt? Vielleicht war ich auch gerührt. Ich wusste es nicht. »Danke, deine Worte tragen erheblich zur Heilung meiner armen, geschundenen Würde bei«, zog ich sie auf.

»Als würdest du nicht wissen, welche Wirkung du auf Frauen hast.«

»Ich weiß nicht, ob wir diese Unterhaltung führen sollten, Jodie. Du solltest dir diese Rede womöglich für deinen Nachbar-Typen aufheben.«

Sie machte eine wegwerfende Handbewegung. »Um ihn geht es nicht.«

»Um was geht es dann?«

Sie sah mich lange an und ich glaubte bereits, sie wäre mit offenen Augen eingeschlafen oder hätte den Faden verloren. Doch kurz darauf seufzte sie und gab mir eine Erklärung. »Es geht darum, dass ich ihn vermutlich nur deshalb treffe, um mich von dir abzulenken. Ich wollte dich nicht mögen, zumindest nicht auf diese Art. Aber je mehr Zeit ich mit dir verbringe, desto … widersprüchlicher wird mein Denken. Du bist einer dieser Kerle, von denen ich die Finger lassen sollte. Das weiß ich. Die Verlockung ist aber riesig, nicht auf meine Vernunft zu hören.«

Ich musterte sie, war perplex und fasziniert zugleich. Offensichtlich ging es ihr nicht anders als mir. Auch sie spürte die Anziehung zwischen uns. »Ich glaube, der Wein, den du mit meiner Mutter getrunken hast, bringt dich aktuell hauptsächlich durcheinander.«

Sie lachte verlegen und griff sich mit einer Hand an die Stirn. »Dank des Weins sage ich all die Dinge, die sonst nur in meinen Gedanken stattfinden.«

»Jodie, was du da von dir gibst, wird unsere Zusammenarbeit verkomplizieren.«

»Es ist die Wahrheit«, entgegnete sie. »Ich weiß, du hältst mich für supernervig, und mir ist auch klar, dass ich nicht in deiner Liga spiele. Man darf aber wohl noch träumen.«

»Das stimmt nicht«, sagte ich, bereute meine Unüberlegtheit aber sofort und kniff die Augen zusammen. »Du … du bist nicht supernervig, sondern eher durchschnittlich nervig.«

»Ich sollte jetzt gehen. Als Resümee kann festgehalten werden, dass ich dich unter anderen Umständen sogar auf einen Drink eingeladen hätte. Rein aus Neugier.«

Ich dich auch, dachte ich, sagte aber nichts dergleichen und sah Jodie stattdessen zu, wie sie ausstieg. Als sie weg war, presste ich meine Stirn gegen das Lenkrad. Wenn ich könnte, würde ich sie ebenfalls auf einen Drink einladen. Ich würde sogar noch viel mehr von ihr wollen als nur einen Drink. Aber ich durfte mich nicht auf sie einlassen, weil sie nicht nur mir, sondern vor allem meiner Familie gefährlich werden könnte. Ich war immerhin der Einzige, der meine Mutter schützen konnte.

Das würde ich mit allen Mitteln tun, obwohl es bedeutete, die Wahrheit zu verheimlichen. Ich musste sicherstellen, dass weder Jodie noch meine Mutter von den Tagebüchern erfuhren.

Kapitel 29

Alice

1969

Ich verbrachte mit George einen herrlichen Sommer. Wir verreisten nach Holland sowie Italien und er nahm mich sogar bis in den Norden nach Island mit. Die Tage waren geprägt von Ausflügen, gutem Essen und Georges omnipräsenter Arbeit, die einen hohen Stellenwert in seinem Leben einnahm. Aber damit war ich einverstanden, ich kannte schließlich nichts anderes von meinem Vater. Auch für ihn hatte seine Arbeit oberste Priorität. Ich konnte es verstehen, sicherte sie uns doch den Lebensunterhalt und den Wohlstand.

George bezahlte die Reisen, die Hotels und das Essen. Zusätzlich überraschte er mich mit Schmuck, Kleidung oder Pralinen. Er war sehr aufmerksam und schaffte es mit seiner fürsorglichen und tatkräftigen Persönlichkeit ganz automatisch, dass ich mich zurücklehnen und ihm vertrauen konnte. Damit bot er mir Sicherheit und Sorglosigkeit, aber vor allen Dingen verstärkte seine Anwesenheit meine Unabhängigkeit von meinem Vater.

Doch bei all der Zeit, die wir miteinander verbrachten und Orte besuchten, die George wegen seiner Arbeit oder seiner Familie bekannt waren, blieb mir ein Eintauchen in seine private Welt verwehrt. Ich wusste, dass er keine Geschwister hatte, seine Eltern allerdings wie er zuvor in Frankreich lebten. Sein Vater entstamme einem alten französischen Adelsgeschlecht, seine Mutter sei Engländerin. Er habe in Frankreich studiert, sei dann eine Weile in Paris geblieben und im Anschluss habe er einige Jahre in London und Rom gearbeitet. Sein Geld verdiene er hauptsächlich mit Kapitalanlagen. Das meiste, was er erzählte oder mir in diesem Zusammenhang zu erklären versuchte, erschloss sich mir nicht so wirklich.

Was ich jedoch bald lernte, war, seine Entschiedenheit und seinen Freigeist zu akzeptieren. George ging und kam, wann immer es ihm beliebte. Manchmal war er einige Stunden, dann war er wieder mehrere Tage unauffindbar. Seine Erklärungen diesbezüglich waren dürftig, nach unserem ersten Streit seines kommentarlosen Verschwindens wegen hatte ich beschlossen, diese Charaktereigenschaft oder vielmehr den Drang in ihm, ab und zu das Weite zu suchen, einfach hinzunehmen. Das erschien mir gesünder für unsere frische Beziehung und außerdem verstand ich, dass jeder Mensch ein anderes Ventil nutzte, um berufliche oder persönliche Strapazen auszugleichen.

Eineinhalb Jahre nach unserem Kennenlernen, an meinem Geburtstag, machte mir George einen Heiratsantrag. Vater war eingeweiht und hatte den Klunker inklusive Heiratsplänen vorab abgesegnet.

George lud mich zum Abendessen in ein nobles Restaurant in Cambridge ein. Bei Kerzenschein, Klaviermusik und gutem Essen holte er schließlich eine weiße Schmuckschatulle aus seinem perfekt sitzenden schwarzen Sakko.

Er hielt eine Rede darüber, wie viel ich ihm bedeuten würde und wie sehr ich sein Leben bereichert hätte. Danach griff er nach meiner Hand, um die Frage aller Fragen zu stellen, worauf ich mit einem schüchternen »Ja« antwortete. Er streifte mir den Ring über, ein Familienerbstück, wie er erklärte, als ich die fein geschliffenen Diamanten wenig später im Kerzenlicht begutachtete. Ich war aufgeregt und freute mich unglaublich auf die Hochzeitsplanung. Zuerst aber wollte ich meinen Abschluss machen, was ich George noch am selben Abend erklärte. Dieser aber drängte zur Eile mit Argumenten wie beispielsweise unseren geteilten Lebensräumen, seinem Umzug von Cambridge nach London und dem Bild, das wir in der Öffentlichkeit abgeben würden. Ich warf ein, dass eine überstürzte Hochzeit deutlicher nach einem Skandal schrie, bot aber an, mit meinem Vater bezüglich eines idealen Termins zu sprechen.

In den folgenden Wochen wurde Georges Wunsch nach einer Hochzeit noch im Winter immer lauter. Wir stritten uns, was George dazu brachte, deutlicher und intensiver auf mich einzureden. Das war auch das erste Mal, dass er mir gegenüber laut wurde. Wir waren wie gewöhnlich in meiner Wohnung, wohingegen wir nie Zeit in seinem Haus am Rande der Stadt verbrachten. Ich hatte dort niemals einen Fuß hineingesetzt, es nur im Vorbeigehen gesehen, über diesen zugegeben seltsamen Umstand aber auch nie mit jemandem gesprochen. Nicht mit Vater und auch nicht mit Mary. In die Karten spielte mir der Umstand, dass Mary frisch verliebt war und unsere Wohnung nur noch als Zwischenlager für Winterkleidung im Sommer, Sommerkleidung im Winter oder aussortierte Bücher benutzte.

Wir hatten gegessen und tranken gerade Tee, als er regelrecht explodierte. Mein Beharren und meine Entschlossenheit hatten ihn offensichtlich zur Weißglut getrieben. Er fegte seinen Teller vom Tisch. Der Apfelkuchen, zerlegt in seine Einzelteile, flog durchs Zimmer und landete als stummer Zeuge auf den Eichendielen.

»Warum zum Teufel bist du derart stur?«, stieß er zwischen gefletschten Zähnen aus.

Sein Blick war stechend. Ich fürchtete mich vor ihm und war enttäuscht, weil ich ihn nicht als derart aufbrausend eingeschätzt hätte.

Ich zuckte zusammen und sank aus Angst und Unsicherheit tiefer in meinen Stuhl.

Wohin war dieser ruhige, gesittete Mann verschwunden, den ich im Café kennengelernt hatte? War das bloß eine Rolle gewesen, die er gespielt hatte?

Doch dann, als hätte man einen Schalter umgelegt, fing sich George wenige Sekunden später wieder.

Er lächelte sogar und atmete demonstrativ durch. »Alice«, sagte er mit verständnisvoller Stimme. »Liebling, ich will nur, dass du verstehst, wie wichtig mir eine Hochzeit ist. Ich kann nicht länger auf dich warten. Ich brauche dich. Voll und ganz.«

Ich schluckte und warf dem zerstörten Apfelkuchen einen mitleidigen Blick zu. Eigentlich wirkte es wie eine Warnung, doch aus Zuneigung und Pflichtbewusstsein ignorierte ich es. »Ich möchte dich auch heiraten, gleichzeitig sollte mein Leben jedoch erst in geregelte Bahnen gelenkt werden.«

»Das wird es. Versprochen, Alice. Auch wenn wir verheiratet sind, wird dein Studium Priorität bleiben.«

Seine Zusicherung führte dazu, dass die Vorbereitungen für unsere Hochzeit in die Wege geleitet wurden. Die Trauung sollte im privaten Rahmen stattfinden, vor allem aus Rücksichtnahme meinem Vater gegenüber, der sich in den Wochen vor der Hochzeit mit einer schlimmen Erkältung herumschlug.

George war auch an diesem Punkt zur Stelle, als mein Vater geschäftlich ausfiel. Er unterstützte ihn, ob als Redner, Berater oder sogar als Stellvertreter mit unumstößlicher Entscheidungsgewalt. Dieser Prozess der Machtübernahme kam schleichend daher, für meinen Vater aber im genau richtigen

Moment. Anscheinend hatte er den Wunsch gehegt, einige Aufgaben an eine jüngere Vertrauensperson abzutreten. Er vertraute George, jeder vertraute ihm. George wusste instinktiv, wie man Menschen überzeugte und all ihre Zweifel beiseiteschob. Er war ein Meister darin und wir alle vertrauten ihm.

Während der Trauung lächelte er zwar, doch ich hatte das Gefühl, als würde er nicht mich ansehen, sondern durch mich hindurch. Er wirkte verträumt und gedankenverloren. Georges Familie war nicht anwesend, seine Eltern seien gesundheitlich nicht in der Lage gewesen, die Reise nach England auf sich zu nehmen, würden uns aber die größten Glückwünsche aussprechen. Außerdem sagte er, sie hätten uns als Hochzeitsgeschenk ein Haus in der Provence überschrieben. George berichtete ausgiebig darüber, wie er dort als Kind seine Sommer verbracht und in dem angrenzenden Stallgebäude Verstecken gespielt hatte. Da war zum ersten Mal ein ehrliches Leuchten in seinen Augen, das mich wieder etwas beruhigte. Vielleicht war er lediglich nervös gewesen, angespannt aufgrund der riesigen Verantwortung, die schlagartig in sein Leben getreten war. Er war ja plötzlich nicht nur für einen Teil der Geschäfte meines Vaters verantwortlich, sondern auch für seine eigenen. Die stellte er immer häufiger zurück, um sich in London gesondert um berufliche Angelegenheiten zusammen mit meinem Vater zu kümmern. Von heute auf morgen war George ein tragender Baustein der Familie. Mit einem Mal hatte er eine ganze Menge Macht und ich war nicht sicher, wie er damit zurechtkommen würde.

Die Flitterwochen verbrachten wir nicht, wie von mir erhofft, in Frankreich, sondern in Spanien. George wollte nicht lange bleiben, um seine neuen Pflichten nicht allzu sehr zu vernachlässigen. Wir wohnten einige Tage in einem noblen Hotel in Barcelona, dort wurden wir auch das erste Mal intim miteinander.

Ich hatte mir in den Wochen davor häufig Gedanken über den Akt an sich gemacht und wie ich ihn empfinden würde. Da war natürlich Nervosität gewesen, aber auch eine Menge Neugier. Mary schwärmte schließlich dauernd von ihrem Freund und wie leidenschaftlich er wäre. Meine Erwartungen an George, der älter und dementsprechend erfahrener war, wuchsen ins Unermessliche. Genauso rapide zersplitterten sie allerdings, als ich feststellte, dass George keineswegs ein rücksichtsvoller Liebhaber war. Die Sache war schnell erledigt und ich fühlte mich danach schmutzig und war fürchterlich enttäuscht. Es kam mir vor, als hätte George bloß eine weitere Pflicht erfüllt. Als ginge es ihm gar nicht um mich. Ich war einfach ein Mittel zum Zweck, ein Puzzlestück im Bild seines Lebens, das er nach den Maßstäben seiner Familie auszufüllen hatte. Liebe oder Zärtlichkeit – diese Dinge waren ihm fremd. Er war ein kühler Mensch, es lag nicht an mir. Dieser Gedanke tröstete mich, wenn er auch die Leere, die sich in meiner Hochzeitsnacht in mir gebildet hatte, nicht vertreiben konnte.

Eine Woche nach unserer Hochzeit bezog George den Nebenraum zu Vaters Arbeitszimmer und richtete sich dort ein eigenständiges Büro ein. Mein Vater begrüßte diese Veränderung; ich hingegen bekam George ab diesem Zeitpunkt noch weniger zu Gesicht. Während ich in Cambridge blieb, arrivierte George zum Herrn des Hauses Ramsay. Selbst Vater ordnete sich George unter.

Kapitel 30

Jodie

2024

Einen Teil meines Samstags verbrachte ich auf einer Messe für Modelleisenbahnen, -flugzeuge, -autos und -boote. In der Halle des ExCel an den Victoria Docks war es laut, hektisch und irgendwie schien hinter jeder Ecke ein Kind zu lauern, das genau dann losflitzte, wenn wir an ihm vorbeigingen. Zwei Winzlinge waren bereits in mich hineingerannt, was mir mindestens einen blauen Fleck einbringen würde.

»Warum noch mal sind wir hergekommen? Ich kann mich nämlich nicht erinnern, eine Bestrafung verdient zu haben.« Ich stand neben Kiki vor einer Miniaturausgabe Londons, wobei am Rand der Stadt Männer auf Stühlen saßen und mit Fernbedienungen winzige Busse und Autos steuerten. Die Freude war ihnen buchstäblich ins Gesicht geschrieben. In der Badewanne bei einem Glas Wein, Kerzenschein und umhüllt von Blubberblasen würde ich später vermutlich genauso zufrieden aussehen.

»Ich weiß, dass das hier so gar nicht deine Welt ist«, murmelte sie und linste, mich als Deckung nutzend, in die Reihe der Zuschauer.

»Deine doch auch nicht. Dieser Kerl muss wirklich besonders sein.«

Besagter Kerl war Kikis neueste Eroberung, die sie, im Unterschied zu all den anderen Kerlen, nicht im Internet, sondern in der realen Welt kennengelernt hatte. Genauer gesagt in einem Supermarkt, wo Kiki einen Zwischenfall mit einem Sack Kartoffeln gehabt und der Kerl, sein Name war Mitch, ihr beim Einsammeln geholfen hatte.

Mitch schien echte Zauberkräfte zu besitzen, denn er hatte es geschafft, Kiki zu mehr als einem Date und einer heißen Nacht zu überreden. Bedauerlicherweise befürchtete Kiki aufgrund einiger Verdachtsmomente seitens Mitch, dass er verheiratet war und sogar Kinder hatte. In ihrer Fähigkeit als Stalkerin hatte Kiki herausgefunden, dass Mitch besagte Modellmesse besuchen wollte, und mich in weiterer Folge dazu überredet, sie zu begleiten. Ihr Plan war, Mitch anzutreffen und ihn zur Rede zu stellen. Sie wollte seine Ehe nicht zerstören, aber zumindest für Gerechtigkeit sorgen.

Ja, das waren durchaus hohe Ziele, für die ich mich vollkommen emotionslos und selbstlos zur Verfügung stellte.

»Lass uns zu diesem Café gehen, von dort habe ich den Hauptbereich am besten im Blick«, schlug sie vor, griff nach meinem Arm und dirigierte mich durch die Menge.

»Warum schreibst du ihm nicht einfach, dass du spontan hergekommen bist?«

»Weil er dann vermutlich abhauen würde.«

»Wenn er Kinder hat, schafft er die doch nicht so einfach hier raus.«

Wir setzten uns an einen Zweiertisch, wobei Kiki tief seufzte und nervös an ihrem Daumennagel knabberte. »Ich wünsche mir wirklich, dass er keine Kinder hat, und wenn doch, dass er Single ist. Ein heißer Single-Dad, der mich nicht die ganze Zeit verarscht hat. Das wäre immerhin noch akzeptabel. Ich glaube, ich wäre eine gute Stiefmutter.«

»Ich weiß.« Ich lächelte aufmunternd. »Die Kids würden dich lieben.«

Kiki vergötterte Kinder und war sich für keinen Spaß zu schade. Sie hatte schon öfter auf ihre Nichte aufgepasst und veranstaltete die coolsten Übernachtungspartys, zu denen ich bereits mehrmals eingeladen worden war.

Nach einer Weile, Mitch war immer noch nicht in Sicht, erhielt ich eine Nachricht von Lucas. Er schrieb, dass er mich um kurz vor acht im Erdgeschoss abholen wollte.

»Du triffst dich heute wirklich mit diesem creepy Lucas?«

Während ich tippte, runzelte ich die Stirn. »Warum ist er creepy?«

»Entweder hat er ein Schlüsselproblem oder er fingiert Notsituationen, um in deine Wohnung zu kommen. Irgendetwas finde ich seltsam an ihm.«

»Er ist wirklich in Ordnung und sehr nett.«

»Warum konzentrierst du dich anstatt auf den Chaos-Kerl nicht auf den Sexy-Kerl? Immerhin hast du die Auswahl.«

Ich tat erst gar nicht so, als würde ich nicht wissen, von wem sie sprach. »Weil du und seit Neuestem auch meine Mum dauernd davon anfangen, wie heiß und attraktiv Harry ist, habe ich ihm gestern im beschwipsten Zustand mein Herz ausgeschüttet. Ich kann ihm vermutlich nie wieder unter die Augen treten und muss untertauchen oder so etwas Ähnliches.«

Kiki beugte sich grinsend vor. »Zum Teufel mit deiner Bescheidenheit. Das ist ein Schritt in die richtige Richtung. Du solltest viel öfter auf mich und deine Mum hören. Was hast du gesagt?«

»Sinngemäß habe ich ihm gestanden, dass ich ihn unter anderen Umständen total gerne vernaschen würde und er eine optische Sensation ist.« Vor Scham wurde ich rot und legte daher beide Hände instinktiv auf meine Wangen. »In diesem Fall bin ich die creepy Frau.«

»Wie hat er reagiert?«

»Cool, gelassen und irgendwie wirkte er … offen. Als hätte er gar nichts gegen meine Empfindungen einzuwenden.«

»Vermutlich hat er das auch nicht, weil es ihm genauso geht.«

Auch daran hatte ich gedacht. Aber wohin sollte es uns führen, wenn wir eine Affäre anfingen?

»Aber wäre es nicht als No-Go anzusehen, wenn ich mit einem Mann ins Bett steige, dessen Familiengeschichte ich in einem meiner Videos bearbeite?«

Kiki dachte nach, kaute dabei weiterhin an ihrem Nagel und scannte die Umgebung. Trotzdem kam sie zu einem Ergebnis. »So ist das Leben, Jodie. Leute verlieben sich im Job oder nachdem der Mann die Frau mit dem Auto angefahren hat. Oder im Supermarkt. Irgendwo und an völlig unpassenden Orten. Das macht die Liebe und die Leidenschaft ja auch so spannend und gefährlich.«

Ihre Aussage beschäftigte mich noch lange. Zeit zum Nachdenken hatte ich ja, da wir weiterhin in Stellung blieben. Irgendwann zuckte Kiki tatsächlich zusammen, richtete sich auf und warf mit ihrem Ellenbogen beinahe ihren kalten Kaffee um. »Da ist er!«

Ich drehte mich um und folgte ihrem Fingerzeig. Mehr als ein Foto von Mitch hatte ich bisher nicht gesehen. Inmitten der Menschenmenge erkannte ich ihn aber. Er war groß, schlank und hatte eine Glatze. Sein Lächeln wirkte freundlich, sein Kleidungsstil – Jeans und ein Holzfällerhemd – locker. Der Kerl sah nicht wie ein Ehebrecher, sondern eher wie ein Schmusebär aus. Und tatsächlich befand er sich nicht in Begleitung einer

Frau und zweier Kinder, sondern einiger Männer. Sie unterhielten sich, lachten und boxten sich gegenseitig auf die Schulter.

»Da hast du deinen Beweis«, frohlockte ich.

Kiki sprang strahlend auf und pflügte wie eine Wahnsinnige durch die Menge. Bei Mitch angekommen warf sie sich ihm in die Arme. Sie wirkte so glücklich, was mich unglaublich für sie freute.

Später traf ich mich wie vereinbart mit Lucas. Wir aßen in einem italienischen Restaurant und ich musste zugeben, dass ich, obwohl ich unsicher war, wie unser Date verlaufen würde, zu Beginn Spaß hatte. Das Lokal hatte erst vor Kurzem geöffnet. Es war modern eingerichtet mit von der Decke hängenden Grünpflanzen. Was ich nicht mochte, war die Anordnung der Tische, die so dicht beieinanderstanden, dass man jedes Wort vom Nebentisch mitbekam.

Lucas redete zwar eine Menge, es war jedoch durchaus unterhaltsam, ihm zu lauschen, wenn er von seiner Weltreise erzählte, die ihn, nur mit einem Rucksack beladen, quer durch Asien über Australien bis hin nach Südamerika und wieder zurück nach England gebracht hatte. Er war ein Freigeist, also das komplette Gegenteil von mir. Ich könnte niemals in einem Zelt mitten im Nirgendwo schlafen oder spontan auf einem Reisfeld in China arbeiten, um mir das nächste Zugticket leisten zu können.

Lucas war anders als alle Männer, mit denen ich mich bisher getroffen hatte. Vielleicht war es an der Zeit, Neues zu versuchen. Vielleicht brauchte ich einen Kerl wie ihn, der mich aus meiner Komfortzone holte. Schließlich bot die Welt so viel mehr. Mit ihm würde ich definitiv alle Facetten des Lebens kennenlernen. Er war ultrakontaktfreudig und spontan. Die Welt schien für ihn ein großer Spielplatz zu sein. Gefahren waren verlockend, Risiken kannte er nicht.

Creepy war er sicher nicht, wenn auch ein wenig speziell. Er kam mir zunehmend egoistisch vor. So interessierte er sich beispielsweise sehr wenig für mich, dafür war er aber umso redseliger, wenn es darum ging, seine Anschauungen kundzutun. Das Thema rund um mein Studium schnitten wir beispielsweise nur kurz an und auch über meine Familie sprachen wir kaum. Jedes Mal, wenn ich zu reden begann, lenkte er den Fokus zurück auf sich selbst.

Das schien ihm irgendwann klar zu werden. »Tut mir leid, ich quatsche dauernd dazwischen. Erzähl bitte weiter von dir und deinen Videos.«

»Schon okay«, sagte ich beschwichtigend. »Die Idee zu meinem Channel hatte ich, als ich ein Buch über Jack the Ripper gelesen habe. Die Faszination, die von ihm ausgeht, hat größtenteils damit zu tun, dass er nie gefasst wurde. Generationen an Hobbydetektiven haben sich an dem Fall bereits die Zähne ausgebissen. Als Täter kommen einige infrage, aber Antworten wird es nie geben, weil alle Beteiligten längst tot sind. Im Anschluss an das Buch habe ich mich mit jüngeren mysteriösen Todesfällen beschäftigt und dann angefangen, kurze Videos für mich zur Dokumentation zu drehen. Meine Freundin Kiki hat eines davon hochgeladen. Überraschenderweise ging es durch die Decke.«

»Hast du dich auf ein bestimmtes Verbrechen spezialisiert?«

»Nein, habe ich nicht. Außerdem weiß ich oft im Vornherein gar nicht, wer genau für die Morde verantwortlich war, da die meisten Fälle, über die ich berichte, ohnehin ungeklärt bleiben. Ich sehe es nicht als meine Aufgabe an, den Mord aufzuklären, sondern Beweise und Verdächtige einer breiteren Masse zugänglich zu machen.«

Ein Kellner servierte unsere zweite Runde Getränke. In weiser Voraussicht hatte ich auf Alkohol verzichtet und trank die hauseigene Limonade. Lucas hingegen genehmigte sich sein zweites Bier.

Und dann, gerade als ich mich ernst genommen fühlte, verkündete Lucas: »Im Internet kann man den Leuten alles verkaufen.«

Er grinste, fand sich selbst offensichtlich megalustig.

»Diese Videos können doch nicht wirklich deine Zukunft sein? Was willst du später dann einmal machen? Oder bleibst du bis in alle Ewigkeit Influencerin?«

Ich blinzelte und fühlte mich nicht nur minderwertig, sondern war verletzt. Dauernd musste ich mich für das, was ich tat, rechtfertigen. Die Leute zogen meine Arbeit ständig ins Lächerliche. Dass Lucas einer von diesen Trotteln war, enttäuschte mich, schließlich hatte ich ihn anfangs als aufgeschlossen eingeschätzt.

Viel trauriger war, dass ich nicht das nötige Rückgrat besaß, um ihm meine ehrliche Meinung zu sagen und im Anschluss zu gehen. Stattdessen zuckte ich bloß mit der Schulter und lächelte meine Verletzung weg. »Mal sehen, was sich ergibt.«

Damit war der Ausflug mich betreffend beendet und wir wechselten zurück zu Lucas' Leben, genauer gesagt zu seiner Überlegung, online über seine Reisen zu berichten. Ich stellte ihn mir wie jemanden vor, der für ein tolles Instagram-Foto Absperrungen missachtete und dann, o Wunder, in die Schlucht des Grand Canyon stürzte.

Als Lucas mich später nach Hause brachte, war ich nicht nur erleichtert, dass der Abend vorbei war, ich schwor mir noch im Bad beim Zähneputzen, mich nie wieder mit ihm zu treffen.

Kapitel 31

Alice

1971

Im Sommer beendete ich mein Studium, und als ich nach London zurückkehrte, stellte sich die Frage, wo George und ich als Paar wohnen würden, erst gar nicht. Vater hatte sich derart an George gewöhnt, dass sein Einzug in unser Haus in Mayfair am naheliegendsten war.

Von da an begann eine Zeit, in der ich häufig unzufrieden und vor allem traurig war. Zum einen bedrückte mich die unanfechtbare Unterstützung, die mein Vater George entgegenbrachte. Irgendwann stellte ich mir sogar die Frage, ob ich eifersüchtig sei. Aber das war ich nicht. Ganz im Gegenteil: Ich freute mich für Vater und George, etwas Besseres als eine gute Verbindung der beiden hätte ich mir ja nicht wünschen können.

Da war aber auch dieser Wunsch, den ich früher beiseitegeschoben hatte und der in den letzten Monaten meines Studiums gewachsen war. Ich wollte als Lehrerin arbeiten und eine Aufgabe haben. Ähnlich wie Vater und George. Dieser Gedanke erschien mir plötzlich derart verlockend, dass ich sogar den Mut aufbrachte, mit meinem Vater darüber zu sprechen. Sein Einfluss auf George war mächtig. Auf ihn hörte er. Ich war allerdings nicht sicher, ob ich ihn überzeugen konnte. Vater war meine erste Hürde.

Bedauerlicherweise tat er mein Anliegen mit den Worten ab, ich solle mir eine neue Beschäftigung suchen, wenn mir langweilig sei. Zu arbeiten, das liege nicht in meinem Naturell und schon gar nicht schicke es sich.

George gestand ich meinen beruflichen Traum bei einem gemeinsamen Abendessen. Wie so oft in letzter Zeit steckte er seine Nase in eine Zeitung und beachtete mich nicht weiter. Unsere Beziehung hatte sich, seit wir unter einem Dach wohnten, merklich abgekühlt. George ignorierte mich meistens. Auch an diesem Abend seufzte er genervt und sah praktisch durch mich hindurch. Es schien, als würde meine Anwesenheit Qualen für ihn bedeuten. Ich hatte schon länger damit aufgehört, ihn zu fragen, ob etwas nicht stimme.

»Nein«, lautete seine schlichte Antwort stets. Beim Sprechen ließ er die Zeitung kaum aus den Augen. Auch sein Essen hatte er noch nicht angerührt.

Diesmal wollte ich mich allerdings nicht so einfach geschlagen geben. Mit fester Stimme legte ich daher nach. »Ich möchte arbeiten. Wirklich.«

»Und ich habe gesagt, dass du nicht arbeiten wirst.« Sein Tonfall war schneidend. Oberflächlich ruhig, im Unterton aber gefährlich.

»Ich habe keine Aufgabe, kein Ziel und es erscheint mir, dass ich mich völlig umsonst durch mein Studium gerackert habe.«

Zum ersten Mal seit langer Zeit musste ich an Michael denken, der mir genau dieses Szenario prophezeit hatte und mich davor hatte schützen wollen. Während George mich mit eisigem Blick musterte, traf mich die Wucht der Sehnsucht mit voller Kraft.

George zu heiraten war ein Fehler gewesen. Der wahrscheinlich größte Fehler meines Lebens. Das wurde mir genau in diesem Moment bewusst.

Ich hatte mich in ein Problem manövriert, für das es keine Lösung gab. Ja, ich könnte mich theoretisch scheiden lassen, aber das würde mir mein Vater nie verzeihen. Vielleicht würde er sich sogar gegen mich und für George entscheiden. Er würde mich vor die Tür setzen.

Wer war ich dann noch? Was war ich dann noch?

Niemals könnte ich den Mut aufbringen, mich gegen die beiden Männer zu stellen, um als Lohn zwar die Ketten meiner unglücklichen Ehe abgelegt zu haben, als Preis dafür aber jede Sicherheit und Zugehörigkeit zu verlieren.

»Du kannst mit deinem Vater spazieren gehen, alleine spazieren gehen, lesen, backen oder malen. Wonach auch immer dir der Sinn steht«, erklärte George indessen und legte die Zeitung bedächtig zur Seite.

Er machte damit klar, dass ich ihn mit meinem Gerede von sehr viel wichtigeren Dingen abhielt, dem Blick in die Börse beispielsweise.

»Aber das reicht mir nicht«, widersprach ich mutig.

»Es reicht dir nicht?«

Seine laute Stimme wurde von einem Schnauben durchzogen, das mir unter die Haut ging.

»Es hat dir zu reichen.«

»Verstehst du denn nicht, dass ich mir eine Aufgabe im Leben wünsche, die mehr mit sich bringt, als mich durch den Tag treiben zu lassen? Ich möchte meine Fähigkeiten nutzen.«

»Du solltest lernen, wann man besser den Mund hält. Damit könntest du dir doch erst einmal den Tag vertreiben. Nicht?«

Sein eindringlicher Blick und die darin mitschwingende Verachtung machten mich fuchsteufelswild. Mit zittrigen Händen legte ich mein Besteck beiseite, um George nicht unabsichtlich das Messer in die vor mir flach auf dem Tisch liegende Hand zu rammen. »Du fühlst dich doch nur so stark, weil mein Vater hinter dir steht. Ohne ihn und mich wärst du nichts.«

George sprang auf. Sein Stuhl kippte polternd nach hinten, und als er neben mir stand, packte er mich beim Oberarm. »Halt deinen dreckigen Mund! Sei einfach leise.«

Ich war einerseits von der Grobheit seiner Berührung erschüttert, andererseits wollte ich ihn noch mehr provozieren. Ich wollte sein wahres Gesicht sehen. So lange wie möglich. Damit ich bis in alle Ewigkeit an die Hässlichkeit seines Charakters erinnert werden würde. Er wirkte allerdings nicht nur furchtbar wütend, sondern verletzlich. Ein Widerspruch, der für mich im ersten Moment keinen Sinn ergab.

»Du hast auf mich zu hören, ansonsten sieht dein Leben nicht mehr ganz so prächtig aus«, setzte er nach. »Haben wir uns verstanden?«

Ich hatte gar nichts verstanden, sondern bloß Angst vor ihm. Ich hatte ihm zu viel Macht eingeräumt und jetzt war ich gefangen in dieser langweiligen, bedeutungslosen Welt. Dennoch nickte ich vorsichtig, um George zu beruhigen. Zumindest für den Moment.

Er trat zurück, ließ sein Essen stehen und verschwand für zwei Tage. Was er in seiner Abwesenheit trieb, wusste ich nicht. Als er wiederkam, war er entspannter.

Und ich hatte zumindest für eine Weile meine Ruhe gehabt.

Kapitel 32

Harry

2024

Jodie wollte unbedingt mit dem Zug nach Cambridge fahren – und das an einem Freitagnachmittag. Dicht gedrängt mit anderen Reisenden, unter Kindergeschrei und lautem Gelächter, umgeben vom Geruch nach Fast Food und Schweiß, tuckerten wir in Richtung Norden. Glücklicherweise hatte Jodie einen Sitzplatz für uns reserviert. Sie schien allgemein begeistert von dieser Art des Reisens; bei mir hingegen stieg mit jeder Sekunde, die ich in der Nähe des Hinterns des Kerls, der im Gang neben meinem Sitz stand, verbringen musste, der Wunsch nach einer ausgiebigen Dusche.

Noch dazu war Jodie in Plauderlaune und packte eine riesige Metallflasche sowie zwei Becher aus. Sie hatte Tee für uns gekocht. Ich brachte keinen Schluck hinunter.

»Erzähl mir etwas über deinen Job«, bat sie mich, den Kopf entspannt ans Fenster gelehnt.

»Ich betreue Banken … äh … Firmen meine ich.« Der Hintern zu meiner Rechten kam noch näher. Aus reiner Vorsicht beschränkte ich meine Atmung auf ein Minimum. »Wenn Firmen expandieren wollen oder auch bei Neugründungen bin ich dafür verantwortlich, Kredite und Geschäftsmodelle auszuhandeln.«

»Möchtest du Plätze tauschen?«

»Nein, schon okay.«

Mitleidvoll verzog sie das Gesicht. »Als Belohnung für deine Tapferkeit spendiere ich dir später ein köstliches Essen. Bis dahin lenk dich ab, indem du mir verrätst, ob es schon immer dein Traum war, im Bankwesen zu arbeiten.«

»Früher wollte ich im Immobiliensektor arbeiten. Genau wie mein Urgroßvater. Die Firma wurde aber verkauft, als ich noch ein Kind war. Ich glaube, ich habe mich eher auf Drängen meiner Mutter für diese Branche entschieden.«

»Und, bist du gut in deinem Fach?«

Sie war neugierig und schien sich die Fahrtzeit mit dem Kennenlernen meiner Biografie vertreiben zu wollen. Mir war egal, was sie fragte, solange sie die Sache mit Barbara ausließ. Vielleicht fragte sie aber auch nur deshalb so viel, weil sie nicht über ihre Flirtversuche nach dem Abendessen bei meiner Mutter reden wollte.

»Ich denke schon, dass ich gut bin. Zumindest bekomme ich mittlerweile die großen Aufträge, wodurch ich einen erheblichen Teil meiner Freizeit eingebüßt habe.«

»Umso erstaunlicher erscheint es mir dann, dass du dir derart viel Zeit für mich freischaufeln kannst«, sagte sie mit einem Lächeln in der Stimme, das mich den Hintern neben mir vergessen ließ.

Cool zuckte ich mit der Schulter. »Dir und deinen Gedankensprüngen hinterherzukommen wird mich noch den letzten Nerv kosten.«

»Ich werde versuchen, deine kostbare Zeit mit Naturalien auszugleichen.«

Den Beginn machten Kekse meiner Lieblingsmarke, die ich unmöglich ausschlagen konnte – Hintern hin oder her.

Ich hätte beunruhigt sein können, dass sie exakt wusste, auf welches Essen ich abfuhr, gab mich aber damit zufrieden, die Nahrungsmittel, die sie aus ihrer Handtasche hervorholte, pflichtbewusst zu mampfen. Wie ein naiver Hund ließ ich mich von ein paar Leckerlis bezirzen und öffnete ihren Fragen Tür und Tor.

In Cambridge fuhren wir mit dem Taxi zu Michaels Haus. Er wohnte im Nordosten in einer Doppelhaushälfte mit rotem Garagentor in der Stott Road. Vorstadtidylle inklusive.

Jodie ging festen Schrittes über die dunkelgrauen Pflastersteine in Richtung Haustür. Ich folgte ihr zwar, war aber fürchterlich nervös. Einen wildfremden alten Mann mit unserem Besuch zu überraschen, und das auch noch mit Fragen seine Vergangenheit betreffend, war mir unangenehm. Jodie hatte mich im Vorfeld aber zumindest überzeugt, dass ein unangekündigter Besuch zu unserem Vorteil sei, das hätte ihre Erfahrung bereits bei anderen Fällen bewiesen. Riefe man vorher an, stünden die Chancen fifty-fifty – entweder die Leute zeigten sich kooperativ oder sie schwiegen. Und dann würde man gar nichts erfahren.

»Hast du das bei meiner Mutter auch gemacht?«

»Ihr habe ich einen Brief geschrieben. Bei deiner Mutter war die Sache anders, heikler sozusagen, weil sie ja erst die Erlaubnis zur Recherche geben musste.«

»Das klingt für mich nicht wirklich nach einem durchgängigen Konzept.«

»Ich weiß schon, was ich mache.«

Also hatte ich ihr vertraut und nun standen wir vor Michaels Haus. Einen Plan hatte ich nicht, die Kontrolle war mir ebenfalls entglitten, als Jodie, ohne zu zögern, die Klingel betätigte.

»Findest du nicht, dass wir uns vorher noch hätten absprechen sollen?« Fassungslos betrachtete ich das kleine quadratische Milchglasfenster im oberen Drittel der Tür.

Dahinter ging ein Licht an.

»Im Zug hattest du ja andere Probleme und konntest daher nicht reden. Die Rollen sind doch auch so bereits klar verteilt – ich bin die Freundliche und du der Bösewicht.«

Während ich schnaubte, wurde die Tür aufgesperrt. »Freundlich und chaotisch versus böse, aber geordnet. Welche Eigenschaft ist für die Befragung eher von Vorteil?«

»Das wird sich gleich zeigen.«

Ein grauhaariger hochgewachsener Mann in rotem Pullover und schwarzer Hose öffnete in diesem Augenblick die Tür. Für sein Alter wirkte er überaus rüstig. Er blickte von mir zu Jodie und runzelte dann fragend die Stirn. Es wirkte, als wäre er bereit, sich jeden Moment im Haus zu verschanzen, sollten wir ihn belästigen oder ihm etwas verkaufen wollen.

Miss Chaos ergriff vor mir das Wort. »Mr Hastings, tut mir leid, wenn wir Sie mit unserem Besuch überfallen. Wir sind extra Ihretwegen von London angereist, weil wir gerne mit Ihnen über Alice sprechen möchten.«

Michael linste kurz über seine Schulter, dann musterte er uns ausführlicher. Er wurde allerdings zunehmend unruhiger, die Falte zwischen seinen Augen stetig tiefer. »Sind Sie beide von der Polizei?«

»Nein, wir recherchieren zu Alices Fall. Mein Name ist Jodie, ich bin sozusagen die Initiatorin der Untersuchung, und das ist Harry, Alices Enkel.«

Etwas in Michaels Miene verfinsterte sich, als er mir in die Augen sah. Nur ganz kurz, dann machte er im nächsten Moment einen Schritt rückwärts. »Kein Interesse«, brummte er verbissen und schluckte heftig.

Jodie intervenierte. »Bitte. Sie sind unsere wichtigste Quelle.«

»Ich spreche nicht über Alice. Mit niemandem.«

»Ich arbeite an einer Reportage und möchte nur Alices Leben beleuchten. Sie könnten mir helfen, ihr eine bessere Stimme zu geben. Wir können uns auch an einem diskreten Ort unterhalten«, schlug Jodie vor.

Michael aber blieb bei seiner Meinung. »Ich werde nicht über Alice reden. Das habe ich noch nie getan und dabei belasse ich es.«

Ich fürchtete, sie könnte ihn weiter bedrängen. Dieser arme Mann wollte doch nur seine Ruhe. Ich konnte verstehen, dass er die Geister der Vergangenheit nicht wecken wollte, ging es mir selbst im Grunde doch ähnlich. Wobei ich mich im Gegensatz zu Michael entschieden hatte, als Schutzmaßnahme ein Auge auf Jodie zu werfen.

»Tut uns leid, dass wir Sie gestört haben«, vermeldete ich als diplomatischer Körper unseres Duos.

Als ich Jodie bereits zum Gehen bewegt hatte, drehte sie sich noch einmal um und holte einen Stift und eine Rechnung aus ihrer Handtasche. Darauf kritzelte sie ihre Nummer und gab sie an den mitgenommen wirkenden Michael weiter. »Sollten Sie es sich anders überlegen, rufen Sie mich an oder schreiben Sie, ganz egal. Wir sind sicher noch eine Weile in der Stadt.«

»Und jetzt?«, fragte ich neugierig, als wir an der wenig befahrenen Straße standen. Unser Taxi war zwar weg, konnte aber nicht weit sein, so lange hatte unser Aufenthalt schließlich nicht gedauert.

Jodie seufzte und zupfte an ihrem beigen Blazer. Über unseren Köpfen braute sich ein Sturm zusammen.

»Lass uns etwas essen gehen. Vielleicht meldet sich Michael ja in der Zwischenzeit.«

»Du glaubst doch nicht wirklich, dass dieser Mann anruft.«

»Gib ihm etwas Zeit. Er wird jetzt dasitzen und nachdenken und schlussendlich entscheiden, dass ein Gespräch mit uns nicht wehtut.«

Ich zückte mein Handy und rief uns ein Uber. »Seine ehemalige Freundin ist gestorben und Jahrzehnte später tauchen ein paar Fremde auf, um ihn damit zu konfrontieren. Das klingt für mich nach keiner schmerzlosen Sache.«

»Er ist unsere beste Quelle.«

»Das sagst du dauernd.« Jemand fuhr vorbei und verrenkte sich offensichtlich den Hals, um einen Blick auf uns zu werfen. »Wann ist für dich denn der Zeitpunkt gekommen, an dem du entscheidest, dass sich eine weitere Untersuchung nicht lohnt?«

Als würde ich in einer fremden Sprache mit ihr reden, brauchte sie einen Moment, um meine Frage zu verstehen.

»Es gibt diesen Zeitpunkt, aber der ist in dem Fall noch nicht eingetreten.«

Wäre ja auch zu schön, wenn ich meine Ruhe hätte. »Okay, dann muss ich wohl noch durchhalten.«

Ich hielt durch, während wir aßen und draußen wahre Orkanböen wüteten. Ich hielt auch dann durch, als sich herausstellte, dass sämtliche Züge wegen des Wetters gestrichen worden waren und wir praktisch in Cambridge festsaßen.

Jodie und ich – in erzwungener Zweisamkeit. Noch vor wenigen Wochen hätte das wie die Hölle auf Erden für mich geklungen, mittlerweile aber fand ein Teil in mir diese Vorstellung durchaus ansprechend.

Als es langsam dunkel wurde, schlug Jodie vor, dass es klüger wäre, sich für die Nacht ein Hotelzimmer zu suchen. Auf der Straße wollte schließlich keiner von uns beiden schlafen.

»Wir decken uns noch mit dem Nötigsten ein und reisen morgen in Ruhe zurück nach London.«

Via App buchte ich zwei Zimmer in der Nähe. Wenig später checkten wir ein. Das Hotel war mittlerer Standard, nichts Besonderes und dennoch gemütlich. Und immerhin verfügte es über eine ansehnliche Bar, die ich später aufsuchen wollte.

Nachdem wir die Zimmer bezogen hatten, sie lagen vis-à-vis im dritten Stockwerk, lud ich Jodie auf einen Drink ein. Nach einem Blick auf ihr Handy, vermutlich schaute sie auf die Uhr oder hoffte, dort einen verpassten Anruf von Michael zu finden, kam sie mit.

Wir setzten uns an einen runden Zweiertisch mit gepolsterter Bank. Vor uns standen eine kleine Lampe, eine Schale mit Erdnüssen und ein Serviettenhalter. Von draußen klang das laute Aufbäumen des Windes zu uns herein. Jodie hatte ein Glas Rotwein und ich ein Bier bestellt.

»Ich schiebe dieses Gespräch schon die ganze Zeit vor mir her. Aber unter den gegebenen Umständen, dass weder du noch ich flüchten können, ist es möglicherweise nötig, mich bei dir für meine Aufdringlichkeit nach dem Essen bei deiner Mutter zu entschuldigen. Ich hoffe, du nimmst mir die Dinge, die ich gesagt habe, nicht übel.«

Ich quälte sie, grinste zuerst und schob mir dann eine salzige Erdnuss in den Mund. »Du meinst deinen Östrogenangriff auf mich?«

Schmerzverzerrt verzog sie das Gesicht. »Ich war angeheitert, da werde ich redselig.«

»Noch redseliger als sonst?« Demonstrativ griff ich nach ihrem Glas. »Nach dieser Erklärung bin ich unsicher, ob ich dir den Wein wegnehmen oder dir noch einen bestellen soll.«

»Weil du meine peinliche Seite unterhaltsam findest?«

»Weil ich es mag, wenn du mit mir flirtest«, gestand ich aus einer Laune heraus. Ich wollte sie testen, um zu sehen, wie sie mit meiner Offenheit umging.

Sie musterte mich, massierte dabei ihren Nacken und schien mir nicht zu trauen. »Ich gebe mir ja echt Mühe, dich zu verstehen, tue es aber nicht wirklich.«

»Ich dachte, du hast dich über mich informiert. Zumindest hast du das bei unserem ersten Treffen behauptet.«

»Das habe ich auch, aber es ging mir da eher um deine Biografie. Deine Gedankengänge oder deine Körpersprache habe ich noch nicht entschlüsselt. Darum weiß ich nicht, ob du beispielsweise in diesem Moment lügst oder die Wahrheit sagst.«

Über ihr Weinglas hinweg, aus dem sie trank, blinzelte sie neckisch zu mir.

»Ich lüge nicht«, erwiderte ich und beugte mich kaum merklich und instinktiv zu ihr. »Zumindest diesmal nicht.«

»Was willst du von mir, Harry Ramsay?«

Mein Magen verkrampfte sich bei dieser sinnlichen Fragestellung auf eine köstlich-kribbelnde Art. »Das wiederum habe ich noch nicht herausgefunden.«

»Spielst du mit mir? Flirtest du aus diesem Grund? Ich meine, anfangs warst du ja klar auf Konfrontationskurs. Oder willst du auf diese Weise meine Recherchen verhindern? Das wäre ziemlich gemein von dir.«

Ich lächelte unschuldig. »Ehrlich, ich habe nicht den leisesten Schimmer, was ich von dir möchte oder was mich derart an dir reizt. Aber da ist etwas, das muss ich zugeben.«

»Etwas, das dich dazu bringen möchte, eine Nacht für mich zu investieren und mich danach wie Müll zu behandeln?«

»Auf so etwas stehe ich nicht.«

»Auf was dann?«

Ich überlegte kurz. Meine Beziehung mit Barbara war meine längste gewesen, davor hatte es natürlich einige klassische One-Night-Stands gegeben, die bei mir immer einen faden Nachgeschmack hinterlassen hatten. »Ich glaube, ich stehe auf unsere Konflikte. Du denkst möglicherweise, dass ich einer dieser Typen bin, die von einer Frau zur nächsten springen. So etwas reizt mich überhaupt nicht.«

»Dann bist du auf der Suche nach der großen Liebe?«

»Ich brauche Regeln und Abmachungen, an die man sich halten kann, damit es am Ende keine Diskussionen gibt. Etwas derart Monumentales wie die große Liebe ist mir zu gewagt. Chaos ist nicht mein Ding.«

»Also wie in deinem Job?«

»Vermutlich, ja. Das klingt ziemlich starr, aber das Theater mit Barbara war mir eine Lehre.«

»Mir geht es genauso«, gestand sie leise. »Ich hatte zwar kein Theater mit Barbara, aber ich mag es einfach nicht, wenn ich mir am Ende betrogen vorkomme.«

»Redest du von deinem Nachbarn?«

Seufzend schüttelte sie den Kopf. »Das Date war ein Reinfall.«

»Wie schade.«

Sie grinste frech. »Es war reine Zeitverschwendung.«

»Das wusste ich von Anfang an.«

»Wieso?«

»Weil du dir die ganze Zeit gewünscht hast, ich wäre mit dir in diesem Restaurant.«

Sie antwortete nicht, schluckte aber kräftig. Das sagte im Grunde alles aus.

Ich hatte ins Schwarze getroffen.

Angespornt von ihrer Reaktion, griff ich nach ihrer Hand und nahm sie in meine. Ich wollte sie zu nichts drängen oder ihr das Gefühl geben, unsere Situation – gestrandet in einem Hotel in Cambridge – auszunutzen.

Vermutlich war unsere Offenheit allerdings exakt dieser Konstellation geschuldet. Sie gab uns Freiheit. Auch deshalb überlegte ich nicht lange, als ich mich vorbeugte, meine linke Hand auf Jodies Wange und meinen Mund auf ihren legte.

Der Kuss in der Bar war gesellschaftstauglich, zurückhaltend und erkundend. Er dauerte nicht lange, löste in mir aber eine wahre Explosion aus. Wenn schon, begehrte ich Jodie danach nur noch mehr. Mein Plan, sie einmal zu berühren und damit den Hunger nach ihr gestillt zu haben, scheiterte. Aber möglicherweise war die Berührung auch zu kurz. Zu flüchtig. Vermutlich brauchte ich noch mehr.

Der Kuss später im Flur vor unseren beiden Zimmern war bedeutend offenherziger. Jodie schlang dabei ihre Arme um meine Schultern, während ich sie gegen die Wand presste.

Schweigend hatten wir uns geeinigt, nicht über den Kuss hinauszugehen. Ich wollte nicht in diesem Hotel mit Jodie schlafen, vielleicht würde ich gar nie mit ihr schlafen und unsere Entgleisung bei diesem Kuss belassen. Vernünftiger wäre es bestimmt. Ob ich meine Vorsätze allerdings durchsetzen konnte, war eine völlig andere, viel kompliziertere Geschichte.

Ein wenig außer Atem löste ich mich von ihr und verabschiedete mich, verschwand in meinem Zimmer und stieg dort unter eine heiße Dusche, die das Potenzial hatte, meine oberste Hautschicht abzulösen. Besser fühlte ich mich danach nicht, eher noch hungriger. Doch ich zwang mich, ins Bett zu gehen, schaltete den Fernseher ein und döste schließlich irgendwann ein.

Kapitel 33

Alice

1971

Aus Angst vor Georges Wutausbrüchen hatte ich versucht, mich mit jenen Aufgaben, die er mir vorgeschlagen hatte, zu beschäftigen. Tagelang hatte ich gebacken, gemalt und gelesen. Ich war mit meinem Vater spazieren, alleine spazieren oder durch Geschäfte geschlendert, um Kleidung oder Bücher zu kaufen, die ich nicht brauchte.

Nichts von dem erfüllte mich so, wie ich es mir wünschte. Das hatte nicht damit zu tun, dass ich eingebildet gewesen wäre. Ich wollte meinem Leben einfach mehr Bedeutung schenken und mehr für andere tun, als mich lediglich meinen Tagträumen hinzugeben.

Mehrmals war ich dicht davor, das Thema bezüglich meines Berufswunsches erneut anzusprechen, doch ich war schlichtweg eingeschüchtert von Georges grobem Verhalten, sodass ich meinen Mund hielt.

Generell veränderte sich George zunehmend. Er war in seinem Vorgehen, sowohl in geschäftlicher als auch in zwischenmenschlicher Hinsicht, äußerst radikal. Vater wurde von ihm immer mehr in den Hintergrund gedrängt. Bemerkt hatte diesen Prozess niemand. Mein Vater ließ ihn gewähren, vermutlich weil er ihm vertraute und seine freie Zeit genoss.

Bei George war alles in guten Händen. Diesen Satz hörte ich ständig. Er ging mir irgendwann auf die Nerven.

George war der Heiligste aller Heiligen und ich dagegen die aufmüpfige Rebellin, die das Wohl der gesamten Familie gefährdete. So zumindest kam ich mir vor, wenn mich Vater und George vereint an meine Rolle als fürsorgliche Ehefrau erinnerten. Mein Gefängnis wurde jeden Tag kleiner, mein Wunsch auszubrechen hingegen größer.

Eines Abends, wir waren zu der Geburtstagsparty eines Geschäftskollegen meines Vaters eingeladen, ereignete sich etwas Seltsames. Eine ältere Frau, sie trug ihr Haar hochgesteckt und dazu ein dunkelgrünes Satinkleid mit Spitzenmuster, näherte sich uns. Wir standen unter einem Baum, suchten dort Schatten, als sie zu uns kam. Ihr prüfender Blick galt George, der sich allerdings von dem aufdringlichen Interesse der Frau nicht aus der Ruhe bringen lassen ließ.

Sie musterte ihn eine Weile, sah kurz zu mir und schien schließlich ihre Stimme wiedergefunden zu haben. »Joseph?«, fragte sie.

George reagierte nicht so zurückhaltend, wie ich es von ihm in der Öffentlichkeit gewohnt war. Denn er betrachtete die Frau, als hätte sie den Verstand verloren.

Die Fremde ließ sich von seiner grimmigen Miene nicht aus dem Konzept bringen. »Sind Sie Joseph James?«

»Nein, der bin ich nicht. Und jetzt entschuldigen Sie uns bitte«, sagte George streng, fasste nach meiner Hand und war im Begriff, mich von der Dame wegzuführen.

Sie streckte ihrerseits allerdings den Arm nach George aus und vereitelte auf diese Weise unseren Abgang. »Ich könnte schwören, dass Sie Joseph ähnlich sehen. Der Schwung Ihrer Nase und Ihre Augenfarbe erinnern mich zumindest an ihn.«

Ich schaltete mich ein, weil mir die Frau zunehmend leidtat. Sie wirkte so überzeugt und verzweifelt, dass ich ihr helfen musste. »Mein Mann heißt mit Nachnamen zwar James, mit Vornamen allerdings George. George James«, erklärte ich und betonte jede Silbe. »Ich glaube, Sie verwechseln ihn.«

»Sie sind auch nicht verwandt mit ihm?«, hakte sie weiter nach.

George richtete sich zu seiner vollen Größe auf und überragte uns beide Frauen um mehr als zehn Zentimeter. Das war klar als Drohgebärde zu verstehen.

»Nein, bin ich nicht. Hören Sie auf, uns zu belästigen.«

»Ich möchte nur herausfinden, wo sich Joseph aufhält, und hatte gehofft, Sie könnten mir eventuell weiterhelfen.«

»Wieso wollen Sie seinen Aufenthaltsort herausfinden?« Aus einem Gefühl heraus war ich plötzlich stark an den Motiven dieser Frau interessiert.

Vermutlich erkannte sie mich als diejenige von uns beiden, von der sie am ehesten Antworten erhalten würde, da sie sich an mich wandte und Georges Ungeduld einfach ignorierte.

»Joseph war mit meiner Nichte verheiratet. Vor sechs Jahren ist sie völlig überraschend gestorben.«

»Wie schrecklich. Das tut mir leid«, wisperte ich.

Die Frau nickte dankbar. »Joseph war erschüttert von Marions Tod. Mein Mann und ich haben versucht, ihn in seiner Trauer aufzufangen, doch von heute auf morgen verschwand er. Seither haben wir ihn nicht mehr gesehen.«

»Warum sollte er nach dem Tod seiner Frau einfach von der Bildfläche verschwinden?« Während ich sprach, spürte ich den Druck von Georges Hand um meinen Oberarm.

»Vermutlich, um das Vermögen, das er beiseitegeschafft hat, in Sicherheit zu bringen.«

Es war klar herauszuhören, dass diese an sich freundlich wirkende Dame bereit war, besagtem Joseph, sollte sie ihn je zu Gesicht kriegen, eine ordentliche Abreibung zu verpassen.

»Er war ein Betrüger, der ihre Not und Unbeholfenheit nach dem Tod ihres ersten Mannes ausgenutzt hat. Bedauerlicherweise ist uns dieser Umstand erst im Nachhinein klar geworden.«

George seufzte genervt und zerrte erneut an meinem Arm. »Wir können Ihnen wirklich nicht helfen. Ich kenne keinen Joseph James. Nie von ihm gehört. Meine Familie lebt außerdem in Frankreich.«

»George hat keine Verwandten in England. Sein kinderloser Onkel aus Cambridge ist vor einiger Zeit gestorben, seine Eltern leben in Frankreich, wie gesagt.«

Ich fragte mich in dem Moment, warum ich ihm zur Seite stand. Warum ich ihn verteidigte? Warum ich mich nicht mit dieser Frau hinsetzte und mir ihre Geschichte oder besser gesagt die Geschichte ihrer Nichte Marion anhörte?

Vielleicht wollte ich noch eine Weile in meiner heilen Blase baden. Mich dem Schutz hingeben, den mein Vater und George mir boten. Das Gefängnis war einengend, gleichzeitig aber auch bequem.

»Frankreich?«, wiederholte sie träumerisch grinsend. »Ein wunderbares Land. Wenn Ihre Schwiegereltern dort wohnen, haben Sie immerhin einen guten Grund, öfter hinzufahren.«

»Ich … ich habe Georges Eltern noch nicht getroffen.«

»Oh, wie schade.«

»Ja, sie sind … kränklich und … gern unter sich.« Wie ein Echo wiederholte ich jene Hinderungsgründe, die mir George bisher genannt hatte. Die Frau konnte nicht wissen, dass es Georges Art war, sehr viele Dinge aus seiner Vergangenheit und seinem Leben vor mir zu verbergen. Anfangs hatte ich diese Eigenschaft als Zurückhaltung deklariert, mittlerweile war mir klar, dass er Informationen nur gezielt und in niedrigen Dosen absonderte.

»So ist es manchmal – man kann mit einem Menschen verheiratet sein und dennoch nicht alle Facetten von ihm kennen.«

Nach diesem verbalen Schlusspunkt verabschiedete sich die Frau. George und ich gingen zurück zu meinem Vater, der auf einer Gartenbank saß und sich mit Bekannten unterhielt.

Obwohl die Sonne ihren warmen Fächer nach uns ausstreckte und uns einen herrlichen Sommertag schenkte, fröstelte mich nach der Begegnung mit dieser Frau, deren Namen ich nicht einmal erfahren hatte.

Kapitel 34

Jodie

2024

Ich war schrecklich nervös. So nervös, dass ich fürchtete, trotz des üppigen Buffets keinen Bissen hinunterzubekommen. Dabei liebte ich es, im Hotel zu frühstücken.

Als ich aufgewacht war, hatte sich mein allererster Gedanke mit dem Kuss des vergangenen Abends befasst. Wie weitreichend und einschneidend könnten die Folgen für mich werden?

Harry war tatsächlich schwer einzuschätzen, ich hatte nicht übertrieben. Ich würde zwar nicht zulassen, dass er mir das Herz brach, die Frage blieb aber, wie weit ich ihn in mein Leben eindringen lassen wollte. Es wäre mir bedeutend lieber, könnten wir unsere Gefühle füreinander in vorgefertigte Schablonen gießen. Dann würde es keine Schwierigkeiten geben. Aber nein, ich zog verwirrende Sachen ja nun einmal an.

Während ich vor meinem lauwarmen Kaffee brütete, kam Harry an meinen Tisch. Er war mit einer Tasse und einer Schüssel Müsli beladen.

»Hattest du dieses Oberteil nicht gestern auch schon an?«, zog er mich mit einem Scherz auf.

Mein Lachen war nicht nur seinem Spruch, sondern auch meiner Erleichterung geschuldet. Ich hatte befürchtet, unser erstes Aufeinandertreffen könnte seltsam verlaufen, was offensichtlich nicht der Fall war. Harry war ja auch ohnehin ein Mann der klaren Worte. Er würde sich von einem dummen, wenn auch perfekten Kuss nicht aus dem Konzept bringen lassen.

»Ich fühle mich, als hätte ich nach einer Party bei jemandem geschlafen.«

Er setzte sich mir gegenüber. »Sprichst du da aus Erfahrung?«

»Glücklicherweise habe ich hauptsächlich bei meinen Freundinnen übernachtet.«

»Was diese Geschichte sehr viel langweiliger werden lässt.« Er zwinkerte mir zu und nahm dann den ersten Löffel. »Ich habe wegen der Züge geschaut. Heute fahren sie wieder stündlich.«

»Ich weiß nicht, was du für den restlichen Tag geplant hast, aber ich möchte mir gerne den Campus anschauen, wenn das möglich ist. Immerhin haben sich dort Michael und Alice kennengelernt.«

Harry zuckte mit der Schulter. »Von mir aus gern.«

Die University of Cambridge bestand aus einunddreißig Colleges. Alice und Michael hatten das Clare College besucht. Wir spazierten durch den prächtigen Garten, weiter über die Clare Bridge, die älteste Brücke der Stadt, und ich fühlte mich Alice so nahe wie nie zuvor.

Ich fragte mich, ob sie in Cambridge glücklich gewesen war und ein wildes Studentenleben geführt hatte. Es hatte ihr bestimmt gutgetan, Abstand zu ihrem strengen Vater zu gewinnen.

Auf der Brücke stehend, unter uns der Fluss Cam, klingelte plötzlich mein Handy. Die Nummer hatte ich nicht eingespeichert; ich ging aber trotzdem ran, nur um erstaunt festzustellen, dass es sich bei dem Anrufer um Michael handelte. Er habe eine Nacht über unsere Bitte geschlafen und sei jetzt doch bereit, mit uns zu sprechen. Vor Freude platzte ich beinahe, schaffte es aber irgendwie, einen Treffpunkt mit ihm zu vereinbaren.

Eine halbe Stunde später saßen wir Michael im *Cambridge Chop House* gegenüber. Ein uriges Lokal mit Gewölbe, das mit Bier, Wein und Steaks warb – genau das konnten wir als Abschluss dieses turbulenten Trips gebrauchen.

Während wir auf unsere Getränke warteten, rieb Michael seine Handflächen nervös aneinander.

Er durchbrach die Anspannung zuerst. »Ich habe mit meiner Frau noch nie über Alice gesprochen. Auch meine Kinder wissen nicht von ihr.«

»Dieser Teil aus Ihrer Vergangenheit muss für Sie sehr schmerzhaft sein. Deshalb wissen wir wirklich zu schätzen, dass Sie sich dennoch auf das Gespräch mit uns einlassen«, sagte Harry gewohnt diplomatisch und zurückhaltend-freundlich.

Michael nickte zögernd. »Ich habe Alice geliebt. Sehr sogar. Mit voller Wucht ist sie in mein Leben getreten und genauso plötzlich war sie wieder weg. Sie ist bereits so lange tot und es kommt mir vor, als würde sie zunehmend in Vergessenheit geraten. Dem kann ich mit dieser Unterhaltung ein wenig entgegenwirken. Das bin ich Alice schuldig.«

»Ich würde gerne von vorne anfangen«, warf ich ein. »Sie haben Alice hier am College kennengelernt?«

»Durch Freunde, ja. Es war sofort um mich geschehen.« Michaels dunkle Augen hellten sich auf, als würde ihn die Erinnerung an damals mit Freude erfüllen. »Alice war ruhig, konnte aber unglaublich witzig sein. Vor allem war sie klug. Gleichzeitig war der konservative Einfluss ihres Vaters auf sie übermächtig. Er hat über jeden Aspekt ihres Lebens bestimmt.

Damit konnte ich nichts anfangen, weshalb ich versucht habe, sie auf sanfte Weise in ihre Eigenständigkeit zu führen.«

»Wie hat sich dieser Einfluss gezeigt?« Ich notierte mir meine Fragen und schrieb in kurzen Worten auch Michaels Antworten auf.

Michael kniff die Augen erbost zusammen. »Alice träumte davon, Lehrerin zu werden, während ihr Vater allerdings andere Pläne für sie hatte. Für ihn gab es nur den einen althergebrachten Weg – Heirat, Kinder und ein ordentlich geführter Haushalt. Alice hat sich diesen Vorgaben gebeugt, glücklich war sie mit ihren Zukunftsaussichten nicht, und daher habe ich versucht, sie bei der Umsetzung ihrer Pläne zu unterstützen. Wir haben von einem gemeinsamen Leben geträumt: Sie arbeitet als Lehrerin, ich für eine große Wirtschaftskanzlei, abends gehen wir essen und irgendwann haben wir eigene Kinder, die wir in einem beschaulichen Haus in London oder wo auch immer großziehen.«

Nie zuvor hatte ich derart große Angst vor dem Aber gehabt, denn ich wusste in diesem Fall genau, wie die Lovestory von Michael und Alice geendet hatte. Und obwohl Michael all das bekommen hatte – ein Haus, eine Frau und Kinder – war der Schmerz in seiner Stimme omnipräsent.

Er atmete durch, sah aus dem breiten Fenster. Draußen huschten Leute vorbei mit Einkaufstüten, Schultaschen und geschlossenen Regenschirmen. Ein Hauch von Vanille lag in der Luft. Mir knurrte der Magen.

»Solange wir in Cambridge waren, konnte sie frei sein. Wir hatten eine wirklich tolle Zeit. In den Ferien fuhren wir zu unseren Familien nach London, dort trafen wir uns ebenfalls, wenn auch heimlich. Schließlich begegnete ich ihrem Vater. Es war das denkbar schlechteste Aufeinandertreffen, das man sich ausmalen kann. Von Anfang an war ich bei ihm unten durch, vor allem, als ich mich dann vor Alice gestellt und sie verteidigt habe. Meine Familie hat er außerdem nie leiden können. Da wären wir bei den alten Traditionen. Mit einem Hastings hätte er seine Tochter niemals verheiratet.«

»Als Folge hat sie sich von Ihnen getrennt«, sagte ich bedauernd.

Michael seufzte. »Das ist richtig. Sie hat den Kontakt abgebrochen. Ich war am Boden zerstört. Irgendwann war ich dermaßen verzweifelt, dass ich ihre Freundin Mary kontaktiert habe. Diese hat mir allerdings dazu geraten, Alice in Ruhe zu lassen. Jahrelang habe ich sie nicht gesehen.«

»Und dann?«, fragte ich neugierig.

»Habe ich sie aus heiterem Himmel wiedergetroffen.«

Ich schluckte und spürte mein Herz vor Aufregung pochen. Auch Harry rutschte in seinem Stuhl hin und her.

»Sie war mit George verheiratet und todunglücklich. Von ihrer überfließenden Energie war nichts mehr übrig. Sie war leer – an Perspektiven und an Träumen. Glauben Sie mir, ich habe versucht, Abstand zu ihr zu halten. Ich habe mich gegen den Wunsch, sie wiederzusehen, sie diesmal wirklich zu retten, mit aller Macht gewehrt. Aber ich war, wie bereits Jahre zuvor, innerhalb kürzester Zeit süchtig nach ihr. Ich war ihr verfallen und dachte, dass ich sie nur von George befreien müsste, um diesmal mit ihr wirklich glücklich sein zu können.«

Innerlich hatte ich ein Bild von Alice und Michael im Kopf, wie sie sich heimlich in abgelegenen Hotels trafen, gemeinsam spazieren gingen, dabei Händchen hielten und von einer Zukunft träumten. Begleitet von einem bittersüßen Geschmack und der Angst vor den Schwierigkeiten, die Alices Trennung von George mit sich bringen würde.

»Sie wollte die Scheidung«, fuhr er leise fort. Der Lärm einer Gruppe, die das Lokal betrat, bildete einen krassen Gegensatz zu seiner Stimme. »Über Monate hinweg hat sie dafür gekämpft – gegen ihren Vater und auch gegen George. Dann wurde sie schwanger.« Er schluckte und sah direkt zu Harry. »Sie wurde von mir schwanger. Deine Mutter … sie ist meine Tochter.«

Überrascht hielt ich mitten in der Bewegung inne. Der Stift kratzte dabei wie von selbst über das Blatt und hinterließ einen geschwungenen Strich.

Harry kniff die Augen zusammen, sagte allerdings kein Wort. Er sah lediglich zu Michael, der mit feuchtem Blick nickte. »Du bist mein Enkelsohn, Harry.«

»Wow, Sie wussten die ganze Zeit, dass Ihre Tochter in London lebt und hatten nie das Bedürfnis, sie anzurufen oder bei ihr vorbeizufahren? In all den Jahrzehnten davor war Ihnen meine Mutter das nicht wert?«

Harry war vermutlich überfordert und wirkte nun beleidigt. Ich legte meine Hand flach auf seinen Rücken, wollte ihn auf diese Weise beruhigen. Doch er verkrampfte sich noch mehr, schüttelte meine Hand ab und beugte sich nach vorne.

»Ich habe gewusst, dass ich euch die Wahrheit sagen muss, wenn ich mich auf dieses Gespräch einlasse. Geschwiegen habe ich lange genug, zuvor hat mir aber einfach der Mut gefehlt.«

»Sie haben meine Mutter im Stich gelassen. Ihre Tochter. Haben Sie überhaupt eine Ahnung, wie es ihr all die Jahre damit gegangen ist?«

»Ich habe gekämpft, aber Alices Vater hat mir gedroht, dass er mich für ihren Tod verantwortlich machen würde. Außerdem galt offiziell George als Vater. Heute würde ich anders reagieren, aber damals war ich jung und eingeschüchtert.«

Harry fuhr sich mit der flachen Hand übers Gesicht und seufzte. »Mein Urgroßvater ist seit zehn Jahren tot.«

»Ich weiß«, murmelte Michael beschämt.

»Seit meine Mutter denken kann, wird ihr von allen Seiten eingeredet, sie hätte nicht nur beide Elternteile verloren, sondern würde von einem potenziellen Mörder abstammen. Glauben Sie, dass es ihr damit gut geht?«

»Es wird ihr damit sicher nicht gut gehen und das bedauere ich auch wirklich. Es ist so, dass mich die Überwindung, mich bei ihr zu melden, mit der Zeit immer mehr Mut gekostet hat. Der hat mir offenbar gefehlt. Und als ihr gestern vor meiner Tür standet, da habe ich im ersten Moment aus Gewohnheit geschwiegen. Am Abend dann habe ich verstanden, dass ein Gespräch mit euch die einzige Chance ist, um die Fehler aus meiner Vergangenheit zu bereinigen.«

Harry schwieg. Ich spürte, wie er tief ein- und wieder ausatmete.

Vor allem er hatte diese Neuigkeit erst einmal zu verdauen. Ich wollte, dass er Michael eine Chance gab, schließlich sah dieser mit so viel Hoffnung zu ihm, dass sich mir das Herz zusammenzog.

»Wen würden Sie aus Ihrer Sicht für Alices Tod verantwortlich machen?«, lenkte ich ein.

Er atmete schwer, kniff die Augen zusammen und seufzte dann. »George – eindeutig. Alice und ich haben über Georges Leben zu recherchieren begonnen und sind dabei auf eine Menge Ungereimtheiten gestoßen. Angefangen vom falschen Namen bis hin zu der Tatsache, dass George offensichtlich gezielt nach wohlhabenden und alleinstehenden Frauen gesucht hat. Alice hat ihn mit ihrem Verdacht, er wäre ein Heiratsschwindler, konfrontiert und damit unwissentlich ihr Todesurteil unterzeichnet. Ich habe sie gesehen. In der Badewanne.«

Mit schmerzverzerrtem Gesicht hielt er kurz inne. Sammelte sich. Offenbar versuchte er, den Bildern der Vergangenheit nicht zu viel Raum zu geben.

»Sie war bereits tot. Ich konnte nichts mehr für sie tun. Ich habe sie gehalten, geweint und dann … dann bin ich gegangen. Nie wieder habe ich ein Wort über sie verloren. Nie wieder habe ich meine Tochter gesehen. Meine einzige Erinnerung an sie ist die, als sie noch ein Baby war.«

Während Harry seine Hände fest auf die Tischplatte presste, lief über meine Wange eine Träne. Erst eine, dann folgte eine weitere. Bis ich nach einem Taschentuch kramte.

»Warum sind Sie nicht zur Polizei gegangen?«, flüsterte Harry.

»Alices Vater glaubte nicht an die Mordtheorie, außerdem wollte er einen Skandal verhindern. Einige Beweise sprachen für Georges Unschuld, andere wiederum wirkten sich negativ auf ihn aus.«

»Wie können Sie dann sicher sagen, dass George sie getötet hat? Am Ende war es wirklich Selbstmord oder ein Unfall.«

Harry blieb bei seiner Meinung. Auch Michaels Offenheit hatte nicht dazu beigetragen, davon abzurücken.

»Alice hätte sich niemals selbst umgebracht. Schon alleine unserer Tochter zuliebe, und außerdem standen wir am Beginn unserer Zukunft.«

»Aber gleich von Mord auszugehen, das ist sehr drastisch«, entgegnete Harry ungerührt.

»Georges frühere Frauen sind allesamt gestorben. Wusstet ihr davon?«

Ich schüttelte den Kopf und notierte mir diesen Hinweis, obwohl ich sicher war, ihn nicht zu vergessen. »Nein, das war uns nicht klar.«

»Alice und ich sind bei unseren Recherchen darauf gestoßen. Beide Todesfälle sahen wie Unfälle aus. Der erste – ein Treppensturz, der zweite – eine Frau war gegen das Gitter am Kamin gefallen und gestorben.«

»Das ist unglaublich«, rief ich aufgeregt.

Harry atmete tief durch. »Trotzdem haben Sie George damit davonkommen lassen.«

»Ich habe ihn gesucht. Jahrelang. Leider hat er seine Spur gekonnt verwischt und sich vermutlich erneut einen neuen Namen zugelegt. Auch in diesem Punkt waren wir uns uneinig,

Alices Vater und ich. Während ich die Behörden eingeschaltet hätte, sah er in Georges Verfolgung eine weitere Gefahr für das Ansehen der Familie.«

Dieser Denkansatz kam mir vage bekannt vor, hatte sich Harry ebenfalls anfangs stark gegen meine Berichterstattung gewehrt. Ich stellte mir vor, George – sofern er noch lebte – ausfindig zu machen und ihn nach all den Jahren zur Rede zu stellen. Ich konnte mir allerdings bereits denken, wie schwierig sich dieses Unterfangen gestalten würde.

»Möchten Sie Ihre Tochter gerne kennenlernen?«, fragte ich daher.

Michaels Gesicht hellte sich auf. Er sah skeptisch zu Harry. »Das würde ich sehr gerne.«

Kapitel 35

Alice

1971

»Zu meinem Geburtstag wünsche ich mir von dir, dass wir deine Eltern in Frankreich besuchen«, verkündete ich eines Abends.

George und ich saßen bei einem Glas Rotwein im Garten. Es war ein lauer Sommerabend. Grillen zirpten, der Duft von Lavendel lag in der Luft und ich spürte in mir eine tiefe Zufriedenheit, die sich wie ein Rausch anfühlte. Auch von George ging eine Unbeschwertheit aus, die mir den Aufwind gab, solche Wünsche freimütig zu formulieren.

»Das geht nicht.«

»Wieso? Vermisst du sie denn nicht? Du hast sie ewig nicht mehr gesehen.«

»Mein Platz ist hier, mein Leben ist hier.«

»Das klingt, als würdest du dich entscheiden müssen«, sagte ich leichthin.

Ich rechnete nicht mit Georges Reaktion. »Ich habe mich entschieden, deinem Vater zu helfen und die Geschäfte zu übernehmen.«

»Arbeit ist aber nicht alles, George. Deine Eltern leben nicht ewig.«

»Wir werden nicht hinfahren. Punkt.«

Während ich ihn musterte, seinen harten Blick und diesen verbitterten Zug um die Lippen, beschloss ich, mich diesmal nicht einfach von ihm abfertigen zu lassen. Ich dachte an die Worte dieser Frau auf der Party zurück. Erneut fühlte ich dieses Frösteln. Lange genug hatte ich die Augen wegen Georges Ausweichen verschlossen. Doch es war in Wahrheit so, dass er meinen Vater brauchte, die Geschäfte brauchte und nicht umgekehrt.

»War deine Kindheit derart schrecklich, dass du sie nicht mehr sehen willst?« Sein Blick wurde zuerst abweisend, dann kniff er drohend die Augen zusammen. »Oder ist später, als du bereits erwachsen warst, etwas vorgefallen? Ich möchte doch nur verstehen, wer du bist. Wer du vor mir warst.«

»Darauf wirst du niemals Antworten bekommen, Alice.«

Er sprach leise, deutlich und ließ mir damit eigentlich keinen Raum für Erwiderungen.

Doch ich ging aufs Ganze. »Dein verstorbener Onkel zum Beispiel hat dir dieses Haus in Cambridge vererbt. Was ist damit? Verkaufst du es oder behältst du es? Was ist mit dem Unternehmen deines Onkels, das du leitest? Wann kümmerst du dich neben den Geschäften meines Vaters darum?«

»Das sind Dinge, die deinen Verstand überstrapazieren«, erklärte er mit einem süffisanten Lächeln auf den Lippen.

»Werden dir die Aufgaben oder der Druck zu viel? Warum sonst hast du dich seit unserem Kennenlernen so verändert?«

»Menschen ändern sich immer. Das ist völlig normal.«

Ich seufzte. »Ich habe gedacht, dass ich mit dir ein zufriedenes Leben führen werde.«

»Dein Gejammer ist unerträglich. Herrgott, du wurdest mit dem goldenen Löffel großgezogen, verwöhnt und verhätschelt und obendrauf musstest du nie Hunger leiden oder dich durchkämpfen. Du hast Geld, lebst in einem prächtigen Haus und hast für alle Tage ausgesorgt. Aber alles, was du kannst, ist, dich über dein Leben zu beschweren.«

Er schrie, er brüllte und er sah mich an, als würde er mich mit bloßen Händen erwürgen wollen. Ich zitterte und wich in meinem Stuhl zurück, soweit es ging.

»Du kannst nichts, außer hübsch zu sein und nett zu lächeln, wenn es von dir verlangt wird. Hast du eine Ahnung, wie es sich anfühlt, tagtäglich ums Überleben zu kämpfen?«

Schluckend schüttelte ich den Kopf. »Nein, habe ich glücklicherweise nicht. Du etwa?«

Er blinzelte, als würde er nur langsam verstehen, was er soeben gesagt hatte. »Anstatt dauernd Forderungen an mich und dein Leben zu stellen, solltest du lieber lernen, glücklich mit dem zu sein, was du hast. Eine Ehe ist nun einmal ein Abkommen, das dazu dient, Interessen voranzutreiben.«

»Für mich ist eine Ehe mehr als das«, widersprach ich. »Eine Ehe sollte aus Liebe geschlossen werden und sie sollte nicht wegen wirtschaftlicher Gründe, sondern aus Verbundenheit erhalten bleiben.«

George grinste teuflisch, leerte sein Glas in einem Zug und schleuderte es in den Garten. An einer hüfthohen Steinmauer zerschellte es. »Glücklicherweise kümmert sich kein Mensch in diesem Haus um deine Ansichten. Nicht nur unsere Ehe, sondern auch meine Eltern betreffend.«

Meinen Geburtstag verbrachte ich nicht in Frankreich, sondern alleine. George verschwand nach unserem Gespräch im Garten mal wieder. Ohne eine Entschuldigung zu hinterlassen oder sein genaues Ziel zu nennen. Morgens ging er aus dem Haus und kehrte einfach nicht wieder zurück. Ich war dieses

Verhalten zwar gewohnt, trotzdem schmerzte es mich unter den gegebenen Umständen.

Unaufhaltsam schlitterte ich meinem mentalen Tiefpunkt entgegen. Es schien, als würde mir meine Ausweglosigkeit durch Georges Untertauchen schlagartig bewusst werden. Die Aussicht auf eine trostlose Zukunft mit ihm war für mich das Schlimmste an der Sache.

Ich vergrub mich in meinem Schlafzimmer, weinte mir die Augen wund und ließ alle Gratulanten, die kamen, mit der Entschuldigung wegschicken, ich hätte mir eine Sommergrippe eingefangen. Irgendwann aber war ich verzweifelt genug, um meinem Vater mein Herz auszuschütten.

Ich suchte ihn in seinem Arbeitszimmer auf, wo er Zigarre rauchend hinter seinem wuchtigen Eichenschreibtisch saß. Vor ihm Unterlagen, ein Glas Scotch und ein kaum angerührtes Mittagessen. Sein Haar war grauer geworden, seine Haut fahl und manchmal war er derart lethargisch, dass er kaum sprach.

»Hast du kurz Zeit für mich?« Ich setzte mich auf den gepolsterten Stuhl vor seinem Schreibtisch. Ich mochte die Gespräche in seinem Arbeitszimmer nicht, weil sie mir zu förmlich erschienen und mir das Gefühl gaben, ihm seine knapp bemessene Zeit zu stehlen.

Diesmal aber lächelte er sanft, was mir zusätzlichen Mut verlieh. »Immer, mein Liebling.«

»Ich weiß einfach nicht, was ich möchte, Vater. Mit George bin ich so unglücklich und einsam zugleich. Er ist verschlossen und kalt, außerdem gibt er mir das Gefühl, nichts wert zu sein. Bei Mutter und dir war das damals doch anders. Warum darf ich so ein Glück nicht erleben?« Wie auf Knopfdruck fing ich zu weinen an, was meinen Vater zumindest zu einem mitfühlenden Nicken verleitete.

»Man kann das eine nicht mit dem anderen vergleichen«, begann er sachlich. »George ist ein anderer Typ Mensch. Er mag verschlossen sein, gleichzeitig setzt er sich für unsere Belange sehr aufopfernd ein. Ich bin wirklich dankbar für seine Unterstützung. Er hat sich als fähiger Geschäftsmann erwiesen, dem ich blind vertrauen kann.«

»Aber das sind doch immer nur Argumente, die dein Geschäft betreffen. Es sollte doch um mehr gehen als darum, dass er geschickt deine Gelder verwaltet.«

Vater nickte und nahm einen Zug aus seiner Zigarre. Dicke Rauchschwaden hüllten uns ein. Ich musste ein Husten unterdrücken. »Soll ich dir etwas verraten? Vor der Geburt deiner Schwester ging es deiner Mutter ebenfalls nicht gut. Sie war depressiv und hat ähnlich wie du nach einer Aufgabe in ihrem Leben gesucht. Damals haben wir oft gestritten, weil sie mir vorgehalten hat, ich hätte keine Zeit für sie und würde mich von ihr distanzieren. Dabei habe ich mein Bestes gegeben, um Beruf und Ehe unter einen Hut zu bekommen. Die Verantwortung, die ich gefühlt habe, hat mich an manchen Tagen fast erdrückt. Und ja, dann war auch ich zornig oder habe Dinge gesagt, die ich später bereut habe. Eine Ehe durchlebt viele Phasen. Die erste Verliebtheit verfliegt und dann, fast wie nach einem Rausch, stellt sich so etwas wie ein Entzugsgefühl ein. Ich glaube, eure Beziehung ordnet sich gerade neu und dazu muss jeder für sich herausfinden, welche Rolle er einnimmt.«

In gewissen Punkten hatte Vater recht. Gleichzeitig aber verklärte er mein Problem und nahm George in Schutz. Der arme, hart arbeitende George, der doch alles Menschenmögliche tat, um seiner gelangweilten Ehefrau ein wunderbares Leben zu bieten. Selten so gelacht!

»Unser Hauptproblem ist Georges Jähzorn und dieses Doppelleben, das er führt. Oder findest du es denn normal, dass er manchmal tagelang verschwindet?«

Auf dieses Argument wusste selbst mein schlagfertiger Vater keine schnelle Antwort. Stattdessen wand er sich, als säße er anstelle von George auf der Anklagebank. »Ich vermute, dass er sich um das Erbe seines Onkels kümmert.«

»Alle paar Monate?«

»Ja, das ist durchaus möglich.«

»Ich kann nichts mehr glauben, was er sagt. Dabei habe ich gedacht, ich würde ihn kennen. In Wahrheit weiß ich nicht einmal, wie er aufgewachsen ist, welche Freunde er hat oder wie seine Eltern aussehen. Einfach alles, was ihn betrifft, ist ein riesiges Geheimnis, dem ich mich nicht nähern darf. Wenn ich es trotzdem wage und nachbohre, dann rastet er aus.«

»Alice, du solltest vielleicht akzeptieren, dass George seinen Freiraum braucht. Er ist ein Mann.«

Diese Aussage brachte mich zum Lachen, was mein Vater mit einem Stirnrunzeln quittierte. »Männer brauchen also ihren Freiraum in der Form, dass sie sang- und klanglos verschwinden und Dinge über sich in winzigen Dosen preisgeben.«

»Männer brauchen keine stundenlangen Gespräche.«

»Und was brauchen Frauen dann deiner Meinung nach?«

Ich bemerkte selbst, dass ich sehr viel hartnäckiger geworden war. Früher hätte ich mich nie getraut, meinen Vater derart in die Mangel zu nehmen. Mir kam der Gedanke, ein dummer, naiver Gedanke, aber vielleicht lag in dieser Veränderung das Problem zwischen George und mir. Bei unserem Kennenlernen war ich eine ruhige, sanfte Frau gewesen; nun hatte ich einen stärkeren Willen und mehr Durchsetzungskraft. War George diese Veränderung zuwider?

»Deiner Mutter hat die Geburt deiner Schwester über diese Hürde geholfen«, erklärte mein Vater. »Womöglich ist es bei dir ähnlich. Du hast dich doch früher immer darauf gefreut, eine Familie zu gründen.«

Ich war nicht sicher, ob ich ein Kind dieser von Unterdrückung geprägten Stimmung aussetzen wollte. Aber vielleicht bestand ja die Möglichkeit, dass mein Vater recht hatte und ich mich in der Gesellschaft eines Kindes, meines Kindes, nicht mehr so einsam fühlen würde.

Kapitel 36

Harry

2024

»Willst du zu mir mitkommen? Wir bestellen Essen und besprechen unsere Reise«, schlug ich an einer roten Ampel vor.

Wir waren zurück in London. Es regnete und ich fühlte mich verkatert. Eigentlich befand ich mich nicht in der Stimmung, mich weiterer Gesellschaft auszusetzen. Es schien aber einen gewaltigen Unterschied zu machen, wer mir Gesellschaft leistete. Vor allem hatte ich das Bedürfnis, mit ihr über Michael zu reden. Der Umstand, dass er der Vater meiner Mutter war, flashte mich gewaltig. Einerseits war ich wütend auf ihn, andererseits erleichtert, dass nicht George mein Großvater war.

»Ist das ein ehrliches Angebot oder versuchst du bloß, höflich zu sein?«

Wir gingen los in Richtung Tube Station. »Hättest du die Rückfahrt nicht verschlafen, hätten wir bereits im Zug reden können.« Sie hatte tatsächlich innerhalb kürzester Zeit gepennt. Zuerst hatte sie noch ihr Lager ausgebreitet, bestehend aus Knabberzeug, einem Buch, Stift und Notizblock. Nach zwanzig

Minuten, also noch bevor sie mich verbal hatte durchlöchern können, war sie bereits eingeschlafen gewesen. Woraufhin ich sie angeschaut und festgestellt hatte, wie niedlich ich ihre Nase fand, vor allem, wenn diese im Schlaf zuckte. Von dieser Erkenntnis würde ich ihr selbstverständlich nichts verraten.

»Ich bin wirklich gespannt, wie du wohnst.«

»Also ja?«

»Ja«, sagte sie.

Eine halbe Stunde später betraten wir meine Wohnung in Kensington. Sie befand sich im ersten Stock eines sanierten Altbaus. Minimalismus in Form von grauen Fliesen und Sichtbeton. Jodie gefiel der Stil nicht, das merkte ich ihr an. Sie tigerte interessiert durch mein Wohnzimmer, betrachtete Bilder und kommentierte ihre Besichtigung hier und da mit einem Grinsen.

Wir bestellten Indisch, und während wir auf die Ankunft unseres Essens warteten, schenkte ich uns beiden ein Glas Rotwein ein. Jodie kletterte auf einen der schwarzen Lederhocker, die vor der steinernen Kochinsel in meiner Küche standen. »Wie geht es dir nach den Neuigkeiten rund um Michael?«

Ich nahm einen kräftigen Schluck, obwohl ich Wein nicht sonderlich mochte. »Ich weiß nicht, was ich von Michael, seinen Geschichten und all seinen Ausflüchten halten soll. Er hat sich in die Opferrolle geflüchtet. Das finde ich nicht unbedingt berauschend. Immerhin hatte er Jahrzehnte Zeit, Kontakt zu meiner Mutter aufzunehmen.«

Meine Meinung von ihm war nicht schmeichelhaft. Etwas störte mich an ihm. Etwas an seiner Haltung und an dem Gejammer, das er von sich gegeben hatte. Er wirkte einfach nicht ehrlich. Er schien nicht unbedingt willensstark oder pflichtbewusst zu sein.

»Den ersten Schritt zu machen hat ihn vermutlich zu viel Überwindung gekostet«, gab Jodie zu bedenken.

»Wie hättest du dich an seiner Stelle verhalten?«

»Das ist echt schwer zu sagen«, antwortete sie zerknirscht.

»Versuch es.« Ich verschränkte die Arme vor der Brust und beobachtete sie.

»Hätte ich ein Kind, würde ich mich nicht so einfach vertreiben lassen. Die genauen Umstände kennen wir in Michaels Fall nicht.«

Mit meinem rechten Zeigefinger wies ich in ihre Richtung. »Und das ist der springende Punkt. Wir kennen alleine die Sichtweise, die er uns heute hat sehen lassen. Natürlich versucht er, so gut wie möglich dazustehen. Dass er womöglich keine Lust auf ein Kind hatte oder sich bestechen hat lassen, würde er niemals erwähnen. Es wirkt einfach nicht sympathisch.«

»Warum hat er dann mit uns geredet und sein Geheimnis nicht einfach mit ins Grab genommen?«

Ich dachte kurz nach. »Weil das schlechte Gewissen über die Jahre an ihm genagt hat und er sich von uns ertappt fühlt.«

»Wie wird deine Mutter über ihn denken?«

»Ich habe nicht vor, meiner Mutter von ihm zu erzählen«, stellte ich klar.

Jodie verstand, dass ich in der Hinsicht stur bleiben würde. Sie nickte und dann klingelte es. Unser Essen war da.

Später räumten wir das benutzte Geschirr weg. Jodie kämpfte mit der Bedienung meiner Spülmaschine. Ich trat neben sie, beobachtete sie schmunzelnd und rettete sie.

»Die neueste Technik«, sagte sie lächelnd, schaute mich an und stellte sich schließlich auf Zehenspitzen. Zögerlich legte sie ihren Mund auf meinen, griff nach dem Saum meines Shirts und zog sich daran näher.

Langsam öffnete ich meine Lippen und erwiderte ihren Kuss. Ihr Geschmack ging tief in mich, befreite mich von der Anspannung der vergangenen Stunden.

»Du willst das wirklich?«, hauchte ich.

Auf ihr Nicken hin zog ich ihr ihren Pullover aus. Ihre Haut war warm unter meinen Händen. Ich strich über ihre nackten Arme, hoch zu den Trägern ihres BHs. Dort küsste ich sie und drängte mich enger an sie.

Ihr Duft war berauschend. Dieses süße, weibliche Aroma ließ mich steinhart werden. Ich riss das Ruder an mich, schob meine Hand unter den Bund ihrer Jeans und massierte ihren Kitzler. Stöhnend öffnete sie Augen und Mund.

»Du wirkst überrascht«, nuschelte ich an ihrem Hals. Ich knabberte an ihr, küsste ihre weiche Haut.

»Ich … ich bin überrascht.«

Ich lachte. »Ich will dich so sehr, Jodie. Seit ich dich das erste Mal gesehen habe, will ich dich ficken. Meine Zurückhaltung ist mittlerweile aufgebraucht.«

»Hört sich nach einer Drohung an«, erwiderte sie, ging nun aber dazu über, meine Hose zu öffnen.

Wie gebannt hielt ich inne und sah zwischen uns hinab. Ihre Finger mühten sich an meinem Gürtel ab, am Knopf, irgendwann aber hatte sie es geschafft und umschloss meinen Penis. Ich kam beinahe nur aufgrund ihrer Reibung. Schnell griff ich nach ihrem Handgelenk und zog sie aus – zuerst ihre Hose, dann ihren Slip. Ich hob sie hoch, setzte sie auf die Arbeitsplatte meiner Küche und schob mich mit einem tiefen Seufzen in sie.

Den Sex mit Jodie hatte ich mir in all seiner Perfektion bereits ausgemalt. Wie gut sie sich anfühlen, wie sie klingen und wie sie mich innerhalb kürzester Zeit kommen lassen würde. Die Realität war aber noch viel intensiver. Ihre Küsse fordernder, ihr Körper wie für meinen gemacht.

Sie kam meinen Bewegungen entgegen, hatte ihre Beine um meine Hüften geschlungen und warf den Kopf irgendwann in den Nacken. Ich knabberte erneut an ihrem Hals, befreite ihre Brüste und erkundete auch diese mit meinem Mund.

Wimmernd kündigte sie mir ihren Orgasmus an. Als sie kam, röteten sich nicht nur ihre Wangen, auch die Haut an ihrem Hals färbte sich dunkler. Schnell zog ich mich aus ihr zurück und ergoss mich auf ihrem Bauch.

Später legte ich meine Stirn gegen ihre. Beide rangen wir um Atem.

Ich bot ihr an, die Nacht bei mir zu verbringen. Sie lehnte ab und so brachte ich sie nach Hause.

Am nächsten Morgen fuhr ich zum Haus meiner Mutter. Sie war wie gewöhnlich zu dieser Uhrzeit beim Yoga. Ich hatte also freie Hand, ging nach oben in mein ehemaliges Kinderzimmer, kniete mich in die Ecke neben dem Kleiderschrank und hob die lose Bodendiele an. Darunter lagen sie – Alices Tagebücher. Dicke Bücher, gebunden in dunkelgrünes Leder. Auch jetzt noch wagte ich nicht, sie zu lesen; das Verbot meines Urgroßvaters hallte über seinen Tod hinaus nach. Er war derjenige gewesen, der mich aufgefordert hatte, die Tagebücher unter Verschluss zu halten. Sie wegzuwerfen hatte er nie übers Herz gebracht, waren sie doch für ihn die letzten Erinnerungen an seine Tochter. Stattdessen hatte er sie zu einer Art Familienschatz erhoben, mit dessen Schutz ich betraut worden war. Ich nahm die Tagebücher heraus und blätterte, nachdem die Neugier aufgrund der letzten Erkenntnisse gesiegt hatte, durch das jüngere der beiden. Nach etwa einer Stunde hatte ich die schriftliche Bestätigung für Michaels Aussagen. Er war tatsächlich der Vater meiner Mutter. Ich las von Alices tiefsten Gedanken, von ihren Zukunftsplänen und von ihrer Liebe zu Michael und meiner Mutter.

Es kam einem schlechten Scherz des Schicksals gleich, dass Alices letzte Zeilen ausgerechnet von Zuversicht und Hoffnung sprachen, ihnen jedoch der Tod der Verfasserin folgen würde.

Zum ersten Mal geriet meine Überzeugung vom Selbstmord oder einer natürlichen Ursache für Alices Tod ins Wanken. Außerdem spürte ich die Last der Verantwortung ganz deutlich auf meinen Schultern. Es mochte ein grober Fehler sein, es mochte ungerecht sein, die Wahrheit vor der Welt, allen voran vor meiner eigenen Mutter, zu verheimlichen. Doch ich war überzeugt, dass man niemals Positives zu erwarten hatte, sollte man sich entscheiden, alte Geister zu wecken.

Kapitel 37

Alice

1972

Um meine Gedanken zu sortieren und der drückenden Hitze des Hauses zu entfliehen, packte ich etwas Proviant, ein Buch und eine Decke zusammen und ging damit in den Hyde Park. Ich suchte nach einem schattigen Platz, breitete unter einer großen Trauerweide in der Nähe des Sees Serpentine die gelbe Wolldecke aus und legte mich seufzend auf den Rücken.

Mit geschlossenen Augen lauschte ich dem Vogelzwitschern. Unter mir fühlte ich den feucht-warmen Boden, die Luft roch nach Wiese und vielleicht sogar ein wenig nach Fisch.

Ich war nicht weit weg von zu Hause, aber weit genug und vor allem alleine, um mich mir selbst näher zu fühlen. Da war eine Ruhe in mir, die einzig von einem winzigen Kribbeln in der Bauchgegend durchzogen wurde. Es war, als würde ich spüren, dass im nächsten Moment etwas Monumentales passierte.

Und das tat es.

Ich glaubte zwar an Zufälle, jedoch schon lange nicht mehr an die positive Variante davon. Schon gar nicht glaubte ich daran, Michael am Ufer, knapp drei Meter entfernt, mit dem Rücken zu mir stehen zu sehen. Er trug einen dunkelgrauen Anzug, sein Haar war länger, aber sein Profil war mir derart vertraut, dass ich mir wie in der Zeit zurückversetzt vorkam.

Vom ersten Moment des Wiedersehens an waren die alten Gefühle wieder da. Als hätte es diese Trennung nicht gegeben und mein Herz ununterbrochen für Michael geschlagen. Vielleicht hatte es das auch und ich hatte es inmitten des Sturms, in dem ich mich seit meiner Hochzeit mit George befand, nur nicht registriert.

Michael kam zu meiner Decke. Zuerst war er unsicher, ob er sich setzen sollte, daher blieb er stehen. Wir sprachen über den Grund seines Besuchs im Hyde Park.

»Ich hatte einen Termin in der Nähe und wollte irgendwo in Ruhe lesen.«

Sein Termin war beruflicher Natur. Michael arbeitete mittlerweile für eine Bank.

»Der Posten ist nicht mein Ziel, sondern eher ein Zwischenstopp.«

»Aber du lebst wieder in London?«, fragte ich. Von Mary hatte ich am Rande erfahren, dass Michael für einige Zeit im Ausland gearbeitet hätte.

»Das tue ich und du offensichtlich auch.«

Mein Magen zog sich bei Michaels Blick, der über mich und mein Lager schweifte, zusammen. Der Gedanke, ihm von meinem tristen, bedeutungslosen Leben zu erzählen, war unerträglich. Zumal Michael damals meine Selbstständigkeit gefördert hatte. Eine Beziehung mit ihm wäre niemals derart zermürbend geworden.

»Stört es dich, wenn ich mich setze und meine Pause hier mit dir verbringe?«

Als hätte er jene bedrückenden Gedankengänge meinerseits erraten, nahm er mir die Pflicht, mich ihm zu erklären. Er war einfach da. Wie ein Fels, an den ich mich halten konnte. Ein Unterschlupf, der mir zumindest für den Augenblick Sicherheit bot.

Ich nickte, machte Platz und nur wenige Sekunden später saß Michael neben mir. Sein vertrauter Geruch kroch in meine Nase, seine Wärme war angenehm, trotz der heißen Temperaturen. »Du bist verheiratet«, stellte er mit Blick auf meinen Ring fest.

»Das bin ich.«

»Glücklich verheiratet?«

Seine Frage traf mich derart unvorbereitet, dass ich nicht mehr in der Lage war, meine Schutzvorrichtungen hochzuklappen. Ich ließ daher zu, dass Michael bereits durch meinen traurigen Blick und die Tränen, die mir schlagartig in die Augen traten, die Antwort erhielt. »Eine Ehe ist gewissermaßen auch Arbeit.«

»Sinnvoll ist diese Arbeit dann, wenn du sie für dich selbst machst. Oder erledigst du sie deinem Vater zuliebe?«

»Aus beiden Gründen, vermute ich.«

»Hast du das bekommen, was du wolltest?«

Er klang traurig und ernüchtert. Aus einem Bauchgefühl heraus entschied ich mich, ehrlich zu sein. Ich berichtete Michael von George, von unserem Kennenlernen und von all den Problemen, die wir hatten. Ich erzählte ihm von meinen Zweifeln und von meinen tiefsten Gedanken. Michael lauschte zwar still, ich sah ihm aber an, dass er für George und vermutlich auch für meinen Vater keinerlei Sympathie hegte.

»Fünf Jahre lang habe ich an dich gedacht, Alice. Ich habe gehofft, dass es dir gut geht, und gleichzeitig war da ein böser, nachtragender Teil in mir, der dir einen Mann gewünscht hat, der dich nicht so gut behandelt, wie ich es getan hätte. Doch jetzt, da ich weiß, dass mein diabolischer Wunsch in Erfüllung gegangen ist, fühle ich mich kein bisschen besser. Ganz im

Gegenteil, es kommt mir sogar so vor, als hätte ich dich im Stich gelassen.«

»Ich hätte mich damals nie getraut, mich meinem Vater in den Weg zu stellen«, sagte ich leise und tupfte eine Träne von meiner Wange.

»Dafür musst du dich jetzt gleich zwei Männern in den Weg stellen.«

»Vielleicht ist das meine gerechte Strafe dafür, wie ich dich behandelt habe.«

Michael kniff die Augen zusammen und schüttelte tadelnd den Kopf. »Du weißt, dass du von dort wegmusst. Vergiss diese beiden Idioten und, keine Ahnung, komm zu mir. Ich habe eine Wohnung in Kensington, du kannst zu mir ziehen. Als Freundin.«

»Ich kann nicht weg.«

»Warum nicht?«

»Weil einfach wegzulaufen fürchterlich feige wäre.«

»Du willst kämpfen?«

»Ja, das möchte ich.«

Kapitel 38

Jodie

2024

Ich sollte arbeiten, musste aber dauernd an den Kuss im Auto denken, den Harry mir zum Abschied gegeben hatte. Lange war ich nicht mehr auf diese Weise geküsst worden. Und noch viel länger hatte mich kein Mann so berührt – körperlich und emotional.

Konnte man das, was passiert war, als One-Night-Stand bezeichnen?

Sollte ich ihn anrufen? Sollte ich warten, bis er sich meldete?

Das waren die Fragen, die mich beschäftigten. Dabei sollte ich lernen und mich meinen Recherchen widmen. Doch nichts war so spannend wie Harry.

Ich telefonierte mit Michael, bedankte mich bei ihm für sein Vertrauen und bohrte in Sachen George nochmals nach. Mehr Informationen über ihn zu finden hatte in meinen Augen im Moment oberste Priorität. Ich wusste schließlich nicht einmal sicher, ob George noch am Leben war. Wenn er lebte, dann musste er über neunzig sein.

Abends war ich halbwegs zufrieden mit meiner Leistung, da klingelte mein Handy. Ich rechnete mit Kiki und stellte überrascht fest, dass Harry anrief.

»Wie hast du geschlafen?«, erkundigte er sich.

Ich musste vor mir selber zugeben, dass ich verlegen war. Und nervös. Ich tigerte durchs Wohnzimmer, richtete dort ein Kissen oder wischte da mit meinem Zeigefinger über einen Bilderrahmen. »Gut. Na ja, mittel. Und du?«

»Gut. Na ja, mittel. Warum konntest du nicht schlafen?«

»Wegen dir.«

»Wegen mir?«

Ich lachte verlegen. »Vielmehr wegen der Veränderung unserer Beziehung.«

»Das hast du hübsch umschrieben. Man merkt, dass Wörter deine Welt sind.«

Es war zu hören, dass Harry im Auto saß. »Wohin fährst du?«, fragte ich.

»Ich komme von einem Firmenessen. Jedenfalls hatte ich den Gedanken, dass ich bei dir vorbeikommen könnte.«

Okay, damit hatte ich nicht gerechnet.

Harry suchte offensiv den Kontakt zu mir. Wie sollte ich damit umgehen?

Vernünftiger wäre es, ihn nicht einzuladen. Doch da war eine drängende Sehnsucht nach ihm in mir. Sie war so stark, dass ein aufgeregtes Kribbeln Besitz von mir ergriff. »Du willst vorbeikommen, damit wir weiter an dem Fall arbeiten können?«

Ich hörte ihn lachen. »Ich will dich sehen, Jodie.«

»Das alles ist so verrückt«, meinte ich und setzte mich auf die Armlehne meiner Couch.

»Ich weiß. Gerade konnte ich dich nicht ausstehen und jetzt rufe ich dich an, um dich anzuflehen, mir die Tür zu öffnen.«

Dann würde der Fall eben noch persönlicher werden. Egal. Was sollte schon passieren?

Ich könnte die Zeit mit Harry genießen und danach, also sobald meine Recherchen beendet waren, würde jeder von uns seiner Wege gehen. Kiki verhielt sich dauernd so. Ich konnte das bestimmt auch. Jetzt verhielt sie sich zwar anders, da sie immer noch mit diesem Modellmesse-Kerl zusammen war. Ich bekam sie kaum noch zu Gesicht. Immerhin konnte ich ihre Gefühle plötzlich nachvollziehen.

Ich sagte schnell zu, bevor ich es mir noch einmal anders überlegte.

Die Wartezeit vertrieb ich mir damit, meine ohnehin aufgeräumte Wohnung noch mehr aufzuräumen. Außerdem flitzte ich ins Bad, wusch mir das Gesicht, trug Parfum auf und zog frische Unterwäsche an. Man konnte ja nie wissen, musste aber ohnehin kein Genie sein, um vorauszusagen, wie Harrys Besuch enden würde.

Kurze Zeit später klingelte es. Ich öffnete und plötzlich stand Harry im dunkelblauen Dreiteiler in meinem Flur. Zwei Leben vermischten sich. Ich war fürchterlich nervös. Noch viel mehr als am Abend zuvor, als wir bei ihm gewesen waren.

Er sah sich um. Dann sah er an mir hinab. »Hübsch.«

Gott, was meinte er? Die Wohnung? Mich? Alles?

Ich war verwirrt und lächelte verlegen. »Möchtest du etwas trinken?«

»Ehrlich gesagt will ich dich einfach nur küssen.«

»Okay«, flüsterte ich.

Harry kam näher und berührte sanft meine Wange. »Darauf freue ich mich schon den ganzen Tag.«

Harry war jemand, der seinen Worten Taten folgen ließ. Zuvor wartete er aber auf meine Zustimmung, die ich in Form eines zurückhaltenden Nickens zustande brachte. Erst dann küsste er mich wirklich.

Diesmal landeten wir in meinem Bett. Zwischen den vielen Zierkissen fanden wir kaum Platz. Harry schubste einige von ihnen zu Boden, erst danach erkundete er meinen gesamten Körper mit seinem Mund. Besonders jener Stelle zwischen meinen Beinen schenkte er eine Menge Aufmerksamkeit. Ich wand mich unter ihm, krallte meine Finger in die Bettdecke und konnte nicht fassen, wie gut Harry und ich harmonierten.

Es war, als hätte er meinen Körper auswendig gelernt. Er wusste, wo meine besonders sensiblen Zonen lagen, wo ich ihn am nötigsten brauchte und mit wie viel Druck er vorgehen musste.

Während ich bereits vollständig nackt war, trug er noch seine Kleidung. Ich schälte ihn deshalb aus seinem Sakko, seiner Weste, knöpfte sein Hemd auf und zog ihm auch dieses aus. Keuchend setzte ich mich auf die Bettkante, öffnete seine Hose und nahm seinen harten Penis in den Mund. Er stöhnte, griff in mein Haar und streichelte mit dem Daumen über meine Wange. Diese Berührung warf mich in einer positiven Weise aus der Bahn. Sie war derart liebevoll und zärtlich, dass meine Bewegungen kurz ins Stocken gerieten.

Schließlich zog er sich zurück, küsste mich und schob mich zurück aufs Bett. Er legte sich auf mich, bedeckte meinen Hals mit Küssen und glitt langsam in mich.

»Du fühlst dich so gut an«, flüsterte er in mein Ohr. Er griff unter mich, umschloss meinen Hintern, während ich meine Beine um ihn schlang.

Zuerst waren seine Bewegungen langsam. Er sah mich an, sagte meinen Namen oder küsste mich an jeder Stelle, die er halbwegs gut erreichen konnte. Abermals war ich völlig geflasht, wie gut wir zusammenpassten. Es war, als hätte es nie etwas anderes gegeben. Als hätten wir schon immer miteinander geschlafen.

Als Harry schneller in mich stieß und ich ihm mein Becken entgegenwölbte, kam ich plötzlich und heftig. Mein gesamter

Körper zog sich lustvoll zusammen. Mir schwirrte der Kopf und mein Herz raste.

Harry folgte mir. Auch diesmal zog er sich aus mir zurück und ergoss sich über meinem Bauch. Er küsste meine Nasenspitze, sank neben mir auf die Matratze und säuberte mich mit seinem Hemd.

Als wir im Anschluss nebeneinanderlagen, nutzte ich die Chance, Harry auf den Zahn zu fühlen. »Du bist frisch getrennt und sicher nicht auf der Suche nach der nächsten Beziehung. Wie lautet dein Plan? Ist die Sache zwischen uns spätestens dann vorbei, wenn ich Alices Fall abgeschlossen habe?«

»Eine feste Beziehung möchte ich wirklich nicht. Etwas Lockeres von mir aus. Eine zeitliche Grenze will ich mir aber nicht setzen.«

Ich lag seitlich neben ihm, die Decke bis zum Kinn hochgezogen, und stützte mich auf meinem Ellenbogen ab. »Das klingt konkret und deckt sich mit meiner Empfindung.«

»Ich bin nicht der Typ für komplizierte Angelegenheiten, sondern brauche die Einfachheit. Und ich glaube, dass wir uns in der Hinsicht perfekt ergänzen.«

Eine Beziehung in großen Anführungszeichen war genau das Richtige für mich. Mein Leben war für eine echte Beziehung viel zu turbulent, und außerdem hatte ich keine Zeit, mich auf einen Mann zu konzentrieren. Gehen zu können, wann immer ich wollte und ohne eine ellenlange Erklärung abgeben zu müssen, erschien mir noch nie verlockender.

»Denkst du, dass du für eine Affäre geschaffen bist?«

Tags darauf berichtete ich Kiki von Harry und mir. Sie machte keinen Hehl daraus, anderer Meinung zu sein.

Wir waren gemeinsam einkaufen. Ich schob den Wagen durch die engen Gänge, während Kiki Unmengen an Süßigkeiten einlud.

»Ich will es versuchen«, verteidigte ich mich. »Harry ist außerdem kein Boyfriend-Material, wie du es nennst.«

Stolz grinsend vergrößerte sie den Stapel an Chipspackungen. »Gut aufgepasst. Ich möchte aber einräumen, dass ich in diesem Fach durchaus geübt bin. Du allerdings gehörst zu den Leuten, die sich Hals über Kopf verlieben, und am Ende gibt es weder eine Dokumentation noch einen sauberen Schnitt. Denn auch darauf kommt es bei jeder Sexfreundschaft an.«

Die Bezeichnung war gruselig.

»Was kann ich tun, damit ich mich nicht in ihn verliebe?« Ich musste zugeben, dass tatsächlich eine kleine Gefahr für mich bestand.

Okay, eine große Gefahr.

Schließlich hatte ich bisher noch nie eine Beziehung in Anführungszeichen geführt. Ich wollte keinen Fehler begehen.

Kiki setzte ihre metaphorische Lesebrille auf und begann ihren Vortrag. »Wahre die Grenzen. Das bedeutet auch, dass du ihn nicht anrufen und um Rat fragen solltest. Keine Geschenke oder andere Aufmerksamkeiten. Du darfst nicht anfangen zu denken, er wäre dein bester Freund. Und zuletzt noch: Nimm es nicht persönlich, wenn er die Sache beendet.«

Jeden ihrer Punkte spielte ich gedanklich durch und checkte diesbezüglich meine Gefühle. Erschwerend kam sicher hinzu, dass Harry und ich in gewisser Weise miteinander arbeiteten. Aber auch das ging vorüber. Möglicherweise war diese zeitlich begrenzte Zusammenarbeit auch der ideale Rahmen, der uns einen unkomplizierten Ausbruch ermöglichte.

Kapitel 39

Alice

1972

An besagtem Tiefpunkt wurde Michael zu meiner größten Stütze. Er schickte mir geheime Botschaften, getarnt als Einladungen von ehemaligen Schulkolleginnen oder Freundinnen. Ich fuhr zu ihm nach Hause oder wir trafen uns in einem Café am anderen Ende der Stadt. Ich verliebte mich zum zweiten Mal in ihn. Oder vielleicht hatte meine Liebe nie aufgehört zu existieren und war bloß aus ihrem Winterschlaf erwacht. Jedenfalls war sie mächtiger und kraftvoller als je zuvor. Gleichzeitig haftete ihr etwas Bittersüßes an. Das Wissen, vor all der Zeit einen Fehler begangen zu haben, indem ich die Beziehung zu Michael beendet hatte. Ich hätte kämpfen sollen. Ich hätte mich niemals von meinem Vater verunsichern lassen dürfen.

Michaels Einfluss führte dazu, dass meine Lebensfreude zurückkehrte, obgleich unsicher war, wohin die Verbindung mit ihm führen sollte. Sie war zu diesem Zeitpunkt auch rein platonisch. Es hatte noch nicht einmal einen Kuss zwischen uns gegeben. Ich fühlte mich meiner Ehe mit George trotz der Umstände verpflichtet.

George – er schien die Veränderung in mir ebenfalls zu registrieren und hatte seine Probleme damit. Vielleicht spürte er, dass ich mich von ihm lossagte oder dass sein Schiff langsam sank. Nun war ich diejenige, die häufig unterwegs war. Ich tat genau das, was er mir empfohlen hatte – ich ließ mich treiben, plante den Tag spontan und dachte nicht mehr an eine mögliche berufliche Existenz.

Wenn ich das Abendessen verpasste, keifte er mich an. Meist wartete er dann bereits im Wohnzimmer auf mich oder kam direkt zu mir ins Schlafzimmer. Steif und angespannt stand er vor mir, sein Blick durchlöcherte mich und seine Worte wurden zunehmend harscher. »Du brauchst nicht zu meinen, dass du dir alles ohne Konsequenzen erlauben kannst«, fauchte er beispielsweise einmal.

Seine Drohungen waren subtil und ich traute ihm nicht zu, dass er mir gefährlich werden würde. Doch als ich ihm ein weiteres Mal eine schnippische Antwort gab, verpasste er mir eine deftige Ohrfeige. Mein Kopf wurde zur Seite geschleudert und vor meinen Augen tanzten unzählige Sternchen.

Ich kam mir so unglaublich gedemütigt vor und hielt es keine Sekunde länger zu Hause aus. Vorgeblich floh ich in mein Schlafzimmer, in Wahrheit stahl ich mich von dort wenig später hinaus und fuhr zu Michael. Nachdem ich mich ihm in die Arme geworfen hatte, berichtete ich ihm bei einem Glas Rotwein von den Geschehnissen.

»Dieser Mann hat dich und deinen Vater in der Hand«, schloss Michael. »Dein Vater vertraut ihm blind und hat ihm fatalerweise mehr und mehr Macht übergeben. Während du ihm ausgeliefert bist.«

»Ich will einfach nicht mehr, Michael«, jammerte ich.

»Dann muss es dir gelingen, deinen Vater von Georges fehlender Integrität zu überzeugen.«

In dieser Nacht schlief ich zum ersten Mal mit Michael. Lange danach lagen wir noch nebeneinander, hielten uns, streichelten einander. Nachdem Michael eingeschlafen war, schälte ich mich aus seiner Umarmung, küsste ihn auf die Stirn und kehrte zurück nach Hause.

Ich begann, über George zu recherchieren. Um meinen Vater zu überzeugen, brauchte es handfeste Beweise. Daher setzte ich mich hin und fing zuerst damit an, mir all die Dinge, die mir George über sich erzählt hatte, säuberlich zu notieren. Am Ende stellte ich fest, dass sein Lebenslauf enorme Lücken aufwies. Also konzentrierte ich mich auf konkrete Punkte.

Zum Beispiel die Sache mit der Erbschaft in Cambridge und jener ominösen Firma, die er so ganz nebenbei leitete. Eigens dafür fuhren Michael und ich an den Ort unseres Kennenlernens. Wir zogen durch Straßen und Geschäfte, um uns nach einem gewissen Kenneth Spencer, Georges verstorbenem Onkel, zu erkundigen. Doch weder ihn noch die angebliche Firma, die sich laut Georges Angaben mit der Herstellung von Textilien beschäftigen sollte, kannte man.

»Warst du je bei ihm in seinem Haus?«, wollte Michael wissen. Wir saßen in einem Restaurant bei einem schnellen Mittagessen. Trotz der heiklen Mission, auf der wir uns befanden, fühlte es sich mit ihm wunderbar an. Außerhalb von London konnten wir so tun, als wären wir ein glückliches Paar. Wir mussten uns nicht verstecken oder befürchten, entdeckt zu werden. Wir konnten ganz frei sein.

»Nein, er kam immer nur zu uns in die Wohnung.«

Michael seufzte, doch wir gaben nicht auf. Den gesamten restlichen Tag suchten wir nach Anhaltspunkten – leider erfolglos.

Wenige Tage danach, ich kehrte von einem Einkauf nach Hause zurück, hörte ich Vater und George lautstark diskutieren. Ich folgte dem Wortgefecht, das mich vor Georges Büro führte. Vor der geschlossenen Tür blieb ich stehen, um zu lauschen.

Die beiden stritten sich wegen angeblicher Fehlinvestitionen, die George getätigt hatte. »Das Geld ist weg!«, schrie mein Vater mehrmals. In meiner Vorstellung sah ich ihn, wie er durchs Zimmer tigerte und sich panisch durchs Haar fuhr.

George versuchte, ihn zu beschwichtigen, und erklärte, er habe auf eine bessere Rendite gehofft, doch der Markt habe sich verschlechtert. »Wir bekommen das Geld wieder rein. Ich habe mich bereits mit einem Bekannten in Verbindung gesetzt. Er schwört auf Investitionen, die den technischen Fortschritt betreffen, und hat mir dahingehend einige wertvolle Ratschläge erteilt. Wenn wir im nächsten Quartal einen Teil der Einnahmen erneut anlegen, dann haben wir den letzten Verlust gleich wieder reingeholt.«

Vater war skeptisch. Bei Geld hörte in seiner Welt der Spaß auf.

Doch George redete weiter auf ihn ein. Er bombardierte ihn mit Fakten und Zahlen und vermeintlichen Bekannten, die sich in einer ähnlichen Situation befunden hatten. Am Ende siegte er. Wohl hauptsächlich wegen seiner Fähigkeit, andere durch seine Wortwahl und Sprache um den Finger zu wickeln.

Vater gab seine Zustimmung zu einer erneuten Gewinnmaximierung durch Spekulation. Obwohl bei mir alle Alarmsignale leuchteten, schritt ich nicht ein. Ich ließ Vater ins Verderben laufen. Nur so würde er verstehen, dass George nie etwas an seinem Wohl, sondern bloß immer am Geld der Familie gelegen hatte.

Er hatte meinen Namen angenommen. Er hatte die Geschäfte übernommen. Er war der Herr des Hauses geworden und hatte Leute entlassen und eingestellt, ganz so, wie es ihm gefiel.

Und je mehr Macht er innehatte, desto distanzierter war er mir gegenüber geworden. Das Verständnis und das Interesse, was mir anfangs so an ihm gefallen hatte, war nach und nach einer Kaltherzigkeit gewichen, mit der er mich fest im Griff hatte. George wusste exakt, wie er wen im Hause Ramsay behandeln musste. Und wir alle hatten zugelassen, dass er uns kontrollierte und manipulierte.

Dem wollte ich jetzt aber ein Ende setzen.

Kapitel 40

Harry

2024

»Ich kann nicht fassen, dass du wirklich hergekommen bist«, nuschelte ich in mein Weinglas.

Während sie Platz nahm, lächelte sie scheinheilig, wobei ihre Zähne unnatürlich im Licht des Leuchters blitzten. Sie trug ein dunkelrotes Wollkleid, den dazu passenden Lippenstift und riesige, goldene Kreolen.

»Sie hat mich explizit eingeladen«, entgegnete Barbara.

Ich sah sie ernst an. »Und ich dich explizit aus.«

»Deine Eifersucht ist grenzenlos.«

Ihren Geburtstag feierte meine Mutter wie üblich mit einem kleinen Fest. Dazu lud sie Freunde, Familie und Bekannte ein und veranstaltete eine Party mit einem Dinner und Musik bei ihr zu Hause. Das Esszimmer war zu diesem Zweck mit Kerzen und Blumenschmuck auf dem Tisch feierlich dekoriert worden.

Dieses Jahr war Jodie ebenfalls dabei. Meine Mutter hatte offensichtlich einen Narren an ihr gefressen. Ich war wegen Jodies Anwesenheit zwiegespalten, weil ich nicht wollte, dass meine Mutter Verdacht schöpfte, zwischen Jodie und mir würde etwas laufen. Größere Bauchschmerzen verursachte mir aber das Aufeinandertreffen von Barbara und Jodie. Ich hoffte, dass es kein Drama geben würde. Dass keine Gläser flogen oder Barbara versuchen könnte, mich vor Jodie schlecht zu machen.

Eine Auseinandersetzung mit Barbara war eine uferlose Angelegenheit. Von jeher. Sie war schnell eingeschnappt, teilte aber umso kräftiger aus.

»Die logische Konsequenz einer Trennung, die du wohlgemerkt selbst wolltest, sind ebenfalls getrennte Lebensbereiche. Das hier ist das Haus meiner Familie, der Geburtstag meiner Mutter.«

»Du solltest anfangen, deine Kleinkariertheit abzulegen, Harry.«

Sie beugte sich auf die Art näher, bei der sie deutlich in meinen persönlichen Bereich eindrang. Ein Problem damit hatte nur ich, sie nicht.

»Zwischen uns könnte sich ja immerhin eine Freundschaft entwickeln.«

Sie musterte mich provokant, als wäre sie ein hungriger Wolf und ich ein leckerer Braten. Doch ich wollte nicht ihr Braten sein. Ich wollte gar nichts mehr für sie sein. Ausgenommen eine Erinnerung an ein früheres Leben. »Eine Freundschaft beruht auf Vertrauen«, gab ich zu bedenken. »Ich würde dich nur enttäuschen.«

»Wir könnten es versuchen.«

Ich wusste nicht, auf was Barbara aus war. Vor wenigen Wochen hatte sie mich praktisch aus der Wohnung geworfen und jetzt streckte sie mir auf ihre unterschwellig-falsche Art die Hand entgegen. Ich konnte mir gut vorstellen, dass sie bloß eifersüchtig war. Oder einsam.

Das Lachen wegen Barbaras Blauäugigkeit blieb mir allerdings im Hals stecken, als ich aus den Augenwinkeln Jodie bemerkte. Sie wurde von meiner Mutter, die schon immer ein Herz für Neuankömmlinge in ihrem Freundes- und Familienkreis hatte, zielgenau auf dem freien Stuhl mir gegenüber platziert. Ich schenkte ihr ein entschuldigendes Lächeln, das sie unter Barbaras Beobachtung erwiderte.

»Du bist also die kleine Detektivin?«, wandte sich Barbara mit einer als Frage getarnten Feststellung an Jodie.

»Ich würde mich nicht als Detektivin bezeichnen«, widersprach Jodie geduldig.

Sie trug etwas mehr Schminke als sonst, ein hübsches schwarzes Seidenkleid und hatte ihre Haare zu einem lockeren Pferdeschwanz gebunden. Gott, ich fand sie unglaublich sexy. Erst als ich sie sah, wurde mir klar, wie sehr ich sie vermisst hatte und wie sehr ich sie begehrte. Ich wollte sie so schnell wie möglich von hier wegbringen, zu mir fahren oder auch zu ihr, das Ziel war mir völlig egal. Ich wollte sie ausziehen, sie küssen und buchstäblich die ganze Nacht mit ihr schlafen.

»Wie läuft die Recherche?«

Jodie nickte. »Gut. Wir kommen voran.«

»Obwohl Harry die Berichterstattung torpediert? Oder ist er ein lieber Junge?«

Als Barbaras Hand wie selbstverständlich auf meiner Schulter landete, verkrampfte ich mich.

Schnell warf ich ihr einen Seitenblick zu. Sie war sich ihrer Macht bewusst und liebte ihre Position. Mich in der Hand zu haben bereitete ihr höchsten Genuss. Mir hingegen war danach, sie vor die Tür zu setzen; das Unterfangen wurde allerdings von meiner Mutter verhindert. An der Spitze der Tafel stehend ließ sie sich zu einer ausschweifenden Rede über das zurückliegende und bevorstehende Lebensjahr, über ihre Pläne und wie dankbar sie war, hinreißen.

Alle lauschten, dann wurde applaudiert und der erste Gang serviert.

Es gab eine Bouillabaisse. Ich nahm gerade meinen zweiten Löffel, als es klingelte. Im Grunde waren wir vollzählig. Mutter schickte ihre Haushälterin zur Tür, die wenige Minuten später mit Michael im Schlepptau zurück ins Speisezimmer kehrte.

Klirrend landete mein Löffel auf dem sündteuren Familienporzellan mit aufgemaltem Wappen. Mutter erkannte ihn nicht – ihren Vater. Wie auch? Einzig Jodie und ich wussten Bescheid. Wir wechselten einen Blick, während Michael mit feuchten Augen und beladen mit einem monströsen Blumenstrauß meiner Mutter gratulierte.

Ich musterte Jodie, sondierte ihr Verhalten und ordnete genau ein, was für ihre Unschuld oder ihre Beteiligung an Michaels Auftauchen sprach.

Hatte sie ihn etwa hinter meinem Rücken einfach zur Party meiner Mutter eingeladen? Mischte sie sich schon wieder ein? Oder war Michael selbstständig angereist, um die Feier seiner Tochter als Überraschungsgast zu crashen?

Es war verrückt, dass meine Mutter ihren einundfünfzigsten Geburtstag feierte, der aber der erste mit ihrem Vater gemeinsam war. Und sie wusste nicht einmal davon. Ich fühlte mich schuldig und spülte das Gefühl hastig mit einem Schluck Wein hinunter.

Meine Mutter war verunsichert, gleichzeitig jedoch zu höflich, um Michaels Besuch öffentlich zu hinterfragen.

Der Typ war mein Großvater. Ich konnte es ja selbst noch nicht glauben. Ich war nicht Spross eines Hochstaplers und Mörders, sondern eines Normalos, der sein Rentnerdasein in Cambridge fristete. Der einzige Knackpunkt: sein jahrelanges Schweigen. Das kostete ihn einige Sympathiepunkte meinerseits.

Offensichtlich hatte ihm das Gespräch mit uns und die Aufarbeitung seiner Vergangenheit Mut verschafft, sich an seine Tochter anzunähern. Im hohen Alter noch reinen Tisch machen, so etwas soll ja häufiger vorkommen.

»Hast du ihn eingeladen?«, raunte ich Jodie zu.

»Nein. Zumindest nicht direkt.«

Michael überreichte meiner Mutter die Blumen und stellte sich ihr in diesem Moment als alter Freund ihrer Familie vor.

»Was bedeutet das?«

»Er hat mich einige Dinge Luisas Leben betreffend gefragt.«

»Als ich bei unserem Treffen in Cambridge auf dem Klo war?«

»Während eines Telefonats«, antwortete sie zerknirscht.

»Du telefonierst mit ihm?«

»Ich hatte Fragen.«

»Wozu?«

Meine Mutter ließ einen weiteren Stuhl bringen und ihn neben ihren stellen.

»Über George und Alice. Bei der Ausarbeitung ist mir noch etwas eingefallen.«

»Wolltest du dich nicht eigentlich mit mir absprechen?«

Barbara genoss unser Gefecht, als würden wir es nur für sie veranstalten. Sie lehnte sich zurück und betrachtete uns mit belustigtem Blick.

»Das tue ich doch, und zwar immer dann, wenn es notwendig ist.«

Ich atmete durch. Meiner Mutter zuliebe beendete ich die Diskussion an dieser Stelle. Für Schuldzuweisungen war es ohnehin zu spät. Michael saß längst am Tisch. Viel wichtiger schien mir momentan zu sein, Michael vor irgendwelchen Geständnissen zu bewahren, ob aufgrund unkontrollierter Gefühle oder weil er zu tief ins Glas geschaut hatte.

Nach dem Dessert entschuldigte sich Jodie auf die Toilette. Barbara lehnte sich daraufhin näher zu mir. »Sie im Auge zu behalten beinhaltet also, mit ihr zu schlafen?«

»Was zum Teufel redest du da?«

»Ach, komm, Harry. Ich kenne dich wie keinen anderen hier an diesem Tisch. Deine Körpersprache, deine Blicke und deine Gesten sind mir zu vertraut, um mich zu irren.«

Ich drehte mich zu ihr, musterte sie und schwieg aber. Barbaras Persönlichkeit in Verbindung mit dem Wissen, das sie besaß, war mir zu heikel, um sie in irgendeiner Form zu provozieren. Lieber war ich da der kleinlaute Idiot, der sich von ihrer Art einschüchtern ließ.

»Gerade noch warst du so traurig, dass es mit uns vorbei ist, und jetzt hast du dich bereits neu orientiert. Ganz schön dreist.«

»Das ist die Gefahr, die besteht, wenn du weiterhin Kontakt mit mir halten willst«, parierte ich starr. »Du wirst live miterleben, mit wem ich mich treffe.«

»Oh, ist sie das für dich? Deine Zukünftige? Oder ist sie nur eine schnelle Affäre?«

»Zum Glück muss dich diese Frage nicht kümmern.«

Barbara mochte mich lesen können, ich sie aber auch. Ich musste kein Genie sein, um zu begreifen, wie verletzt sie war, von mir und Jodie auf diese Weise zu erfahren. Ich konnte ihre Gefühle ja durchaus nachvollziehen.

Den Ex-Freund, den Verlobten noch dazu, mit dem man eine jahrelange Beziehung geführt hatte, mit einer anderen Frau zu sehen, war hart. Derart hart und schmerzhaft, dass Menschen deswegen manchmal irrational handelten.

Ich hoffte krampfhaft, dass Barbara nicht vorhatte, einen allerletzten Rachefeldzug gegen mich zu starten. Munition dafür hatte sie.

Sie konnte damit gewaltigen Schaden anrichten.

Kapitel 41

Alice

1973

Mitten während meiner Recherchen stellte ich fest, dass ich schwanger war.

Das Baby, das in mir heranwuchs, Michaels Baby, gab mir Zuversicht, stellte mich natürlich aber vor neue Herausforderungen. Immerhin würde George klar sein, dass das Kind nicht von ihm sein konnte. Wir hatten schon lange nicht mehr miteinander geschlafen.

Die Übelkeit war an manchen Tagen so schlimm, dass ich kaum aus dem Bett kam. Dennoch blieb ich an meiner Suche nach der Wahrheit dran. Ich schrieb Briefe nach Frankreich, um mich dort nach Georges Eltern zu erkundigen. Auf die Antwort wartete ich ungeduldig, während mein Bauch stetig wuchs und die Übelkeit einem winzigen, kaum merklichen Strampeln wich.

Michael freute sich auf das Baby und schmiedete bereits Pläne für eine gemeinsame Zukunft. Er wollte bald mit meinem

Vater sprechen und vor allem wollte er dafür sorgen, dass George aus meinem Leben verschwand.

Dieser quittierte die Neuigkeit über meine Schwangerschaft mit einem gefährlichen Schweigen. Ich hatte ihm ganz lapidar während des Abendessens mitgeteilt, dass ich ein Kind erwartete. Er rümpfte die Nase, schnaubte verächtlich und betrachtete mich mit einem derart hasserfüllten Blick, dass mir ein Schaudern über den Rücken lief.

»Wir sollten überlegen, ob eine Scheidung nicht angemessen wäre«, schlug ich daraufhin vor und stand auf.

George klappte in aller Seelenruhe seine Zeitung zu und erhob sich. Langsam kam er näher, sein Blick dabei war unerträglich böse. »Damit du frei für ihn bist?«

Ich wusste nicht, was ich sagen sollte. Konnte nicht lügen, aber die Wahrheit war ebenfalls unangemessen. »Unsere Ehe ist am Ende, George. Wir haben uns geirrt und passen einfach nicht zusammen.«

Er beugte sich zu mir und zu meinem Entsetzen legte er seine Hand flach auf meinen sich wölbenden Bauch. »Ich werde nicht gehen. Triff dich mit ihm, tob dich aus, aber mein Platz ist hier. Dein Vater hasst diesen Kerl und er wird ihn noch mehr hassen, wenn er erfährt, dass er dich geschwängert hat, während du mit mir verheiratet bist.«

Wenig später erhielt ich ein Antwortschreiben aus Frankreich. Georges Familie existierte nicht.

Angespornt durch diesen Erfolg machte ich jene ältere Frau ausfindig, die George auf dieser Geburtstagsparty angesprochen und vermeintlich verwechselt hatte. Sie wohnte in Bath. Michael und ich fuhren an einem Sonntag zu ihr. Wir hatten angekündigt, mit ihr über George oder besagten Joseph sprechen zu wollen.

Die Dame, sie hieß Gabriela Field, erwartete uns bereits bei Tee und Kuchen. Während wir in ihrem kitschigen Wohnzimmer saßen, erzählte sie uns von ihrer Nichte Marion.

Sie habe Joseph nach dem Tod ihres Mannes kennengelernt und ihn dann schnell geheiratet. Joseph habe sich sehr für das Geschäft, das Marions Mann hinterlassen hatte, eingesetzt und sie in allen geschäftlichen Belangen unterstützt. Der Altersunterschied zwischen den beiden, Marion war gut zehn Jahre älter als Joseph, sei anfangs kein Problem gewesen. Erst später habe er sich Marion als ein sehr umtriebiger und rastloser Mensch präsentiert. Manchmal sei Joseph für mehrere Tage verschwunden, sein Ziel – ungewiss.

Marion sei unglücklicher geworden, Joseph fordernder und bestimmender. Das Geschäft sei praktisch in seiner Macht gewesen und Marion habe den Überblick längst verloren gehabt.

Immer mehr Parallelen erkannte ich zwischen George und mir.

Konnte das alles ein frappierender Zufall sein? Ich wusste es nicht.

Marion habe ihre unglückliche Ehe immer stärker zugesetzt, bis sie schließlich eines Tages tot aufgefunden worden sei. Man habe sie im Wohnzimmer liegend entdeckt. Den Kopf habe sie sich am Kamingitter aufgeschlagen. Sie sei obduziert worden, man habe aber nicht eindeutig feststellen können, ob sie bloß gestürzt oder ob es Mord gewesen sei. Joseph habe sich am Boden zerstört gegeben, habe um seine viel zu früh verstorbene Ehefrau getrauert und schien irgendwann den Erinnerungen im gemeinsamen Haus nicht mehr standgehalten zu haben. Er sei spurlos verschwunden und mit ihm, so erklärte Gabriela mit Tränen in den Augen, sämtliche Antworten zum tragischen Tod ihrer Nichte. Die Firma sei zu der Zeit längst bankrott gewesen und das Geld, offenbar eine größere Summe, unauffindbar.

Ich fragte nach Bildern von Marion und Joseph, die es bedauerlicherweise nicht gab.

Wir konnten nicht mit Sicherheit sagen, ob Joseph und George dieselbe Person waren, vieles sprach allerdings dafür.

Meine Sorge, mich könnte ein ähnliches Schicksal wie Marion erwarten, stieg nach dem Besuch bei Gabriela jedenfalls schlagartig an.

Kapitel 42

Harry

2024

Michael suchte das Gespräch mit mir, während ich in der Küche stand und Eiswürfel nachfüllte. Klimpernd landete Klumpen für Klumpen in dem runden Metallbecher. Aus dem Esszimmer waren die Gespräche der Gäste, Gelächter und das Klirren von Besteck oder Gläsern zu hören.

»Kaum zu glauben, dass es diesen gemauerten Kamin noch immer gibt.« Seine Einstiegsaussage war pauschal, sollte mir aber gleichzeitig das Gefühl vermitteln, dass er sich im Haus auskannte. Auch ihn verbanden Emotionen mit diesem Ort. Er hatte seine persönlichen Erinnerungen.

Ich lehnte mich gegen das steinerne Waschbecken. Die Küche hatte meine Mutter vor wenigen Jahren erneuert und in diesem Zug die vormals dunklen Nussholzmöbel gegen ein moderneres Modell in Nebelgrau austauschen lassen. Der Kamin war geblieben. »Mutter hängt daran. Sie sitzt oft dort mit einem Buch in der einen und einer Tasse Tee in der anderen Hand.«

»Ich habe dieses Haus seit mehr als fünfzig Jahren nicht betreten«, erklärte er mit belegter Stimme. »Es hat mich viel Überwindung gekostet, heute herzukommen.«

»Dass es nicht einfach ist, kann ich mir vorstellen. Aber warum jetzt? Warum heute?«

»Luisas Geburtstag ist seit jeher ein schmerzhafter Tag für mich. Als sie noch ein Kind war, habe ich Luftballons und Stofftiere gekauft, später Puppen und noch später Schallplatten oder Parfums, von denen ich überzeugt war, dass ihr diese Dinge gefallen würden. Die Geschenke habe ich aufbewahrt. Bis heute. Immer war da die Hoffnung, dass der Augenblick kommen würde, in dem ich sie real sehen kann.« Bedauernd schaute er auf seine Hände, die er vor seinem Schoß gefaltet hielt. »Mein Leben ist gespickt mit Entscheidungen, die ich getroffen habe und die ich zutiefst bedauere. Heute bin ich ein alter Mann, verbitterter, ja, aber auch reflektierter. Vieles kann ich nicht ändern, aber einiges doch.«

»Also hast du dich für den großen Auftritt entschieden, um dein Gewissen reinzuwaschen?«

»Ich habe einfach nach einem Grund gesucht«, gestand er. »Harry, ich würde ihr gerne die Wahrheit sagen. Mit deiner Unterstützung.«

»Um Teil ihres Lebens zu werden?«, fragte ich provokant. Sein Vorgehen gefiel mir nicht, schien er doch hauptsächlich egoistisch zu denken.

»Ja. Und auch zu einem Teil deines Lebens würde ich gerne werden.«

»Je länger ich über dich nachdenke, Michael, desto mehr Fragen drängen sich mir auf. Ich verstehe dein Handeln einfach nicht. Ich begreife nicht, wieso du sie damals im Stich gelassen hast und jetzt davon ausgehst, sie würde sich freuen, dich zu sehen.«

»Ich weiß, dass ich einen Fehler gemacht habe. Im Laufe der Jahre ist meine Beschämung ständig größer geworden und hat mich daran gehindert, Verantwortung zu übernehmen.«

Hatte er gedacht, wir würden ihm den roten Teppich ausrollen, wenn er eines Tages hier aufschlüge?

»Ich kann meine Fehler nicht wiedergutmachen, aber ich kann versuchen, ein Teil ihres jetzigen Lebens zu sein. Sie ist schließlich alles, was mir von Alice geblieben ist. Vielleicht habe ich mich deswegen auch so gefürchtet, sie zu sehen. Weil sie mich an den Verlust erinnert. Sie erinnert mich daran, versagt zu haben, Alice nicht beschützt zu haben. Gleichzeitig weckt sie die schönsten Erinnerungen, die ich mit Alice verbinde, in mir.«

Exakt in diesem Moment tauchte meine Mutter auf. Ihr Blick war gläsern, ihre Haltung strotzte nur so vor Anspannung. Langsam trat sie ins Zimmer und sah starr zu Michael. »Mein Vater?«, wiederholte sie. »Sie … sind mein Vater?«

Nun hatte ich genau jenes chaotische Durcheinander, das ich von Anfang an hatte verhindern wollen – wenn auch in anderer Konstellation. Ich konnte nicht einmal mehr eingreifen, weil Michael bereits zustimmend nickte.

»Ja, der bin ich«, erklärte er mit einem einladenden Grinsen im Gesicht.

Meine Mutter starrte zu mir. Sie wirkte entsetzt und enttäuscht zugleich. »Du wusstest davon?«

»Erst seit ich mit Jodie in Cambridge war, ja.«

»Ich dachte … George. Alle sagten, George wäre mein Vater.« Meine Mutter atmete tief durch und zog sich schließlich einen der beiden Barhocker der Frühstückstheke heran.

Sie musste sich setzen und ich brauchte eigentlich einen Drink. Aber ich blieb und stand ihr zur Seite.

»Dein Großvater wollte, dass die Menschen glauben, George wäre dein Vater. Immerhin war deine Mutter mit ihm verheiratet, als du auf die Welt kamst. Es tut mir leid, dass ich dir die Wahrheit nicht früher gesagt habe.«

Meine Mutter war eine toughe Frau, deshalb gelang es ihr auch diesmal, den ersten Schock schnell zu überwinden. Sie nickte und sortierte die Informationen, dann öffnete sie sich Michael.

»Ich habe immer gespürt, dass George nicht mein Vater ist. Oder zumindest habe ich es gehofft. Die Geschichten, die mein Großvater über ihn erzählt hat, kamen mir so fremd vor. Ich konnte mich mit ihm nicht identifizieren.«

»Deine Mutter und ich standen gerade am Anfang unserer Beziehung und sie wollte sich von George scheiden lassen. Leider ist es dazu nicht mehr gekommen.«

Sie seufzte tief. »Ihr habt euch geliebt. Das ist alles, was für mich zählt.«

»Das haben wir. Ich hätte mir wirklich gewünscht, unser aller Leben wäre anders verlaufen.«

»Du musst mir alles über sie erzählen«, bat sie Michael.

»Alice hat leidenschaftlich gerne Tagebuch geschrieben. Ich habe immer gehofft, du würdest es finden und der Wahrheit selbst auf die Spur kommen. Aber liebend gerne berichte ich dir von deiner Mutter.«

Mein Magen verknotete sich. Nicht meine Mutter hatte die Tagebücher, sondern ich. Michael hatte etwas von Fehlern erwähnt, die er in der Vergangenheit begangen hatte. Ich selbst durfte meine Entscheidung, die Existenz der Tagebücher vor meiner Mutter zu verheimlichen, wohl selbst als einen jener bedeutungsschweren Fehler bezeichnen.

Gleich wie Michael hatte ich die Entscheidung aber auch zum Schutz meiner Mutter getroffen.

»Ich habe keines ihrer Tagebücher gefunden«, sagte meine Mutter indessen. »Mir ist nichts geblieben von ihr.«

Als meine Mutter in Tränen ausbrach, fiel Michael körperlich merklich zusammen. Seine Schultern sackten ein, sein Gesichtsausdruck wurde fürchterlich bedauernd und sein Blick leer. »Es tut mir leid. Es tut mir so leid«, jammerte er fortwährend.

Schließlich setzte er sich in Bewegung. Bei meiner Mutter angelangt schloss er sie in seine Arme. Beide weinten sie bittere Tränen.

Ich kam nicht umhin, mich schuldig zu fühlen.

Kapitel 43

Alice

1973

Kurz vor der Geburt meines Babys erhielt ich einen Anruf von Gabriela. Man hätte bei Renovierungsarbeiten in Marions Haus Unterlagen zu Joseph gefunden. Der Umschlag sei zwischen Fußbodendielen entdeckt worden. Offensichtlich war er jemandem unabsichtlich unter die Holzbretter gerutscht. Sie könne mir Kopien davon zuschicken. Ich willigte natürlich ein und wartete auf die Ankunft des Päckchens aus Bath.

Als die Sendung eintraf, fuhr ich sofort zu Michael. Beide waren wir fürchterlich aufgeregt.

Wir öffneten den braunen Umschlag und beförderten einen Stapel Zettel ans Tageslicht. Es handelte sich um Dokumente, Bilder und Notizen.

Auf einem Bild war ein Mann zu sehen. Er war vielleicht um die zwanzig und stand in einen hübschen Anzug gekleidet vor einem prächtigen Gebäude. Dieser Mann erinnerte mich stark an George. Die Augen und der Mund waren fast identisch, auch wenn er mittlerweile keinen Bart mehr trug.

Ich musste durchatmen, erst dann konnte ich mich mit dem restlichen Inhalt befassen.

Inmitten von Zahlungsauflistungen sowie unverständlichen Notizen über Orte und Namen fanden wir ein weiteres Bild. Der gleiche Mann wie auf dem ersten Foto an der Seite einer älteren Frau. Sie musste Mitte fünfzig sein.

Offensichtlich war das Bild in einem Studio aufgenommen worden, weshalb wir keine Rückschlüsse auf den genauen Ort ziehen konnten. Doch dann entdeckte Michael auf der Rückseite eine Notiz – Jacob Neil und Roberta.

Wir hatten also einen Namen, nach dem wir suchen konnten.

An diesem Abend bat ich Michael, mich nach Hause zu bringen. Noch in seinem Wagen vor dem Gebäude nahm ich seine Hand fest in meine. »Wenn das Baby geboren wird, möchte ich, dass du herkommst.«

Schmerzlich verzog er das Gesicht. »Du weißt, dass das nicht geht, Alice.«

Tief in mir hätte ich mir mehr Durchsetzungsfähigkeit von Michael gewünscht. Dass er mich befreite, mir den letzten Anstoß gab, George zu verlassen. Wegen des Babys und wegen all der Dinge, die wir über George erfahren hatten. Man könnte meinen, er hätte sich verantwortlich fühlen müssen. Doch offensichtlich war er genauso überfordert wie ich. Und das war schon enttäuschend.

»Ich werde dich trotzdem verständigen lassen.«

Er nickte. Ich wollte gerade aussteigen, als er nach meinem Arm griff. »Ich liebe dich«, sagte er bedächtig.

Lächelnd ließ ich mich schwerfällig zurück auf den Beifahrersitz sinken. Ich streckte die Arme nach ihm aus und legte meine Handflächen zu beiden Seiten auf seine Wangen. »Ich liebe dich, Michael.«

»Wir bekommen alles hin, Alice. Alles wird gut. Versprochen.«

»Ich weiß«, flüsterte ich. »Wenn ich bei dir bin, geht es mir gut. Bei dir bin ich in Sicherheit.«

Er küsste mich sanft. »Melde dich bei mir, sobald du Hilfe brauchst. Einverstanden?«

»Einverstanden.«

Keiner konnte ahnen, wie bald Michael diesen Anruf erhalten würde.

Denn nur einen Tag später setzten die Wehen ein. Ich saß beim Frühstück und schrieb einen Brief an Gabriela, um mich nach besagter Roberta zu erkundigen, als ein Stich von meinem Bauch bis in meinen Rücken fuhr. Mir blieb die Luft weg. Zitternd legte ich den Füller beiseite, rappelte mich hoch und rief nach Lucy.

Von Anfang an hatte ich geplant, das Baby zu Hause zu bekommen, weshalb die Hebamme herbeigeholt und ich ins Schlafzimmer gebracht wurde. George hielt sich glücklicherweise fern, er verließ das Haus, wie ich es von ihm gewohnt war. Michael wurde gerufen und stand mir zur Seite.

Die Geburt dauerte lange, ich wurde immer schwächer. Doch schließlich kam unsere Tochter zur Welt. Die Hebamme legte sie mir in die Arme und ich konnte mich nicht an ihr sattsehen. Ihre winzigen Finger griffen nach mir, ihr Mund verzog sich zu einem lautstarken Schrei und Michael streichelte beschützend über ihr kleines Köpfchen.

Etwas änderte sich an seiner Haltung, sobald er unsere Tochter sah. Dieses Zögern, das ich zwei Tage zuvor noch angeprangert hatte, verschwand und wich einem mächtigen Beschützerinstinkt, den auch ich verspürte. Um alles in der Welt wollte ich dieses kleine Mädchen vor George, seinen Intrigen und seinem Einfluss bewahren. In Wahrheit war ich aber so schwach, dass ich nicht einmal aufstehen konnte.

Als Michael ging, kam mein Vater zu mir ans Bett. Er setzte sich und seufzte dabei. »Warum hast du mir nicht von Michael erzählt?«

»Wirklich? Das fragst du dich ernsthaft?«

Er nickte. »Die Wahrheit derart lange zu verheimlichen war nicht klug von dir, Alice. Wir hätten Vorkehrungen treffen können.«

»Welche?« Ich war schwach, wollte mich gleichzeitig aber nicht unterkriegen lassen.

»Der Skandal wird riesig werden, wenn herauskommt, dass du ein Kind mit einem anderen Mann bekommen hast. Wie stellst du dir vor, dass es weitergeht?«

»Ich werde mich scheiden lassen und mit Michael zusammenleben.«

Der Blick meines Vaters wurde eisig. »Meine Tochter lässt sich scheiden? Nein, das wird es nicht geben. Michael hat dich früher bereits einmal im Stich gelassen und das wird er auch künftig machen. Ich werde dich mit dem Kind unterstützen. Mit George werden wir eine Einigung finden.«

Das Baby bewegte sich im Schlaf. Ruckartig streckte es beide Ärmchen von sich. Ich streichelte es. Während ich Luisa ansah, wurde mir die Bedeutung dieser Situation überdeutlich klar. Versagte ich, würde sie ihren Vater vermutlich kaum sehen. Gleichzeitig wurde ich wütend – auf mich, auf meinen Vater und auf George. Ich war erwachsen. Mein Vater konnte sich nicht länger in mein Leben einmischen. Nicht er entschied, mit wem ich verheiratet war oder wo ich lebte, sondern ich allein.

»Michael und ich werden eine Beziehung führen. Ob es dir passt oder nicht, ist mir egal. Es geht nicht mehr länger darum, was du willst, Vater. Deinetwegen habe ich George geheiratet. Einen Mann, der mich unterdrückt, beleidigt, schlägt und manipuliert. Merkst du nicht, wie sehr ich in meiner Ehe gelitten habe? Gefällt dir, wie schlecht es mir die meiste Zeit ging?«

Schweigend betrachtete er Luisa.

»Die Familie steht über allen Dingen«, sagte er schließlich.

Ich verstand seine kryptische Botschaft nicht. Vater aber stand auf und ging.

Nachts, meine Tochter schlief neben meinem Bett in einer Wiege, kam George herein. Leise näherte er sich, beugte sich über das Baby und musterte es stumm. Durch den Türspalt drang Licht vom Flur herein und beleuchtete Georges Profil.

»Sie ist wunderschön, genauso wie ihre Mutter«, murmelte George, offensichtlich hatte er bemerkt, dass ich wach war.

»Was machst du hier?«, fragte ich. Zu sprechen kostete mich noch immer viel Kraft.

George drehte sich zu mir und sah mich mit dem Wissen an, dass ich ihm ausgeliefert war. »Ich statte euch beiden einen ersten Besuch ab. Als ihr Vater sollte mir das doch erlaubt sein.«

»Ich will, dass du ausziehst, George. Sofort. Schon morgen am besten.«

»Das werde ich nicht. Noch bin ich nicht fertig mit dir.«

»Ich möchte dich hier nicht mehr sehen.«

Vermutlich hätte ich klüger und vorsichtiger vorgehen sollen; immerhin wusste ich, wie schnell George austickte. Doch ich war zu müde und mental nicht in der Lage, die Situation richtig einzuschätzen. George in die Ecke zu drängen, ihn praktisch vor die Tür setzen, während er mit der Geburt eines Kindes, das nicht sein eigenes war, konfrontiert wurde, war taktisch fatal. Ich wünschte mir aber so sehr, dass meine Ehe mit George endlich vorbei war und ich frei war für Michael, dass ich mich in diesem Moment entschloss, härtere Geschütze aufzufahren.

»Du liebst sie wahrscheinlich sehr«, flüsterte er und wandte sich erneut dem Baby zu. Als er seine Hände danach ausstreckte und ich nicht sehen konnte, wohin er griff, richtete ich mich mühsam im Bett auf. »Sie ist deine Fahrkarte für ein Leben mit diesem Mistkerl. Das war ziemlich klug von dir, Alice. Du hast dich schwängern lassen, weil du denkst, dass dein Vater dir sonst niemals die Erlaubnis geben würde, unsere Beziehung zu beenden. Aber was machst du, wenn du sie auf den letzten Metern in Richtung Freiheit verlierst?«

»Lass sie sofort in Ruhe«, zischte ich.

Ich würde schreien und brüllen, bis mich irgendjemand hörte.

»Ich könnte dir alles wegnehmen und niemand würde dir glauben. Du hättest es verdient, weil du mir ebenfalls genommen hast, was ich mir so sehr gewünscht habe.«

»Was hast du dir gewünscht?«

»Die ganze Macht.« Mit diesen Worten griff er nach dem Baby, hob es aus seiner Wiege und betrachtete es im Halbdunkel. Wie ein wildes Tier hielt er es vor der Brust. »Bei genauerem Hinsehen muss ich zugeben, dass sie ziemlich hässlich ist. Sie wird eine genauso niederträchtige Schlampe wie ihre Mutter werden.«

Der Lichtstrahl verdunkelte sich und mein Vater trat ein. Er wirkte mitgenommen, schließlich hatte er die Ereignisse der vergangenen Stunden mit all den Wahrheiten, die ans Licht gekommen waren, erst verdauen müssen. Offensichtlich aber hatte er Georges Worte mitgehört und ging nun eigenständig dazu über, George aus dem Haus zu werfen – auf seine diplomatisch-eindringliche Art.

»Ich glaube, es ist an dieser Stelle passender, wenn du dich erst einmal um eine Unterkunft außerhalb dieses Hauses kümmerst, mein Junge. Beleidigungen meiner Tochter gegenüber werde ich in dieser Form nicht tolerieren.«

Während George zögerte, fing das Baby zu weinen an.

Vater ging langsam auf ihn zu und streckte dabei die Arme beschwichtigend von sich. »Mach keine Dummheiten, George.

Ich weiß, wie schwer diese ganze Sache für dich sein muss. Aber glaub mir, wir finden eine Lösung, mit der am Ende alle zufrieden sein können.«

»Der Verlierer werde nicht ich sein«, entgegnete er.

Das Baby weinte nun lauter.

»Niemand muss der Verlierer sein.« Mein Vater kam noch näher.

»Gib mir das Baby«, verlangte ich indessen mit aller Kraft.

George zögerte zwar, drückte mir meine Tochter schlussendlich aber in die Arme.

Er verschwand, und während ich mein Kind an mich presste und weinte, hoffte ich, ihn nie wiedersehen zu müssen.

Kapitel 44

Jodie

2024

Michael wollte einige Tage in London bleiben, um alte Freunde zu treffen, Zeit mit seiner Schwester zu verbringen und auch, um eine Beziehung zu seiner Tochter aufzubauen. Ich war froh, dass dieses Geheimnis ans Tageslicht gekommen war. Es gab dieser Geschichte rund um Alice irgendwie ein Happy End. Luisa hatte ihren Vater gefunden und Harry einen Großvater, auch wenn dieser äußerst verhalten auf Michael reagierte.

An seinem letzten Abend in London lud Michael Luisa, Harry und mich zum Abendessen in ein Restaurant in Chelsea ein. Ich musste Harry zum Mitkommen überreden. Laut eigenen Angaben hatte er bereits ausreichend Zeit mit Michael verbracht.

Doch der Abend war unterhaltsam. Michael strahlte eine unglaubliche Ruhe und Gelassenheit aus. Er konnte fesselnde Geschichten aus seinem früheren Berufsleben im Innenministerium erzählen. Außerdem berichtete er über seine Familie. Verheiratet war er mit Dorothea, die als Ärztin gearbeitet hatte. Die beiden hatten zwei Kinder – Simon und Elisabeth. Er redete aber auch von Alice, wie sie zusammen in Cambridge studiert hatten. In seiner Stimme schwang eine tiefe Traurigkeit mit, die wahrscheinlich dem frühen Verlust geschuldet war.

Bei der Verabschiedung versprach Michael einen erneuten Besuch, außerdem lud er uns drei ein, nach Cambridge zu kommen.

Harry fuhr im Anschluss des Abendessens mit zu mir. Zusammengekuschelt auf meiner Couch sahen wir uns einen Film mit Bruce Willis an. Ich schlief nach etwa zwanzig Minuten ein und wurde von Harry erst geweckt, als bereits der Abspann lief. »Bleibst du hier?«, fragte ich.

»Willst du denn, dass ich hierbleibe?«

Ich nickte und beugte mich auf der Couch sitzend vor, um Harry zu küssen. »Wie du gerade bewiesen hast, gibst du ein hervorragendes Kopfkissen ab.«

Schmunzelnd folgte er mir ins Schlafzimmer. Mein Bett stand an der Wand und war von zig Kissen bedeckt, die wir zuerst abräumen mussten.

»Mit Kissen scheinst du dich auszukennen.«

»Meine geheime Leidenschaft.«

»Ich habe auch eine neue Leidenschaft, halte sie aber nicht länger geheim.« Er warf zuerst einige Kissen zu Boden, dann griff er nach meiner Hüfte.

Wir fielen aufs Bett, Harry auf mir, ich die Arme nach ihm ausgestreckt.

»Was hast du nur mit mir angestellt, Miss Ich-drehe-ein-Video-über-deine-Familie-und-gehe-dir-damit-auf-die-Nerven?«

In meinem Bauch machte sich ein warmes Gefühl breit. Ich lächelte gerührt. »So war das wirklich nicht geplant.«

»Zum Glück ist es trotzdem passiert.«

Dann küsste er mich. Da wir mittlerweile Weltmeister im Ausziehen des anderen waren, landete unsere Kleidung auch diesmal innerhalb weniger Momente auf dem Kissenberg am Boden.

Wir schliefen zuerst miteinander und dann eng aneinandergeschmiegt nebeneinander ein.

Am nächsten Tag, einem Samstag, gingen wir gemeinsam einkaufen, kochten und lungerten erneut auf meiner Couch herum. Harry dachte offensichtlich nicht daran, nach Hause zu fahren, und auch ich sprach dieses Thema nicht an, zu schön war es, ihn an meiner Seite zu wissen. Wir lachten eine Menge, blödelten noch viel mehr und die Stunden vergingen wie im Flug. Dieser Samstag war perfekt, ungeplant und ungezwungen. Ein Gefühl von Normalität schlich sich ein.

Abends lud ich Harry ein, mich zur Lesung einer befreundeten Autorin zu begleiten. Ich fürchtete, dass dies der Moment war, in dem er sich verabschieden würde und diese wohlige Blase damit geplatzt wäre. Zu meiner Überraschung zeigte er sich begeistert. Wir fuhren auf dem Weg in die Buchhandlung bei ihm vorbei. Er zog sich um und packte sogar Kleidung für danach ein.

Die Lesung war ein Spektakel, wie immer bei Eva Longstrom, mit Musik und Witz führte sie durch den Abend. Später unterhielten wir uns mit ihr. Ich kannte Eva von meinen Recherchen; immerhin galt sie als wahre Koryphäe in Sachen jüngerer Geschichte. Ihre Romane, in denen sie meist geschickt mehrere Epochen verknüpfte, waren unglaublich fesselnd.

»Jodie, arbeitest du an einem neuen Fall?«, fragte sie.

Wir standen vor einem runden Stehtisch, Musik war im Hintergrund zu hören, Getränke wurden verteilt. Eva trug ein knielanges schwarzes Kleid mit Paillettenstickereien. Ihr schulterlanges, blondes Haar war gelockt.

»Das tue ich, du kennst mich ja. Ohne meine Berichte kann ich nicht existieren.« Ich gab eine Kurzfassung von Alices

Geschichte wieder und stellte in diesem Zug Harry als meinen Ermittlungspartner vor.

Während er mit Eva redete, wurde mir klar, dass dies unser erster öffentlicher Auftritt war, der nichts mit Alices Fall zu tun hatte. Und wir waren ganz klar mehr als Freunde. Wir waren auch deutlich mehr als bloß zwei Menschen, die ab und zu miteinander ins Bett gingen. Für mich fühlte sich das zwar mächtig an, aber auch gut. Normal, könnte man sagen. In Harrys Gegenwart fiel es mir leicht, mich zu entspannen.

Mit einem Schmunzeln sagte Eva dann: »Solltest du nach dieser Geschichte und neben diesem hübschen Mann irgendwann mal wieder Zeit für einen neuen Fall haben, melde dich. Ich glaube, ich hätte da etwas zu bieten.«

Zum Abschluss umarmte ich sie sogar aus einer überschwänglichen Laune heraus. Doch Eva drückte mich als Erwiderung an sich und flüsterte mir ins Ohr, dass ich einen »Leckerbissen an der Angel« hätte. Ich glaube, das sollte bedeuten, dass sie Harry höflich, nett und kultiviert fand.

»Du hast dir ja ein richtiges Netzwerk aufgebaut«, bemerkte Harry später, als wir in seinem Wagen saßen und in Richtung meiner Wohnung fuhren. Ich wollte nicht länger ein Geheimnis daraus machen: Harry würde erneut bei mir schlafen. Wir hatten sogar bereits Pläne für den kommenden Sonntag – ausschlafen, ausgiebig frühstücken, auf dem Markt einkaufen und danach den Bruce-Willis-Marathon fortsetzen.

»Ich habe durch meine Arbeit eine Menge Leute kennengelernt. Unter anderem Eva und dich.« Zwinkernd griff ich nach seiner Hand.

Er grinste. »Ja, ich merke, dass ich mit Eva um deine freie Zeit konkurriere.«

»Eva ist herzlich.«

»Und ein wenig verrückt.« Er zog seine rechte Augenbraue hoch, als ich die Stirn runzelte. »Das musst du trotz deiner

Mitgliedschaft in ihrem Fanclub zugeben. Sie hat mir bei der Verabschiedung in die Wange gekniffen.«

»Das war bestimmt bloß ein Versehen.«

»Sie hat meinen Bizeps befühlt.«

Ich seufzte. »Okay, sie ist etwas touchy, aber wirklich klug und bereichernd. Ohne sie hätte ich nie von deiner Großmutter erfahren.«

»Was möchtest du alternativ nach dem Studium machen?«

»Auf jeden Fall etwas mit Büchern und Geschichten«, antwortete ich. »Vielleicht bei einem Verlag oder einem Magazin. Mein Traum wäre es aber sicher, von meinen Videos und meinen eigenen Büchern leben zu können.«

»Ich jedenfalls glaube ganz fest an dich.« Harry berührte mit seiner Aussage die tief liegendsten Punkte meines Herzens.

Denn ich glaubte ihm. Er sagte das nicht einfach so dahin, es war die Wahrheit. Harry war niemand, der einem falsche Komplimente machte. Er war ehrlich und durchsetzungsfähig.

Dass er an mich glaubte, gab mir dermaßen viel Aufwind, dass ich ihn am liebsten an Ort und Stelle geküsst hätte. Ich wartete damit allerdings, bis wir in meiner Wohnung waren. Erst dann schlang ich meine Arme um ihn und presste meine Lippen auf seine.

Schnell landeten wir in meinem Bett, wo wir bis zum nächsten Morgen blieben, allerdings kaum schliefen.

Kapitel 45

Alice

1973

»Du bist nervlich noch angespannt, aber diese eine Frage musst du mir erlauben: Wie konntest du nur so dumm sein und dich auf diesen Michael einlassen? Ein zweites Mal, Alice? Wieso?«

Eine Woche nach der Geburt unserer Tochter Luisa hatte mich mein Vater erneut in meinem Schlafzimmer aufgesucht. Ich hatte ihm den gesamten Skandal geschildert – vom Wiedersehen mit Michael bis hin zu meinen Nachforschungen. Er war ruhig geblieben, doch das war, wie sich herausstellte, lediglich eine Taktik von ihm gewesen, damit ich mich in Sicherheit wiegte und ihm die ganze Wahrheit beichtete.

»Eine Scheidung ist fatal für den Ruf unserer Familie. Das ist dir doch hoffentlich bewusst.«

Ich nickte zwar, wollte mich aber nicht so leicht geschlagen geben. »Dann ziehe ich aufs Land, Michael hat nichts dagegen. Ihm ist wichtig, dass er bei mir und Luisa sein kann.«

»Glaubst du wirklich, dass es so einfach ist und Michael sein berufliches sowie gesellschaftliches Ansehen gefährden möchte?«

»Vater, nicht alle denken derart engstirnig wie du«, fuhr ich ihn an. »Michael liebt mich und ich werde mir diese Liebe nicht ein zweites Mal von dir zerstören oder verbieten lassen.«

Mein Vater seufzte resigniert. »Ich kann dich einfach nicht verstehen. George … er war doch ein einwandfreier Ehemann, tüchtig, klug und strebsam.«

Tränen traten mir in die Augen. Nach der Geburt war ich emotional noch sehr mitgenommen. Das wären meine Hormone, hatte die Hebamme erklärt. Doch auch die Härte meines Vaters setzte mir in diesem Moment enorm zu. »Er hat mich geschlagen. Und offensichtlich verfolgte er durch die Ehe mit mir wirtschaftliche Ziele.«

»Menschen machen Fehler.«

Auch die Worte meines Vaters fühlten sich wie eine Ohrfeige an. Als verriete er mich. Als bedeutete der Rauswurf nichts. »Du kannst George gerne wieder Unterschlupf gewähren, Vater, und stattdessen mich rausschmeißen.«

George lebte nach wie vor im Hotel. Ich hatte Vater überreden können, dass das erst einmal so blieb. Das wäre für den Übergang die beste Lösung.

Er betrachtete das Baby mit einem Bedauern, das mir die Kehle zuschnürte.

»Diese Entscheidung wirst du bereuen.«

»Drohst du mir jetzt etwa auch?«

»Nein, ich drohe dir nicht. Ich versuche nur, dich vor einer riesengroßen Dummheit zu bewahren.«

»Oh, wie in der Art, als du mir damals weisgemacht hast, George wäre ein wunderbarer Ehemann für mich?« Zum ersten Mal in meinem Leben schrie ich meinen Vater an. Es war, als wären mit der Geburt meiner Tochter sämtliche Dämme gebrochen.

Vater steckte meine Wut locker weg, schließlich war er in letzter Zeit einiges gewohnt. »Michael ist kein ehrbarer Mann.«

»Wir lieben einander, Vater, und ich war unglücklich. Ich war so unglücklich, dass ich ernsthaft überlegt habe, mich umzubringen.« Ich gab ihm Zeit, mein Geständnis sacken zu lassen. Doch wie immer nahm er meine Aussage nicht allzu ernst und tat sie mit einem Seufzen als die Schwäche einer Frau ab. »Wäre Michael nicht erneut in mein Leben getreten, würde ich jetzt nicht mehr hier sein. Ich habe einfach keinen anderen Ausweg gesehen. Von dir konnte ich schließlich keine Hilfe erwarten.«

Er schloss die Augen und stützte sich am hölzernen Fußteil meines Bettes ab. »Welche Schande du über uns bringst. Eine Scheidung in meiner Familie. Ich kann die Tragödie nicht mehr abwenden oder verhindern, dafür ist es zu spät. Alles, was ich tun kann, ist, den Schaden so klein wie möglich zu halten. Trotzdem kann ich dir nicht verzeihen.«

Natürlich schmerzten seine Worte. Doch viel leidvoller wäre es für mich gewesen, wenn ich bei George geblieben wäre. Wie hätte er meine Tochter und mich behandelt? Sicher nicht sonderlich gut.

Ich hatte keine andere Wahl, allerdings schienen mir mit Michael an meiner Seite sogar die Enttäuschung und Missgunst meines Vaters ertragbar zu sein.

Der Anfang würde schwer werden, aber ich konnte meiner Zukunft mit Michael wohlwollend entgegenblicken. Auch wenn der Preis hoch war.

Kapitel 46

Harry

2024

Ich saß im Büro, als mich Jodie anrief, um mir aufgeregt mitzuteilen, dass sie herausgefunden habe, dass George tatsächlich noch am Leben sei. Und nicht nur das. »Er wohnt sogar in London. Kannst du dir das vorstellen?«

»Wie hast du das geschafft?«, rief ich überrascht.

Jodie erklärte, dass sie nach der Lesung einen Hinweis von Eva erhalten hätte. Diese würde sich an einen Jacob Neil erinnern, der nach einem Auslandsaufenthalt in den Achtzigerjahren bei seiner Ankunft in London verhaftet und zu einer Gefängnisstrafe verurteilt worden wäre. Die beiden Taten, die Michael uns geschildert hatte, würden perfekt zu jenen passen, wegen derer besagter Jacob Neil mehrere Jahre hinter Gittern gesessen hatte.

»Ich habe herausgefunden, dass er nach seiner Freilassung eine Bar in Lambeth eröffnet hat. Er lebt heute noch immer dort in der Nähe.« Nach kurzer Pause: »Wir sollten hinfahren und mit ihm reden.«

Dieser Vorschlag verursachte mir Bauchschmerzen. George war zwar ein tragender Pfeiler der Geschichte, vermutlich sogar unser wichtigster Ansprechpartner, doch ich hatte Angst, dass ich von den Dingen, die er von sich gab, überwältigt sein würde. Ich befürchtete außerdem, dass er sich, ähnlich wie Michael, in unser Leben einmischen würde und meine Mutter nur noch mehr aufwühlte.

»Harry, bitte komm mit. Du bist mein Schlüssel zu diesem Kerl. Außerdem … keine Ahnung … Du willst mich doch hoffentlich nicht mit einem verurteilten Verbrecher alleine lassen.«

Ich ließ mich also von Jodie überzeugen und so fuhren wir am Wochenende nach Lambeth, genauer gesagt in die Black Prince Road, wo der gleichnamige Pub zu finden war. Er befand sich in einem heruntergekommenen dreistöckigen Backsteinhaus mit dunkler Fassade und dreckigen Fenstern. Die Blumen in den Trögen vor dem Haus waren vertrocknet, der Türknauf klebte und die Farbe bröckelte an allen Ecken und Enden ab. Auch den Barbereich konnte man nur als schäbig beschreiben. Vor einer u-förmigen Theke lungerten einige Typen vor ihrem Bier, denen ich nachts nicht begegnen wollte. Auf einem Fernseher an der Wand zu unserer Linken wurde ein Fußballspiel übertragen, rechts befanden sich drei Tische, diese waren leer, sowie ein Spielautomat.

Die Kerle beäugten uns misstrauisch, vermutlich hielten sie uns für Zivilpolizisten, die in diesem Viertel häufig ihre Runden drehten. Ich legte eine Hand auf Jodies Rücken und dirigierte sie zur Bar. Beide kletterten wir auf einen Hocker. Die Tischplatte war nass und klebte ebenfalls. Es roch penetrant nach Bier.

Schließlich schlurfte die Frau zu uns, die hinter dem Tresen gestanden hatte. Sie musste um die siebzig sein, hatte kurze, rote Haare und ein deutlich übertriebenes Make-up.

»Kann es sein, dass ihr beide euch verlaufen habt?«, fragte sie und verschränkte die Arme über ihrer schwarzen fleckigen Bluse.

»Wir sind hier, um mit George zu sprechen«, begann ich.

Die Frau runzelte die Stirn, woraufhin Jodie das Wort ergriff. »George oder Jacob. Jacob Neil.«

Erst da schien sie zu verstehen. Sie nickte, griff dann aber nach dem schmutzigen Lappen und wischte flüchtig über die feuchten Stellen auf der Theke. »Was wollt ihr von ihm?«

Treffer, würde ich sagen.

Wir konnten allerdings nicht sicher sein, ob dieser George derjenige war, den wir suchten.

»Es geht um eine familiäre Geschichte«, erwiderte Jodie auf jene sympathisch-zuträgliche Art, mit der sie vor geraumer Zeit auch mich für den Fall geködert hatte.

Die rothaarige Frau fiel allerdings nicht auf Jodies Masche herein. »Seine Familie bin ich, eine andere hat er nicht. Seine Eltern sind längst gestorben und zu seinen Geschwistern hat er keinen Kontakt.« Sie warf den Lappen in die Spüle und beugte sich näher zu uns. »Er ist über neunzig und sollte sich seine Zeit nicht mit Leuten wie euch vertreiben müssen.«

»Sie sind seine Tochter?«, hakte Jodie nach.

»Nein, ich bin seine Frau, Schätzchen.«

Es juckte mich in den Fingern, Jodie einen erstaunten Blick zuzuwerfen. Ich ließ es allerdings bleiben und konzentrierte mich auf unsere Mission. »Hat er Ihnen schon einmal von einer gewissen Alice Ramsay erzählt? Sie war meine Großmutter und er war mit ihr verheiratet.«

Dieser Kommentar veranlasste die Frau dazu, ihre Augen zusammenzukneifen. »Alice Ramsay?«, wiederholte sie. Etwas an ihrer Tonlage verriet mir, dass sie den Namen nicht zum ersten Mal hörte. »Sie wissen, dass er gesessen hat wegen Streitereien mit früheren Frauen, die bedauerlicherweise nicht so gut geendet haben. Wenn ihr gekommen seid, um über die Sache mit Alice zu diskutieren, möchte ich euch ans Gericht verweisen. Dort findet ihr alle Unterlagen zu seinem Fall.«

»Die Polizei hat den Tod meiner Großmutter als Krankheitsfall oder Selbstmord eingestuft. George wird also nicht länger verdächtigt, deshalb sind wir nicht hergekommen«, sagte ich. »Sehen Sie, meine Mutter würde gerne Gewissheit haben, wie Alices Leben vor ihrem Tod verlaufen ist. Die einzige Person, die uns dazu wirklich Auskunft geben kann, ist George oder Jacob oder wie auch immer er sich jetzt nennt.«

Sie kam ins Überlegen. Eine Weile sagte sie nichts, sondern musterte mich, als wäre ich ein Aussätziger. »Du bist also der Enkel dieser Alice?«

»Ja, der bin ich.«

»Soso.« Sie schnippte mit ihren Fingern. Ihre Nägel waren unglaublich pink, unglaublich lang und unglaublich spitz. »Setzt euch dort an den Tisch in der Ecke und wartet. Ich werde einmal mit ihm reden und dann sehen wir ja, wie glücklich er darüber ist, dass ihr den Weg aus eurem schicken Mayfair hierher zu uns auf euch genommen habt.«

Besagter Tisch in der Ecke befand sich in einem ähnlichen Klebrigkeitsstadium wie die Theke. Das Leder der Sitzfläche der Stühle war an einigen Stellen gerissen und bequem war das Ding, auf dem ich Platz nahm, auch nicht gerade. Jodies Stuhl quietschte zusätzlich auch noch. Wir waren gezwungen, minutenlang zu warten. Jodie wirkte nervös. Zum ersten Mal in der Geschichte unserer Zusammenarbeit schien sie mir die Führung zu überlassen. Zu dieser Frau hatte sie keinen Draht gefunden. Wie würde es sich mit George verhalten?

Aber auch ich war nervös wegen dieses Kerls, von dem ich lange Zeit gedacht hatte, er wäre mein Großvater. Vor allem für meine Mutter wünschte ich mir aber neue Erkenntnisse, damit sie mit Alices Tod auf eine besser verträgliche Weise abschließen konnte. Am Ende würde sich herausstellen, dass Alices Herz einfach zu schlagen aufgehört hatte und kein anderer daran beteiligt gewesen war.

»Sie ist seine Frau«, stieß Jodie schließlich leise hervor und rieb ihre Handflächen aneinander.

Ich hingegen saß stocksteif auf meinem Stuhl. Ich wollte in diesem Laden so wenig wie möglich berühren. »Das Gebäude gehört dann vermutlich ihm und er betreibt den Pub immer noch. Oder zumindest betreibt sie ihn in seinem Namen. Diesen Pub zu eröffnen, war wohl das einzig Ehrbare, das dieser Typ in seinem Leben geschafft hat.«

»Eva hat mir einen Link zu einem alten Zeitungsbericht über George geschickt. Dort stand, dass er wegen Totschlags zehn Jahre im Gefängnis war. Er ist frühzeitig aus der Haft entlassen worden und hat den Laden dann wahrscheinlich nach seiner Freilassung gekauft.«

»Mit dem Geld meiner Familie«, überlegte ich laut und empfand noch mehr Ekel. »So lange Zeit war er ein Phantom, ich weiß gar nicht, wie es mir gehen wird, wenn ich ihn jetzt tatsächlich sehe.« Plötzlich war ich ein wenig überfordert mit der Aufgabe, dem Kerl in die Augen zu schauen, der meine Großmutter höchstwahrscheinlich zwar nicht getötet, sie aber offenbar auch nicht allzu fein behandelt hatte. Bei Michael war das ja etwas anderes gewesen. Alice hatte ihn geliebt. Mit ihm hatte sie sich eine Zukunft gewünscht. Von George hatte sie loskommen wollen.

Jodie griff über die schmutzige Tischplatte nach meiner Hand. Sanft streichelte sie mich. »Ich bin für dich da. Sollte es dir dennoch zu viel werden, kannst du jederzeit rausgehen.«

Ich lächelte. »Nein, ich schaffe das schon. Meine Sympathie für den Kerl wird sich allerdings in Grenzen halten.«

»Meine auch«, bestätigte sie. »Dass er für zwei Vergehen bereits eine Haftstrafe abgebüßt hat, trägt möglicherweise dazu bei, mehr Informationen aus ihm herauszubekommen. Außerdem ist er alt und hat im Grunde nichts mehr zu verlieren. Vielleicht redet er deshalb mit uns.«

»Ich denke nicht, dass George allzu ehrlich zu uns sein wird. Wenn dieser Feigling überhaupt auftaucht.«

Wir warteten schon wirklich lange. Doch dann, gerade als ich mich über das Herumsitzen beschweren und vorschlagen wollte, dass wir gehen sollten, erschien hinter der Bar ein buckliger weißhaariger Mann. Sein Blick flog für eine Sekunde zu uns, doch das reichte, um darin all seine Ängste und Sorgen zu erkennen.

Kapitel 47

Jodie

2024

»Da ist er«, flüsterte ich an Harry gerichtet und betätigte instinktiv den Aufnahmeknopf auf meinem Handy. Meine Finger kribbelten vor Anspannung.

Dort stand er, nur wenige Meter von mir entfernt – George James.

Und er sah ganz anders aus, als ich ihn mir ausgemalt hatte. Er war kein bisschen furchteinflößend, sondern mittlerweile zu einem alten, gebrechlichen Mann geworden. Mit hängenden Schultern und leicht gebückt schlich er langsam auf uns zu. Sein Haar war schütter, sein schwarzer Pullover fleckig, ebenso seine dunkelgraue Jogginghose. Der Blick aus den trüben Augen wirkte kalt.

Mich fröstelte.

Bei keinem Fall zuvor war es mir so ergangen.

Wie viele Zeugen hatte ich interviewt? Wie viele abgefahrene Geschichten gehört? Niemals aber hatte mich eine Begegnung – während und abseits meiner Arbeit – so sehr mitgenommen. Nicht Harry war derjenige, der Unterstützung brauchte, sondern ich.

»Wir können jederzeit gehen«, bot Harry in diesem Moment an, als hätte er meine tiefsten Gedanken wahrgenommen.

Ich schüttelte den Kopf. George war gleich da. »Wir bleiben.«

Harry grinste und schob den Stuhl am Kopfende des Tisches zurück, damit George leichter Platz nehmen konnte. Dieser blieb aber stehen und starrte uns schweigend an.

»Die Vergangenheit holt einen immer ein.«

Das waren also die ersten Worte des berühmten George James. Dem Phantom, dem ich wochenlang nachgejagt war und das nicht in all seiner Schrecklichkeit, sondern in seiner Gewöhnlichkeit in mein Leben trat.

»Mal auf wundervolle, mal auf schmerzhafte Weise«, ergänzte ich leise.

Ich wollte ihn nicht provozieren. Ich wollte ihn auch nicht schlecht behandeln, obwohl er es sicher verdient hatte – früher einmal, vor Jahren. Mittlerweile war er ein Schatten des George James, den ich aus den vielen Erzählungen kannte. Man könnte fast glauben, er wäre ein unschuldiger, freundlicher Senior.

Nun setzte er sich doch. Mühsam kletterte er auf den Stuhl. Es kostete mich viel Überwindung, nicht meine Hand auszustrecken, um ihm behilflich zu sein.

Er leckte sich über seine rauen, aufgeplatzten Lippen und musterte mich traurig. »Stellt ihr jungen Leute euch heute mittlerweile nicht einmal mehr vor?«

»Ich bin Jodie und das ist Harry.«

»Jacob«, erwiderte George. So nannte er sich also mittlerweile.

»Ist das Ihr Geburtsname?«, preschte ich drauflos.

»Ja, das ist er.«

»Stört es Sie, wenn wir Sie George nennen?«

Meine Frage stieß auf wenig bis gar keine Zustimmung.

»Seit Jahrzehnten nennt mich niemand mehr George. Dieser Name ist Teil einer Vergangenheit, die ich lieber in ihrem Grab lassen würde, anstatt sie zurück ans Tageslicht zu zerren und mich an ihrem Kadaver zu laben.«

Wow, sehr pathetisch.

Harry und ich wechselten einen erstaunten Blick.

»Wir sind hier, um mit Ihnen über Alice zu sprechen. Harry ist ihr Enkel und ich sammele für seine Familie Informationen.«

»Sie betreiben einen YouTube-Channel.«

Unser beider Erstaunen über Georges Gerissenheit entlockte ihm ein erstes Schmunzeln.

»Denken Sie, weil ich alt bin, habe ich nicht mehr alle Tassen im Schrank und lebe hinterm Mond? Meine Frau hat mir eure Namen genannt und da habe ich zum Handy gegriffen, um euch zu googeln. Eine erstaunliche Arbeit, Jodie. Ihnen gelingt es, erschreckend effizient den dunkelsten Geheimnissen auf die Spur zu kommen. Wobei ich sagen muss, dass ich Ihre Unaufgeregtheit als angenehm empfinde.«

Ich murmelte einen perplexen Dank.

Harry ergriff das Wort. »Dann wissen Sie im Grunde ja, was auf Sie zukommt. Wollen Sie mit uns sprechen?«

George oder Jacob oder wie auch immer dieser Mann im Laufe seines bewegten Lebens bereits geheißen hatte, dachte anscheinend tatsächlich eine Weile über Harrys Frage nach.

»Wissen Sie, mein Leben ist nicht ganz so spektakulär, wie Sie vielleicht erwarten. Manche würden es sogar als traurig beschreiben oder obsolet. Ich bin nichts weiter als ein gescheiterter, alter Mann.«

»Würden Sie uns von Ihrem Leben erzählen?«, bat ich ihn.

Er lehnte sich zurück und streckte die Beine von sich. »Also gut. Das mache ich allerdings nur, weil ich nichts mehr zu verlieren habe, und nicht, um irgendeine alte Schuld zu verbüßen. Das habe ich längst getan.«

»Wir sind nicht hergekommen, um Sie zur Rechenschaft zu ziehen«, versprach ich ihm, auch wenn in Wahrheit mein Ansatz genau aus diesem Vorhaben bestanden hatte. Doch da George kooperierte, hatte sich mein Rachedurst ein wenig beruhigt.

»Ich wurde in eine Familie geboren, die zu den Ärmsten zählte. So arm, dass wir uns buchstäblich von Wasser und Brot ernähren mussten, wenn sich der Monat dem Ende zuneigte. Das Brot war hart und manchmal sogar schimmelig. Wie meine Geschwister war auch ich der Meinung meiner Eltern nach ungeplant, ungewollt und vor allem unnütz. Ich war der Jüngste, musste mich nicht nur dem Leben per se, sondern vor allem meinen Brüdern gegenüber durchsetzen. Einmal, da war ich ungefähr fünf, hat mich mein Bruder Johnny im Hof hinter dem Haus mit dem Kopf voran in eine Regentonne getaucht, weil ich ihm sein Essen weggegessen hatte. Ich wäre beinahe ertrunken, hätte mich meine Mutter nicht gerettet. Es ging hart zu bei uns.«

Vorab hatte ich einen groben, etwas dümmlichen Mann erwartet. George aber verstand es, uns mit seiner ruhigen Ausdrucksweise in den Bann zu ziehen. Das war ein Talent, das ihm auch in der Vergangenheit geholfen haben musste.

»Bald fand ich Gefallen an der Zauberei. Ich wollte ein berühmter Magier werden und die Menschen mit meinen Tricks beeindrucken. Stundenlang übte ich, perfektionierte meine Stücke und trat damit auf der Straße auf. Geld ließ sich damit nicht verdienen. Jedoch lernte ich, die Leute einzuschätzen. Ihre Gesten, ihre Handlungsweisen, sogar ihre Gedanken konnte ich lesen wie ein Buch. Ich verstand, was sie sich wünschten, brauchten und wo ihre Schwachstellen lagen. Also ging ich über zu Trickbetrügereien. Damit verdiente ich mein erstes Geld.« George seufzte bedauernd. »Das war mein Start in die Unabhängigkeit. Bedauerlicherweise traf ich aufgrund dessen auch die falschen Menschen. Freunde, die keine waren und die mich mit verlockenden Versprechungen in die Kriminalität zogen. Ich hätte gerne gearbeitet, mir fehlte es aber an der nötigen Unterstützung und Ausbildung. Meine Perspektivlosigkeit und meine Unerfahrenheit trieben mich dazu, den Leuten das Geld aus der Tasche zu ziehen, indem ich mich als Spendensammler ausgab. Tag für Tag tingelte ich durch die belebten Einkaufsstraßen, mit meiner Spendendose in der einen und einem gefälschten Zertifikat, auf dem stand, ich würde für die Kirche sammeln, in der anderen Hand.«

»Hat die Echtheit dieser Urkunde denn nie jemand überprüft?«, wollte Harry mit skeptischer Stimme wissen.

George zuckte mit der Schulter. »Es waren wilde Zeiten, mit Regeln und Gesetzen wurde es da nicht so genau genommen.«

Dass er sich auf die Ausweglosigkeit und die Ungerechtigkeit des Lebens berief, gefiel mir nicht. Ich konnte dem Gedanken, dass dauernd die anderen schuld waren, nichts abgewinnen. »Wie haben Sie dann die Frauen kennengelernt?«

»Es war so: In London wurde es zunehmend gefährlich für mich, weil die Polizei ihre Fühler nach mir ausgestreckt hatte. Ich habe also mit zwanzig Jahren mein bescheidenes Hab und Gut gepackt und die Stadt verlassen. Bettelnd habe ich es bis York geschafft, dort habe ich die Spendensammlung fortgesetzt. Auf dem Weg habe ich Roberta getroffen. Sie war krank und brauchte dringend Unterstützung. Ihre Familie lebte weit weg und hat sich nicht um sie gekümmert.«

»War sie gutgläubig?«, hakte ich nach.

George grinste gewinnend. »Vermutlich. Sie war aber auch weichherzig und hat sich für die Ärmsten eingesetzt. Gemeinsam mit ihr habe ich also Spenden gesammelt und sie verteilt. Wegen ihrer Erkrankung konnte sie sich manchmal kaum aus dem Bett bewegen und ich, tja, ich habe ihr bei sämtlichen Angelegenheiten ihren Alltag oder ihr Geschäft betreffend unter die Arme gegriffen. Ich bin durch Zufall und wegen meines Geschicks hineingerutscht. Irgendwann hat Roberta mir dann die Verantwortung für die gesamte Organisation ihres Lebens übertragen. Ich war sozusagen ihre rechte Hand und immer zur Stelle. Infolgedessen bin ich bei ihr eingezogen. Auf ihren Wunsch, wohlgemerkt. Das möchte ich an dieser Stelle klarstellen, da in der Vergangenheit so getan wurde, als hätte ich mich ihr aufgedrängt.«

Einer der Besucher an der Bar stand auf und watschelte zu George, um sich persönlich bei ihm zu verabschieden. Die beiden reichten sich die Hand, dann stolperte der Kerl aus dem Laden.

»Wie kam es zu dem folgenschweren Streit?«, ergriff ich das Wort.

Bedauernd verengte George die Augen. »Es gab eine Diskussion. Roberta war unzufrieden mit meiner Arbeitsweise. Ich allerdings wollte mir von ihr nicht reinreden lassen, das tat ich an besagtem Abend auch kund. Sie war wütend, vielleicht sogar aufgebracht. Ich sehe sie noch vor mir, wie sie sich umdreht, um die Treppe nach unten zu laufen, schließlich stolpert sie bei der Teppichkante und fällt. Der Anblick war schrecklich, wie sie dann am Fußende der Treppe lag.«

Zunehmend wurde ich frustrierter. Ich kam mir gelinde gesagt verarscht vor, weil ich nicht sicher sagen konnte, ob George log oder Tatsachen verdrehte. Möglicherweise war er im Laufe der Jahre dazu übergegangen, die Vergangenheit umzuschreiben, um sie ertragen zu können. Um sich selbst ertragen zu können.

»Sie behaupten also, nichts mit dem Sturz zu tun gehabt zu haben?« Harry wirkte ruhig, trotzdem nagelte er George fest.

»Exakt das habe ich gerade zu erklären versucht. Diese Meinung hat auch die Polizei anfangs vertreten«, bestätigte George nüchtern.

»Später hat die Polizei ihre Meinung aber in beiden Fällen geändert und hat angefangen, nach Ihnen zu suchen. Wieso sind Sie dann sowohl für Robertas Sturz als auch für die Sache mit Marion verurteilt worden?«

George seufzte. »Ich bin ein Junge aus der untersten Unterschicht. Und obwohl ich zugeben muss, dass meine Herangehensweise nicht immer ehrlich war, habe ich es zu Erfolg und Vermögen gebracht. Die Gesellschaft, vor allem die bessere, versucht aus Angst vor Verlusten krampfhaft, das Gleichgewicht in der Bevölkerung aufrechtzuerhalten. Für dieses Gefüge habe ich eine Gefahr dargestellt, die beiseitegeschafft gehörte. Und kaum etwas ist einfacher, als einen Niemand zu verurteilen. Ihm lässt sich jede Tat in die Schuhe schieben und man wird keinen finden, der ihn verteidigt oder gar versucht, seine Unschuld zu beweisen.«

»Offensichtlich hatte es die Welt auf Sie abgesehen.« Diese Bemerkung konnte ich mir nicht verkneifen, wenn sie auch ziemlich unklug war. Schließlich wollte ich Antworten von George und nicht von ihm vor die Tür des Pubs gesetzt werden.

Glücklicherweise war George robust und tat meinen Einwand mit einem Schnauben ab. »Roberta ist gestürzt. Alles, was ich getan habe, war, zufällig vor Ort zu sein.«

»Sind Sie dann geblieben oder wie ging es weiter?« Harry ließ ihn nicht entwischen und beendete Georges Mitleidstour.

»Ich kriegte Panik. Gott, ich war sehr jung und wollte mit der Polizei nichts zu tun haben. Dass ich mich mit meinem Verschwinden verdächtig verhielt, daran hatte ich nicht gedacht. Bereits am nächsten Morgen bin ich abgereist. Erneut war ich alleine auf mich gestellt und habe es innerhalb einiger Tage bis nach Bath geschafft, wo ich mich eine Weile über Wasser hielt und mir die Zeit mit Spaziergängen und Lesen vertrieb. Das war 1959.«

»Sie hatten nicht den Drang, Ihr Leben in den Griff zu kriegen?«, fragte ich.

»Ich war traumatisiert. Ein gebrochener Mann«, erklärte George kleinlaut. »Irgendwann, es muss 1962 gewesen sein, traf ich Marion, die sich in mich verliebte. Ich hatte mich ihr als Joseph James vorgestellt, um meine Vergangenheit hinter mir zu lassen und ihren Argwohn nicht zu wecken. Sie war Witwe, überfordert mit den Geschäften, die ihr Mann ihr hinterlassen hatte, und auf der Suche nach einem Partner in sämtlichen Belangen.«

»Haben Sie Marion auch geliebt?« Meine Frage war indiskret, aber ich wollte dem Kerl noch etwas mehr auf den Zahn fühlen.

»Vermutlich schon, aber wahre Liebe war es nicht. Eher eine Zweckverbindung, der etwas Romantisches anhaftete. Ich fand Marion sympathisch und mochte ihre Art. Sie vertraute mir, was gut für mich war.« Er lachte gerissen. »Ich konnte mich auf die Leitung der Firma konzentrieren, um die es bedauerlicherweise derart schlecht stand, dass wir nach zwei Jahren den Kampf um den Erhalt als gescheitert erachten mussten. Marion setzten diese Umstände erheblich zu. Sie wurde kränklicher und schwächer. Schließlich brach sie zusammen und verstarb.«

Er log wie gedruckt. Ungehalten fuhr ich ihn an. »Für den Tod hat man doch auch Sie verantwortlich gemacht.«

»Da kam irgendein junger Polizeibeamter in den Dienst, der sich eingebildet hat, alte Fälle aufwärmen zu wollen. Plötzlich ist alles verdächtig und man muss unter Zwang eine Straftat konstruieren«, sagte er ruhig.

»Hatten Sie etwas mit dieser Straftat zu tun?«, bohrte ich nach.

Sein Blick zu Boden, er entlarvte ihn. Die Maske fiel. Doch George rückte sie schnell wieder zurecht und setzte sein Schauspiel fort.

»Wir hatten unsere Reibungspunkte. Darauf bin ich nicht stolz.«

»Also würden Sie sagen, dass Sie völlig zu Unrecht zu einer mehrjährigen Gefängnisstrafe verurteilt wurden?« Auf seine Antwort war ich mehr als gespannt.

»Das Urteil wurde gesprochen und ich habe die Haftstrafe pflichtbewusst abgebüßt, mittlerweile habe ich es allerdings satt, mich dauernd rechtfertigen zu müssen.«

»Bis zu Ihrer Verhaftung hat es gedauert. Zuvor haben Sie Alice getroffen.« Nervosität kam auf, als ich ihren Namen in Georges Gegenwart aussprach.

Die Erinnerung an Alice bewegte ihn. Er presste seine Handflächen aneinander und schwieg bedrückt. »Ich bin ihr in einem Café begegnet. Jeden Tag saß sie dort an einem der Tische und starrte traurig in ihr Buch. Von ihr ging etwas aus, das mich fasziniert hat.«

»In ihrer Verzweiflung war sie das ideale Opfer für Sie«, schlussfolgerte Harry.

George aber schüttelte entschieden den Kopf. »Wir waren beide gebrochen und haben einander gefunden, ohne uns zu suchen. Es war Schicksal.«

Seine plötzliche Einfühlsamkeit warf mich aus dem Konzept. Ich hatte gedacht, er würde genauso abgeklärt von Alice berichten wie von den beiden anderen Frauen. »Wie schnell wurde die Beziehung ernst?«

»Sehr schnell. Nicht nur wegen unserer Gefühle, sondern auch auf Drängen ihres Vaters haben wir geheiratet. Ihm lag sehr viel am Ansehen der Familie. Er wollte keine Skandale produzieren, sondern die Vorzeigefamilie präsentieren. Da kam ich gerade gelegen.«

»Zu der Zeit haben Sie Ihren Namen wieder gewechselt«, bemerkte ich.

»Ja, und das bereits zum dritten Mal.«

»Warum?«

George grinste. »Um mich von meiner Vergangenheit zu lösen. Das war meine Herangehensweise an die Komplikationen, die hinter mir lagen.«

»Bereuen Sie Ihre Unehrlichkeit Alice gegenüber?«

Starr visierte er mich an. Sein Blick keilte mich regelrecht fest. »Ich würde nicht sagen, dass ich meine Unehrlichkeit bereue. Ich hatte keine andere Wahl. Wenn Alice oder ihr Vater recherchiert hätten, wäre meine Geschichte klar als Lüge enttarnt worden.«

»Die mit der Adelsfamilie in Frankreich?«, tippte Harry.

George nickte. »Ich habe mich Alices Umfeld angepasst. Sie hätte sich nie mit einem Kerl aus der Unterschicht abgegeben oder abgeben dürfen.«

»Sie haben die Lüge vom Beginn aber auch im Laufe der Jahre nie aufgelöst. Denken Sie, das war fair?« Harry verteidigte seine Familie, allen voran seine verstorbene Großmutter, die diesem Betrüger in die Falle gegangen war.

»Es war notwendig«, wich George aus. »Aber es hat mir irgendwann leidgetan. Zumal ich mit ihr nie über meine Ängste reden konnte.«

»Wie war die Ehe mit Alice?«, meldete ich mich erneut zu Wort.

»Turbulent«, erwiderte George schmunzelnd. »Wir hatten unsere Höhen und Tiefen wie vermutlich jedes Ehepaar. Ich war aufbrausend und ungeduldig. Außerdem konnte ich nicht aufhören, mich mit den falschen Leuten zu treffen und krumme Dinger mit ihnen zu drehen. Manchmal war ich eine Weile mit meinen sogenannten Freunden weg. Alice fand das natürlich nicht berauschend. Auf diese Weise hat sich die Stimmung langsam zugespitzt. Leider habe ich nicht die Notbremse gezogen, sondern die Augen vor der Realität verschlossen.«

Sein Schweigen vereinnahmte unsere Gruppe. Ich entschied, die Stille mit einer weiteren Frage zu durchbrechen. »Die da wäre?«

»Ich weiß, dass ihr hier seid, weil alle Welt denkt, ich hätte Alice getötet. Aber bei allem, was mir heilig ist, schwöre ich, dass ich mit ihrem Tod nichts zu tun habe. Ganz im Gegenteil: Ich war völlig erschüttert, als ich davon erfahren habe.« George seufzte tief und bedauernd. »Nachdem wir uns getrennt haben und sie mit Michael zusammenkam, da ist mir erst so richtig bewusst geworden, wie sehr ich sie liebe. So ist das manchmal im Leben: Man muss Menschen verlieren, um ihre Bedeutung zu verstehen. Tief in mir drin habe ich gehofft, sie würde mir noch eine Chance geben.«

»Das klingt nach einem nachvollziehbaren Motiv für eine weitere Tat«, sinnierte ich. »Sie fühlten sich zurückgestoßen und verletzt und haben deswegen das Gespräch mit Alice gesucht. Leider ist das eskaliert und in einen Streit gemündet, der mit Alices Tod endete.« Ich war selbst überrascht, wie leicht mir diese Anschuldigung über die Lippen ging. Danach schämte ich mich allerdings für meine Direktheit. George war ein Mensch, auch er hatte eine Geschichte und Hintergründe, die ihn zu seinen Entscheidungen getrieben hatten.

Doch George wirkte nicht beleidigt. Offenbar schien er diese Form der Anschuldigung gewöhnt zu sein.

»Die Fakten sprechen nicht für mich, betrachtet man sie rein aus emotionaler Sichtweise. Tatsache war allerdings, dass ich keinen Zutritt zum Haus hatte. Auch die Angestellten waren sich dieser Anweisung bewusst. Meinen Schlüssel hatte ich außerdem bei meinem Auszug abgeben müssen.«

»Was, wenn Alice Ihnen selbst die Tür geöffnet hat?«

»Um mich als Zuschauer zu ihrem Bad einzuladen?«, ergänzte George stirnrunzelnd. »Wohl kaum. Die Stimmung war zu diesem Zeitpunkt wie gesagt äußerst kühl. Meine

Wertsachen hat man mir nachgeschickt, allerdings nur einen Bruchteil davon. Die Familie Ramsay wollte sich mit einem Paukenschlag von mir lösen. Als Rache hat man mir Alices Tod in die Schuhe geschoben. Die Beweise sprechen eine andere Sprache.«

»Sie meinen, das Nichtvorhandensein aussagekräftiger Beweise«, warf ich ein.

Er sah mich an, lächelte dann sanft und beugte sich leicht vor. »Jodie, Sie können sich vermutlich gar nicht vorstellen, wie oft ich mich für diesen Abend bereits rechtfertigen musste. Außerdem verstehen Sie nicht, wie tief mich Alices Tod getroffen hat. Ich habe die Frau verloren, die ich geliebt habe, und anstatt getröstet zu werden, wurde ich als Mörder denunziert. Die Monate nach Alices Tod waren die härtesten in meinem Leben. Ich habe es in London nicht mehr ausgehalten und bin daher ins damalige Rhodesien ausgewandert. Dort habe ich zusammen mit Bekannten eine Bar betrieben. Es war eine wilde Zeit, inmitten der Unabhängigkeitskämpfe und den damit verbundenen Tumulten innerhalb des Landes. In den Achtzigerjahren wurde es für Engländer dort ungemütlich, deshalb bin ich, obwohl ich wusste, was mich in London erwartete, zurückgekehrt. Wieso? Weil ich ein anderer Mensch war, gebrochener als zuvor, gleichzeitig aber auch bereit, mich meiner Verantwortung zu stellen. Die Polizei hat praktisch auf mich gewartet. Es kam zu besagten Verhandlungen und den darauffolgenden Verurteilungen wegen Roberta und Marion. Auch zu Alice hat man mich befragt. Man hat mich richtig in die Mangel genommen, weil man in mir den perfekten Schuldigen gesehen hat. Meine erste Erkenntnis nach meiner Rückkehr war, dass sich England kein bisschen verändert hatte. Bis heute nicht. Noch immer herrscht ein Ungleichgewicht in vielen Belangen, aber vor allem dann, wenn es um Schuld und Unschuld geht. Ich hatte in meinem Leben nicht die besten

Startvoraussetzungen, aber ich hätte einen anderen Weg einschlagen sollen. Irgendwann zumindest. Andere haben es auch geschafft. Vermutlich habe ich die Haftstrafen deshalb hingenommen, um mich selbst für meine Versäumnisse und Fehlentscheidungen zu rügen.«

Es war das erste Mal, dass ich Mitleid mit ihm hatte. Ich hatte mich mit der festen Überzeugung an diesen Tisch gesetzt, nicht auf Georges Masche hereinzufallen. Nicht ich, ich wäre da ganz sicher gefeit davor. Doch plötzlich war es ihm gelungen, Empathie für ihn entstehen zu lassen.

Ich atmete tief durch und gab mir Mühe, mich auf jene Fakten zu konzentrieren, die Leute wie Michael, Harrys Mum oder all die anderen Menschen, mit denen ich bereits gesprochen hatte, wiedergegeben hatten. Doch weil ein Teil in mir an das Gute glauben wollte, selbst bei Menschen wie George, gelang mir eine nüchterne Betrachtungsweise leider nicht.

»Sie haben Sie wirklich geliebt?«, fragte ich, wohl als Absicherung für mich selbst.

George nickte traurig. »Das habe ich. Gott, ich hätte die Chance, die sie mir geboten hat, besser nutzen sollen. Wie sagt man heute so schön? Ich habe es verkackt.«

»Warum haben Sie dann nicht gleich von Anfang an mit der Polizei gesprochen?« Nervös knabberte ich an meiner Unterlippe.

»Von Geburt an hat man mir eingetrichtert, einen großen Bogen um die Polizei zu machen. Wahrscheinlich hätten sie mich festgenommen und ein Geständnis aus mir herausgepresst. Ich traue dieser Institution nach wie vor nicht.«

»Was sehen Sie als Ursache für Alices Tod?« Ich schwitzte und schaute gebannt zu George.

Dieser kratzte sich am Hals, wobei der Kopf einer Schlange unter seinem Kragen hervorblitzte. »Selbstmord war es sicher nicht. Das wäre untypisch für Alice gewesen. Entweder war es also ein gesundheitliches Problem, das ihr zum Verhängnis wurde, oder Michael hatte seine Finger im Spiel. Ein Streit. Eine Auseinandersetzung, die tragisch endete. Was weiß ich?«

Für mich war Michael von allen Beteiligten derjenige, der mir am wenigsten verdächtig erschien. »Wissen Sie, dass Luisa nicht Ihre Tochter ist?«

»Ja, dessen bin ich mir bewusst. Ansonsten hätte ich wohl dafür gekämpft, meine Tochter bei mir zu haben. Im Gegensatz zu Michael, der sich mit Kohle und Druck hat abwimmeln lassen. Lebt der Kerl noch?«

Ich nickte, während sich Harry zurücklehnte. Er wirkte zufrieden, irgendwie auch erleichtert. Kein Wunder, schließlich war seine Theorie, George hätte nichts mit Alices Tod zu tun gehabt, gerade untermauert worden.

»Wir haben ihn in Cambridge besucht und ihn mittlerweile auch mit seiner Tochter bekanntgemacht«, erzählte ich stolz. »Er hat Jahre gebraucht, um Alices Tod zu verkraften.«

Verdattert kniff George die Augen zusammen. »Trauen Sie Michael nicht. Er ist ein Feigling, der Fakten gerne so verdreht, dass er gut dasteht. Michael ist ein Schmierlappen, der meiner Meinung nach nie wirklich an Alice interessiert war, sondern mit der Abfuhr, die sie ihm verpasst hat, nicht klargekommen ist.«

»Genau den gleichen Rat hat er uns Sie betreffend erteilt«, entgegnete Harry trocken.

»Ja, er mag mich nicht, habe ich ihm doch gewissermaßen die Frau ausgespannt.«

»Und er Ihnen.« Ich war forsch, aber irgendetwas drängte mich dazu, Michael zu verteidigen.

»Ich denke, abschließend kann festgehalten werden, dass Alices Tod ein Verlust für sehr viele Menschen war. Vor allem für ihre Tochter tut es mir leid. Es war … schwer für mich, als ich erfahren habe, dass sie von Michael schwanger ist«, erinnerte er sich mit trauriger Miene. »Ich hätte mir da wahrscheinlich mehr Fairness von ihr erwartet. Sie ist eiskalt über mich drübergefahren. Ja, Alice war auch keine Heilige. Sie war zwar unsicher und nervös, aber wenn sie etwas gewollt hat, dann hat sie es sich genommen, ohne mit der Wimper zu zucken.«

Der Laden wurde langsam voller, weshalb ich mich schließlich bei George für seine Zeit bedankte. Bevor wir gingen, versprach er, sich das Video auf jeden Fall anzuschauen. Er würde uns auch gerne noch einmal Fragen beantworten, sollten sich im Laufe der Arbeit noch welche auftun.

Als wir draußen vor dem schwarzen Gebäude standen, spürte ich, wie der Druck rund um meine Kehle schlagartig verschwand. Georges Gesellschaft war kräfteraubend und düster gewesen.

Harry legte seine Hand auf meine Schulter. »Lass uns einkaufen gehen und zu mir fahren.«

Kapitel 48

Armut bestimmte Jacob Neils Leben.

Armut war mächtig.

Armut war grausam.

Er wurde als fünftes Kind im Jahr 1934 geboren. Seine Mutter brachte ihn zur Welt, durchtrennte die Nabelschnur und legte das plärrende, in eine fadenscheinige Decke eingewickelte Baby in eine wackelige Wiege. Seine Mutter, Betty, wusch sich und schleppte sich an den Herd, um für ihre vier Kinder und ihren Ehemann, der bald von der Arbeit im Hafen zurückkommen würde, ein Abendessen zu kochen. Ihre Mittel hierfür waren äußerst begrenzt, es war kaum noch Geld übrig.

Im Grunde wusste Jacob vom ersten Moment an, dass er unerwünscht war – so wie jeder andere auch in der Familie.

Dass Armut Hunger mit sich brachte, lernte Jacob, während er schreiend und einsam in dem dürftigen Bett lag. In der Lotterie des Lebens hatte er eine wahre Niete gezogen. Man konnte nur hoffen, dass es Jacob irgendwie aus diesem Sumpf herausschaffen würde. Mit Glück vielleicht oder ehrlicher Arbeit. Die Hoffnung war äußerst klein, aber sie war es wohl, die Jacob weiteratmen, weiterschreien und schlussendlich weiterleben ließ.

Um in Jacobs Familie zu überleben, durfte man nicht verweichlicht sein. Man musste Stärke und Macht beweisen. Mangelte es einem an diesen Eigenschaften, konnten sie auch durch kluge Inszenierungen vorgetäuscht werden.

Auch das lernte Jacob in seinen ersten Stunden auf dieser Welt, woraufhin er das Weinen aufgab. Seine Mutter bezeichnete ihn deswegen als sehr braves Kind. Weil er nie flennte, nie tobte, nie jammerte. Er lag oft nur da und wartete. Diese stoische Geduld reichte, um sich die Gunst seiner Mutter und damit das Überleben zu sichern.

Und auch sehr viel später in seinem Leben würde Jacob diese Taktik anwenden, um für ihn eigentlich unerreichbare Dinge zu erreichen.

Die Wege dorthin waren allerdings meist unbarmherzig – ganz so, wie er es gelernt hatte.

Kapitel 49

Harry

2024

In einem kleinen Laden um die Ecke kauften wir die Zutaten für eine Pasta ein. Jodie war ruhig und ich ließ sie. Ich wollte sie nicht mit Fragen löchern oder sie bedrängen, mir ihre Gedanken auf die Nase zu binden. Sie brauchte ihr Schweigen und ich war einfach für sie da. Eine Fähigkeit, die ich laut Barbara nicht besaß, was aber etwas war, das mir in diesem Moment verdammt leichtfiel.

Erst bei mir daheim, als wir Gemüse für die Soße schnitten, meldete sie sich zu Wort. »Was denkst du über George?«

»Dass noch immer ein Trickbetrüger in ihm steckt«, erwiderte ich, lächelte aber, um nicht dermaßen hart zu klingen. »Ich verstehe jetzt zumindest, wie Alice auf ihn reinfallen konnte. Er weiß, wie man sich ausdrückt und wie man Leuten Vertrauen einflößt.«

»Er wirkt zerrissen, aber auch gebrochen. Ich bin nicht sicher, wie viel ich von dem, was er gesagt hat, glauben soll.«

Ich setzte Wasser für die Nudeln auf. »Die Sache, dass er Alice geliebt hat, kann man ja noch so halbwegs ernst nehmen. Aber dass er zweimal völlig unschuldig verurteilt wurde, das halte ich für gelogen.«

»Glaubst du also mittlerweile an seine Schuld?« Jodie rührte in der Pfanne und musterte mich mit einem Seitenblick.

Ich lehnte mich neben sie an die Arbeitsplatte. »Er war's nicht«, sagte ich. »Das Gespräch mit ihm hat mich erst recht von seiner Unschuld überzeugt.«

Mit gerunzelter Stirn legte sie den hölzernen Kochlöffel beiseite. »Sie hat ihn verlassen, ihm das Leben weggenommen, in dem er es sich bereits bequem gemacht hatte. Wut und Verzweiflung haben ihn angetrieben und er ist durchgedreht.«

»Er wusste, dass er der Hauptverdächtige sein würde.«

»Das war er in den beiden Fällen zuvor auch.«

»Ja, aber diese Frauen waren allein. Alice hatte ihren Vater und Michael.« Ich beugte mich zu ihr und strich eine Strähne aus ihrem Gesicht. »Er war es nicht, Jodie. Der Kerl erzählt zwar die verrücktesten Geschichten, aber ich bin sicher, dass er Alice nichts angetan hat.«

»Dann war es wirklich ein Unfall?«

»Meiner Meinung nach hat Alices Kreislauf versagt. Sie ist bewusstlos geworden, untergetaucht und ertrunken.« Stumm sah sie mich an. Sie grübelte und zerlegte meine Aussage, wie sie es mit Fakten immer tat.

»Lach mich jetzt bitte nicht aus.«

»Niemals.«

Sie war es, die lachte, sich dann aber wieder fing und ernst meinte: »Ich spüre irgendeine Verbindung zu Alice.«

»Als würdest du mit einem Geist sprechen?«, hakte ich nach.

Jodie zuckte mit der Schulter. »Ich weiß nicht. Ja. Nein. Vielleicht. Es ist … als würde sie mir mitteilen wollen, dass jemand anderes für ihren Tod verantwortlich ist. Zumindest sagt mir das mein Bauchgefühl.«

Ich zog sie an mich, legte meine Hand auf ihre Wange und meine Lippen auf ihre. Dass sie sich so stark von ihren Gefühlen leiten ließ, zeigte mir, wie wichtig ihr ihre Arbeit war.

Es zeigte mir aber auch, wie wichtig sie mir war. Dass ich irgendwann auf dem Weg von unserem ersten Aufeinandertreffen bis zu diesem Punkt Gefühle für sie entwickelt hatte, die tiefer gingen als alles, was ich mit Barbara oder einer anderen Frau zuvor erlebt hatte. Ich wusste nicht wirklich, wohin das mit uns führen konnte. Wie viel mehr ich wollte. Wie viel mehr Jodie wollte.

Während ich sie küsste, schlichen sich Jodies Hände zielsicher unter mein Hemd. Sie strich über meinen Rücken und bohrte ihre Nägel sanft in meine Haut. Ich seufzte und presste sie enger an mich. Gleichzeitig versuchte ich, das aufkommende schlechte Gewissen zu ersticken. Immer häufiger packte es mich und versuchte krampfhaft, mich dazu zu bringen, Jodie die Wahrheit zu erzählen. Vermutlich wäre es klüger, ihr von den Tagebüchern zu berichten. Sie würde meine Gedanken dazu vielleicht verstehen. Jodie hatte mein Misstrauen geweckt und ich hatte meine Familie zu schützen versucht. Mehr nicht.

Dazu fehlte mir allerdings die Risikobereitschaft, all das, was wir im Augenblick hatten, zu gefährden. Mein Schweigen war da sehr viel bequemer und vor allem sicherer.

Und so gelang es mir ein weiteres Mal, mein Gewissen verstummen zu lassen und den Moment zu genießen.

»Was wird das?«, fragte ich, als sie den Herd ausmachte.

Sie grinste frech. »Mal sehen«, erwiderte sie und öffnete meinen Gürtel. Ich ließ sie nicht aus den Augen, musterte ihr Gesicht mit den vereinzelten Sommersprossen auf der Nase und dem Grübchen an ihrer rechten Wange. Mit meinem Daumen strich ich über besagte Einkerbung und brachte sie mit dieser Geste zum Lächeln.

»Vorhin hast du noch gejammert, wie schrecklich groß dein Hunger wäre«, zog ich sie auf.

»Mittlerweile hat sich der gelegt und mein Hunger auf dich ist gewachsen.« Zielsicher schob sie ihre Hand vorne in meine Hose und massierte mich.

Ich drohte, verrückt zu werden, konnte kaum noch atmen oder klar denken.

Seufzend warf ich den Kopf in den Nacken und schloss meine Augen. Jodie streckte sich daraufhin und küsste meinen Hals auf eine Weise, die mir Gänsehaut am ganzen Körper verpasste. Dann ging sie in die Knie, zog meine Hose nach unten und nahm meinen Penis in ihren Mund. Ich krallte mich mit den Händen am Rand der Arbeitsplatte fest. Wie gebannt starrte ich hinab zu ihr.

Als ich mich nicht länger zurückhalten konnte, zog ich sie hoch. Stürmisch küsste ich sie, streifte ihr Hose und Slip über die Beine und drehte sie mit dem Rücken zu mir. In sie zu gleiten war mehr als erlösend. Erst in diesem Moment wurde mir bewusst, wie sehr ich sie brauchte, nicht nur körperlich, sondern weit darüber hinaus.

Zuerst stieß ich schneller zu, dann wurden meine Bewegungen allerdings gemächlicher. Ich genoss jede Sekunde, küsste ihre Schultern, ihren Hals und streichelte mit meiner Hand über ihren Rücken. »Weißt du eigentlich, wie perfekt du bist? Wie perfekt du dich anfühlst?«, flüsterte ich ihr ins Ohr.

Sie lächelte, das konnte ich an ihrem Profil erkennen. »Ich hätte nie gedacht, dass es mit dir so werden könnte.«

Weil ich das unbändige Verlangen hatte, ihr ins Gesicht zu sehen, zog ich mich aus ihr heraus und drehte sie zu mir. Wir beide lächelten verträumt, fast so, als wären wir von unseren Glücksgefühlen high. »Es ist wirklich gut, Jodie. Und ich … ich will nicht, dass es nach Abschluss deines Beitrags über meine Familie aufhört.«

Sie blinzelte und war sprachlos. »Wie meinst du das?«

Lächelnd küsste ich sie. »Ich möchte dich auch zukünftig sehen. Zukünftig Zeit mit dir verbringen.«

»Als was?«, fragte sie vorsichtig.

»Ich weiß es nicht.« Das war die Wahrheit. Ich wusste nicht, ob ich bereit war für eine neue Beziehung. Allerdings erschien mir das, was ich für Jodie spürte, auch zu bedeutend für eine reine Sexfreundschaft. »Wir müssen es ja nicht sofort definieren«, sagte ich daher zurückhaltend.

Jodie lächelte verlegen und strich mit ihrer Hand über meine Kieferpartie. »Ich glaube, darüber sollten wir unter anderen Gegebenheiten noch einmal reden.«

Also folgte ich ihrem Vorschlag, nicht nur, weil er wirklich klug war, sondern weil ich selbst keine Lust zum Reden, sondern auf sie hatte. Wer könnte mir das bei dem Anblick, den sie mir bot, auch verübeln? Ich umfasste sie, setzte sie auf die Arbeitsplatte und glitt zurück in sie.

Ich küsste sie, flüsterte ihren Namen und gemeinsam steuerten wir dem Orgasmus entgegen. Als sie kam, folgte ich ihr augenblicklich. Danach vergrub ich mein Gesicht in ihrer Halsbeuge und atmete ihren Duft tief ein. Erst nachdem ich wieder zu Atem gekommen war, richtete ich mich auf.

»Bring mich in dein Bett«, flüsterte sie.

»Was wird aus unserem angefangenen Essen?«

»Das kochen wir später.«

Ich lachte. »Wann? Um Mitternacht?«

»Zum Beispiel.« Sie kniff mich leicht in die Seite. »Werden Sie locker, Mr Ramsay.«

»Seit ich dich kenne, habe ich einen wahren Lockerheitsboost erfahren.«

»Da geht noch mehr.«

Wir verschwanden tatsächlich in mein Bett und schmiegten uns dort eng aneinander. Gesicht an Gesicht lagen wir da, ich massierte Jodies Rücken und sie strich mit ihren Fingern durch meine Haare.

»Kannst du dir vorstellen, an einem neuen Fall als mein Partner mit mir zu arbeiten?«

»Ist das ein Jobangebot?«, fragte ich schmunzelnd.

»So in der Art.«

»Wie würde meine Bezahlung aussehen?«

»Die Vergütung würde folgendermaßen aussehen.« Jodie küsste mich. »Oder so.« Sie legte meine Hände auf ihre Brüste. »Oder so.« Meine Hände wurden zu ihrem perfekten Hintern geschoben. »Und natürlich auch so.« Sie rieb ihre Hüften an meinem Schwanz, der diese Einladung deutlich verstand.

»Ja, das sind Argumente, die ich in meine Überlegungen definitiv einbringen werde.«

»Ich würde mich wirklich freuen, wenn wir als Team bestehen bleiben.«

Diese Aussage konnte ich nicht so recht zuordnen. Es führte sogar dazu, dass ich plötzlich ein wenig verunsichert war. Wollte sie also lieber eine rein geschäftliche Beziehung mit mir? Oder wünschte sie sich, dass wir uns, anstatt getrennte Wege zu gehen, immer mehr miteinander verstrickten?

»Du kannst mir den nächsten Fall bei Gelegenheit ja einmal pitchen und ich werde dir ehrlich sagen, ob ich Interesse habe.« Aus Sorge, zu viel Liebesgeschwafel von mir zu geben, klang ich nüchtern.

»Das werde ich, denn wie ich finde, ergänzen wir uns perfekt«, erwiderte sie lächelnd.

Während ich die Bedeutung ihrer Worte ergründete, legte sie ihre Wange an meine Brust und schlief innerhalb weniger Minuten ein.

Kapitel 50

Von schulischer Leistung hielt er wenig. Bald ging er nicht mehr hin, sondern trieb sich in den Straßen Londons herum. Stets auf der Suche nach einer Möglichkeit, um Geld zu verdienen. Geld bedeutete Unabhängigkeit und Macht, es stellte aber auch ein probates Mittel gegen den Hunger dar.

Schon damals als Jugendlicher hielt er sich mit Gelegenheitsjobs über Wasser. Er war faul und unzuverlässig, jedoch nie um eine Ausrede verlegen. Eins beherrschte Jacob besonders gut: Menschen mit Worten einzulullen. Er war ein Meister des Formulierens, verfügte über einen riesigen Wortschatz und einen gerissenen Verstand, der ihm jede Tür zu öffnen vermochte.

Warum also nicht seine Fähigkeiten nutzen? Doch Jacobs Berufsaussichten waren mangels geeigneter Ausbildung gering. Dies trieb ihn unweigerlich in die Fänge dubioser Halsabschneider, die sich die Hände rieben, als Jacob daherkam.

Jacob, der Strahlemann, der mit Worten einen wahren Zauber verbreitete. Getarnt als vorgebliches Mitglied der Kirche fing er an, Spendengelder zu sammeln. Niemand war überrascht, dass die Menschen ihm glaubten und die Geldscheine in großen Mengen in Jacobs Spendentasche purzelten. Schnell wurde er zum Überflieger, allerdings kamen die Menschen aufgrund der Häufigkeit der

Spendensammlung bald ins Zweifeln und meldeten Jacob bei der Polizei.

Zu jener Zeit hatte er London längst verlassen, weil er Wind von den Schnüffeleien der Beamten bekommen hatte. In York trieb er seine Masche weiter und traf 1955 auf Roberta Kline. Sie war Mitte fünfzig, alleinstehend, vermögend und fürchterlich einsam. Viel wichtiger für Jacob war allerdings Robertas Gesundheitszustand; immerhin war sie seit einem Schlaganfall halbseitig gelähmt und konnte sich aufgrund fehlender Verwandtschaft in der Nähe nur mit Mühe selbstständig versorgen. Außerdem glaubte Roberta Kline an das Gute im Menschen und erst recht vertraute sie der Kirche.

Als Jacob vor ihrer Tür stand und sie um eine Spende bat, befand sie sich auf dem Tiefpunkt der Einsamkeit und traf die fatale Entscheidung, den jungen Mann in ihr Haus einzuladen. Bei einer Tasse Tee und Gebäck wickelte Jacob sie um den Finger.

Jacob berichtete von seinem Kampf gegen die Armut, zumindest darin schien ein Funken Wahrheit zu stecken. Ihn widerten arme Leute an, repräsentierten sie doch alles, was er hinter sich lassen wollte. Sie waren die Verkörperung seiner ureigenen Ängste vor Zurückweisung, Hunger und Gewalt. Er wollte einen Bogen um die Armenviertel der Stadt machen und sie, wenn überhaupt, zu seinem Zweck missbrauchen.

Roberta Kline war eine friedliebende Seele, die sich sehr wohl für die Schwächeren einsetzte. Sie war von Jacobs Wohltätigkeit angetan und gelobte, ihn von nun an zu unterstützen. Im Gegenzug solle er zweimal die Woche bei ihr vorbeischauen, ein wenig mit ihr plaudern und ihr im Haus helfen. Jacob willigte ein, unterstützte Roberta in ihren Angelegenheiten und steckte dafür den Erlös jener Güter ein, die sie ihm für gemeinnützige Zwecke zur Verfügung stellte. Nach und nach erschlich er sich damit nicht nur ein kleines Vermögen, es gelang ihm außerdem, die Kontrolle über Roberta zu erlangen. Bereits nach wenigen Monaten war Jacob der Herr im

Haus und Roberta, die sich von ihrer Einsamkeit befreit fühlte, gewährte ihm jede noch so haarsträubende Freiheit.

Robertas Bekannten und Freunden war dieser sehr viel jüngere Mann, der sich im Haus breitmachte, anfangs nicht ganz geheuer. Doch nach jedem Besuch verließen sie das Haus aufgrund von Jacobs Charisma mit der felsenfesten Überzeugung, dass es sich bei dem Jungen um eine gute Seele handle.

Was Roberta und auch ihre Freunde nicht wissen konnten, war, wie perfide Jacob Gelder von der gebrechlichen Frau stahl. Dass Jacobs Vorgehensweise allerdings nicht ganz ausgereift war, zeigte der rapide Anstieg seiner Gier. Nachdem er praktisch uneingeschränkten Zugang zu Robertas Finanzen erhalten hatte, kaufte er sich unverhohlen teure Objekte und erschien damit in der Öffentlichkeit. Er kleidete sich extravagant, aß in den besten Restaurants und ließ das Gästezimmer, welches er bezogen hatte, aufwendig renovieren.

Roberta, der Sparsamkeit ein Anliegen war, tat ihren Unmut über Jacobs feudalen Lebensstil kund und mahnte ihn zu mehr Genügsamkeit. Wenig später bestand sie darauf, künftig jede Abhebung und Zahlung wieder überwachen zu wollen. Jacob bemerkte, dass ihm die Sache entglitt. Im Gefängnis wollte er unter keinen Umständen landen. In Gesellschaft dieses Abschaums, stinkend und ordinär, konnte er unmöglich überleben. Sein Verstand würde wie eine Pflanze ohne Wasser verkümmern. Er war zu Größerem bestimmt, und um das zu erreichen, brauchte es Menschen wie Roberta. Sie waren für ihn nichts weiter als kurzfristige Mitfahrgelegenheiten.

Er hätte sich einfach aus dem Staub machen und neu anfangen können. Aufstehen, morgens seine Sachen packen und für immer verschwinden. Das wäre zumindest eine Option gewesen.

Bedauerlicherweise entbrannte zwischen Roberta und Jacob an jenem bedeutungsvollen Tag im Jahr 1959 ein schlimmer Streit. Roberta drohte Jacob, ihn vor die Tür zu setzen. Alte Mechanismen erwachten daraufhin in Jacob zum Leben. Lange Jahre hatte er sich unsichtbar verhalten, um lediglich zu überleben, anstatt das einzufordern, was ihm seiner Meinung nach zustand. Erst später hatte er angefangen, nach Luxus und Geld zu streben. Er wollte Macht. Und die drohte Roberta ihm nun wegzunehmen.

Das wollte er sich nicht bieten lassen.

Wer war diese kranke, armselige Frau, die ihn, Jacob Neil, der es von ganz unten nach ganz oben geschafft hatte, all seines Stolzes beraubte und wie einen Hund vor die Tür setzte?

Im Affekt stieß er Roberta, die vor ihm am Absatz der Treppe stand, nach unten. Schreiend und mit den Armen rudernd überschlug sie sich und prallte mit dem Kopf vorwärts am Fuß der Treppe auf. Ihre Beine waren seltsam verdreht, sie blutete aus Nase und Mund und wand sich vor Schmerzen.

Jacob war gleichermaßen erschrocken wie fasziniert. Er fühlte sich mächtiger denn je. Plötzlich war er also der Herr über Leben und Tod. Nicht er war der Ausgelieferte, der um Essen betteln musste, sondern er konnte ein Leben mit einem Stoß beenden.

Jacob spürte ein aufgeregtes Flirren in seiner Brust, als er mit feuchten Fingern nach dem hölzernen Handlauf griff und langsam zu der am Boden liegenden und röchelnden Roberta hinabstieg. Bei ihr angekommen stellte er fest, dass sie kaum noch bei Bewusstsein war. Er beugte sich über sie und betrachtete voller Abscheu die sterbende Frau vor sich, wie sie mit aller Macht an dieser Welt festhielt, jammerte und schlussendlich einen allerletzten Atemzug machte, der ihre ganze Enttäuschung über sich selbst und auch über Jacob preisgab.

Roberta war tot und Jacob anfangs etwas planlos. Er konnte nicht bleiben oder gar die Polizei rufen. Er wusste, dass er verschwinden musste. Aber wohin und vor allem mit welcher Begründung? Man würde ihn suchen und einsperren. Die Behörden würden nach Beweisen für Jacobs Tat suchen und diese finden. Der gesamte finanzielle Schaden, den er Roberta verursacht hatte, würde aufgedeckt werden. Ein Aufenthalt im Gefängnis war ihm also gewiss.

Doch weil Jacob nicht nur kaltblütig und herrschsüchtig war, sondern im Leben stets einen Plan verfolgte, kam er schnell auf eine Lösung für seine Probleme. Hier in York war er nicht sicher, doch er konnte woanders neu anfangen. Er konnte sich einen neuen Namen und ein neues Aussehen zulegen.

Kapitel 51

Jodie

2024

In Dauerschleife hörte ich mir die Tonaufzeichnungen des Gesprächs mit George an. Ich konnte ihm einfach nicht glauben und mahnte mich zur Unvoreingenommenheit.

Doch war es nicht verrückt, dass der Mann, den alle Welt für den Hauptverdächtigen in Alices Fall hielt, statt von Hass und Wut über seine tiefe Liebe für sie sprach?

Vermutlich war es diese Offenheit in Bezug auf seine Gefühle, die mich derart aus dem Konzept brachte. Weil ich ihn mir als Monster ausgemalt hatte. Als kaltblütigen Betrüger, der nicht einmal vor Mord zurückschreckte und keinerlei Empathie für seine Opfer empfand. George aber schien geläutert. Außerdem wirkte er derart gebrochen auf mich, dass es mir, zwei Tage nach dem Treffen mit ihm, schwerfiel, mich mit der Bearbeitung des Videos zu beschäftigen.

Ich spielte Kiki die Aufnahmen vor und war auf ihre Einschätzung gespannt.

»Der Kerl hatte ein bewegtes Leben«, schloss sie und zog ein Kissen von meiner Couch, damit sie ihren Hintern darauf platzieren konnte. »Er scheint Alice aber wirklich geliebt zu haben, wenn auch eher rückblickend.«

»Aber sieht man sich an, wie er am Ende mit den beiden Frauen umgegangen ist, scheint es fast so, als hätte er Panik gekriegt, weil er die Kontrolle verloren hatte.«

»Du meinst, weil er immer derjenige war, der entschied, wann es vorbei war?«

»Ja, richtig.« Ich verschränkte meine Beine im Schneidersitz und zeigte auf die Chronologie, die ich angefertigt hatte. »Wurde es ihm zu brenzlig, ist er geflohen. In dem Fall hat ihn aber Alice vor die Tür gesetzt. Sein gesamtes Modell fiel in sich zusammen und er ist schlichtweg ausgeflippt. Die ersten beiden Zwischenfälle waren Unfälle, ein Streit, der eskaliert ist. Aber das mit Alice … das war meiner Meinung nach ein kaltblütiger Racheakt.«

Kiki dachte über meine Aussage nach. »Warum gibt er es dann bis heute nicht zu? Ich meine, der Kerl ist alt und hat im Prinzip nichts mehr zu verlieren.«

»Weil er sie geliebt hat. Vielleicht sogar noch immer liebt. Aus diesem Grund verdrängt er die Wahrheit. Er schämt sich.«

Sie lächelte wissend. »Er verachtet sich selbst für das, was er der Frau, die er als Einzige in seinem Leben geliebt hat, angetan hat.«

Ich nickte. »So in etwa reime ich mir Georges obskure Gedankengänge zusammen. Ergibt das Sinn?«

»Ja, schon. Wie sieht Mr Ramsay die Sache?«

Prompt wurden meine Wangen rot. Gott, wenn es um Harry ging, war auf meinen Körper wirklich kein Verlass. »Er ist weiterhin davon überzeugt, dass es sich um kein Fremdverschulden handelt.«

»Gibt es deswegen Streit im Paradies?«

Ich lächelte verträumt. »Wir sind uns einig, dass in diesem Fall Uneinigkeit herrscht.«

»Das heißt, du schließt das Video mit einem offenen Ende ab.«

»Ja, muss ich wohl. Ich habe alle Zeugen befragt, und da ich nicht weiß, wo sich die Tagebücher befinden, falls es sie überhaupt gibt, habe ich sämtliche Mittel ausgeschöpft«, erklärte ich. »Es hat aber auch etwas Reizvolles, das Geheimnis nicht zu lösen, sondern der Zuschauerschaft selbst zu überlassen, wie sie die Sache wahrnimmt.«

»Die Leute stehen auf Rätsel.« Kiki angelte sich ein Bonbon aus dem Glas, das auf meinem Couchtisch stand. Darin befand sich ein wahres Sammelsurium aus unterschiedlichen Süßigkeiten.

»Vor allem bietet die Geschichte ja auch so eine Menge Drama und Tragödien.«

Ich war fest davon überzeugt, Alices Leben mit meiner Berichterstattung gerecht zu werden. Die Geschichte sollte keine Seifenoper werden, dennoch aber zeigen, dass Liebe und Intrigen eine bedeutsame Rolle spielten, vor allem dann, wenn es darum ging, Entscheidungen zu treffen.

»Den Abschluss der Untersuchungen sollten wir feiern«, schlug Kiki vor.

»Auf welche Art?«

»Mit einer beträchtlichen Menge Aperol Spritz.«

»Wir haben morgen Kurse«, rief ich ihr ins Gedächtnis.

Sie machte daraufhin eine wegwerfende Handbewegung, als wäre mein Einwand völlig übertrieben. »Lassen wir sausen.«

»Dann hätte ich ein schlechtes Gewissen.«

Sie schaffte es trotzdem, mich zu überreden, sodass ich mich umzog und sie in ein Restaurant begleitete. Während ich im Bad war, hatte sie gegoogelt und irgendein hippes Lokal gefunden, online reserviert und mich im Unklaren über das Ziel unserer Reise gelassen. Sie liebte es, Menschen zu foltern. Zu überraschen, wie sie es nannte.

Der Laden lag in Central London und verband mehr oder weniger unterschwellig die Themen Tube, Wein und Musik. Zu essen gab es kleine Häppchen, zu trinken eine dermaßen große Auswahl, dass ich aufgrund meiner Überforderung nichts Unbekanntes, sondern tatsächlich ein Glas Aperol Spritz bestellte. Kiki war mutiger und wurde mit einem wahren Cocktail-Bottich belohnt.

»Hallo, Kopfschmerzen«, witzelte sie. Wir stießen an und musterten die Leute um uns herum. Aufgrund des bis zum Äußersten gedimmten Lichts war es gar nicht so leicht, Gesichter zu erkennen.

»Verrückter Laden«, meinte ich und war gespannt, wie Kiki ihn fand.

Wenig überraschend war sie Feuer und Flamme. »Echt cool hier. Könnte mein Stammlokal werden.«

»Vorausgesetzt, du gewinnst im Lotto.« Die Preise waren nämlich hoch. Sehr hoch. Coolness musste man sich offensichtlich teuer kaufen.

»Ich habe seit gestern einen Job, also – who cares about money?«

»Du hast einen Job? Wo?«

Kikis frühere Jobs waren eine Katastrophe gewesen. Sie hatte im Kino gearbeitet, bei einer Werbeagentur und sogar an der Supermarktkasse. Das Problem war nicht die Arbeit an sich, sondern Kikis Gutmütigkeit gepaart mit ihrem Händchen dafür, den schrägsten Typen in die Arme zu laufen.

»Bei einer kleinen Zeitung. Vorerst darf ich nur recherchieren und kontrollieren. Aber meine Chefin hat mir versprochen, dass ich ab und an eigene Artikel beisteuern kann.«

»Das klingt doch toll«, freute ich mich für sie. Denn das tat es wirklich.

»Finde ich auch. Sie zahlen gut und wer weiß, möglicherweise kann ich nach dem Studium dortbleiben.«

»Das wäre perfekt.« Ich drückte ihre Hand. »Du hast den Job und hoffentlich auch noch den Mann.«

Zum Glück fiel ihr Lächeln nicht in sich zusammen. Ganz im Gegenteil – sie strahlte noch breiter. Von ihr ging erhöhte radioaktive Strahlung aus.

»Zwischen Mitch und mir läuft es gut. Sehr gut sogar. Du musst ihn unbedingt mal richtig kennenlernen. Wir könnten ein Pärchendate veranstalten.«

»Ich glaube nicht, dass meine Beziehung mit Harry mit eurer zu vergleichen ist.«

»Weil du keine Gefühle für ihn entwickeln möchtest?«, stocherte sie zielgenau in meiner Wunde herum.

Es war schon erschreckend, wie gut sie mich kannte. »Es wäre ein riesiger Fehler, wenn ich mich ihn verliebe.«

»Denkst du, dass du dich davor schützen kannst?«

Zumindest hatte ich das bis vor Kurzem gedacht, als wir nicht praktisch jede freie Minute miteinander verbracht hatten. Als wir uns noch häufiger gestritten und weniger tiefgreifende Gespräche geführt hatten.

»Hoffentlich kann ich das, sonst bin ich geliefert.«

Kiki lachte zwar gemeinsam mit mir, ich sah ihr aber an, dass sie überzeugt war, ich wäre zu steif oder was auch immer. Womöglich war ich nicht nur steif, sondern besorgt. Harry war wie eine Naturgewalt über mein Leben hereingebrochen. Bei keinem Mann zuvor hatte ich je so gefühlt. Nie hatte ich so oft an einen anderen Menschen denken müssen. Nie hatte ich mich so sehr danach gesehnt, bei ihm sein zu können.

Obwohl die Zeit, die ich mit ihm verbrachte, leicht und bereichernd war, haftete unserer Beziehung etwas Schweres an.

Dass dieses Bedrückende die Macht über uns ergreifen und uns zerstören könnte, bereitete mir die allergrößten Sorgen. Aus diesem Grund war es mir auch wichtig, der Beziehung zu Harry keinen Stempel aufzudrücken. Ich wollte keinen Druck ausüben – weder auf Harry noch auf mich selbst.

Alles würde sich fügen, davon war ich überzeugt.

Und als ich später zur Toilette ging und im Flur Barbara traf, war ich gelassener als gedacht. Sie selbst allerdings wirkte erschrocken, mich zu sehen. »Jodie, richtig? Was für ein Zufall.« Nervös fuchtelte sie beim Sprechen mit den Händen herum und klang, als wäre sie gerade einen Marathon gelaufen.

»Kann man so sagen«, murmelte ich. Auf eine lange Unterhaltung war ich nicht unbedingt scharf, schließlich zählte Barbara nicht zu meinen größten Fans. Sie kam mir eher wie jemand vor, der gezielt Giftpfeile platzierte.

Barbara trug auch diesmal hochwertig aussehende Kleidung. Eine feine, hellgraue Bluse, eine dazu passende Hose und High Heels. Ihre Ohrringe hingegen, bestehend aus silbernen Steckern mit winzigen Glitzerapplikationen, waren dezent. Für mich wirkte alles an ihr unnahbar, obwohl ja auch klar war, warum sie von allen Menschen dieser Welt auf mich am allerwenigsten Lust hatte.

»Wie läuft es mit deinen Untersuchungen?« Und mit Harry – diese Frage schwang als unverkennbarer Unterton deutlich mit.

Ich machte einen Schritt zur Seite, um zwei Frauen vorbeizulassen, die sich ebenfalls über die überteuerten Preise austauschten. »Ich bin fast fertig damit. Jetzt geht es nur mehr darum, das Video zu erstellen, Texte zu schreiben und alles zu formatieren. Also der aufwendigste Teil der Arbeit.«

»Verstehe.« Sie kniff ihre Augen forsch zusammen. »Harry hat dich tatkräftig unterstützt.«

»Ja, das hat er.« Was sie sagte, hörte sich die meiste Zeit nach einer Anschuldigung an. Als hätte ich einen Fehler gemacht, indem ich ihr Terrain betreten hatte.

Dass sie nicht auf langweiligen Small Talk aus war, bewies sie mir im nächsten Moment. Sie kam näher und musterte mich, als würde ich illegale Substanzen am Körper tragen.

»Ich glaube, du hast keine Ahnung, auf wen du dich da wirklich eingelassen hast.«

Auf den Angriffsteil dieser Unterhaltung war ich zwar gespannt, aber nicht vorbereitet. Ich verabscheute Streit, war eher ein friedliebender Mensch. Gleichzeitig hatte mich mein Job als Hobbyermittlerin auch Durchsetzungskraft gelehrt.

»Du meinst Harry?«

»Wir waren lange zusammen und ich kenne ihn daher sehr gut. So gut, dass ich mittlerweile verstanden habe, dass Harry ein Mann ist, dem man nur bis zu einem gewissen Punkt trauen darf. Dass er Menschen für seine Zwecke manipuliert, wurde ihm als eine Art Familientradition antrainiert. Er interessiert sich für dich, solange du nützlich für ihn bist, danach sortiert er dich aus.«

Obwohl ich mich gegen den Schwachsinn wehren wollte, den Barbara nach ihrer tief sitzenden Demütigung verzapfte, konnte ich nicht verhindern, dass Teile davon, vor allem jene, die eine mögliche Manipulation beinhalteten, meine allerschlimmsten Ängste bedienten. Denn ja, ich konnte mich noch gut an Harrys Drohungen und Aussagen während unseres ersten Treffens erinnern. Die Macht, die er ausstrahlte, war mir in diesem Moment unbezwingbar erschienen.

Barbara schien zu merken, dass ich angebissen hatte, denn sie fuhr munter fort. Jetzt sogar mit mehr Selbstbewusstsein und lauterer Stimme. »Harry ist ein Arsch, Jodie. Er hat mich betrogen, streitet es aber bis heute ab. Und auch dich hat er betrogen – auf eine andere Art, dennoch ist es Betrug.«

»Er hat mich betrogen?«, wiederholte ich und erstarrte.

»Deine Untersuchungen haben ihm nicht gefallen. Als du seiner Mutter geschrieben und um ihre Zustimmung gebeten hast, hatten wir noch mehr Kontakt. Harry wollte einen tiefgreifenden Bericht verhindern. Du musst wissen, dass er einen überbordenden Beschützerinstinkt seiner Mutter gegenüber hat. Jedenfalls hat er gemeint, er würde dafür sorgen, dass du nicht allzu tief in der Geschichte seiner Familie herumgräbst, und dafür hat er Vorkehrungen getroffen.«

Mir wurde schlagartig schlecht und ich lehnte mich stützend an die Wand.

»Das Schlimme ist, und das habe ich erst bei der Geburtstagsparty seiner Mutter erfahren, dass er auch sie angelogen hat.« Barbara lachte schrill. »Da ist mir klar geworden, dass er ein noch größerer Lügner ist, als ich die ganze Zeit vermutet habe.«

Seufzend versuchte ich, ihren Erklärungen zu folgen. Sie war allerdings dermaßen aufgebracht, dass sie schlichtweg vergaß, mir die Zusammenhänge zu erklären. »Wobei hat er gelogen?«

»Die Tagebücher, Alices Tagebücher, er hatte sie. Er hatte sie die ganze Zeit, nur wollte er dir das niemals und unter keinen Umständen verraten. Ich wusste davon, hab ihm aber versprochen, den Mund zu halten.« Sie seufzte, wobei ihr Blick merklich mitgenommener wurde. »Ich hätte ihm niemals vertrauen sollen, Jodie. Dieser Mann … er hat nur Chaos in mein Leben gebracht und mich enorm verletzt. So sollte niemand mit anderen umgehen.«

Ich konnte es nicht fassen. Das Rauschen in meinen Ohren wurde lauter, die Luft dünner.

Barbara fuhr ungerührt fort. »Die Tagebücher hat er schon seit Jahren. Seiner Mutter ging es psychisch immer mal wieder ziemlich schlecht. Man kann sich ja vorstellen, dass die Art, wie sie aufgewachsen ist, nicht einfach für sie war. Jedenfalls hat

Harry sie schützen wollen und die Tagebücher deshalb vor ihr verborgen.«

»Das heißt, dass er von Michael wusste?«

Sie schüttelte den Kopf. »Er hat sie nie gelesen. Luisas Großvater hat ihm den Auftrag erteilt, die Bücher aufzubewahren.«

»Das heißt, die Bücher hat er von seinem Urgroßvater?«

»Richtig. Er hat sie versteckt und sie Harry irgendwann übergeben.«

Er hatte mich belogen und betrogen. Mehrmals hatte ich ihn auf die Tagebücher angesprochen, genauso wie seine Mutter. Dass er mir anfangs nicht vertraut hatte, ließ ich ihm durchgehen. Doch jetzt tat er es offensichtlich noch immer nicht.

»Er hat dich unterstützt, um dich zu kontrollieren. Warum er zugelassen hat, dass die Sache mit Michael aufgedeckt wird, kann ich nicht sagen.«

»Ich glaube, mittlerweile liegt ihm auch etwas an der Wahrheit«, sagte ich mit zittriger Stimme.

»Das glaube ich nicht. Er hat wohl das geringere Übel gewählt und dich bewusst auf eine falsche Fährte gelockt. Lieber Michaels Story aufbauschen, als in Abgründen herumgraben, die nichts Positives ans Tageslicht bringen.«

Für mich stand fest, dass ich Harry mit Barbaras Aussagen konfrontieren würde. Ich konnte aber nicht einschätzen, auf welche Weise er darauf einstieg. Möglicherweise würde unsere sich anbahnende Beziehung sofort wieder zerbrechen, ausgelöscht durch den riesigen Betrug, den Harry veranstaltet hatte.

»Ich habe lange mit mir gehadert und war nicht sicher, ob ich dir von den Tagebüchern erzählen soll. Dass wir uns hier zufällig treffen, kommt mir da wie ein Zeichen vor, das ich nicht ignorieren kann.«

»Warum bist du plötzlich so zuvorkommend? Bei der Geburtstagsparty hast du dich komplett anders verhalten.«

Sie nickte reumütig. »Ich hätte mir mit Harry eine gemeinsame Zukunft gewünscht. Daraus ist leider nichts geworden. Aber jeder Verlust bringt eine neue Chance mit sich und die habe ich mittlerweile zu schätzen gelernt.«

»Dann ist dieses Geständnis also deine Rache?«

»Nein, ist es nicht. Dass er dich belügt und dein Vertrauen missbraucht, kann ich nicht einfach zulassen. Immerhin weiß ich, wie schlecht man sich dabei fühlt.«

»Danke für deine Aufrichtigkeit.« Schlagartig war ich vollkommen kraftlos. Meine Knie drohten einzuknicken und mein Verstand war kaum noch in der Lage, Barbaras Informationen zu verarbeiten.

»Du musst selbst entscheiden, was du mit ihm machst. Alles Gute.«

Grußlos verschwand sie.

Ich kehrte zurück zu Kiki und bat sie, das Lokal zu verlassen. Gemeinsam gingen wir zu mir, wo ich ihr von meiner Begegnung mit Barbara erzählte. Kiki stand mir gewohnt hilfsbereit zur Seite, doch ich hatte zu diesem Zeitpunkt keinen Kopf, mich mit den weiteren Konsequenzen zu befassen. Ich war müde und traurig. Kiki bot an, bei mir zu schlafen, ich lehnte allerdings ab.

Stattdessen duschte ich lange und heiß, legte mich ins Bett und fiel erst spät in einen unruhigen und wenig erholsamen Schlaf. Harrys Geheimnis verfolgte mich bis in meine Träume. Mehrmals schreckte ich auf, meine Kehle war wie ausgetrocknet, doch ich zwang mich, im Bett zu bleiben. Irgendwie musste es ja weitergehen.

Kapitel 52

Mit kürzerem Haar, jedoch mit Bart, erreichte er wenige Tage später die Stadt Bath. Unter dem Namen Joseph James mietete er sich mit dem Geld, das er von Roberta entwendet hatte, eine Wohnung in Weston. Zu Beginn seiner Zeit in Bath verbrachte er die Tage mit Müßiggang, hielt sich im Victoria Park auf, besuchte Pubs oder schlenderte ziellos durch die Straßen. Aus der Zeitung erfuhr er von den Untersuchungen rund um Robertas Tod. Doch er wähnte sich in Sicherheit.

Kurzfristig strebte er sogar das Ziel an, das Geld, das er von Roberta mitgenommen hatte, klug zu investieren, um künftig unabhängig leben zu können. Bedauerlicherweise holte er sich nicht die besten Ratschläge ein und bald war ein Großteil seines Vermögens aufgebraucht.

Joseph benötigte also einen Plan B, oder besser gesagt wollte er seine alte Strategie erneut hervorholen und sich das Geld anderer Leute auf unehrliche Weise ergaunern. Zufällig traf er 1962 bei einem seiner Spaziergänge durch den Victoria Park auf Marion, die mit ihrer Dogge unterwegs war. Sie kamen ins Gespräch, wobei Joseph sie ein Stück auf ihrem Weg begleitete. Marion erlag augenblicklich Josephs Charme und seiner Redegewandtheit. Sie fühlte sich in seiner Nähe dermaßen wohl, dass sie ihn noch auf ein

Getränk einlud. Im Laufe der Unterhaltung erfragte Joseph sämtliche nützlichen Informationen. So erfuhr er, dass Marion Witwe war und ihr Mann ihr eine gut laufende Baufirma hinterlassen hatte. Er gab an, vom Bauwesen Ahnung zu haben, es hätten sein Vater und bereits sein Großvater Geschäfte in diesem Bereich getätigt. Weiterhin erklärte er, dass er für einen Job nach Bath gekommen sei, dieser seinen Ansprüchen allerdings nicht genüge und er deshalb überlege, ob er kündigen solle.

Da Marion ein überschwänglicher und vor allem gutgläubiger Mensch war, bot sie Joseph kurzerhand den Posten als Geschäftsführer besagter Baufirma an. Er solle sich den Betrieb einmal ansehen und ihr ehrlich mitteilen, ob ihm die Stelle gefalle. Joseph willigte ein und saß bereits eine Woche später auf dem Chefposten.

Wie schon zuvor bei Roberta schlich er sich auch in Marions Privatleben. Marion war allerdings bedeutend jünger, sie war fünfunddreißig, und bald erlag auch Joseph ihren weiblichen Vorzügen. Während Marion sich über beide Ohren in Joseph verliebte, erkannte dieser die Reize dieser Liebe – denn so war Marion ihm nicht nur geschäftlich, sondern vor allem auch emotional verfallen.

Joseph genoss die Macht über die Angestellten, das luxuriöse Leben mit Marion und seine geschäftliche Position. Die Arbeit gefiel ihm sogar. Es war die erste ehrbare Tätigkeit, die er ausübte. Über drei Jahre hinweg liefen die Dinge gut. Joseph und Marion wurden ein Paar, und während sich Joseph um den Betrieb kümmerte, bekochte ihn Marion auf ihre liebevolle Weise. Schlechter wurde die Stimmung erst, als Josephs geschäftliches Versagen immer deutlicher zu spüren war. Die Firma hatte zunehmend Geldprobleme, was hauptsächlich an Joseph lag, der sich erstens von anderen nichts sagen ließ und zweitens keine Ahnung von der Branche hatte. Er traf weitreichende Fehlentscheidungen, die irgendwann zum finanziellen Ruin des Unternehmens führten. Alle Mitarbeiter mussten entlassen und das Inventar sowie das Geschäftsgebäude verkauft werden.

Zu der Zeit fing es zwischen Marion und Joseph spürbar an zu kriseln. Streit und gegenseitige Vorwürfe waren an der Tagesordnung.

Marion wollte die Trennung, Joseph kam mit der Tatsache, verstoßen worden zu sein, nicht klar. Dass er Marion plötzlich nicht mehr genügte, machte ihn fertig. Ihre Enttäuschung traf ihn hart. Tief in sich hatte er Marion gemocht. Sie war wie ein Anker für ihn gewesen und hatte einen Teil seiner kaputten Seele mit ihrer liebenswürdigen Art geheilt. Doch da war zu viel Verdorbenheit in ihm, als dass er klar und nüchtern die Trennung hätte akzeptieren können. Seine Angst, verlassen zu werden und zurück in die Armut zu schlittern, ließ ihn ein zweites Mal morden.

Abends stritt er mit Marion und schlug sie, wobei sie mit dem Kopf gegen das Gitter am Kamin knallte. Die Wunde blutete stark, Marion wurde bewusstlos. Der Todeskampf dauerte nicht lange. Es schien, als wäre Marion sofort tot. Sie zuckte nicht einmal, wehrte sich nicht, sondern sackte in sich zusammen.

Diesen Mord steckte er leichter weg. Er war sogar fasziniert davon, wie einfach die Tat vonstattengegangen war.

Die Flucht wurde diesmal allerdings von Marions Haushälterin vereitelt. Joseph stand noch vor der am Boden liegenden Marion, als er Schritte aus der Küche hörte und schnell in sein Schlafzimmer verschwand. Hastig warf er den Morgenmantel zur Seite und legte sich ins Bett. Nur wenige Augenblicke später hörte er einen ohrenbetäubenden Schrei. Die Haushälterin kam in sein Schlafzimmer gestürmt. Aufgelöst berichtete sie ihm von ihrer Entdeckung und bat ihn, unverzüglich Hilfe zu rufen.

Später, als man Marions Tod festgestellt hatte und die Polizei eintraf, spielte er allen die Rolle des trauernden Mannes vor. Man kaufte ihm die Verzweiflung ab und von allen Seiten bekam er Unterstützung angeboten. Marion hätte womöglich einen Schwächeanfall erlitten und wäre gestürzt, meinte er. Zum Todeszeitpunkt habe er längst geschlafen.

Ihr wäre alles zu viel geworden mit der Firmenpleite und der vielen Arbeit. Manchmal habe sie zuvor bereits über ein Stechen in der Herzgegend geklagt. Joseph hätte ihr deswegen geraten, einen Arzt aufzusuchen. Er wisse nicht, wie es für ihn weitergehen solle. All diese Phrasen warf er den Leuten hin, und gierig nach Neuigkeiten, wie sie waren, schluckten sie diese verlässlich.

Mit dem Geld, das er über die Jahre von der Firma abgezweigt hatte, kehrte er Bath den Rücken. Abermals veränderte er sein Aussehen und seinen Namen.

Als George James erreichte er Cambridge.

Kapitel 53

Harry

2024

»Hallo, ich schicke dir jetzt eine Sprachnachricht, weil du auf meine Anrufe gestern und heute noch nicht geantwortet hast. Ist alles okay bei dir oder … keine Ahnung, gehst du mir bewusst aus dem Weg, weil ich irgendetwas verbrochen habe? Melde dich einfach. Bitte.«

Ich wusste, dass sie mit dem Erstellen des Videos beschäftigt war, nebenbei noch zur Uni musste und vielleicht einfach erkältet oder gestresst war. Doch da war dieses Bauchgefühl, dass etwas nicht stimmte.

Ich wurde die Ungewissheit nicht los und quälte mich durch meinen Arbeitstag. Abends hatte ich noch immer nichts von ihr gehört und beschloss, zu ihr zu fahren, um nach dem Rechten zu sehen. Als ich den Wagen vor dem Haus parkte, konnte ich erkennen, dass in ihrem Wohnzimmer Licht brannte. Sie war also zumindest da. Und sie öffnete auf mein Klingeln hin sogar die Tür. Ich sprintete die Treppe nach oben. Ein wenig außer Atem kam ich bei ihr an. Sie stand im Flur, trug ein weißes T-Shirt und Jogginghosen. Da war kein Lächeln auf ihrem Gesicht und auch sonst nichts, das mich beruhigt hätte. Stattdessen verstärkte sich sogar der Druck in meiner Brust.

»Jodie, geht es dir gut?« Ich griff nach ihren Händen.

Sie ließ die Berührung zwar zu, versteifte sich aber dabei. »Ja, alles okay bei mir.«

»Du hast nicht auf meine Anrufe reagiert.«

»Es war … viel los.«

Ich musterte ihr Gesicht, spürte, dass da eine starke Barriere zwischen uns lag, die zuvor nicht da gewesen war. »Ich will dich nicht unter Druck setzen oder dich belagern. Es ist nur so, dass ich dich vermisse.«

Sie hielt meinem Blick nicht stand, sondern linste zur Seite. »Komm herein.«

Mit einem Globusgefühl im Hals folgte ich ihr. Als Kind hatte ich mich einmal an einer Weintraube verschluckt. Sie hatte daraufhin meine Luftröhre abgeschnürt und mich um Luft kämpfen lassen. Meine Mutter hatte auf meinen Rücken geklopft, zunehmend stärker und verzweifelter. Dann hatte ich gehustet und das Obst war aus meinem Körper geschleudert worden. Diese Momente der Luftnot und der Angst – daran erinnerte ich mich, als ich Jodie in ihre Küche begleitete. Eine Tasse mit dampfendem Tee stand auf dem Tisch vor dem Fenster. Daneben ihr Laptop und ihre Unterlagen.

»Du arbeitest ziemlich hart.« Ich deutete mit dem Kinn flüchtig in Richtung ihres Computers.

Jodie verschränkte die Arme vor der Brust, als würde sie frieren. Sie schlenderte rüber zum Tisch, klappte ihren PC zu und seufzte tief. »Ich weiß von den Tagebüchern«, sagte sie und sah mir endlich wieder direkt ins Gesicht.

Doch es war nicht das, was ich hatte hören wollen. Ich hatte mich nach Nähe gesehnt und plötzlich war ich mit dem

Worst-Case-Szenario konfrontiert. Sprachlos wand ich mich, rang um Worte, brachte es aber nicht übers Herz, sie mit irgendwelchen Ausflüchten abzuspeisen. Daher schloss ich kurz die Augen und wollte mich so sammeln und mich wieder einkriegen.

»Ich weiß von ihnen und auch, dass du sie mir vorenthalten hast.«

Mein Verdacht fiel sofort auf Barbara. Sie war die einzige Person, die von den Tagebüchern wusste. Doch warum hatte sie Jodie davon erzählt?

»Ich habe sie nie gelesen, weil ich bereits als Kind ein klares Verbot diesbezüglich erhalten habe«, verteidigte ich mich lahm.

Jodie schnaubte. »Doch du hattest sie die ganze Zeit.«

»Das ist richtig.«

»Du hast mich suchen und wühlen lassen, hast mich auf falsche Fährten gelockt. Ich frage mich, wofür oder besser gesagt warum du das getan hast.«

Ihr Blick löste Schmerzen in mir aus. Er war dermaßen enttäuscht, dass ich ihn kaum ertrug. »Nicht jedes Geheimnis ist dazu gemacht, gelüftet zu werden. Manche bleiben besser für immer im Verborgenen, sei es aus Schutz der Vergangenheit oder der Gegenwart. Die Geschichte, die du erforscht hast, ist doch ideal, um sie deinen Followern zu verkaufen. Darum geht es letztendlich.«

»Ich kann nicht fassen, dass du tatsächlich dermaßen abgebrüht bist.«

»In den Tagebüchern steht nichts über den Mord. Ich habe, nachdem Michael aufgetaucht ist, kurz reingelesen, um die Sache mit der Vaterschaft zu überprüfen. Ich habe sie exakt an dem Ort im Haus gelassen, wo mein Urgroßvater sie nach Alices Tod aufbewahrt hat. Ich habe sie nie gelesen. Es hat mich weder großartig interessiert noch finde ich es angebracht, in den privaten Gedanken einer anderen Person herumzuschnüffeln.« Ich war überrascht, wie berechnend ich mich anhörte. In mir tobte zwar ein Sturm, aber äußerlich war ich gelassen. Vielleicht war das in dieser Situation aber auch besser so.

»Und deine Mutter, weiß sie von den Tagebüchern?«

Ich schluckte schwer. »Nein. Aber das spielt keine Rolle, du hast die Sache mit Michael ja auch ohne Alices Aufzeichnungen gelöst.«

»Und das hast du verhindern wollen.«

Es war eine Schlussfolgerung, doch sie wünschte sich ein Statement von mir dazu. Also nickte ich und stemmte beide Beine fest auf den Boden. »Mein Ziel war es, den Schaden für unsere Familie gering zu halten und gleichzeitig dem Wunsch meiner Mutter zu entsprechen. Sie hat in dir das perfekte Mittel gesehen, um ihre Vergangenheit aufzuarbeiten.«

»Darf ich sie lesen?«, fragte sie.

Es war, als würde sie mir vorsichtig die Hand entgegenstrecken, und ich konnte entscheiden, wie ich darauf reagierte. Schlug ich sie weg und zerstörte unsere Basis oder griff ich danach und zeigte ihr so mein Vertrauen?

»Aus welchem Grund möchtest du sie lesen?«

»Um Alice zu verstehen.«

»Du hast doch längst alle Fakten über sie und ihr Leben gesammelt.«

Sie wurde wütend, schnaubte erneut und legte ihre Stirn in Falten. »Das alles sind Fakten aus dritter Hand. Die Tagebücher hingegen geben mir die Möglichkeit, Alice ganz persönlich kennenzulernen.«

»Um den Menschen hinter der Tragödie noch besser ausschlachten zu können«, warf ich ihr vor.

»So denkst du noch immer über mich?«

Sie schien unglaublich enttäuscht, hatte sogar Tränen in den Augen.

»Wenn es ums Berufliche geht, dann … ja.« Meine Aussage traf sie hart. Auch ich verachtete mich in dem Moment für meine Worte. Ich wusste nicht einmal, warum ich plötzlich so wütend auf sie war. Lag es daran, dass sie mir auf die Schliche gekommen war? Es war, als würden beide Realitäten – meine Verknalltheit und der wahre Grund, warum sie in mein Leben getreten war – miteinander kollidieren, was eine Katastrophe auslöste. »Diese Tagebücher enthalten Alices tiefste Gedanken und Ängste. Würdest du wollen, dass die Dinge, die du niemandem anvertrauen möchtest, nach deinem Tod öffentlich gemacht werden?«

Sie zögerte und schien langsam zu begreifen, um was es mir hier wirklich ging. »Ich würde Alices Gedankenwelt respektieren.«

»Das kannst du nur, indem du sie nicht liest«, hielt ich dagegen.

»Ich sehe es anders«, widersprach Jodie. »Um Alices Persönlichkeit in meinem Bericht perfekt widerzuspiegeln, muss ich wissen, wer sie war, und auch, was sie gedacht hat. Diese Tagebücher wären wie eine Reise in die Vergangenheit. Eine Unterhaltung mit einer Verstorbenen.«

»Die viel Spielraum für Interpretationen lässt.«

Müde schüttelte sie den Kopf. »Wir können noch zwei Stunden über unsere Ansichten zu diesem Thema diskutieren und werden uns gegenseitig niemals überzeugen. Bedeutsamer ist für mich die Tatsache, dass du mich hintergangen hast. Du hast nicht einmal erwähnt, dass du die Tagebücher besitzt. Du hast, als wir bei Mary waren, sogar felsenfest behauptet, nicht zu wissen, dass es diese Tagebücher überhaupt gibt. Damit hast du mir mitten ins Gesicht gelogen.«

»Das stimmt. Alles, was du da auflistest, habe ich getan«, gab ich zu – ohne eine nachvollziehbare Erklärung oder Entschuldigung.

Jodie wirkte irritiert. Doch ich war vorsichtig, weil ich nicht wusste, was Barbara alles erzählt haben könnte und wie viel Glauben Jodie ihr schenkte. Sie schien dabei nicht zu merken, dass Barbara nicht aus Verbundenheit, sondern aus purem Kalkül gehandelt hatte. Offensichtlich hatte Barbara entschieden, dass es an der Zeit war, Jodie aus meinem Leben zu verbannen. Zu diesem Zweck hatte sie sich das einzige, dafür aber effektivste Mittel ausgesucht, das ihr zur Verfügung stand.

»Ich kann zwar nicht erklären, wieso, aber dein Verhalten fühlt sich für mich wie der allerschlimmste Verrat an«, resümierte sie betrübt. »Diese ganzen Geheimnisse in deiner Familie werfen ihren Schatten auch auf uns. Vor ein paar Tagen erklärst du mir noch, dass du nicht möchtest, dass das mit uns beiden aufhört, und jetzt erfahre ich, dass du die ganze Zeit Dinge vor mir verheimlichst. Das ist wirklich mies, Harry.«

»Ich verstehe das und es tut mir leid, aber ich konnte nicht anders.«

»Du hättest mir von den Tagebüchern erzählen sollen, bevor du deine Gefühle groß anpreist. Ehrlichkeit ist für mich ein Hauptbestandteil einer Beziehung – sei es eine Freundschaft oder auch mehr.«

Ich nickte leicht. »Natürlich. Trotzdem trage ich die Verantwortung für meine Familie.«

»Du hörst dich an wie Alices Vater«, schleuderte sie mir entgegen. »Er hat laut Michael und den Erzählungen deiner Mutter doch auch immer mit dem Hintergedanken gehandelt, das Beste für die Familie zu wollen. Und dabei hat er Alices Träume und ihre Beziehung mit Michael zertrümmert.«

»Du willst damit also ausdrücken, dass ich wie er bin? Dass ich Menschen manipuliere?«

»Barbara hat das auch behauptet.«

»Und du glaubst ihr?« Ich lachte angewidert.

»Sie hat mir zumindest die Augen geöffnet.«

Gott, jetzt wurde es übel. Sie fing mit Dingen an, die über eine kurzfristige Enttäuschung hinausgingen. Plötzlich sprachen wir also über Grundsätze, über sogenannte Red Flags.

»Inwiefern die Augen geöffnet?«, hakte ich nach.

»Dass ich mein Herz keinem Mann schenken möchte, der mich belügt.« Sie schaute mich aus großen Augen an und sackte auf dem Stuhl hinter ihr zusammen. »Während ich den Fall noch einmal durcharbeite, bin ich auf viele Parallelen zwischen der Geschichte von George und Alice und unserer gestoßen. Unbewusst hast du die Führung über meine Arbeit und auch über meine Gedanken übernommen. Wie sich jetzt herausstellt, hast du die Untersuchungen in eine bestimmte Richtung gelenkt. Du hast mich zu deinem Vorteil manipuliert.«

»Jodie«, sprach ich ihren Namen sanft aus und näherte mich ihr.

Sie hob allerdings die Hand und hielt mich auf.

»Ich habe dich nicht manipuliert. Glaub mir. Du bedeutest mir sehr viel.«

Sie lachte tonlos. »Das hat auch George im Nachhinein über Alice gesagt.«

»Hör bitte auf, mich mit ihm zu vergleichen!«

»Wieso? Macht es dich wütend? Flippst du aus? Hm, Harry?«

»Was wird das?«, fragte ich enttäuscht. So kannte ich sie nicht. Sie provozierte mich, als wünschte sie sich eine bestimmte Reaktion von mir.

»Ich will, dass du gehst.« Das Kinn gereckt, die Augen feucht schimmernd, sah sie zu mir.

»Alles wegen dieser beschissenen Tagebücher?«, brüllte ich meine Frage in den Raum.

»Alles wegen deiner beschissenen Unehrlichkeit«, schrie Jodie zurück.

Ich raufte mir die Haare, tigerte durch ihre Küche und schaffte es nicht, einfach zu gehen. Denn ich wusste, was mein Verschwinden bedeuten würde. Es wäre vorbei mit uns. Dabei hatte es sich für mich noch gerade angefühlt, als könnte Jodie mehr für mich werden als eine kurze Affäre. Alles schien perfekt.

Warum zum Teufel reagierte sie dermaßen übertrieben?

»Ich werde dieses Video fertig bearbeiten, unter Berücksichtigung des Respekts vor deiner Familie natürlich. Danach wirst du nie wieder von mir hören. Die Gefahr wurde erfolgreich abgewendet.«

»Darum geht es mir nicht, Jodie.«

»Aber mir«, entgegnete sie traurig. »Mir geht es um Vertrauen. Mir geht es um Ehrlichkeit, das ist doch das Mindeste, das ich mir von dem Mann wünsche, der mir gegenüber behauptet hat, mehr von mir zu wollen als bloß Sex.«

Die Schwere der Schuld drückte gegen meinen Brustkorb. »Dir sollten aber nicht nur deine eigenen, sondern auch meine Prinzipien wichtig sein.«

»Sind sie mir auch.«

»Nein, eben nicht, wenn du nicht verstehen möchtest, warum ich dir diese Tagebücher vorenthalten habe.«

»Du hättest sie mir nicht zeigen müssen. Aber du hättest ehrlich sein müssen.«

Wir starrten einander aufgeregt an. Meine Hände zitterten und meine Arme fühlten sich bleischwer an.

Jodie war es, die sich leise zu Wort meldete. Sie stand dafür sogar auf und näherte sich der Tür zum Flur. »Geh. Jetzt. Bitte.«

Ein Rauswurf. Eindeutig.

Diesmal folgte ich ihrem Wunsch und ging.

Ich hatte keine Ahnung, wann und ob ich sie wiedersehen würde. Ich wusste nur, dass sie Zeit brauchte. Jodie war ein

Mensch, der über Gesagtes nachdenken, es analysieren und für sich selbst bewerten wollte, bevor sie zu einer Entscheidung kam. Gleichzeitig kannte ich sie bereits so gut, um zu begreifen, wie sehr ich sie verletzt hatte.

So schnell würde sie mir nicht verzeihen.

Kapitel 54

Jodie

2024

Zwei Tage vergingen.

Zwei Tage, in denen ich mich mit Lernen, der Überarbeitung des Videos und purem Selbstmitleid quälte.

Ich hatte noch nicht einmal geschafft, mit Kiki über das wahre Ausmaß des Dramas zu sprechen. Sie wusste lediglich, dass es zwischen Harry und mir Streit gab und ich, entgegen ihren vielen Vorschlägen, nicht um die Häuser ziehen, mich sinnlos betrinken und eine x-beliebige Tanzfläche unsicher machen wollte. Ich sehnte mich nach Ruhe und der Geborgenheit meiner Wohnung, wenn diese auch durch die Erinnerungen, die ich mit Harry verband, ein wenig besudelt wirkte.

Am dritten Tag, als ich von der Uni nach Hause kam, lag auf meiner Fußmatte ein Päckchen. Mein Name stand auf einem weißen Klebeetikett. Zusammengehalten wurde es durch eine braune Schnur. Ich nahm es hoch, ging damit in meine Küche und schnitt die Schnur mit zittrigen Fingern durch. Nachdem ich den Karton geöffnet hatte, kam zuerst ein zusammengefalteter Zettel zum Vorschein.

Liebe Jodie,
du kannst dir sicher vorstellen, dass ich ausführlich über unser Gespräch nachgedacht habe. Ich bin zu dem Schluss gekommen, dass es nur fair ist, dir die Tagebücher zur Verfügung zu stellen. Du findest sie dem Paket beigelegt.

Dich zu hintergehen war nicht mein Ziel. Ich kannte dich anfangs nicht und wusste nicht, mit wem ich es zu tun haben würde. Daher habe ich Sicherheitsvorkehrungen getroffen.

Es stimmt durchaus, dass wir beide irgendwann den Punkt erreicht haben, an dem Ehrlichkeit angemessen gewesen wäre. Du fragst dich jetzt, warum ich dann weiter geschwiegen habe? Die Antwort lautet: Ich weiß es nicht. Vielleicht hatte ich Angst, abserviert zu werden. Genau wie bei Barbara. Ich wollte nicht schon wieder der Dumme sein, der zu viel investiert hat und dann verletzt wird. Tief in mir scheine ich geglaubt zu haben, dass es einen Haken geben muss bei dir. Alles andere wäre doch undenkbar. Nichts kann so perfekt sein. Niemand kann so perfekt sein.

Ich wollte meine Mutter schützen, weil ich das Gefühl hatte, dass sie in den letzten Jahren angefangen hat, mit der Sache rund um Alice abzuschließen. Sie hat versucht, sich auf ihre Zukunft und auf ihre psychische Gesundheit zu konzentrieren. Dabei wollte ich sie bestmöglich unterstützen.

Was uns beide betrifft, sollst du wissen, dass ich tiefe Gefühle für dich entwickelt habe. Ich kann mir vorstellen, mit dir etwas Festes aufzubauen, allerdings bin ich nicht sicher, ob du, nach allem, was passiert ist, dazu bereit bist. Ich wäre es jedenfalls.

Wirklich, Jodie.

Harry

Nachdem ich den Brief gelesen hatte, studierte ich die Tagebücher. Stunden brauchte ich dazu, um mich von Alices ersten Erinnerungen bis zu ihrer letzten Aufzeichnung durchzuarbeiten. Ich lachte und weinte dabei.

Gleichzeitig geschah genau das, was ich prophezeit hatte: Ich lernte Alice auf eine völlig neue Art kennen. Eine Art, die mich sie nicht länger als Opfer in einem ungelösten Kriminalfall, sondern als realen Menschen sehen ließ. Eine Frau, die, ähnlich wie ich, ihre Träume umzusetzen versucht und sich in den falschen Mann verliebt hatte.

Gerade die letzte Seite in ihrem Tagebuch berührte mich in der Weise, wie sie vor Zuversicht und Vorfreude sprühte, sehr. Alice war dabei, neu durchzustarten, nachdem sie sich aus Georges Sumpf befreit hatte. Doch dann war alles anders gekommen.

Was für eine riesige Tragödie.

Mithilfe der Tagebücher verpasste ich dem Video den endgültigen und in meinen Augen perfekten Schliff. Der Beitrag war einer der berührendsten, den ich bisher gemacht hatte. Ich war gespannt, wie er bei meinen Zuschauern ankommen würde.

Wie versprochen schickte ich das Video vorab an Luisa. Ich war sicher, dass sie es Harry zeigen würde.

Das war er also – unser Abschluss.

Wir waren fertig miteinander. Das Video war sozusagen im Kasten und unsere Zusammenarbeit beendet. Ich war traurig, enttäuscht und verzweifelt. Harry hatte mich sehr verletzt. Gleichzeitig wollte ich mir selbst treu bleiben und mein Herz vor derart schwerwiegenden Verletzungen schützen. Von daher war es sicher klug, Harry nicht mehr zu sehen. Nur so konnte ich sicher sein. Nur so konnte ich weitermachen und das auch noch mit erhobenem Haupt.

Zwei Wochen nach unserem Streit ging das Video online und ich erhielt die ersten Reaktionen. Die Leute waren begeistert, berührt und wurden von dem Thema rund um Alice, George und Michael ebenso mitgerissen wie ich. Alices Geschichte stürmte die sozialen Medien. Meine Bekanntheit wuchs schlagartig, doch ich vergaß nicht, Harry als meinen Teamkollegen zu erwähnen.

Von Harry hörte ich nichts. Auch ich meldete mich nicht bei ihm.

Ich schickte ihm die Tagebücher zurück, legte eine Dankeskarte bei. Mehr nicht. Ich fühlte mich nicht in der Lage.

Getragen von der Welle des Erfolgs fiel es mir leichter, mich von meinem Liebeskummer abzulenken.

Ich konnte es schaffen. Es würde besser werden.

Und dann erhielt ich einen Anruf von Eva Longstrom, die mir praktisch meinen nächsten Fall und damit die bestmögliche Ablenkung servierte.

Kapitel 55

London 1973

Wie gewöhnlich betrat Michael das Haus durch einen Seiteneingang, der üblicherweise von den Hausangestellten benutzt wurde. Er tat dies nicht aus Bescheidenheit, sondern auf Anraten des Hausherrn, Theodore Ramsay. Michael hatte sich an dessen Verbissenheit, was die Tadellosigkeit des guten Rufs der Familie betraf, gewöhnt.

Michaels Zukunft lag hier vor ihm. Nicht im architektonischen Sinne, sondern in Form der beiden Personen, die sein Herz höherschlagen ließen – seiner Tochter Luisa und seiner hoffentlich zukünftigen Ehefrau Alice.

Er war zuversichtlich. Alles in ihm strotzte vor Glück.

Es war ein kühler Abend. Mittwoch. Theodore Ramsay war unterwegs. Alice alleine.

Michael stieg die Treppe hoch. Im Haus war es still.

Das Baby schlief in seiner Wiege in Alices Schlafzimmer. Die Ärmchen lagen ausgestreckt neben dem Kopf, die Augen waren wie kleine Rosinen fest zugekniffen. Eine Weile blickte er sie an, seine Tochter, die sein Leben komplettiert hatte. Nie zuvor hätte er gedacht, dass ein Kind eine solche Bereicherung darstellen könnte.

Sanft strich er über ihre Wange. Sie war warm und weich. Er lächelte verträumt.

Aus dem angrenzenden Bad waren Geräusche zu hören. Das Aufdrehen von Wasser, das Öffnen und Schließen eines Schranks. Michael ging zur Tür, klopfte an, und als kein Wort zu hören war, betrat er das Badezimmer.

Es duftete nach Rosen und Lavendel. Dampf hing schwer in der Luft. In der Mitte des Raumes stand Alice. Sie trug ihren blauen Morgenmantel mit den aufgestickten Störchen. Er war aus Seide. Michael wusste, wie sich der Stoff anfühlte, wenn er Alice umarmte oder wenn er sie auszog.

Sie erschrak, fasste sich mit der flachen Hand auf die Brust und lächelte dann aber. »Ich hab dich nicht kommen hören. Hast du sie schlafen gesehen?«

»Man kann sich an ihr nicht sattsehen«, erwiderte Michael. Beim Vorbeigehen tunkte er die Finger ins warme Wasser. Alice umarmte ihn zur Begrüßung, küsste ihn und schmiegte sich für einen Augenblick an seine Brust.

Alice erzählte ihm von ihrem Tag, Michael ergänzte den Bericht durch eigene Erlebnisse. Die Stimmung war gelöst, was zu einem großen Teil damit zu tun hatte, dass Alices Vater nicht zu Hause war. Er war Michael gegenüber nach wie vor feindselig, wenn er mittlerweile auch damit einverstanden war, dass er das Haus betrat, wann immer er mochte – aber nur durch den Seiteneingang. Michael verkörperte gewissermaßen das Feindbild, vor dem er seine Familie, allen voran seine Tochter, schützen wollte. Dabei gab sich Michael wirklich Mühe, den Ansprüchen des alten Mannes zu genügen. Er hatte jenen Posten im Ministerium angenommen, der zwar nicht seinen Vorstellungen entsprach, den ihm Theodore jedoch empfohlen hatte. Doch auch dieses Einlenken hatte nicht funktioniert.

»Vielleicht braucht er noch Zeit«, tippte Alice und schälte sich ungeniert aus ihrem Morgenmantel.

Michael nahm auf einem Schemel neben der Badewanne Platz. Mit Wohlwollen beobachtete er das Schauspiel und sah sich an Alices Körper satt. Dieser hatte sich als Folge der Schwangerschaft verändert. Ihre Rundungen waren weiblicher geworden, ihre Brüste praller.

»Ich glaube, dass wir beide einen Neuanfang brauchen.«

Es war nicht das erste Gespräch dieser Art. Schon vor der Geburt ihrer kleinen Tochter hatten sie häufig über die Zukunft gesprochen. Vor allem hinsichtlich des Wohnortes waren sie sich uneinig. Anfangs war Alice noch bereit gewesen, aufs Land zu ziehen; mittlerweile hatte sie ihre Meinung aber geändert. Sie befürchte, dass sie Heimweh bekommen würde und ihr das Landleben zu langweilig wäre. Michael wollte so schnell wie möglich ein eigenes Haus finden und gänzlich neu beginnen. Alice warf ihm vor, überstürzt zu handeln. Sie wolle erst einmal die Scheidung hinter sich bringen und ein wenig Zeit verstreichen lassen, dann würde auch ihr Vater der Beziehung wohlwollender gegenüberstehen.

Diese Ausgangslage hatte sich zum größten Konflikt in ihrer jungen, nun eigentlich freien Liebe entwickelt.

Auch an diesem Mittwochabend brauten sich erneut finstere Wolken über den beiden zusammen. »Ich kann nicht verstehen, dass du derart unnachgiebig bist, Michael. Das macht mich wütend. Richtig wütend.« Sie war lauter geworden, drängender. Michael bemühte sich, ruhig zu bleiben.

»Ich bin überzeugt, dass es für uns alle besser ist, wenn wir vorerst aus London wegziehen. Nicht nur für dich und für Luisa, sondern auch für deinen Vater. Sobald sich die Situation wieder beruhigt hat, können wir wiederkommen. Damit habe ich ja auch kein Problem«, gab sich Michael verständnisvoll.

»Mein Vater wäre am Boden zerstört, wenn ich ausziehe, selbst wenn es nur für kurze Zeit wäre. Dass ich das Haus übernehme, ist sein Plan. Wenn wir ihn im Stich lassen, wird er uns niemals verzeihen.«

Michael rang um Fassung. Er atmete tief durch. Seine Haut kribbelte, seine Hände ballten sich zu Fäusten. »Alice, ich habe gedacht, wir wären über diesen Punkt hinweg, an dem sich alles nur um die Vorstellungen und Erwartungen deines Vaters dreht. Wir sind eine Familie. Wir sind ein Paar.« Er beugte sich vor, stemmte die Hände auf den glatten Wannenrand. »Erinnerst du dich nicht, wohin uns das Einmischen deines Vaters zuletzt gebracht hat? Hast du schon wieder vergessen, wie schlecht er dich behandelt hat?«

»Bereits damals hast du von mir verlangt, dass ich meine Familie für dich aufgebe. Du hast nicht einmal versucht, dich meinem Leben anzupassen«, stieß Alice aus, schloss dann aber, vermutlich um sich selbst zur Ruhe zu mahnen, verbissen die Augen.

Doch es war zu spät und Michael fühlte sich von ihrer Anschuldigung längst angestachelt. Die Anstrengungen der vergangenen Monate, die Unsicherheit und die Angst, am Ende alles zu verlieren, forderten nun ihren Tribut – er rastete aus. Er explodierte wie eine Bombe. »Glaubst du den Mist, den du von dir gibst, eigentlich selbst? Ohne mich wärst du nichts, Alice. Du wärst noch immer bei diesem Monster. Du wärst abhängig von einem Mann, der dich nach Strich und Faden an der Nase herumführt. Du wärst verloren. Wahrscheinlich hätte ich dich verkümmern lassen sollen, anstatt mir diese Scheiße immer und immer wieder zu geben.«

»Das ist deine Masche, Michael, hm? Du machst einen auf nett, dabei bist du nicht viel besser als George. Ganz im Gegenteil. Mein Schicksal scheint darin zu liegen, dauernd an die falschen Männer zu geraten. Ich lasse mich auf Männer ein, die sich als kultiviert, modern und liebevoll ausgeben und mich dann mit ihren Vorstellungen zu unterdrücken versuchen.« Offensichtlich war sie mit seiner Reaktion nicht zufrieden. Seine Gefasstheit schien sie anzustacheln, noch eine Schippe draufzulegen. Sie richtete sich auf und beugte sich zu ihm vor. »Ich frage mich ernsthaft, ob es nicht vielleicht sogar klüger gewesen wäre, wenn ich mich nicht von George getrennt hätte. Denn manchmal, Michael, habe ich das Gefühl, du weißt die Kämpfe, die ich dir zuliebe ausgetragen habe, gar nicht zu schätzen. Es scheint dir nur um den Sieg gegen George gegangen zu sein. Damit bist du viel grausamer, als er es jemals war.«

Michael wollte sie zum Schweigen bringen. Er wollte ihr eine Lehre erteilen. Eine wahre Wutwelle packte ihn und er griff nach ihren Beinen, zog daran, bis Alices Kopf unter Wasser tauchte.

Erschrocken riss sie im ersten Moment die Augen auf, im nächsten trieb sie regungslos unter der löchrigen Schaumschicht.

Entsetzt ließ Michael ihre Beine los. Wasser tropfte von seinen Händen, selbst die Ärmel seines Pullovers waren nass geworden. Panik erfasste ihn und er eilte zu Alices Kopf, zog sie zurück an die Oberfläche. Sie atmete nicht.

Er fühlte den Puls an ihrem Hals. Nichts.

Panisch zerrte er sie aus dem Wasser, legte sie auf den Boden neben der Wanne und fing an, sie zu beatmen. Er hatte das noch nie gemacht. Er wusste nicht einmal, ob er richtig handelte.

Eine Minute verstrich, für Michael fühlte sie sich wie eine Ewigkeit an. Alice zeigte keine Reaktion. Schlaff lagen ihre Gliedmaßen neben ihrem Körper, die Augen waren geschlossen. Er stoppte, um Alice zu betrachten, voller Angst um die Frau, die er liebte. Gleichzeitig war er fürchterlich verletzt und enttäuscht über die Worte, die sie ihm zuvor an den Kopf geschleudert hatte.

Innerhalb der nächsten Minute traf er eine weitere folgenschwere Entscheidung. Möglicherweise war diese Tat, die im Affekt geschehen war, ein Wink des Schicksals, das ihn vor einem unglücklichen Leben hatte bewahren wollen. Ein Unfall, der zu einer Kehrtwende geführt hatte. Einer zweiten Chance. Diese wollte er sich nicht durch Schuldzuweisungen Alices Tod betreffend kaputtmachen lassen.

Aus Angst vor möglichen Konsequenzen hob er sie hoch. Am gesamten Körper zitternd hielt er sie, wiegte sie wie ein kleines Kind und presste seine Nase an ihre Wange. Tief atmete er den Duft von Rosen und Lavendel ein. Er brannte sich in sein Gehirn und würde dort auf ewig an die Erinnerung an diesen Unfall gekoppelt bleiben. Denn das war es schließlich, ein Unfall. Unaufhörlich redete Michael sich diese Tatsache ein, während er neben der Wanne stand und Alice festhielt.

Er hatte sie nicht verletzen wollen. Im Eifer des Gefechts hatte er überreagiert. Sie hatte ihn ja auch angestachelt und provoziert.

Er weinte bitterlich – um Alices, um seine verlorene Zukunft und um seine Tochter. Alles war verloren. Er weinte so heftig, dass er zu hyperventilieren begann. Minutenlang gab er sich seinem Selbstmitleid hin. Irgendwann beruhigte er sich allerdings. Langsam dämmerte ihm, welche Konsequenzen ihn erwarteten, sollte man ihn hier in Alices Bad antreffen. An eine misslungene Machtdemonstration würde niemand glauben, alle würden ihn verdächtigen. Er würde ins Gefängnis kommen. Seine Tochter würde ihn als Mörder in Erinnerung behalten. Seine arme Mutter – an ihren Schmerz und ihre Enttäuschung wollte er gar nicht denken.

Nein, das würde er nicht zulassen. Nur er selbst verstand, wieso er auf diese Weise reagiert hatte. Alice hatte es übertrieben. Sie hatte zielgerichtet seine verletzbare Stelle getroffen.

Es war ein Unfall. Er war kein Mörder.

»Es tut mir leid, Alice«, jammerte er immer und immer wieder. »Es tut mir so leid. Gott, es tut mir leid.«

Später würde die Rechtsmedizin kein Anzeichen für ein Ertrinken finden. Vielmehr ging man von einem Schock aus, der Alices Herz in dem Moment, als sie so plötzlich untertauchte, zum Stillstand gebracht hatte. Man tippte also nicht auf Mord. Unwissentlich war es Michael gelungen, die allerwichtigste Spur zu verwischen.

Doch als er Alice küsste und sie zurück ins Wasser gleiten ließ, ahnte er nicht, wie perfekt seine Tat ausgeführt worden war. Er war einfach nur verzweifelt und am Boden zerstört. Er richtete sich auf, ging zur Tür, die ins Schlafzimmer führte, und blickte zum letzten Mal zurück auf Alice. Der Anblick löste Übelkeit in ihm aus. Ihm wurde schwindelig. Er schloss die Augen und atmete die stickige Luft tief ein.

»Ich liebe dich. Ich hoffe, das weißt du«, hauchte er.

Es war die Wahrheit. Nie wieder würde er einen Menschen so lieben, wie er Alice geliebt hatte. Niemals würde er sich von ihrem Tod, an dem er schuld war, erholen.

Er verließ das Bad und Alice. In ihm entstand eine erdrückende Leere.

Er berührte die Wange seiner schlafenden Tochter, nicht ahnend, dass es das letzte Mal für sehr lange Zeit sein würde.

Genauso unauffällig, wie er gekommen war, verschwand er aus dem Haus der Familie Ramsay. Er huschte vorbei an den leeren Milchflaschen, die man für den kommenden Tag bereits vor die Tür gestellt hatte.

Auf dem Bürgersteig angekommen, warf er einen letzten Blick zurück. Er war überzeugt, dass man nicht ihm, sondern George die Schuld in die Schuhe schieben würde. Vielleicht glaubte man auch an einen tragischen Vorfall. Er hatte Glück gehabt.

Es war schließlich bloß ein Unfall gewesen.

Folge der Autorin auf Amazon

Wenn dir dieses Buch gefallen hat, folge Sophia Chase auf Amazon. Dann erhältst du eine Benachrichtigung, wenn die Autorin ihr nächstes Buch veröffentlicht. Um der Autorin zu folgen, gehe bitte folgendermaßen vor:

Desktop:

1) Suche auf Amazon.de oder in der Amazon App nach dem Namen der Autorin.
2) Klicke auf den Namen der Autorin, um auf die Autorenseite zu gelangen.
3) Klicke auf den »Folgen«-Button.

Smartphone und Tablet:

1) Suche auf Amazon.de oder in der Amazon App nach dem Namen der Autorin.
2) Klicke auf einen Titel der Autorin.
3) Klicke auf den Namen der Autorin, um auf die Autorenseite zu gelangen.
4) Klicke auf den »Folgen«-Button.

Kindle eReader und Kindle App:

Wenn du dieses Buch auf einem Kindle eReader oder in der Kindle App liest, wird dir automatisch angeboten, der Autorin zu folgen, nachdem du die letzte Seite des Buches gelesen hast.

Printed by Amazon Italia Logistica S.r.l.
Torrazza Piemonte (TO), Italy

74261415R00197